U0093486

一笑
古龍自署

國際學術研討會

古龍武俠小說 領先時代半世紀

【記者賴素鈴／報導】江湖代有才人出，這廂古龍凋零二十載，那廂今朝懸賞百萬獎新秀，浪淘不盡，唯有武俠熱愛，不隨時間變易，在學術研討會上更見分明。以「一代鬼才：古龍與武俠小說」爲主題，淡江大學第九屆文學與美學國際學術研討會昨起在國家圖書館，展開爲期兩天的議程，紀念武俠小說家古龍逝世二十周年，新生代學者與古龍故舊齊聚一堂，以文論劍話武俠。

日前與淡大中文系教授林保淳共同發表《台灣武俠小說發展史》，武俠小說評論家葉洪生昨天在專題演講中，直批胡適1959年底發表「武俠小說下流論」是「胡說」，學界泰斗的不當發言以及隨即展開的「暴雨專案」，反而促成1960年起台灣武俠新秀的繁興，「武俠小說迷人的地方，恰恰在門道之上。」，葉洪生認定，武俠小說審美四原則在文筆、意構、雜學、原創性，他強調：「武俠小說，是一種『上流美』。」

集多年心血完成《台灣武俠小說發展史》，葉洪生認爲他已爲從十歲起迷上武俠小說的半世紀畫上完美句點，並且宣布他「以後決心退出武俠論壇，封劍退隱江湖」。

雖然葉洪生回顧武俠小說名家此起彼落，套太史公名言「固一世之雄也，而今安在哉？」，認爲這是值得深思的嚴肅課題，昨天意外現身研討會而備受矚目的溫世禮，則爲了紀念同是武俠迷的哥哥溫世仁，推出第一屆「溫世仁武俠小說百萬大賞」，即日起至今年10月3日截止收件，經兩階段評選後於明年12月7日公布首獎得主，預料將會是一場武林新秀的龍虎爭霸戰。

看明日誰領風騷？風雲時代出版社發行人陳曉林眼中的古龍，其實領先他的時代半世紀，以致如今雖然古龍逝世20年，陳曉林認爲大家對古龍的了解仍然有限，預言未來世代更能和古龍的後設風格共鳴。

昨天這場研討會，也凸顯武俠小說作爲一項文學研究門類，仍有待開發學習空間。多位與會者都指出，武俠小說的發表、出版方式和管道具考證難度，學術理論與論文格式的建立待加強。而武俠名家的版權之爭、市場競爭力，也增加出版推廣困難，古龍武俠小說的版權糾紛、司馬翎作品的版權官司也成爲研討會的場外話題。

與

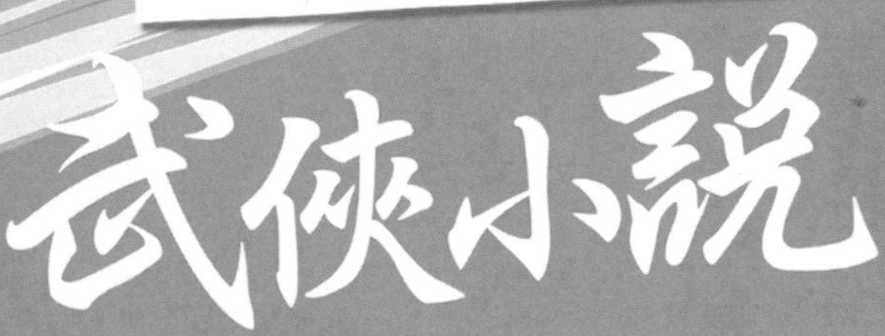

第九屆文學與美

古龍兄為人慷慨豪邁、跌蕩自如，變化多端，文如其人，且複多奇氣。惜英年早逝。余與古兄當年交好，且喜讀其書，今既不見其人，又無新作可讀，深自嘆惜。

金庸

一九九六.十.十一.香港

彩環曲
(全)

古龍精品集 58

彩環曲（全）

目・錄

【導讀推薦】

筆底驚濤，出手不凡

——《彩環曲》是古龍早期的明珠

著名文化評論家、聯合報主筆
陳曉林

古龍的崛起、茁壯、成熟與突破、掙扎、再突破、再掙扎……堪稱是台港武俠小說創作高潮時期的一大「奇蹟」。就作品的數量而言，他在二十餘年的創作期間總共留下了六十一部，約兩千五百餘萬字的心血成績，平均每年的創作量不下於一百萬字；就作品的質量而言，幾乎每一部都有可觀之處，成熟時期的作品尤其往往生機盎然，靈光四射，堪與金庸作品分庭抗禮，而毫不遜色。

才華橫溢的古龍

古龍的創作生涯與創作表現，有不少值得注意的地方，其中之一，是他的才華在相當年輕的時期即已光芒四射。他從十八歲寫作第一部武俠作品《蒼穹神劍》開始，即與武俠小說的創作結下了不解之緣；到三十一歲時，他已完成《武林外史》、《名劍風流》、《絕代雙驕》、《楚留香傳奇》等膾炙人口的名作。而金庸則在三十一歲時，才開始撰寫他的首部武俠作品《書劍恩仇錄》；相形之下，古龍的「早慧」是十分明顯的。金庸在四十七歲時完成了他總計十五部武俠作品的撰作，而開始進行逐步的修訂工作；而古龍卻在四十八歲那年猝然逝世，留下了一個甫在進行嘗試的寫作計劃，即：以一系列短篇武俠作品，串連成長篇巨帙的「大武俠時代」。

而在三十一歲至四十七歲之間，諸如《蕭十一郎》、《流星·蝴蝶·劍》、《天涯·明月·刀》、《多情劍客無情劍》、《邊城浪子》、《陸小鳳傳奇系列》、《七種武器》、《大地飛鷹》、《英雄無淚》等風格驚絕、生面別開的力作逐一問世，真令讀者有置身山陰道下，目不暇給的驚喜。時值金庸停筆之後，唯古龍以一支生花妙筆獨撐武俠文壇；於今想來，若是古龍也有機會修訂他的全部作品，則他的文學地位必較目前大可提升，殆可斷言。

苦悶時代的閃光

依照古龍自己的說法，沒有寫武俠小說之前，他本身就是個武俠迷，而且是從被稱爲「小人書」的連環圖畫看起的。古龍曾回憶道：「那時候的小學生書包裡，如果沒有幾本這樣的小人書，簡直是件不可思議的事。可是，不知不覺小學生都已經長大了，小人書已經不能再滿足我們，我們崇拜的偶像就轉移到鄭證因、朱貞木、白羽、王度廬和還珠樓主，在當時的武俠小說作者中，最受一般人喜愛的大概就是這五位。然後就是金庸。於是我也開始寫了。引起我寫武俠小說最原始的動機並沒有什麼冠冕堂皇的理由，而是爲了賺錢吃飯。」

——見古龍：「不唱悲歌」

其實，古龍在此處的陳述顯得過於簡略。一九五〇至一九六〇年的台灣，在物質生活上確然相當匱乏，古龍隨其家人從香港到台灣時年方十三歲，對世間當充滿憧憬；但由於家庭變故，父母仳離，他在上大學時的第一年即已面臨生計的煎熬，亦是事實。然而，一個必須正視的因素是當時的大環境、大氣候十分苦悶，整個台灣在戒嚴令的威權統治下，有一種近乎窒息的感覺；知識分子不敢議論時政，庶民大眾當然更噤若寒蟬。但嚮往公平正義，尋求超現實的理想境界，是源自人性深處的強烈需求；唯在當時的苦悶氛圍下，這種人性需求也仍須覓致其表達或渲泄的形式。然則，武俠小說在當時的台灣應運而生，原有不可漠視的社會基礎。

五十年代到六十年代是台灣武俠創作的極盛時期，作者多為移遷到台的流亡學生、國軍將士、基層公務員；既然時代與社會對幻想式的武俠作品有其需求，而一旦有出版社願予印行，寫作這類作品又確能賺錢吃飯貼補家用，於是，一時之間武俠作者多如過江之鯽，武俠小說儼然成為紓解時代苦悶的主要消閒讀物。但也正因如此，絕大多數作者都並不將寫作武俠小說視為一種長久的職志，或視為在文學上、藝術上有其獨特意義的事業；於是，正邪對立、善惡分明、陳陳相因、交互模仿的武俠刻板的窠臼逐漸形成，嗜血的、粗糙的、抄襲的、胡編的末俗濫惡之作，開始充斥於當時的市井書坊。恰在此時，古龍以其清新的筆觸、流利的文采、典雅的敍事，以及天風海雨般的想像力與創作力，崛起於武俠文壇，確予人以耳目一新的驚豔之感！

一出手令人驚豔

即使在二十多年後被他自評為「內容支離破碎、寫得殘缺不全」的少年期初作《蒼穹神劍》中，古龍也展現了他獨具韻味的文字功能。他起筆即寫道：「江南春早，草長鶯飛，斜陽三月，夜間仍有蕭索之意。秣陵城郊，由四横街到太平門的大路上，行人早渺，樹梢搖曳，微風颼然，寂靜已極。」像這樣優美、浪漫而富於古典詩意的文字，豈像是出於一個未滿十八歲的少年之手？更何況，他在書中所抒寫的秦淮風月、少豪意氣、英雄志業、兒女情懷，以及情節中的悲劇性衝突、傳奇性事蹟，實已預示了日後一連串作品的基調與特色。即使只就這部十八歲的少作而言，古龍筆下所抒寫的悲劇俠情與悲劇美感，較之他所推崇的前輩武俠名家王度廬的作品，也已不遑多讓。

在古龍的心目中，王度廬的作品「不但風格清新，自成一派，而且寫情細膩，結構嚴密，每一部書都非常完整」。以王度廬著名的「鶴—鐵五部曲」為例，古龍即推崇其「雖然是同一系統的故事，但每一個故事都是獨立的，都結束得非常巧妙」（古龍：「關於武俠」）。所以，古龍對自己早年的作品結構不夠嚴密、系統不夠完整，一直耿耿於懷。然而，以當時台灣的出版環境而言，為了適應租書店的需要，武俠小說的寫作本是片段進行、分冊付梓的；加以古龍當時因創作力旺盛，往往同時展開數個故事，而非集中心力於單一的、長篇的武俠作品之構作；所以，古龍的〈早期名作系列〉以文筆、氣力與瑰麗的想像力擅長，而非以嚴密的結構見長，完全是可以理解的現象。

（關於古龍的所謂〈早期名作系列〉，一般是指他在一九六三年首次有意識地改變寫作風格，將日本戰前名家如吉古川英治、小山勝清等人有關宮本武藏及幕府時代一系列忍者、劍客、武士的作品，加以消化吸收，而寫出《浣花洗劍錄》之前的全部作品而言。）古龍本人在生前也認可這樣的分期方式，他認為一九六三年之前的作品中，《湘妃劍》、《孤星傳》頗有嘗試「文藝武俠」新寫作路線的用意，因此，〈早期名作系列〉主要涵括了《彩環曲》、《護花鈴》、《失魂引》、《遊俠錄》、《劍客行》、《蒼穹神劍》、《月異星邪》、《殘金缺玉》、《飄香劍雨》、《劍毒梅香》、《劍玄錄》等十一部作品。

超越了俗套模式

這十一部作品，都是古龍從十八歲至二十三歲的五年之間，在大時代苦悶與青春期苦悶交互導引，亟待有所清洗和昇華的情況下，所完成的嶄露頭角之作。然而，縱使在這些初試啼聲的青春期作品中，除了文字的清新流利、構思的浩瀚恣肆之外，古龍對於當時所流行於武俠文壇的末俗濫惡的風氣，已蓄意要有所扭轉；故而一再尋求理念上、表達上及題材上的突破。這個時候，古龍當然尚未體認到武俠小說可以根本不以武功、武打、武技來吸引讀者，而逕自以氣氛的營造、情節的鋪陳、人物性格的刻畫，以及人性深度的發掘與試煉，作爲作品展開的主體；然而，爲了向當時流行於武俠文壇的刻板窠臼之作明示區隔，以建立自己的風格和特色，古龍揚棄了正邪對立、善惡分明的武俠敍事模式，而著意於抒寫正邪、善惡、是非、黑白往往相互糾纏，而無法明晰劃分的情境與人物。換句話說，古龍的早期作品即已超越了陳陳相因的武俠寫作模式，而呈現他自己獨特的認知與理念。

自我突破的契機

至於《彩環曲》，規模上雖只是中篇的格局，內容之豐富卻儼然超過了長篇武俠的承載。古龍曾一再表示《彩環曲》是他早期作品中最重要的「明珠」，因爲日後許多情節發展於此，良有以也。

《彩環曲》的行文之優美、落筆之精確、佈局之奇詭、節奏之明快，以及劇情轉折之搖曳生姿，在在顯示古龍在創作生涯中已瀕臨突破自我、更上層樓的契機。在本書中，他首次將以罌粟花提煉的「花粉」作爲控制他人意志的有效工具一事，引入到武俠小說的主要情節之中，使得「意志」這個因素成爲武俠小說的關鍵要素。事實上，本書中所抒寫的「石觀音」以罌粟花粉控制烏衣神魔的情節，正是日後古龍在「楚留香傳奇系列」中進一步發展相關故事的張本，連「石觀音」這個名稱，在後來的故事中也予以援用；足見古龍對《彩環曲》中創構的若干情節設計與人物典型，是相當滿意的。

不但如此，在《彩環曲》中，古龍也首次將「真正的劍客，必是以生命忠於劍、也癡於劍」這個理念，以具體的人物形象與情節推演，作了栩栩如生的表述。《彩環曲》中衣白如雪、一塵不染的白衣人，既是古龍中期作品《浣花洗劍錄》所凸顯的東瀛白衣人的前身，也是「陸小鳳傳奇系列」所刻畫的一代劍神西門吹雪的雛型。而《彩環曲》中，柳鶴亭與白衣人的一戰，將天候、地形、氣氛、心情、膽色，全都融入到一瞬間生死對搏的「極限情境」，也爲古龍日後揚棄具體武功招術，著意營造決鬥氣氛的敍事技巧，作了動人心弦的展示。就這個意義而言，《彩環曲》其實是古龍擺脫傳統武俠敍事模式，銳意走向自闢新境之途的轉折點。

爲了突破傳統武俠小說的刻板敍事模式，古龍在《彩環曲》中，還藉由對武林秘笈「天武神經」爭奪與血拚過程的描述，而提供了一個強烈反諷的觀點。古龍如此寫道：在傳說中，每隔若干年，江湖上便總有一本「真經」、「神經」之類的武學秘笈出現，而江湖之人一定將之說得活龍活現，以爲誰要是得到了那本「真經」、「神經」，便可以練成天下無敵的武功。而在《彩環曲》中，爲了爭奪「天武神經」而殞命的武林高手不計其數，但在武當掌門將它刻印了三十六部隨緣贈送之後，武林人士終於發覺，原來「天武神經」有其致命的缺點，往往使得習練之人在緊要關頭走火入魔，失去對外來侵襲的抵抗能力。

這種對武學秘笈的反諷式描述，甚至已超出了金庸在《笑傲江湖》中對「葵花寶典」的傳奇式揶揄；當然，更超脫了金庸對「九陰真經」、「九陽真經」之神奇功能的執著；而這時的古龍在武俠文壇雖已嶄露頭角，卻年甫二十三歲，正是旭日初升的時節。

清新的古龍式武俠

綜看古龍的〈早期名作系列〉，主要特色是結合了浪漫的文學想像與古典的文學素養，而藉由對傳統武俠敍事模式的消化、吸納、突破、轉型與揚棄，而逐漸建立令人耳目一新的優美風格。起初，由於受到王度廬作品中那種沁人心脾的悲劇俠情、悲劇美感的影響，古龍的作品也隱隱沾染著耽美的悲情色彩；又由於受到金庸作品中某些結構佈局經營、人物性格發展、情節遞嬗轉折的影響，古龍的早期作品力求在浪漫的抒情與嚴密的結構之間，尋求平衡。

但無論如何，即使在早期作品中，古龍對於傳統武俠敍事模式的所預設計的正邪、善惡、是非、黑白較易判然區分的那個武俠世界，即已在行文落筆之間，有意無意地予以揚棄；而展現出自創一個「古龍式武俠世界」的企圖心與創作力。

近來重新受到舉世矚目的現代德國文藝批評界英才班雅明（W.Benjamin）在其《天鵝之歌——歷史哲學論綱》中，曾引述「起源就是目標」的格言，論述許多文學作家的思想發展。對於古龍而言，這句格言實有歷久彌新的意義，因爲，古龍畢生創作的起源與目標，均在於以清新脫俗的文學表述，寫出石破天驚的武俠作品！

楔子

濃雲如墨，蟄雷鳴然。

暴雨前的狂風，吹得漫山遍野的草木，簌簌作響，雖不是盛夏，但這沂山山麓的郊野，此刻卻有如晚秋般蕭索。

一聲霹靂打下，傾盆大雨立刻滂沱而落，豆大的雨點，擊在林木上，但聞遍野俱是雷鳴鼓擊之聲，雷光再次一閃，一群健馬，冒雨奔來，暴雨落下雖才片刻，但馬上的騎士，卻已衣履盡濕了。

當頭馳來的兩騎，在這種暴雨下，馬上的騎士，仍然端坐如山，胯下的馬，也是關內並不多見的良駒，四蹄翻飛處，其疾如箭。左面馬上的騎士，微微一帶轠繩，伸手抹去了面上的雨水，大聲抱怨道：「這裡才離沂水城沒有多遠，怎地就荒涼成如此模樣，不但附近幾里地裡，沒見過半條人影，而且竟連個躲雨的地方都沒有。」說話間，魁偉的身形，便離蹬而起，一挺腰，竟筆直地站到馬鞍上，目光閃電，四下一掃，突地身形微弓，鐵掌伸起，在馬首輕拍了一下，這匹長程健馬，昂首一聲長嘶，馬頭向右一兜，便放蹄向右面的一片濃林中，急馳了過去。馬蹄踏在帶雨的泥地上，飛濺起一連串淡黃的水珠。

右面馬上的騎士，撮口長嘯一聲，也自縱騎追去，緊接在後面並肩而馳的兩騎，馬行本已放緩，此刻各自揮動掌中的馬鞭，也想暫時躲入林中，先避過這陣雨勢，哪知身後突地響起一陣焦急的呼聲，一個身軀遠較這四人瘦小的騎士，打馬急馳而來，口中喊道：「大哥，停馬，這樹林千萬進去不得！」

但這時雨聲本大，前行的兩騎，去勢已遠，他這焦急的呼喊聲，前面的人根本沒有聽到，只見馬行如龍，這兩騎都已馳進那濃林裡。

焦急吶喊的瘦小漢子，面上惶恐的神色越發顯著，哪知肩頭實實地被人重重打了一下，另一騎馬上的虬髯大漢，縱聲笑道：「你窮吼什麼！那個樹林子又不是老虎窩，憑什麼進去不得？」猛地一打馬股，也自揚鞭馳去。

這身軀瘦小的漢子此刻雙眉深鎖，面帶重憂，看著後兩騎也都已奔進了樹林，他竟長長地嘆息了一聲，在雨中愕了半晌，終於也緩緩向這濃密的樹林中走了過去，但是他每行近這樹林一步，他面上那種混合著憂鬱和恐懼的神色，也就更加強烈一些，生像是在這座樹林裡，有著什麼令他極爲懼怕的東西似的。

一進了樹林，雨勢已被濃密的枝葉所擋，自然便小了下來，前行的四騎此刻都已下了馬，擰著衣衫上的雨水，高聲談笑著，嘴裡罵著，看到他走了進來，那虬髯大漢便又笑道：「金老四入關才三年，怎的就變得恁地沒膽？想當年，你我兄弟縱橫於白山黑水之間，幾曾怕過誰來？」

隨又面色一怔，沉聲道：「老四，你要知道，這次我們入關，是要做一番事業的，讓天下武林，都知道江湖間還有我們『關外五龍』這塊招牌，若都像你這樣怕事，豈不砸了鍋了？」

這被稱爲「金老四」的瘦小漢子，卻仍皺著雙眉，苦著臉，長嘆了一聲！方待答話，哪知另一個魁偉漢子，已指著林木深處，哈哈笑道：「想不到我誤打誤撞地闖進了這樹林裡來，還真找對了地方了。你們看，這樹林子裡居然還有房子，老二、老三，你們照料牲口，我先進去瞧瞧。」說話間，已大踏步走了進去。

另三個彪壯大漢，已自一擁而前，凝目而望，只見林木掩映，樹林深處，果然露出一段磚牆來。

但那「金老四」，面上的神色，卻變得更難看了，手裡牽著馬韁，低著頭愣了許久，林梢滴下的雨水，正好滴在他的頸子上，他也生像是完全沒有感覺到。

雨嘩嘩然，林木深處，突地傳出幾聲驚呼，這金老四目光一凜，順手丟了馬韁，大步擰身，腳尖微點，突地，往林中竄了進去。

樹林本密，林木之間的空隙，並不甚大，但這金老四，正是以輕功揚名關外的「入雲龍」，此刻在這種濃密的枝幹間竄躍著，身形之輕靈巧快，的確是曼妙而驚人的，遠非常人能及。

入林愈深，枝幹也愈密，但等他身形再次三個起落過後，眼前竟豁然開朗，在這種濃密的林木中，竟有一片顯然是人工闢成的空地，而在這片空地上，就聳立著令這金老四恐懼的樓閣。

「關外五龍」的另四人，手裡各各拿著方才戴在頭上的馬連坡大草帽，此刻臉上竟也露出驚異的神色來，金老四一個箭步竄了過去，沉聲道：「這裡絕非善地，現在雨勢也小了些，我們還是趕緊趕路吧。」

但是這些彪形大漢的目光，卻仍然都凝注在這片樓閣上，原來在這片濃林中的樓閣外，高聳的院牆，方才雖未看清，此刻卻極爲清晰的可以看出，竟全然是黑鐵鑄成的，而且高達五丈，竟將裡面的樓閣屋宇，一齊遮住。「關外五龍」雖然也是久闖江湖的角色，但像這種奇怪的建築物，卻還是第一次見到。

虬髯大漢伸手入懷，從懷中掏出一粒彈丸來，中指微曲，輕輕一彈，只聽「錚」地一聲，擊在牆上，果然發出了金鐵交鳴之聲，他不禁濃眉一皺，沉聲道：「這是怎麼回事？」

那「入雲龍」金四此刻更是面色大變，轉眼一望那片樓閣，只見裡面仍然是靜悄悄的，連半點人聲都沒有，才略爲鬆了口氣，一拉那虬髯大漢的胳膊，埋怨道：「二哥，您怎地隨便就出手了，您難道現在還沒有看出來，這棟房子，究竟是怎麼回事嗎？」

那虬髯大漢濃眉一軒，驀地一抖手，厲聲道：「管他是怎麼回事，我今天也得動它一動！」熊腰一挫，唰地竟又竄入了樹林。

「入雲龍」金四連連跺腳，急聲道：「二哥怎地還是這種脾氣，唉！大哥，你勸勸他，武林中人一走進這鐵屋，就從來沒有人再出來過。大哥，您這幾年來雖未入關，總也該聽過『石觀音』這名字吧？」

那當先縱馬入林的魁偉大漢，正是昔年關外最著盛名的一股馬賊，「五龍幫」之首，「金面龍」卓大奇，此刻面上也自驟然變色，失聲道：「『石觀音』？難道就是那南海無恨大師的傳人，曾經發下閉關三十年金誓的南海仙子石琪嗎？」

語音落處，「烈火龍」管二已從林中掠了過來，聞言竟又大笑道：「原來在這棟怪房子裡住著的就是南海仙子，我早就聽得江湖傳言，說這石琪是江湖中的第一美人，而且只要有人能將她從這鐵屋裡請出來，她不但不再閉關，而且還嫁給這人，哈——想不到我誤打誤撞，卻撞到這裡來了。」

他仰天而笑，雨水沿著他的面頰，流入他滿面的濃鬚裡，再一滴一滴地滴到他本已全濕的衣服上。

「入雲龍」金四雙眉深皺，目光動處，忽地看到他手上，已多了一盤粗索，面色不禁又爲之一變，慌聲道：「二哥，你這是要幹什麼？」

「烈火龍」管二濃眉一軒，厲聲道：「金四，你從什麼時候開始，能管我的事的？」雙腳微頓，身形動處，已自掠到那高聳的鐵牆邊，左手找著掌中那盤巨索的尾端，隨手一抖，右手卻拿著上面繫有鐵鈎的另一端，緩緩退了兩步，目光凝注在牆頭上，右手「呼」地一掄，巨索便沖天而起，「錚」地一聲，索頭的鐵鈎，便恰好搭在牆頭。

金面龍微喟一聲，大步走了過去，口中道：「二弟，大哥也陪你一齊進去。」回頭又道：「老三、老四，三個時辰裡，我們假如還沒有出來，你們就快馬趕到濟南府，把烈馬槍董二爺找來——」

他話猶未了，那烈火龍已截口笑道：「你們放心，不出三個時辰，我和大哥包管好生生的出來——」他走到牆邊，伸手一拉，試了試搭在牆頭的鐵鈎，可還受力，又笑道：「不但我們好生生的出來，而且還帶出來一個千嬌百媚的美人。」長笑聲中，他魁偉的身軀，已靈猴般攀上巨索，霎眼之間，便已升上牆頭，這烈火龍身軀雖魁偉，但身手卻是矯健而靈巧的。

入雲龍面如死灰，等到那金面龍已自攀上鐵牆，和管二一齊消失在那高聳的鐵牆後面，他竟長長地嘆息了一聲，「噗」地坐在滿是泥濘的地上。

這陣暴雨來得雖快，去得也急，此刻竟也風停雨止，四下又復歸於寂靜，但覺這入雲龍頻頻發出的嘆息聲和林梢樹葉的微籟，混合成一種蒼涼而蕭索的聲音。

掛在鐵牆上面的巨索，想必是因著金面龍的惶亂，此刻仍未收下，隨著雨後的微風輕輕地晃動著，入雲龍的目光，便瞬也不瞬地望在這段巨索上。

「五龍幫」中的三爺，黑龍江上的大豪傑，「翻江龍」黃三勝，突地一挺身軀，大聲道：「大哥他們怎地還未出來——老五，你看已到了三個時辰沒有？」

始終陰沉著臉，一言未發的多手龍微微搖了搖頭，陰沉的目光，也自瞪在牆頭上，牆內一無聲息，就像是從未有人進去過，也絕不會有人從裡面出來似的。

翻江龍目光一轉，轉到那坐在地上的入雲龍身上，焦急地又道：「老四，進這房子去的人，難道真的沒有一人出來過嗎？」

入雲龍目光呆滯地留在那灰黑的鐵牆上，緩緩說道：「震天劍張七爺、鐵臂金刀孔兆星、一劍霸南天江大爺，再加上武林中數不清的成名立萬的人物，誰都有著和二哥一樣的想法，可是——誰也沒有再活著出來過。」

他語聲方頓，多手龍突地一聲驚呼，一雙本來似張非張的眼睛，竟圓睜著盯在牆頭上，「五龍幫」素來鎮靜的多手龍，此刻也變了顏色。翻江龍心頭一跳，順著他的目光望去，只見那黑鐵牆頭上，突地現出了一隻白生生的玉手，一隻春蔥般的手指上，戴著一個精光隱現的黑色指環。

這隻玉手，從牆後緩緩伸出來，抓著那段巨索，玉手一招，這段長達六丈的巨索，竟突地筆直地伸了上去，在空中劃了個圈子，和那隻纖纖玉手，一齊消失在黑鐵的牆頭後面。

入雲龍嗖地從地面上跳了起來，惶聲道：「已有三個時辰了吧——」

語聲未落，死一樣靜寂的鐵牆之後，突地傳出兩聲慘呼。

這兩聲慘呼一入這本已驚愕住了的三人之耳，他們全身的血液，便一齊爲之凝結住了，因爲他們根本無庸分辨，就能聽出這兩聲令人驚慄的慘呼，正是那金面龍和烈火龍發出的。

翻江龍大喝一聲，轉身撲入林中，霎眼之間，也拿了一盤巨索出來，目光火赤，嘶啞著聲音道：「老四、老五，我們也進去和那妖女拚了。」

縱身掠到牆邊，揚手揮出了巨索，但是他心亂之下，巨索上的鐵鈎，「錚」地擊在鐵牆上，卻又落了下來。

多手龍目光在金四面上一轉，冷冷道：「四哥還是不要進去的好，就把以前誓共生死的話，忘了好了。」

緩步走到牆腳，從翻江龍手中接過巨索，手臂一掄，「砰」地將鐵鈎搭在牆頭上，拉了拉，試了試勁，沉聲道：「三哥，我也去了！」雙手一使力，身形動處，便也攀了上去。

翻江龍轉過頭，目光亦在金四面上一轉，張口欲言，卻又突地忍住了，長嘆了口氣，猛一長身，躍起兩丈，輕伸鐵掌，抓著了那段巨索，雙掌替換著拔了幾把，彪偉的身軀，也自牆上升起。

只聽「砰砰」兩聲，入雲龍知道他們已落入院中了，一陣風吹過，林梢的積雨，「簌」地落下一片，落到他的身上。

暴雨已過，蒼穹又復一碧如洗，這入雲龍佇立在仍然積著水的泥地上，面上的肌肉，痛苦地扭擂著，也緩緩走到牆腳，但是伸手一觸巨索，便又像是觸了電似的退了回去，他雙手掩在面上，深深地爲著自己的怯懦而痛苦，但是，他卻又無法克服自己對死亡的恐懼。

暮色漸臨，鐵牆內又傳出兩聲慘呼──

夕陽漫天之下，濃密的叢林裡，走出一個瘦小而慓悍的漢子，頹喪地坐在馬上，往昔的精悍之氣，此時卻已蕩然無存，在這短短的半日之間，他竟像是突然蒼老了許多。

兩滴淚珠，沿著他瘦削的面頰流了下來，他無力地鞭策著馬，向濟南城走去。

夕陽照在林中的鐵牆上，發出一種烏黑的光澤，牆內卻仍然一片死寂，就像是什麼事都不曾發生過似的。

一 羅衫俠少

夕陽西下，絢麗的晚霞，映著官道邊旱田裡已經長成的麥子，燦爛著一片難以描摹的顏色，木葉將落未落，大地蒼茫，卻已有些寒意。

秋風起矣，一片微帶枯黃的樹葉，飄飄地落了下來，落在這棵老榕樹下，落在那寂寞流浪人的單薄衣衫上，他重濁地嘆了口氣，撿起這片落葉，挺腰站了起來，內心的愧疚、生命的創痛，雖然使得這昔日在武林中，也曾叱吒一時的「入雲龍」金四，已完全消失了當年的豪氣，但是，這關外武林的高手，身手卻仍然是矯健的。

他微微有些失神地注意著往來的行人，但在這條行人頗眾的官道上趕路的，不是行色匆忙的行旅客商，就是負笈遊學的士子，卻沒有一個他所期待著的武林健者，於是，他的目光更呆滯了。

轉過頭，他解開了縛在樹上的那匹昔日雄飛，今已伏櫪的瘦馬韁繩，喃喃低語著道：「這三年來，也苦了你了，也苦了你！……」撫著馬頸上的鬃毛，這已受盡冷落的武林健者，不禁又為之唏噓不已。

驀地——

一陣洪亮的笑語聲，混雜著急遽的馬蹄聲，隨著風聲傳來，他精神一振，擰回身軀，閃目而望，只見煙塵滾滾之中，三匹健馬，急馳而來，馬上人揚鞭大笑聲中，三匹馬俱已來到近前。

「入雲龍」金四精神陡長，一個箭步，竄到路中，張臂大呼道：「馬上的朋友，暫留貴步。」

馬上的騎士笑聲倏然而住，微一揚手，這三匹來勢如龍的健馬，立刻一齊打住，揚蹄昂首，長嘶不已，馬上的騎士卻仍腰板挺得筆直，端坐未動，顯見得身手俱都不俗。

「入雲龍」金四憔悴的面上，閃過了一絲喜色，朗聲說道：「朋友高姓大名，可否暫且下馬，容小可有事奉告？」

馬上人狐疑地對望了一眼，徵求著對方的意見，他們雖然不知道立在馬前這瘦小而落魄漢子的來意，但一來這三騎騎士，武功俱都不弱，並不懼怕馬前此人的惡意，二來，卻是因為也動了好奇之心，目光微一閃動後，各各打了個眼色，便一齊翻身下了馬，路人俱都側目而顧，不知道這裡出了什麼事。

「入雲龍」金四不禁喜動顏色，這些年來，武林中人一見他的面，幾乎都是繞道而行，或是不顧而去，根本沒有一人會聽他所說的話，而此刻這三個勁服疾裝，神色剽悍的漢子，卻已為他下了馬，這已足夠使得他驚喜了。

這三個勁裝大漢再次互視一眼，其中一個目光炯然，身量頎長的中年漢子，走前一步，抱拳含笑道：「小弟屠良，不知兄台高姓，攔路相邀，有何見教？」

「入雲龍」金四目光一亮，立刻也抱拳笑道：「原來是『金鞭』屠大爺，這兩位想必就是白二爺和費三爺了，小弟久仰『荊楚三鞭』的大名，卻不想今日在此得見俠蹤，實在是三生有幸——」

他話聲微微一頓，近年聲名極盛的「荊楚三鞭」中的二俠「銀鞭」白振已自朗聲一笑，截斷了他的話，抱拳朗笑道：「兄弟們的賤名，何足掛齒！兄台如此抬愛，反叫兄弟汗顏。」他笑容一斂，轉過語鋒，又道：「兄弟們還有俗務在身，兄台如無吩咐，小弟就告辭了。」

「入雲龍」金四面容一變，連聲道：「白二俠，且慢，小弟的確有事相告。」

「銀鞭」白振面色一整，沉聲道：「兄台有事，就請快說出來。」

「入雲龍」金四忍不住長嘆一聲，神色突然變得灰黯起來，這三年來，他雖已習慣了向人哀求，但此刻卻仍難免心胸激動，顫聲道：「小可久仰『荊楚三鞭』仗義行俠，路見不平，尚且拔刀相助，小可三年前痛遭巨變，此刻苟且偷生，就是想求得武林俠士，爲我兄弟主持公道，屠大俠，你可知道，在魯北沂山密林之中——」

他話未說完，「荊楚三鞭」已各各面色驟變。

「金鞭」屠良變色道：「原來閣下就是『入雲龍』金四爺。」

入雲龍長嘆道：「不錯，小可就是不成材的金四，三位既是已經知道此事，唉——三位如能仗義援手，此後我金四結草啣環，必報大恩。」

「銀鞭」白振突地仰天大笑了起來，朗聲道：「金四爺，你未免也將我兄弟三人估量得太高了吧，爲著你金四爺的幾句話，這三年裡，不知有多少成名露臉的人物，又葬送在那間鐵屋裡，連濟南府的張七爺那種人物，也不敢伸手來管這件事，我兄弟算什麼？金四爺，難道你以爲我兄弟活得不耐煩了，要去送死！兄弟要早知道閣下就是金四爺，也萬萬不敢高攀來和你說話，金四爺，你饒了我們，你請吧！」

狂笑聲中，他微一擰腰，翻身上了馬，揚鞭長笑著又道：「大哥、三弟，咱們還是趕路吧，這種好朋友，我們可結交不上。」

「入雲龍」金四，但覺千百種難堪滋味，齊齊湧上心頭，仍自顫聲道：「白二爺您再聽小可一言——」

「唰」地一聲，一縷鞭風，當頭襲下，他頓住話聲，腳下一滑，避開馬鞭，耳中但聽得那「銀鞭」白振狂笑著道：「金四爺，你要是夠義氣，你就自己去替你的兄弟們報仇，武林之中傻子雖多，可再也沒有替你金四爺賣命的了！」

馬鞭「唰」地落在馬股上，金四但覺眼前沙塵大起，三匹健馬，箭也似的從他身前風馳而去，只留下那譏嘲的笑聲，猶在耳畔。

一陣風吹過，吹得揚起的塵土，撲向他的臉上，但是他卻沒有伸手擦拭一下。三年來，無數次的屈辱，使得他幾乎已變得全然麻木了。

望著那在滾滾煙塵中逐漸遠去的「荊楚三鞭」的身影，他愣了許久，一種難言的悲哀和悔疚，像怒潮似的開始在他心裡澎湃起來。

「為什麼我不在那天和他們一齊闖進那間屋子，和他們一齊死去？我——我是個懦夫，別人侮辱我，是應該的。」

他喃喃地低語著，痛苦地責備著自己，往事像一條鞭子，不停地鞭笞著他。鐵屋中他生死與共的弟兄們所發出的那種慘呼，不止一次將他從夢中驚醒，這三年來的生活，對他而言，也的確太像是一場噩夢了，只是噩夢也該有醒的時候呀！

他冥愚地轉回身，目光動處，突地看到在他方才佇立的樹下，此刻竟站著一個滿身羅衫的華服少年，正含笑望著自己。

秋風吹起這少年寬大的衣衫，使得這本已極爲英俊的少年，更添了幾許瀟灑之意。笑容是親切而友善的，但此刻，金四卻沒有接受這分善意的心情，他垂下頭，走過這華服少年的身側，去牽那匹仍然停在樹下的馬。

哪知這華服少年卻含笑向他說道：「秋風已起，菊美蟹肥，正是及時行樂的大好時候，兄台卻爲何獨自在此發愁？如果兄台不嫌小弟冒昧，小弟倒願意爲兄台分憂。」

「入雲龍」金四緩緩抬起頭來，目光凝注在這少年身上，只見他唇紅齒白，丰神如玉，雙眉雖然高高揚起，但是卻仍不脫書生的儒雅之氣，此刻一雙隱含笑意的俊目，亦正凝視著自己。

兩人目光相對，金四卻又垂下頭去，長嘆道：「兄台好意，小弟感激得很，只是小弟心中之事，普天之下，卻像是再無一人管得了似的。」

那華服少年軒眉一笑，神采之間，意氣飛揚，含笑又道：「天下雖大，卻無不可行之事，兄台何妨說出來，小弟或許能夠稍盡綿薄，亦未可知。」

「入雲龍」金四微一皺眉，方自不耐，轉念間卻又想起自己遭受別人冷落時的心情，這少年一眼望去，雖然像是個不知道天多高、地多厚的富家少爺，人家對自己卻總是一片好意。

於是他停下腳步，長嘆著道：「兄台翩翩年少，儒雅公子，小可本不想將一些武林兇殺之事，告訴兄台，不過兄台如果執意要聽的話，唉——前行不遠，有間小小的酒舖，到了那裡，小弟就源源本本告訴兄台。」

那華服少年展顏一笑，隨著金四走上官道，此刻晚霞漸退，天已入黑，官道上的行旅，也愈來愈少，他們並肩行在官道上。「入雲龍」金四寂寞而悲哀的心中，突然泛起一絲暖意，側目又望了那少年一眼，只見他瀟灑而行，手裡竟沒有牽著馬。

金四心中微動，問道：「兄台尊姓，怎的孤身行路，卻未備有牲口？」

卻聽那少年笑道：「馬行顛簸，坐車又太悶，倒不如隨意行路，來得自在。」又笑道：「小弟姓柳，草字鶴亭，方才彷彿聽得兄台姓金，不知道台甫怎麼稱呼？」

金四目光一抬，微喟道：「賤名是金正男，只是多年飄泊，這名字早已不用了，江湖中人，卻管小弟叫做金四。」

兩人寒暄之中，前面已可看到燈火之光，一塊青布酒招，高高地從道側的林木中挑了出來，前行再十餘丈，就是一間小小的酒飯舖子，雖是荒郊野店，收拾得倒也乾淨。

一枝燃燒過半的紅燭，兩壺燒酒、三盤小菜，入雲龍幾杯下肚，目光又變得明銳起來，回掃一眼，卻見這小舖之中，除了他兩人之外，竟再也沒有別的食客，遂娓娓說道：「普天之下，練武之人可說多到不可勝數，可是若要在江湖之中揚名立萬，卻並不簡單。柳兄，你是個書生，對武林中事當然不會清楚，但小弟自幼在江湖中打滾，關內關外的武林中事，小弟是極少有不知道的——」

他微微一頓，看到柳鶴亭正自凝神傾聽，遂又接著道：「武林之中，派別雖多，但自古以來，就是以武當、點蒼、崑崙、峨嵋、崆峒，這幾個門派為主，武林中的高人，也多是出自這幾派的門下，但是近數十年來，卻一反常例，在武林中地位最高、武功也最高的幾人，竟都不是這幾派中的門人。」

他大口啜了口酒，又道：「這些武林高人，身懷絕技，有的也常在江湖間行道，有的卻隱跡世外，嘯傲於名山勝水之間，只是這些避世的高人，在武林中名頭反而更響，這其中又以伴柳先生、南荒神龍，和南海的無恨大師爲最。」

柳鶴亭朗聲一笑，笑著說道：「金兄如數家珍，小弟雖是聞所未聞，但此刻聽來，卻也未免意氣豪飛哩。」端起面前的酒杯，仰首一乾而盡。

卻聽金四又道：「那南海無恨大師，不但武功已然出神入化，而且是位得道的神尼，一生之中，手中從未傷過一人，哪知無恨大師西去極樂之後，她的唯一弟子南海仙子石琪，行事竟和其師相反，這石琪在江湖中才只行道兩年，在她劍下喪生的，竟已多達數十人，這些雖然多是惡徒，但南海仙子手段之辣，卻已使武林震驚了。」

燭光搖搖，柳鶴亭凝目而聽，面上沒有絲毫表情，那「入雲龍」金四面上卻是激動之色，又道：「幸好兩年一過，這位已被江湖中人喚做『石觀音』的女魔頭，突地銷聲匿跡，武林中人方自額手稱慶，哪知這石觀音卻又揚言天下，說是有誰能將她從那間隱居的屋子裡請出來的，她就嫁給那人爲妻，而且還將她得自南海的一些奇珍異寶，送給那人，唉！於是不知又有多少人送命在她手上。」

柳鶴亭劍眉微軒道：「此話怎講？」

金四「啪」地一聲，將手中的酒杯，重重放在桌上，一面吆喝店伙加酒，一面又道：「南海仙子美貌如仙，武林之中，人人都知道，再加上那些奇珍異寶，自然引起武林中人如痴如狂去碰碰運氣，但是無論是誰，只要一走進那間屋子，就永遠不會出來了，雖說這些人不該妄起貪心，但柳兄，你說說看，這『石觀音』此種做法，是否也大大地違背了俠義之道呢？」

店伙加來了酒，柳鶴亭爲金四滿滿斟了一杯，目中光華閃動，卻仍沒有說出話來，「入雲龍」金四長嘆一聲，又道：「我兄弟五人，就有四人喪命在她手上，但莽莽江湖之中，高手雖不少，卻沒有一個人肯出來主持公道，有些血性朋友，卻又武功不高，一入那間鐵屋，也是有去無回，柳兄，這三年來，我……我已不知爲此受了多少回羞辱，多少次笑罵，但我之所以仍苟活人世，就是要等著看那妖婦伏命的一日，我要問問看，她和這些武林朋友，到底有何仇恨？」

這「入雲龍」金四，愈說聲調愈高，酒也愈喝愈多。

柳鶴亭微微一笑，道：「金兄是否醉了？」

金四突地揚聲狂笑起來，道：「區區幾杯淡酒，怎會醉得了我？柳兄，你不是武林中人，小弟要告訴你一件秘密，這幾個月來，我已想盡方法，要和那些『烏衣神魔』打上交道，哈！——那『石觀音』武功再強，可也未必會強過那些『烏衣神魔』去。」

他抓起面前的酒杯，仰首倒入口中，又狂笑道：「柳兄，你可知道『烏衣神魔』的名聲？——你當然不會知道，可是，武林中人卻沒有人聽了這四字，不全身發抖的，連名滿天下的『一劍震河朔』馬超俊那種人物，都栽在這班來無影、去無蹤的魔頭手上，落得連個全屍都沒有，其餘的人，哈——其餘的人，柳兄，你該也知道了。」

他伸出右手的大拇指來，上下在柳鶴亭面前晃動著，又道：「江湖中人，有誰知道這些『烏衣神魔』的來歷？卻又有誰不懼怕他們那身出神入化的武功？這些人就好像是突然從天上掉下來的，但是，柳兄，這班人雖然都是殺人不眨眼，無惡不做的惡徒，但若用來對付『石觀音』——哈！哈！以毒攻毒，卻是再好也沒有了，只可惜我現在還沒有找著他們，否則——哈！」

這「入雲龍」金四連連飲酒，連連狂笑，已經加了三次酒的店小二，直著眼睛望著他，幾乎以爲這個衣衫襤褸的漢子，是個酒瘋。

柳鶴亭微微一笑，突地推杯而起，笑道：「金兄真的醉了。」整了整身上的衣裳，掏出錠銀子，放在桌上，含笑又道：「今日風萍偶聚，小弟實是快慰生平，但望他日有緣，還能再聆金兄高論，此刻，小弟就告辭了。」微一抱拳，緩步而出。

那「入雲龍」金四愣了一愣，卻又狂笑道：「好，好，你告辭吧！」「啪」地一拍桌子，喊道：「跑堂的，再拿酒來。」

已經走到門口的柳鶴亭，回顧一笑，拂袖走出了店門。門外的秋風，又揚起他身上的羅衫，霎眼之間，瀟灑挺秀的少年，便消失在蒼茫的夜色裡。

「入雲龍」金四踉蹌著走了出來，目光四望，卻已失去了這少年的蹤跡了。

在蕭索的秋風裡，「入雲龍」金四愣了許久，口中喃喃低語道：「這傢伙真是個怪人——」轉身又踉蹌地走到桌旁，爲自己又斟了滿滿一杯酒，端起來，又放下去，終於又仰首喝乾了。於是這間小小酒舖裡，又響起他狂放的笑聲，酒使得他忘去了許多煩惱，他覺得自己又重回到關外的草原上，躍馬馳騁放懷高歌了。

門外一聲馬嘶，「入雲龍」金四端起桌上的酒壺，齊都倒在一隻海碗裡，踉蹌又走出了門，走到那匹瘦馬的旁邊，將酒碗送到馬口，這匹馬一低頭，竟將這麼大一碗酒，全都喝乾了。

金四手腕一揚，將手中的空碗，遠遠拋了開去，大笑道：「酒逢知己，酒逢知己，哈！哈！卻想不到我的酒中知己，竟然是你。」左手一帶馬韁，翻身上了馬。

這匹昔日曾經揚蹄千里的良駒，今日雖已老而瘦弱，但是良駒伏櫪，其志仍在千里，此刻想必也和牠的主人一樣，昂首一陣長嘶，放蹄狂奔了起來，馬上的金四狂笑聲中，但覺道旁的林木，飛也似的退了回去，冰涼的風，吹在他火熱的胸膛上，這種感覺，他已久久沒有領受到了。

於是他任憑胯下的馬，在這已經無人的道路上狂奔著，也任憑牠奔離官道，躍向荒郊。

夜，愈來愈深——

大地是寒冷而寂靜的，只有馬蹄踏在大地上，響起一連串響亮的蹄聲，但是——這寂靜的荒郊裡，怎地突然響起了一陣悠揚的簫聲，混合在蕭索的秋風裡，嫋嫋四散！

更怪的是，這簫聲竟像是有著一種令人無法抗拒的力量，竟使得這匹狂奔著的馬，也不禁順著這陣簫聲，更快地狂馳而去。

馬上的「入雲龍」金四，像是覺得天地雖大，但均已被這簫聲充滿了，再也沒有一絲空隙來容納別的。他的心魂，彷彿已從躍馬奔馳的草原，落入另一個夢境裡，但覺此刻已不是在蕭索的秋天，吹在他身上的，只是暮春時節，那混合著百花香的春風，天空碧藍，綠草如茵——

馬行也放緩了下來，清細的簫聲，入耳更明顯了，入雲龍輕輕地嘆了口氣，緩緩勒住馬韁，游目四顧，他那張本已被酒意染得通紅的面孔，不禁在霎眼之間，就變得蒼白起來。

四下林木仍極蒼鬱，一條狹窄的泥路，蜿蜒通向林木深處，這地方他是太熟悉了，因為在這裡，他曾遭受過他一生最重大的變故。

林中是黑暗的，他雖然無法從掩映的林木中，看出什麼，但是他知道，前面必定有一塊空地，而在那塊空地上矗立著的，就是那間神秘鐵屋。於是，他心的深處，就無形地泛起一陣難言的悚慄，幾乎禁不住要撥轉馬頭，狂奔而去。

但是那奇異的簫聲，卻也是從林木深處傳出來的，簫聲一轉，四下已將枯落的木葉，都像是已恢復了蓬勃的生氣。

入雲龍枯澀而驚恐的心田裡，竟無可奈何地又泛起一陣溫馨的甜意，兒時的歡樂、青春的友伴、夢中的戀人，這些本是無比遙遠的往事，此刻在他心裡，都有著無比的清晰。

他緩緩下了馬，隨意拋下馬韁，不能自禁地走向林木深處，走向那一片空地——

月光，斜斜地照了下來，矗立在這片空地上，那黝黑的鐵牆，顯得更高大而獰惡了，鐵牆的陰影，沉重地投落了下來。

然而，這一切景象，都已被這簫聲溶化了。入雲龍惘然走了出來，尋了一塊大石坐下，舒適而懶散地伸出了兩條腿，他幾乎已忘了矗立在他眼前的建築物，就是那曾吞噬了不知幾多武林高手的性命，甚至連屍骨都沒有吐出來的鐵屋。

簫聲再一轉，溫馨的暮春過去了，美艷的初夏卻已來臨，轉瞬間，只覺百花齊放，彩蝶爭艷，而那吹簫的人，也忽然從鐵牆的陰影中，漫步出來，一襲深青的羅衫，衿袂飄飄，在月光下望去，更覺瀟灑出塵，卻竟是那神秘的華服少年柳鶴亭。

「入雲龍」金四在心中驚呼一聲！身軀卻仍懶散地坐在石上，緩緩抬起手，揚了揚，只因爲他此刻已被簫聲引入夢裡。

柳鶴亭眼中湧出一絲笑意，雙手橫撫青簫，夢幻似的繼續吹弄著，目光抬處，望到那一堵鐵牆上，鐵牆裡仍然是死一樣的靜寂。

「奇怪，這裡面的人難道沒有耳朵嗎？」金四在心中暗罵一聲，此刻他已知道這華服少年柳鶴亭，並不是自己所想像的富家公子，卻是個身懷絕技的武林俠少，雖然他的來歷，仍是個未解之謎，但他此來的用意，卻是顯而易見的。

「這簫聲該能引出這屋裡的『石觀音』呀！假如石觀音也和我一樣是個人，也有著人的感情的話，除非——哼！她不是個人。」

金四變動了一下坐著的姿勢，卻聽得簫聲愈來愈高亢，直欲穿雲而入，突又一折，嫋嫋而下，低迴不已。

於是百花競放的盛夏，就變成了少婦低怨的殘秋，穿林而來的秋風，也變得更爲蕭索了。月光，更明亮，鐵牆的陰影，卻更沉重。

入雲龍長長嘆息一聲，林中突地傳來一聲輕微的馬嘶——

他側顧一眼，目光動處，卻又立刻凝結住了。

黯黑的林中，突地嬝嬝走出一個遍體銀衫的少女，雲鬢高挽，體態若柳，手裡捧著一個三腳架子，在月光下閃著金光。

這少女輕移蓮步，漫無聲音地從林中走了出來，目光在金四身上一轉，又在那柳鶴亭身上一轉，緩步走到空地上，左手輕輕一理雲鬢，就垂下頭去，像是在凝聽著簫聲，又像是沉思著什麼。

入雲龍心中大爲奇怪，此時此地，怎會有如此一個絕美的少女到這裡來？哪知他目光一動，卻又有一個少女嬝娜從林中走出，也是一襲銀色的衣衫，高挽雲鬢，體態婀娜，只是手中卻捧著一個通體發著烏光的奇形銅鼓。

片刻之間，月光下銀衫飄飄，林中竟走出十六個銀裳少女來，手裡各各捧著一物，在這片空地上，排成一排，「入雲龍」金四望著這十六個婀娜的身影，一時之間，竟看得呆了，幾不知身在何處。

柳鶴亭按簫低吹，目光卻也不禁注目在這十六個奇異的銀裳少女身上，他的簫聲，竟不自覺地略爲有些凌亂了起來。

先頭入林的少女，口中嬌喚一聲，柳腰輕折，將手中的三腳架子，放在地上，另外十五個銀裳少女，幾乎也同在一剎那之間，放下了自己手上捧著的東西，嬝娜走入林中。

空地之上，卻多了八面大小不一，形狀各異的奇形銅鼓，有的在月光下燦著烏光，有的卻是通體金色，顯見得質料也全不一樣。

入雲龍一挺腰，站了起來，掠到林邊，卻見黝黑的樹林中，此刻已無半條人影，只有自己那匹瘦馬，垂首站在樹側。

風聲簌簌，簫聲又明亮起來，在這片林木間，嫋嫋四散。

入雲龍長嘆一聲，又惘然坐回石上，此刻這闖蕩江湖已數十年的武林健者，心神竟已全被簫聲所醉，縱然轉過別的念頭，也是瞬息即過。

他彷彿看到一個美麗的少婦，寂寞地佇立在畫廊的盡頭，木葉飄飄，群雁南渡，這少婦思念著遠方的征人，嘆息著自己的寂寞，低哼著一支悽惋的曲子，目光如夢，卻也難遣寂寞。

柳鶴亭雖然仍未識得愁中滋味，卻已將簫聲吹得如泣如訴，如怨如慕，但他目光轉處，鐵牆內仍然毫無動靜，鐵牆中的人，是否也有這種寂寞的感覺呢？

八面銅鼓，本在月光下各各閃著光芒，但鐵牆的陰影愈拖愈長，片刻之間，這八面銅鼓也都被籠罩在這片巨大的陰影裡，「入雲龍」金四的心情，似乎也被籠罩在這陰影裡，沉重得透不過氣來。

驀地，鼓聲「咚」地一響，衝破低迴的簫聲，直入雲霄。

入雲龍大驚抬頭，除了那吹著青簫的柳鶴亭外，四下仍無人影。

但那八面銅鼓，卻一連串地響了起來，霎眼間，但聞鼓聲如雷，如雨打芭蕉，而且抑揚頓挫，聲響不一，居然也按宮商，響成一片樂章，清細的簫聲，立刻被壓了下去。

這急遽的鼓聲，瞬息便在寂靜的山林中瀰漫開來，但在那八面銅鼓之前，卻仍無半條人影，「入雲龍」金四只覺一股寒意，直透背脊，掌心微微沁出了冷汗，翻身站起，遊目四顧，卻見那華服少年柳鶴亭，仍然雙手橫撫青簫，凝神吹奏著。

於是，簫聲也高亢了起來。

鼓聲更急，簫聲也更清越，但鐵牆後面，卻仍是死寂一片，沒有絲毫反應。

這鼓聲和簫聲，幾乎將入雲龍的心胸，撕成兩半，終於，他狂吼一聲，奔入林中，飛也似地掠了出去，竟將這匹瘦馬留在林木裡。

柳鶴亭劍眉微軒，知道自己今日遇著了勁敵，不但這鐵屋中的人，定力非比等閒，這在暗中以內家真氣隔空擊鼓之人，功力之深，更是驚人。

他目光如電，四下閃動，竟也沒有發現人影，只有那匹瘦馬，畏縮地從林木中探出頭來，昂首似欲長嘶，但卻嘶不出聲來。

柳鶴亭心中不禁疑雲大起，這擊鼓的人，究竟是誰呢？是敵，抑或非敵？這些問題困惑著他，簫聲，也就又低沉了下來。

須知這種內家以音克敵的功力，心神必須集中，一有困惑，威力便弱，威力一弱，外魔便盛，柳鶴亭此刻但覺心胸之中，熱血沸騰，幾乎要拋卻手中青簫，隨著那鼓聲狂舞起來。

他大驚之下，方待收攝心神，哪知鐵牆後面，竟突然傳出一陣奇異的腳步聲，在裡面極快地奔跑著，只是這聲音輕微已極，柳鶴亭耳力雖然大異常人，卻也聽不清楚。

他心中一動，緩步向鐵牆邊走去，哪知突傳來「嗆啷」一聲龍吟，一道青藍的光華，電也似的從夜色中掠了過來，龍吟之聲未住，這道劍光，已自掠到近前，柳鶴亭大驚四顧，只見一條瘦弱的人影，手持一口光華如電的長劍，身形微一展動間，已自飛掠到那八面銅鼓上，劍尖一垂，鼓聲寂然。

這條人影來勢之急，輕功之妙，使得柳鶴亭不禁也頓住簫聲，卻見這條人影，已閃電似地往另一方飛掠而出，只留下一抹青藍光華，在夜色中一閃而逝。

突地——

林木之中，又響起一陣暴叱，一條長大的人影，像蝙蝠似地自林梢掠起，衣袂兜風，「呼」地一聲，也閃電似的往那道劍光隱沒的方向追去。

這一個突來的變故，使得柳鶴亭愕了一下，身形轉折，掠到鼓邊，只見這八面銅鼓，鼓面竟都從當中分成兩半。

他雖已知道方才那擊鼓之人，定是隱在林梢，但這人究竟是誰呢？卻仍令他困惑，尤其是持劍飛來的一人，不但輕功好到毫巔，手中所持的長劍，更是武林中百年難見的利器神兵。

柳鶴亭身懷絕技，雖是初入江湖，但對自己的武功自信頗深，哪知一夜之中，竟遇著了兩個如此奇人，武功之高，竟都不可思議，而且見其首不見其尾，都有如天際神龍，一現蹤跡，便已渺然。

他呆呆地愣了許久，突然想起方才從鐵屋中傳出的那種奇異的腳步聲，兩道劍眉，微微一皺，翻身掠到牆邊，側耳傾聽了半晌，但此刻裡面又恢復寂然，半點聲音也聽不出來。

「這鐵屋之後，究竟是些什麼呢？那石琪——她又是長得什麼樣子呢？她爲什麼如此狠心，殺了這麼多和她素無怨仇的人？」

這些疑問，使得他平時已困惑的心胸中，更加了幾許疑雲，抬目望去，只見這道鐵牆，高聳入雲，鐵牆外面，固然是清風明月，秋色疏林，但在這道鐵牆裡面，該又是怎樣一種情況呢？

柳鶴亭腦海中，立刻湧現一幅悲慘的圖畫——

一個寂寞而冷酷的絕代麗人，斜斜地坐在大廳中的一張紫檀椅上，仰望著天上的明月，大廳的屋角，掛著一片片蛛網，窗櫺上，也堆著厚厚的灰塵，而在這間陰森的大廳外面，那小小的院子裡，卻滿是死人的白骨，或是還沒有化爲白骨的死人。

「這鐵牆後面，該就是這副樣子吧？」他在心中問著自己，不禁輕輕點了點頭，一陣風吹來，使得他微微覺得有些寒意。

於是他再次仰視這高矗的鐵牆一眼，突地咬了咬牙，想是爲自己下了個很大的決定，將手中那支青竹長簫，插在背後的衣襟裡，又將長衫的下襬，掖在腰間的絲帶上。

然後他雙臂下垂，將自己體內的真氣，迅速地調息一次，突地微一頓足，瀟灑的身形，便像一隻沖天而起的白鶴，直飛了上去。

上拔三丈，他空地疾揮雙掌，在鐵牆上一按，身形再次拔起，雙臂一張，便搭住鐵牆的牆頭，霎眼之間，他的身軀，就輕輕地躍入那道鐵牆後面，躍入那不知葬送了多少個武林高手的院子裡。

牆外仍然明月如洗，但同樣在這明亮的月光照射下的鐵牆裡，是不是也像牆外一樣平靜呢？這問題是沒有人能夠回答的，因爲所有進入這間鐵屋的人，就永遠在這世界上消失了蹤跡。

但是，這問題的答案，柳鶴亭卻已得到了。

他翻身入牆，身影像一片落葉似的冉冉飄落下去，目光卻機警地四下掃動，警戒著任何突來的襲擊。

此刻，他的心情自然難免有些緊張，因爲直到此刻，他對這座神秘的屋裡的一切仍然是一無所知。

鐵牆內果然有個院子，但院子裡卻寂無人影，他飄身落在地上，真氣凝佈全身，目光凜然四掃，院子裡雖然微有塵埃，但一眼望去，卻是空空如也，哪裡有什麼死人白骨！

「難道她把那些武林豪士的屍身，都堆在屋子裡嗎？」

他疑惑地自問一下，目光隨即掃到那座屋宇上。但見這座武林中從來無人知道真相的屋子，此刻黯無燈火，門窗也緊緊地關閉著。

穿過這重院子，他小心地步上石階，走到門前，遲疑了半晌，四下，仍然死一樣地靜寂，甚至連他自己的呼吸聲，都清晰可聞。

柳鶴亭緩緩伸出手掌，在門口輕輕推了一下，哪知道這扇緊閉著的門，竟「呀」地一聲，開了一線。他暗中吐了口長氣，手上一加勁，將這扇門完全推了開來，雙腿屹立如椿，生怕這扇門裡，會有突來的襲擊。

自幼的鍛鍊，使得他此刻能清晰地看出屋中的景象，只見偌大一間廳房裡，只有一張巨大的八仙桌子，放在中央，桌上放著一枝沒有點火的蠟燭，此外四壁蕩然，就再無一樣東西。

柳鶴亭心裡更加奇怪，右足微抬，緩緩跨了進去，哪知突然「吱」地一聲尖叫，發自他的腳下，他心魄俱落，身形一弓，「唰」地，倒退了回去，只覺掌心濕濕地，頭皮都有些麻了起來，幾乎已喪失了再進此屋的勇氣。

但半晌過後，四下卻又恢復死寂，他乾咳一聲，重新步上台階，一面伸手入懷，掏出一個火摺子，點起了火，他雖然能夠清晰的看出一切，但是這火摺子此刻的功用，卻只是壯膽而已。

一點火光亮起，這陰森的屋子，也像是有了幾分生氣，他再次探首入門，目光四下一掃，不禁暗笑自己，怎地變得如此膽怯。

原來大廳的地上，此刻竟零落地散佈著十餘隻死鼠的屍身，方才想是他一腳踏在老鼠身上，而這隻老鼠並未氣絕，是以發出一聲尖叫。

但是，他並不就此鬆懈下自己的警戒之心，仍然極爲小心地緩步走了進去，只見地上這些死鼠，肚子翻天，身上並無傷痕。

柳鶴亭心中一動，忖道：「這些老鼠，想必是難以抗拒外面的銅鼓之聲，是以全都死去。」心念一轉：「難道我方才聽到的那種奇異的腳步聲，也是這些老鼠，在未死之前，四下奔逃時所發出的嗎？」

於是，他不禁又暗中哂笑一下，謹慎地移動著腳步，走到桌旁，點起那枝蠟燭，燭光雖弱，但這陰森黑黯的廳堂，卻倏然明亮了起來。

大廳左右兩側，各有一扇門戶，也是緊緊關著，柳鶴亭一清喉嚨，沉聲道：「屋中可有人麼？在下專誠拜訪。」

死寂的屋子裡，立刻傳來一連串迴聲，「拜訪，拜訪……」

但迴聲過後，又復寂然，柳鶴亭劍眉一軒，「唰」地，掠到門口，立掌一揚，激烈的掌風，將這扇門「砰」地撞了開來。

廳中的餘光，照了進去，他探首一望，只見這間屋中，也是當中放著一張桌子，桌上放著一枝蠟燭，此外便無一物。

他心中既驚且怪，展動身形，在這間屋宇裡的每一個房間，都看了一遍，哪知這十數間房間，竟然間間一樣，房中一張桌子，桌上一枝蠟燭，竟連桌子的形狀、蠟燭的顏色，都毫無二致。

這整個一座屋宇中，竟連半個人影都沒有，那麼一入此屋的武林豪士，爲什麼便永不復出呢？他們到哪裡去了？

這問題雖然只有一個，但在柳鶴亭心中，卻錯綜複雜，打了無數個死結，因爲在這個問題裡，包含著的疑問，卻是太多了。難道這屋中從沒有人住過嗎？那麼石琪爲什麼要隱居於此呢？但若說石琪的確住在這屋子裡，那麼她此刻又到哪裡去了？

那些進入此屋的武林豪士，是否都被石琪殺死了呢？若是，他們雖死，總該也有屍身，甚至是骨頭留下呀！難道這些人都化骨揚灰了不成？

若說這屋中根本無人，這些人都未死，那麼他們又怎會永遠失蹤了呢？

柳鶴亭沉重地嘆著氣，轉身走回大廳，喃喃地低語著：「這究竟是怎麼回事？這簡直豈有此理！」

話聲方落，廳中突地傳出一聲嬌笑，一個嬌柔無比的聲音，緩緩說道：「你罵誰呀？」

聲音嬌柔婉轉，有如黃鶯出谷，但一入柳鶴亭之耳，他全身的血液，不禁都為之凝結住了。

他微微定了定神，一個箭步，竄入大廳。

只見大廳中那張八仙桌子上，此刻竟盤膝坐著一個美如天仙的少女，身上穿著一套緊身的翠綠短襖，頭上一方翠綠的紗巾，將滿頭青絲，一齊包住，一雙其白如玉的春蔥，平平放在膝上，右手無名指上，戴著一個特大的指環，在燭光下閃著絢麗的色彩。

這少女笑容方斂，看到柳鶴亭的樣子，不禁柳眉一展，一雙明如秋水的眸子，又湧現出笑意，梨渦輕現，櫻口微張，嬌聲又道：「誰豈有此理呀？」

柳鶴亭愣了半晌，袍袖一展，朝桌上的少女，當頭一揖，朗聲笑道：「姑娘是否就是此屋主人，請恕在下冒昧闖入之罪。」

他本非呆板之人，方才雖然所見太奇，再加上又對這間神秘的屋子，有著先入為主的印象，是以微微有些失態，但此刻一揖一笑，卻又恢復了往昔的瀟灑。

那少女的一對翦水雙瞳，始終盯在他的臉上，此刻噗哧一笑，伸出那隻欺霜賽雪的玉手，輕輕掩著櫻唇，嬌笑著道：「你先別管我是不是這屋子的主人，我倒要問問你，深更半夜的，跑到這裡來穿房入舍的，到底是為著什麼？」

柳鶴亭低著頭，不知怎地，他竟不敢接觸這少女的目光，此刻被她這一問，竟被問得吶吶地說不出話來，沉吟了許久，方自說道：「小可此來，的確有著原因，但如姑娘不是此屋的主人，小可就不擬奉告。」

這少女「唷」了一聲，嬌笑道：「看不出來，你倒挺會說話哩，那麼，我就是這裡的主人——」

柳鶴亭目光一抬，劍眉立軒，沉聲道：「姑娘如果是此間的主人，那麼小可就要向姑娘要點公道，我要問問姑娘，那些進到這間屋子裡來的人，究竟是生是死？這些人和姑娘——」

哪知這少女竟又噗哧一笑，截斷了他的話，嬌笑道：「你別這麼兇好不好，誰是這裡的主人呀？我正要問問你呢！剛剛你前前後後地找了一遍，難道連這間房子的主人都沒有找著嗎？」

這少女嬌聲笑語，明眸流波，柳鶴亭心裡，卻不禁有些哭笑不得，半晌說不出話來，卻見這少女柳腰微挺，從桌上掠了下來，輕輕一轉身，理了理身上的衣裳，回過身來，嬌笑又道：「我就不相信這房子裡連個人影都沒有，來，我們再去找找看。」

柳鶴亭目光再一抬，突地問道：「方才在外面，揮劍破鼓的，可就是姑娘？」方才這少女轉身之間，柳鶴亭目光轉動，看到她背後，竟揹著一柄形式奇古的長劍，再看到這少女躍下桌時那種輕靈曼妙的身法，心中不禁一動，此刻不禁就問了出來。

這少女輕輕點了點頭，嬌笑道：「對了，本來我聽你吹簫，吹得滿好聽的，哪知被那傢伙叮叮咚咚地打一鼓，我也聽不成了，我一生氣，就把那些鼓給毀了。」

她微微一頓，接著又道：「不過，我也差點兒就讓那打鼓的傢伙追著，那傢伙功夫可真高，滿口長鬍子，長得又怕人，又真怕讓他追著。」她噗哧一笑，又道：「幸好這傢伙功夫雖高，頭腦卻不大靈活，被我一兜圈子，跑到這房子裡來，他就追不著了。」

這少女嘀嘀咕咕，指手劃腳地一說，卻把柳鶴亭聽得愣住了。

方才他本暗驚於持劍破鼓人的身手，卻想不到是這麼一個嬌憨天真的少女，自己幼承家教，父母俱是武林中一流高手，再加上自己天資，也不算不高，此次出道江湖，本以爲縱然不能壓倒天下，但在年輕一輩中，總該是頂尖人物了。

哪知此刻這少女，年紀竟比自己還輕，別的武功雖未看到，但就只輕功一樣，非但不在自己之下，甚至還勝過自己少許。

他愣了半晌，深深地體驗到「人外有人，天外有天」這句話的意義，平日的驕狂之氣，在這一瞬間，消去不少。

那少女秋波流轉，又自笑道：「喂，你在這裡發什麼愣呀？跟我一齊再去找找看嘛，你要是不敢去，我就一個人去了。」

柳鶴亭微一定神，卻見這少女正自似笑非笑，似嗔非嗔地望著自己，明媚的眼波，在幽黯的燭光中，有如兩顆晶瑩的明珠，嬌美的笑靨中，更像是在盪漾著暮春微帶甜香的春水，水中飄滿了桃花的漣漪。於是，在回答她的問話之前，他尚未說出的言詞也似乎在這旋轉的漣漪中消失了。

那少女梨渦稍現，嬌嗔又起，不知怎地，雙頰之上，卻悄悄飛上兩朵紅雲，狠狠的白了柳鶴亭一眼，嬌嗔著道：「真沒想到這麼大一個男人，膽子卻比姑娘家還小。」語聲未歇，纖腰微扭，她輕盈的身軀，便已掠出這間屋子。

柳鶴亭只覺一陣淡淡的幽香，隨著一陣輕風自身側掠過，回首望去，門檻邊只剩下她一抹翡翠衣衫的衣角，再定了定神，擰腰錯步，「嗖」地，也隨著她那輕盈的身軀，掠了出去。

燭光愈來愈黯，但他明銳的目光，卻仍能看到這翡綠的人影，在每間房間裡如輕鴻般一掠而過，飛揚的晚風裡，似乎飄散著那一縷淡淡地，有如幽蘭一般的香氣。

陰森森幽黯的房屋，似乎也被這一縷香氣，薰染的失去它那原有的陰森恐怖了，於是柳鶴亭心胸中的那分驚悸疑惑，此刻也變爲一種微帶溫馨的迷亂，他驚異於自己心情的改變，卻又欣喜地接受了，人類的心情，可該是多麼奇妙呀！

穿過這十餘間房子，以他們身形的速度，幾乎是霎眼間事。

他追隨著這條翠綠的身影，目光動處，卻見她竟驀地頓住了身形，站在這棟屋宇的最後一間房子裡，像是突然發現了什麼。

「這裡的每間房間，原本是同樣地空洞的呀！難道這間房子，此刻竟有了什麼改變？難道這間房子，此刻突地現出奇蹟？」

柳鶴亭心中不禁大奇，電也似地掠了過去，只見這間房間，卻是絲毫沒有改變，而那翠衫少女卻正呆呆地望著房中那張桌子出神。

他輕咳一聲，袍袖輕拂，急行如電的身形，便倏然而頓，那少女秋波微轉，緩緩回過頭來，望了他一眼，卻又立刻回轉頭去，望在那木桌上，語氣中微帶驚詫地說道：「奇怪……怎地別間房子裡的桌子上，放著的全都是半枝蠟燭，這張桌子上，放著的卻是一盞油燈？」

柳鶴亭心中一動，隨著她的目光望去，只見這張和別間房子完全一樣的八仙桌子上，放著的果然不是蠟燭，而是一盞形式製造得頗爲古雅的銅燈，在這黝黯的夜色中，一閃一閃地發著光澤。

他心中不禁暗道一聲：「漸愧。」轉目望著那翠衫少女，道：「姑娘真好眼力，方才小可到處查看了一遍，卻未發現這間房子裡放著的不是蠟燭。」

這少女抿嘴一笑，輕輕道：「這也沒什麼，不過我們女孩子，總比你們男孩子細心些就是了。」語氣輕柔如水。

柳鶴亭呆了一呆，暗中忖道：「這少女方才言語那般刁蠻，此刻卻又怎地如此溫柔起來？」他想來想去，想不出這其中的原因，卻不知道自古以來，少女的心事最是難測，又豈是他這未經世故的少年能猜得到的。

卻見她緩緩移動著腳步，走到桌前，垂下頭仔細看了一看，又道：「你身上可有火摺子，點起來好不好？」語猶未了，火摺子便已亮起，她回眸一笑，又道：「你動作倒真快得很。」

柳鶴亭但覺面上一紅，舉著火摺子，站在她身旁，半晌說不出話來。

只見她螓首深垂，露出後面一段瑩白如玉的粉頸，茸毛微微，金黃如夢，襯著滿頭漆黑的青絲，令人爲之目眩心動。

柳鶴亭暗嘆一聲，努力地將自己的目光，從這段瑩玉上移開，卻見這少女驀地嬌喚一聲，抬起頭來，滿懷喜悅地望著他道：「原來全部秘密都在這盞銅燈上！」

柳鶴亭微微一愣，卻聽這少女又道：「你看，這盞銅燈裡面燈油早已枯竭，而且還佈著灰塵，顯見是好久沒有用了，但是銅燈的外面，卻又是那麼光亮，像是每天都有人擦拭似的，你想，這又是什麼原因呢？」

柳鶴亭沉吟半晌，恍然道：「姑娘的意思，是否是說這盞銅燈，是個機關消息的樞鈕？」

這少女伸出手掌，輕脆地拍了一下，嬌笑著說道：「對了，看不出你倒也聰明得很！」

柳鶴亭面頰竟又一紅，他自負絕才，的確亦是聰明之人，自幼而長，不知受過多少人的稱讚，早已將這類話置之淡然。

然而此刻這少女淡淡說了一句，卻使他生出一分難以描述的喜悅，那似乎遠比他一生之中受到的千百句的稱讚的總和，意義還要重大些。

這少女秋波一轉，又道：「這棟房屋之中，不知包含著多少的秘密，按理說絕對不會沒有人跡，那麼，這座屋子裡的人跑到哪裡去了呢？」

她輕笑一下，接著道：「這張桌子下面，必定有著地下秘密，這棟屋子的秘密，必定就是隱藏在這裡，你說，我猜的對不對？」她一面說著話，一面便又伸出手掌，不住地撫弄著那盞銅燈，但這盞銅燈，卻仍然動也不動。

柳鶴亭的雙眉微皺，並指如戟，在桌上一打敲，只聽「噹」地一聲，這張外貌平常已極，只是稍微大些的八仙桌子，竟然是生鐵鑄成的。

他雙眉又爲之一皺，凝目半晌，只見那少女雙手捧著銅燈，向左一搬，又向右一推，只是銅燈卻仍然不動。

她輕輕一跺腳，回轉頭來，又自嬌嗔著道：「你別站在這裡動也不動好不好，過來幫忙看看呀！」

柳鶴亭微微一笑，突地伸出手掌，平平向那盞銅燈拍去。

這少女柳眉輕顰，嗔道：「你這麼蠻來可不行，這東西……」

她話未說完，哪知目光動處，卻見這盞銅燈，竟隨著柳鶴亭的手掌，嵌入桌面，接著一陣「軋軋」的機簧之聲，這張桌子，忽然升了起來，露出地上一個深黑的地洞。

這一來，那少女卻不禁爲之一愣，轉目望去，柳鶴亭正含笑望著她，目光之中，滿是得意之色，好像又是期待著她的讚許。

哪知她卻冷哼一聲，冷冷地說道：「好大的本事，怎麼先前不抖露出來，是不是非要人家先丟了人你才高興？」嬌軀一扭，轉過身去，再也不望他一眼。

柳鶴亭暗嘆一聲，忖道：「這少女好難捉摸的脾氣，她心裡在想著什麼，只怕誰也無法知道。」

他卻不知那少女口中雖未對他稱讚，芳心之中，卻已默許，正自暗暗忖道：「想不到這少年不但人品俊雅，武功頗高，對這土木機關之學，也有頗深的造詣。」轉念又忖道：「像他這樣的人才，真不知是誰將他調教出來的。」兩人心中，各各為對方的才華所驚，也不約而同地在猜測著對方的師承來歷，只是誰也沒有猜到。

那鐵桌緩緩上升三尺，便自戛然停住，下面黝黑沉沉，竟無梯級可尋。

柳鶴亭呆了半晌，方自吶吶說道：「姑娘在此稍候，待小可下去看看。」一撩衫角，方待躍下。

哪知，那少女卻又突地回首嗔道：「你想就這樣跳下去呀？哼——我從來沒有見過比你更笨的人，你先丟塊石塊下去看看呀，你知道下面是什麼？」口氣雖是嬌嗔，但語意卻是關切的！柳鶴亭聽在耳裡，面上不禁露出喜色，目光四轉，想找塊可以探路的石頭。

那少女嘴角一撇，突地微一頓足，轉身飛掠出去。

柳鶴亭不禁又為之一愣，心中方自驚詫，卻見那少女驚鴻般掠了回來，玉手輕伸，一言不發地伸到柳鶴亭面前，手中卻拿著一段蠟燭。

他心中暗自讚嘆一聲，覺得這少女的聰慧，處處俱在自己之上，一時之間，也不知該說什麼，默默地將蠟燭接了過來，用手中的火摺子點上火，順手一拋，向那黑沉的地道中拋了下去。

一點火光，在黝黑的地道中筆直地落下，霎眼便自熄滅，接著只聽「噗」地一聲，從地底傳來，那少女柳眉一展，道：「下面是實地，而且並不深。」

柳鶴亭目光微抬，卻見這少女竟將目光遠遠避開，伸出手來，輕輕道：「你把火摺子給我。」

默默交過火摺子，柳鶴亭心胸之間但覺情感波激，竟是自己前所未有，這少女忽而嬌嗔，忽而刁蠻，忽而卻又如此溫馴，使得他百感交集，亦不知是怒、是喜，只覺得無論她所說的話是嗔、是怒，抑或是如此地溫柔，卻同樣地帶著一分自己從未經歷過的甜意。

拿過火摺子，指尖微觸到柳鶴亭堅實的手指，這刁蠻的少女心中，不知怎地，也盪漾起一絲溫馨的漣漪。

她暗問著自己，為什麼自己對這素昧平生的少年，有時那麼兇狠，有時卻又那麼溫柔。

她不能回答自己，於是，她的面頰，又像桃花般紅了起來。

因為她知道，當人連自己都不能瞭解自己的時候，那就是……

她禁止自己再想下去，秋波轉處，柳鶴亭已縱身躍了下去，一聲輕微的聲響，便自地底傳出，那聲音甚至還遠比蠟燭落下時輕微的多，這種輕功，又是多麼的足以驚人呀！

她暗中微笑一笑，輕移蓮步，走到地洞旁邊，俯首望去，下面黝黑的有如盲人眼中的世界，她縱然用盡目力，可也無法看清下面的景象。

於是，她又開始焦急起來。

「這下面究竟是什麼樣子呢？會不會有人？唉！我真該死，怎麼讓他一個人跳下去，萬一他——」

她再一次阻止住自己的思潮，她是任性的，從她懂事那一天起，她從不知道什麼叫做自責，但此刻，為著一個陌生人，她卻暗自責備自己起來，這是一種多麼奇異的現象，卻又是一種多麼可喜的現象呀！

獨自佇立半晌，心中紊亂難安，她暗中一咬銀牙，正待也縱身躍下。

哪知——

地底驀地傳來他清朗的口音，說道：「姑娘，這裡並不太深，你筆直地跳下來就行了。」稍微一頓：「可是卻千萬要小心些，這裡黝暗得很。」

她溫柔地微笑一下，秋波之中，煥發起喜悅的光彩，使得她望來更美如仙子，但是她口中卻仍嬌嗔著道：「你放心，我摔不死的，哼——別以為你的輕功就比別人強些。」然後又暗中偷笑一下，撩起衫角，躍了下去。

躍到中途，手中的火摺子倏然滅了，於是下面彷彿變得更加黑暗，黑暗得連人影都無法分辨。

她輕盈而纖細的腰肢，在空中輕輕轉折一下，使得自己落下的勢道，更加輕靈，當她腳尖觸到地面的時候，便幾乎沒有發出任何聲音。

但是，撲面而來的一股強烈的男性氣息，卻使得她有些慌亂起來，踉蹌地退後兩步，方自穩住身形，一個強而有力的臂膀，卻已經輕扶住了她的身子，只聽柳鶴亭柔聲說道：「姑娘小心些，這裡實在太暗——」

哪知他話猶未了，肘間卻已微微一麻，那少女冷冷哼了一聲，嗔道：「你多什麼事，難道我自己就站不穩嗎！哼，動手動腳的，像什麼樣子。」

這輕描淡寫地幾句話，聽在柳鶴亭耳裡，卻有如雷轟電擊一般，使得他全身一震，悄然縮回手掌，一時之間，竟不知說什麼才好。

他呆呆地愣了半晌，心胸之中，但覺羞、慚、惱、怒，交換紛沓，愈想愈覺不是滋味，黑暗之中，只見那少女一雙光彩奪人，有如明珠般的秋波，一眨一眨地，彷彿仍在望著自己，他雖然知道她必定看不見自己的面容，卻也不禁為之垂下頭去。

哪知那少女竟又噗哧一笑，嬌笑著道：「你怎麼不說話了呀？喂，我問你，你下來了半天，到底看到了什麼沒有？」語氣嬌柔如鶯，哪裡還是方才那種冷冰冰的樣子？

柳鶴亭不禁又愣了一下，暗中苦笑起來。這少女忽而嗔怒，忽而嬌笑，忽而溫柔，忽而刁蠻，使得他根本不知如何應付才好，只得暗中長嘆一聲，轉身走了兩步，一面答道：「此間伸手難辨指掌，小可實是一無所見，但在這神秘的屋宇中，既然有此地窟，必定大不尋常，而且方才小可伸手觸處，這地道盡頭，彷彿有座門戶，門上還刻著浮雕，如果小可猜想不錯的話，這扇門戶之後，必定別有天地——」

說到這裡，他忽然想起，如果自己猜測錯誤，豈非又要受到這少女的訕笑？便倏然住口不言，卻聽那少女溫柔地笑道：「這裡實在黑得怕人，你能在這麼黑的地方發現了這麼多，也真算不容易了。」

語聲微頓，突又噗哧一笑，低語道：「我真是糊塗，怎麼連這個都沒有想到——」語聲又自一頓，突聽「嗆啷」一聲龍吟，霎眼之間，柳鶴亭眼前便已光華大作，這道有如厲電般的光華，使得他幾乎睜不開眼來。

那少女卻又嬌笑著道：「我早該把這口劍拔出來的，不比火摺子好得多了嗎？」突地嬌喚一聲，又道：「你看，前面果然有扇大門，呀——這扇大門可真漂亮，我從來也沒有看過這麼漂亮的大門！」

柳鶴亭雙目微閉即張，卻見這少女已嫋娜走到自己身側，笑靨如花，梨渦隱現，胸前卻橫持著一柄精光耀目，宛如一泓秋水般的青鋒長劍。她嬌美的面容被劍光一映，更顯得風華絕代，麗質天生。

但是，他的目光卻不敢在這嬌美的面容上停留太久，轉目望去，只見這條並不十分狹窄的地道盡頭，果然是一座門戶，高約三丈，氣象恢宏，門上龍騰虎躍，浮雕隱現，被這森寒明亮的劍光一映，更覺金碧輝煌，富麗之極，卻看不出究竟是何物所製。

在這種黑黯的地道裡，突然發現如此堂皇的門戶，柳鶴亭不禁爲之心中大奇。

那少女卻仍然帶著滿面的嬌笑，指點說道：「真難爲她，在這裡還建了扇這麼漂亮的大門，你再猜猜看，這扇大門裡究竟有著什麼？」

話聲方了，纖腰微扭，已自掠到門前，伸手一推那一雙金光晶瑩的門環，只聽「鐺」地一聲清鳴，大門卻絲紋不動，柳鶴亭長長透了口氣，他生怕這少女一推大門，門內會有什麼令人不及預防的變化發生，此刻見她推之不動，心中反倒一定。

哪知這少女柳眉輕顰，突地將右面的門環向左一拉，這扇大門竟漫無聲息的開了一半，劍光映處，門內空空洞洞，什麼東西都沒有，彷彿仍是一條地道。

柳鶴亭雖然年輕，行事卻頗爲慎重，方待仔細觀察之後，才定行止，卻見這少女嘴角一揚，已當先走了進去，像是根本就沒有將任何危險放在心上！

進了大門，前行數步，地中陰寒而潮濕的空氣，便撲面向柳鶴亭襲來，他突地想到江湖中有關這鐵屋中的種種傳說，不禁機伶伶打了個寒噤，自己一入此門，生死實未可知，也許從今以後，自己便再也無法走出這扇門戶一步了。

那少女嬝娜前行，頭也不回，卻又嬌笑一聲，緩緩說道：「你要是不敢進來，就在外面等我好了。」

柳鶴亭但覺心胸之間，熱血上湧，再也不顧別的，大步趕過這少女的身旁，當先走去。

只見地道前行丈餘，便又到了盡頭，但左右兩側，卻似各有一條歧路，柳鶴亭一掠上前，舉目四顧，卻見這條地道左面的歧路盡頭，是一扇上面亦有浮雕隱現的黑色大門，而右面歧路盡頭，卻是一扇紅色門戶！

他停步遲疑半晌，轉身向右而行，那少女亦步亦趨地跟在他身後，面上雖然仍帶笑容，但目光中卻又現出緊張之色。

走到紅色門前，柳鶴亭回頭一望，這少女明媚的秋波，仍在凝視著他，他胸膛一挺，疾地伸出手掌，在門環上砰地一擊，這扇亦極堂皇的紅色大門，便也漫無聲息地開了，一道明亮的光線，突地自門內射出，使得那少女手上的劍光，都爲之黯然失色。

站在門外的柳鶴亭，此刻的心情是奇妙而緊張的，十年來武林中人，從未有一人能看到這門中的秘密，而此刻他只要探首一望，所有的秘密便似乎都可揭曉，他又沉重地透了口長氣，舉步向門內走去。

哪知——

門內的景象，卻是柳鶴亭再也無法料想得到的。那少女一腳跨了進來，亦不禁失聲驚呼起來。

這陰森而黝黯的地道中，這扇詭異而神秘的門戶之內，竟是一間裝置得十分華麗的女子繡閣，四面牆壁，鋪綴著一塊塊微帶乳白的青玉方磚，屋頂上卻滿綴著龍眼大小的晶瑩明珠，屋內錦帳流蘇，翠寰高堆，四面桌几妝枱，設置更是清麗絕俗。

柳鶴亭轉目四望，只見四壁青玉磚上，俱是自己和這少女的人影，人面珠光，交相掩映，一時之間，他彷彿陡然由陰森的地獄之中，置身於人間天上！

他出身雖非閥閱豪富，但武林世家的子弟，所見所聞，卻也未見會在豪富子弟之下，而此刻他只覺自己一生之中，從未聽過世間有如此美麗的地方。

那少女秋波流轉，似乎也看得呆了，手中的長劍，竟也緩緩垂落了下來，劍尖觸著地面，「嗆」地一聲輕鳴，原來地面亦是青玉鋪就！

她呆立半晌，鼻端竟漸漸嗅到一種淡淡的甜香之氣，亦不知從何處生出，這種淡淡的香氣，使得這間本已華麗迷人的繡閣，更有如夢境一般的美麗。

一時之間，兩人似乎俱為這繡閣中的情景所醉，方才心中的疑惑驚懼之心，此刻早已蕩然無存，這少女輕輕一嘆，輕輕插回長劍，緩緩走至床側，卻重重地坐了下來，斜斜往床邊一靠，滿身俱是嬌慵之態，就像是個未出閨閣的懷春少女，哪裡還有半分仗劍縱橫，叱吒江湖的俠女模樣？

柳鶴亭亦覺得心中飄飄盪盪，彷彿站在雲端，立足不穩，也想找個地方靠下來，轉目望去，只見這少女的嬌靨越發嫣紅，秋波越發明亮，而她那種甜甜的笑容，更有如三月的春風，和暖地吹到他身邊，使得他連逃避都不能。

於是，他也緩緩走到床側，坐了下來，厚厚的床墊，像蜜糖一樣柔軟，隔著流蘇的錦帳，向外望去，只見對面牆上，也有一張繡榻、一面錦帳。繡榻之上，錦帳之下，並肩坐著一男一女，男的目如朗星，修眉俊目，紅唇貝齒，英俊挺逸，女的更是杏眼含媚，櫻唇若點，宜喜宜嗔，艷麗無倫。

這一雙人影，女的秋波之中，滿含一種難以描摹的光彩，男的面目之上，卻帶著一種如痴如醉的神色，他呆呆望了兩眼，心中方自暗笑這一雙男女的神態，卻見對面的少年也對自己一笑，他定了定神，才突地想起，這不過是自己的人影，心中一涼，有如冷水澆頭，口中大喝一聲，閃電般地掠出房去。

地道中陰森的寒氣使得他心神一清，他不禁暗中低呼一聲：「僥倖！」探首望去，那少女仍嬌慵地倚在床邊，漫聲呼道：「喂，你到哪裡去呀！」

柳鶴亭暗中一咬鋼牙，屏住呼吸，一掠而入，疾伸鐵掌，電也似地扣著這少女的脈門，將她拉了出來，這少女還是滿面茫然之色，直到柳鶴亭將她拉到另一扇漆黑的大門前，鬆開手掌，沉聲道：「姑娘，你沒事了吧？」

她定了神，想到自己方才的神態，才不禁爲之紅生雙頰，垂下頭去，再也不敢望柳鶴亭一眼。

由那邊門戶中映出的珠光，使得這地道中沒有方才那般黝黑，柳鶴亭站在門前，略一調息，「砰」地一聲，又再推門而入，這一次他遠較方才戒備嚴密，是以完全屏住呼吸，進內一看，只見——這扇漆黑門戶中，竟也是一間女子繡閣，驟眼望去，裡面錦帳流蘇，翠麗高堆，桌几妝枱，陳設景然，屋頂明珠如星，壁青如玉，似乎和方才那間屋子一模一樣。

但仔細一看，這屋中四壁的青玉方磚，卻隱隱泛出一種灰黑之色，錦帳翠麗，也絕不是那間屋子那種嫩綠粉紅之色，四下的桌几妝枱上，在那間紅色門後的繡閣中，放置的本是珠寶珍玩，而在這間房裡，卻排列著一個個漆黑玉瓶！

走進這間房子，他似乎不由自主地感到一種陰森恐怖之意，這不但和方才那種溫馨迷亂的感覺大不相同，也和在地道中所感覺的那種陰森寒意迥然而異。

那少女在門外遲疑半晌，方自緩步走了進來，目光四下一掃，面色亦爲之大變，她再也想不通在這兩間裝置幾乎一樣的房間裡，竟會感到如此截然不同的氣氛，抬頭一望，只見屋頂上雖亦滿綴明珠，但珠上所發的珠光，卻是一種黯淡的灰白色，映在柳鶴亭面上，使得他本來英俊挺逸的面目，卻幻出一種猙獰的青灰之色！

她暗中驚呼一聲，不由自主地伸手握著柳鶴亭的手掌，只覺兩人俱都掌心潮濕，竟是各各都出了一手冷汗。

兩人目光相對，雖然俱都摒住呼吸，誰都沒有說話，但彼此心中，卻似都知道對方在想著自己的心事：「這間屋子怎地如此古怪！」兩人都恨不得立時奔出這間鬼氣森森的房間，才對心思，但十年來有關這座神秘屋宇的種種傳說，此刻仍像一隻濃霧中的海船，讓人摸不著方向，他們雖然俱都心生驚懼，卻又都下了決心，要將這神秘的謎底探出，是以縱然如此，卻誰也沒有向外移動一步！

兩人彼此緊緊握著對方的手掌，雖然此刻兩人心中沒有半分溫馨之情，但彼此手掌相握，卻似都給了對方一分勇氣！

然後他們緩緩走到牆邊的一座妝枱之前，妝枱上放著兩排黑色玉瓶，柳鶴亭伸手取了一個，凝目而視。

只見這晶光瑩然，極爲精緻，但非金非玉，亦不知是何物所製的黑色小瓶上，竟刻著兩行不注目凝視，便難發現的字跡。

仔細一看，上面寫著的竟是……

「滄州趙家坪，五虎神刀趙明奇。」以及「辛丑秋日黃昏」兩行十八個字跡娟秀的蠅頭小楷！

柳鶴亭心中一動，劍眉怒軒，將這黑色小瓶，伸手遞與身側的少女。

她看清了瓶上的字跡，柳眉亦爲之一軒，鬆開緊握著的手掌，旋開瓶塞，珠光輝映之下，只見瓶中似是血污滿瓶，她雖然無法看清究竟裡面裝的是什麼，但心頭亦不禁泛起一陣噁心的感覺，機伶伶打了個寒噤，手指一鬆，小瓶筆直地落了下去。

兩人同時驚呼一聲，柳鶴亭閃電般伸出手掌，手腕一抄，竟將這眼看已將要落到地上的黑色小瓶抄在手掌之中。

但一聲驚呼過後，兩人再也無法屏住呼吸，只覺一股難以描述的腐臭之氣，撲鼻而來，而這黑色小瓶之中，卻露出半截亂髮！

到了此刻，他心中再無疑念，那些冒死進入這棟神秘屋宇中來的武林豪士，果然都一一死在那南海仙子石琪手中，而這手狠心辣的女子，竟還將他們的屍身化做膿血，貯在這些小瓶之內。

一時之間，柳鶴亭但覺胸中怒氣塡膺，恨不得立時找著這狠心的女子，問問她爲何要如此做法。

但是，居住在這棟房屋裡的「南海仙子石觀音」，此刻卻又到哪裡去了？

他深皺劍眉，忍受著這撲鼻而來的臭氣，將小瓶又放到桌上，然後再將桌上的黑瓶一一檢視，便發覺每個小瓶上面，都刻著一個武林豪士的名號，以及一行各不相同的時日。

這些名號在江湖中各有名聲，各有地位，有的是成名多年的鏢客武師，有的是積惡已久的江湖巨盜，看到這三張小几上的第七隻小瓶，柳鶴亭不禁心中一動，暗暗忖道：「此人想必就是那入雲龍金四的弟兄了！」

原來這隻黑瓶之上，刻著的名字竟是：「遼山大豪，金面龍卓大奇！」而以下的三隻瓶子，自然就是烈火龍、翻江龍、多手龍等人了！

他暗嘆一聲，將這四隻黑瓶，謹愼地放入懷中，轉目望去，卻見那少女仍然停留在第二張小几前面，雙手捧著一隻黑瓶，目光卻遠遠的望著屋角，她一雙瑩白如玉的手掌，也在不住地顫抖著，像是發現這瓶上的名字與她自己有著極深的關係似的。

於是他立刻走到她身側，低聲問道：「你怎樣了？」

但是這少女卻仍然不言不動的呆立著，像是根本沒有聽到他的話，從側面望去，她面上清秀的輪廓，更覺動人，但此刻那一雙明媚的秋波中，卻滿含著憤恨怨毒之色。

柳鶴亭再次暗嘆一聲，不知該如何勸慰於她，探頭過去，偷眼一望，這隻黑瓶上的名字，竟是：「江蘇，虎丘，西門笑鷗。」

他生長於武林世家，對於江湖中成名立萬的人物，知道的本不算少，但這「西門笑鷗」四字，對他卻極爲陌生，而此刻他連這少女的名字都不知道，自然更不知道她與此人之間究竟有何關係，但她必定識得此人，卻是再無疑問的了。

哪知這少女卻突地轉過頭來，緩緩問道：「你認得他嗎？」

柳鶴亭搖了搖頭，這少女立刻又接口問道：「你見過他嗎？」

柳鶴亭又搖了搖頭，卻見這少女竟幽幽長嘆了一聲，目光又自落到屋內，緩緩說道：「我也沒有見過他。」

柳鶴亭不禁呆了一呆，心中暗奇！

「你既未見過此人，卻又怎地爲此人如此傷心？」

卻見這少女又自幽幽一嘆，將這隻小瓶，輕輕放回几上，仲手一理鬢角，目光望著自己的腳尖，一言不發地往門外走去。

柳鶴亭原與這少女素昧平生，但經過這半日相處，卻已對她生出情感，此刻見了她這種如痴如呆，但卻哀怨無比的神色，心中亦不禁爲之大感愴然，默默地隨著她走到門口，哪知她卻又突地回過頭來，緩緩說道：「你去把那隻瓶子拿來。」

柳鶴亭口中應了一聲，轉身走了回去，拿起那隻黑瓶，一個箭步竄到門口，這少女的一雙秋波，緩緩在瓶上移動一遍，柳鶴亭見了她這種哀怨的目光，忍不住嘆息著道：「姑娘究竟有何心事？不妨說給小可一聽，只要我力量所及——」

這少女輕輕搖了搖手掌，截斷了他的話，卻又幽幽嘆道：「我沒有什麼別的事求你，只求你替我把這個瓶子收起來，唉——我自己要做的事，我自己會去做的！」

柳鶴亭又爲之一愣，他不知道這少女自己不收起這隻瓶子，卻讓他收起來是爲了什麼，但是這少女哀怨的目光，哀怨的語聲，卻又使他無法拒絕，只是他心中本已紊亂不堪的思潮，此刻就更加了幾個化解不開的死結，他更不知這些疑雲、死結，要到何時才能化解得開。

二 絕地驚艷

此刻這條地道左右兩端的兩扇門戶，俱都是敞開著的，明亮的珠光，筆直地從門中照射出來，使得這條本極陰森黝黯的地道，也變得頗爲明亮。柳鶴亭站在門口，珠光將他的身形長長地映在地上，他出神地望著手中的黑色小瓶，以及瓶上的「西門笑鷗」四字，心中突地一動，立即忖道：「這些黑色小瓶之上，隻隻都刻有被害人的姓名籍貫，而那『石觀音』在此間卻已隱居多年，與這些武林人物絕不可能相識，她又怎會知道這些人的名字？除非是這些人在臨死之前，還被迫說出自己的名字來，但這似乎又不大可能。」

他思路一轉，覺得此事之中，似乎大有蹊蹺之處，對武林中的種種傳說，也起了數分懷疑，抬目望處，只見那翠裝少女緩緩前行，已將走到地道分歧之處，心念又自一動，將瓶子揣進懷裡，大步趕了上去，沉聲問道：「這棟房子裡看來像是的確渺無人蹤，以姑娘所見，那『石觀音』會走到哪裡去了呢？多年來進入此間的武林人士，從未有一人生返，若說俱都是被那『石觀音』一一殺死，那麼你我此刻怎的見不到她的蹤影？若說那『石觀音』根本不在這裡，那麼，這武林豪士卻又是被誰殺死的呢？」

他說話的聲音愈來愈大，使得這地道都響滿了他說話的迴聲，而此刻話聲雖了，迴聲卻未住，只聽得地道中前前後後，上上下下，似乎都在問這翠裝少女：「……誰殺死的呢？誰殺死的呢？」

她緩緩停住腳步，緩緩回過頭來，珠光輝映之中，只見她面容蒼白得沒有一絲血色，目光卻更晶瑩清澈了，就像方才懸在屋頂上的明珠一樣，隨著柳鶴亭的目光一轉，突地幽幽長嘆了一聲，輕輕說道：「我現在心亂得很，你若是有什麼話要問我，等一會兒再說好嗎？」纖腰微扭，向右一折，便轉入那條通向出口的地道。

柳鶴亭神色之間，似乎愣了一愣，垂下頭去，凝思起來……

他是下決心要探出這間濃林密屋中的秘密，但直到此刻為止，他雖已將這密屋前前後後搜索了一遍，此中的真相，卻仍在十里霧中，他縱然尋得一些蛛絲馬跡，只是這些斷續的線索，也像是濃霧中的螢光一樣，虛無縹緲得無從捉摸。

他垂著頭呆呆地沉思半晌，極力想從這濃霧中捕捉一些什麼。

哪知——

地道出口之處突地傳來那翠裝少女的驚呼之聲，這焦急而驚慌的呼聲，使得柳鶴亭心神一震，縱身掠了過去，目光抬處，他本已緊繃的心弦，便像是立刻被一柄鋒利的刀劍斬斷，耳中「嗡」然一聲，眼前似乎什麼都看不見了，只有一道漆黑的大門，沉重地橫亙在他面前。

原來那扇本已敞開的門戶，此刻竟又緊緊地關住了，翠裝少女正發狂似的在推動它，這扇大門外面雖是金碧輝煌，裡面卻和四下的石壁一樣，是一片醜惡的青灰色，連個門環、門栓也沒有。

柳鶴亭大驚之下，一步掠到這翠裝少女身前，急聲問道：「姑娘，這是怎麼回事？」

在這扇門上慌亂地推動著的一雙纖纖玉手，漸漸由慌亂而緩慢，由緩慢而停止，潔白的手掌，停留在青灰的門葉上，又緩緩垂落，落到一片翠綠的衣衫下，而這雙玉掌和這片衣衫的主人，她的面色，一時蒼白得有如她的手掌，一時卻又青碧得有如她的衣裳。

她失望地嘆息了一聲，喃喃自語：「這是怎麼回事？這扇門是誰關上的？怎麼會開不開了？」突地轉回頭，目光沉重地投向柳鶴亭，輕輕地說道：「這是怎麼回事？我……我也不知道。」

柳鶴亭只見她目光中明媚的光彩，此刻已因恐懼而變得散亂無方了，他雙足牢牢地站在地上，只覺地底突地透出一股寒意，由腳心、腿股冷到他心裡，使得他忍不住要機伶伶打個寒噤，然後一言不發地橫跨一步，那翠裝少女側身一讓，他便代替了她方才站著的位置。

於是他的一雙手掌，便也和她方才一樣，在這扇門戶上推動起來。

從外表看來，他的一雙手掌，動作是笨拙而緩慢的，其實這雙手掌中，早已滿含足以摧石爲粉的內家真力，他沉重地移動著他的手掌，前推、後吸、左牽、右曳，然後掌心一陷、指尖一滑，口中猛地悶哼一聲，掌心往外一登——

只聽「砰」地一聲大震，地道石壁，似乎都被他滿聚真力的這一掌，擊得起了一陣輕微的震動。

但是，這兩扇緊緊關著的門戶，卻仍和方才一樣，絲毫沒有變動，甚至連中間那一條門縫，都沒有被震開半分。

他不禁大感失望地嘆息一聲，目光便也沉重地投向這翠裝少女。

兩人目光相對，只聽那「砰」地一震後的迴聲，漸弱漸消，然後，他們便像是各各都已能聽得見對方心跳的聲音。

柳鶴亭突地脫口道：「你的那柄劍呢？拿出來試試，也許能將這扇大門刺穿！」

這少女低呼一聲道：「呀！我又忘了它了。」一回手一抽，纖細的指尖，觸到的卻只是空空的劍鞘，她面容立刻又隨之一變，突又低呼道：「呀！我大概是把它忘記在……方才那個床上了。」

想到方才的情形，她語聲不禁為之停頓了一下，她陣白陣青的面靨，也突然像加上了一抹淺淺的紅色。

此時此刻，雖然他們是在這種神秘而危險的地方，雖然他們都知道自己的對手是那麼樣一個神秘而又危險的魔頭。

但是當方才在那房中的情景，自他們心頭掠過的時候，他們的心，仍不禁隨之一蕩。柳鶴亭再一次匆忙地避開了她的目光，連忙地說道：「我去找找！」身軀一轉，方待掠起。

但是——從那兩扇門中間照出來，一直照到這裡，使得他們彼此都能看到對方面容的亮光，就在柳鶴亭身形方轉的一剎那之間，竟突然地無聲無息，無影無蹤地消失了。

於是，空氣、血液、心房的跳動，思潮的運轉，在這一剎那之間，也像是突地凝結住了。

然後，心跳的聲音加速、加重，柳鶴亭突地大喝一聲，當他喝聲的迴聲尚未消失的時候，他已掠到地道的盡頭，若不是他早有預防，伸出手掌，是以手掌一觸石壁，身形便倏然頓住，只怕此刻早已飛身撞在石壁之上了。

他真氣一沉，轉目而望，兩端俱都是黝黑一片，什麼是石壁，什麼是門戶，全都看不見，他第一次領會到盲人的悲哀，這種悲哀和恐怖，已足夠使得人們發狂，何況他還知道，此刻一定也像出口處的大門一樣，被人關起來了，這暗中的敵人，隨時都在窺伺著他，準備吞噬他的生命，但這人是誰？在哪裡？他卻一點也不知道！

黑暗！絕望的黑暗，他有生以來，從不知道黑暗竟如此恐怖，他迫切地希望光明，在這絕望的黑暗中，他不止一人，他不是孤獨而寂寞的，這迫切的希望，比任何思念都強烈，於是他呼道：「你……姑娘，你在哪裡？」

黑暗，仍然是絕望的黑暗，呼聲住了，迴聲也住了，絕望的黑暗，再加上絕望的靜寂，因爲，黑暗中竟沒有一個回答他的聲音！

他的心，開始往下沉：「她到哪裡去了？她到哪裡去了……爲什麼她不回答我？」

他再大喊：「你在哪裡？你在哪裡？」

迴聲更響了，震得他自己的耳鼓，都在嗡嗡作響。

於是，當聲音再次消失的時候，靜寂，也就變得更加沉重。

驚、懼、疑、亂，刹那之間，像怒潮般掩沒了他，縱然，他聰明絕頂，縱然，他絕技驚人，但此時此刻，此情此景，他又怎能不爲之慌亂呢？何況，這本是他初次行走江湖，就連「石觀音」與「濃林密屋」這件久已在武林中流傳的情事，他都是在「入雲龍」金四口中第一次聽到。

初次闖蕩江湖，便遇著此等神奇詭異之事，便來到這種危機四伏之境，一時之間，他只覺黑暗之中，步步俱是危機，他微一側身，讓自己的背脊，緊緊貼在冰涼的石壁上，勉強按捺著心中的驚恐疑懼，冀求能在這四伏危機的危境中，尋一自救之道。

石壁上冰冷的寒意，使得他劇烈起伏著的胸膛，漸漸趨於正常，也使得他慌亂的思潮，漸漸平靜下來。

但是，那翠裝少女到哪裡去了，爲什麼不回答他的話？這問題卻仍在蠶食著他的心葉，此刻縱然要讓他犧牲任何一種重大的代價來換取一些光亮，他也會毫無猶疑地付出來的。

但四下卻仍然是死一樣的黑暗，死一樣的寂靜，他無意中嘆出一口長氣，沿著石壁，向右掠去，瞬息之間，便到了盡頭，他知道盡頭處便是那扇紅色門戶，他摸索著找著它，門上凸起的浮雕，在他手指的摸索下，就像是蛇身上的鱗甲一樣，冰涼而醜惡，他打了個寒噤，快速的找著了那對門環，推動、拉曳，他希望能打開這扇門戶，那麼，門內的亮光，便會像方才一樣，將這陰森黝黯的地道照亮。

但是，他又失望了。

方才那麼容易地被他一推而開的門戶，此刻又像是亙古以來就未曾開啓過的石壁似的，他縱然用盡全力，卻也不能移動分毫。

這打擊雖然早已在他意料之中，但此刻他卻仍不禁感覺一陣虛軟，橫退三步，身軀再次靠到牆上，靜靜地定了定神，雖想將眼前的危境，冷靜地思考一下，但不知怎地，他思潮動處，卻只有那些如煙如霧的往事，黃金般的童年，年輕時的幻夢，夢幻中的真情，以及嚴師慈父的面容，風物幽絕的故居，小溪邊的垂釣，高巖上的苦練，瀑布下的泳浴，幽室中的靜坐……都在他這本不應該想起這些的時候，闖入他的思潮中，人們，不總是常常會想起他們不該想的事麼？

他從不知道那身兼嚴師與慈父的老人，在武林中究竟有著怎樣的地位，也從不知道老人究竟是他的嚴師，抑或是他的慈父。

他只知道自他有知之日開始，他就和這老人住在一起，住在那林木蔥蘢，飛瀑流泉，雲海如濤，松濤如海的黃山之巔，他記得這老人曾攜著他的手，佇立在蜿蜒夭矯，九疊壯觀的九龍潭飛瀑邊，望著那縹緲的浮雲，飛濺如珠玉的飛瀑，迷離地憧憬著人生。那時，老人就會用蒼老而低沉的聲音告訴他，人生是多麼美妙，世界是多麼遼闊，那時，他就會奇怪這老人在說這些話的時候，目光中爲何會有那種淒涼的神色？因爲他覺得這老人還不太老，大可不必生活在往事的回憶中，對他說來，人生是該充滿希望的，而不是該回憶的。

他也記得，黃昏時，他和老人並肩坐在他們那幢精緻的松屋前，他靜靜地吹著簫，遙望著遠方的晚空，尚留餘霞一抹，暮雲裊裊，漸瀰山谷，然後夜色降臨。

那老人就會指著幽沉的夜色告訴他，黑夜雖美，卻總不如清晨的朝氣蓬勃，年輕人若不珍惜自己蓬勃的朝氣，那麼，等到他年紀大了的時候，他就會感覺到那是一種多麼大的損失。

於是，第二天，這老人就會更嚴厲地督促他修習武功，他也會更專心地去學習。

於是，他生命中這一段飛揚的歲月，便在這種悠閒與緊張中度過。

令他不能瞭解的是，這老人爲什麼叫做「伴柳先生」。因爲，黃山根本沒有柳，有的只是松，那老人常說，海內名山，盡多有松，可是，卻從來沒有任何一處的松比得上黃山！

可是，這老人爲什麼要叫做「伴柳先生」呢？

那時，他就會非常失望，因爲這樣看來，他就不會是這老人的兒子了。

但不知怎的，從一些微小的動作，從一些親切的關懷中，他又直覺地感到，這老人是他的爹爹，雖然，他們誰也沒有說出來過。

日子就像九龍潭的流水一樣流動著，從來沒有一時一刻停息的時候。

他長大了，學得了一身他自己也不知道究竟有多深的武功，還學得了塡詞、作畫、吹簫、撫琴，這些陶冶性情的風雅之事，他也不知道這老人怎會有如此淵博的學識，也從未想過自己會有將這些學識全都學會的時候。

直到那一天——

那是冬天，黃山山巔的雪下得很大，地上就只剩下一片蒼茫的白色，黃山的石，黃山的松，就在這一片銀白色裡，安靜地蜷伏著。

每逢這種天氣，也就是他修習得更苦的時候。

然而那一天，老人卻讓他停下一切工作，陪著他，坐在屋中一堆新生的火邊，火裡的松枝，燒得嗶剝作響，火上，架著半片鹿脯，他慢慢地轉動著它，看著它由淡紅變爲深黃，由深黃變爲醬紫。

然後，香氣便充滿了這間精緻的松屋，他心裡也充滿了溫暖，而就在這一切都顯得那麼美的時候，老人卻對他說，要他下山去，獨自去創造自己的生命，和新的生活了。

他也曾憧憬著山外面那遼闊的天地，他也曾憧憬過這遼闊的天地裡一切美妙的事物。

但是，當這老人說完了這句話的時候，他卻有突然被人當胸打了一拳的感覺，只是他知道這老人所說的每一句話，都從來沒有改變的日子，他雖然難受，雖然懇求，也無法改變這一切，因爲，這老人曾經說過：「世上永遠沒有一直避在母翼下的蒼鷹，也永遠沒有一直住在家裡的英雄。」

於是，就在那大雪紛飛的日子裡，他離開了那老人，離開了黃山，開始了他生命中新的征途。

爲什麼要在大地奇寒，朔風怒吼，雪花紛飛的冬天，讓一個少年離開他長成的地方，走到陌生而冷酷的世界中去呢？

「伴柳先生」是有著他的深意的，他希望這少年能成大器，所以要讓他磨練筋骨，也讓他知道，冬天過去就是春天，冬天雖然寒冷，但是不會長。

他從冬天步入春天的時候，就會知道生命的旅途中雖有困阻，但卻畢竟大多是坦蕩的。

只是柳鶴亭下山的時候，面對著茫然一無所知的世界，他的心情，自然可以想見，他茫無目的地在這茫茫人海中摸索著，終於，春天到了，夏天也到了，等到春天和夏天一齊逝去的時候，他年輕的生命，已在這人海中成熟茁壯起來。

只是，對於武林中事，他仍是一無所知，因爲這些日子來，他只是隨意在這遼闊的世界中遊蕩著，根本沒有接觸過武林中人，也沒有遇著什麼足以令他心存不平，振臂而起的不平之事。

直到遇著那「入雲龍」金四之前，他在武林中也仍然是個默默無聞的少年，別人不認識他，他也不認識別的人。

這麼多年的日子，你要一天一天地去度過它，那無疑是十分漫長的。

但是等到你已經度過它，而再去回憶的時候，你就會突然發現，這漫長的日子，竟是如此短促，十年間事，就像是在彈指間便已度過，此刻柳鶴亭竟彷彿覺得，他生命中其他所過日子的總和，都不及此刻在這黑暗中的一刻漫長。

他靜靜地回憶著這些往事，狂亂的心境，便有了片刻寧靜。

但是，等到這些往事在他心中一閃而過之後，所有那些在他回憶時暫時忘記的煩惱，便又一齊回到他思潮裡。

他不知道他此刻究竟該怎麼做，而事實上他也的確是一無可做。

哪知——

在這死一樣的靜寂中，他突地聽到了一陣零亂的腳步聲。

這腳步聲是那麼輕微，他立刻屏住呼吸，凝神而聽，只聽這腳步聲，彷彿是來自地道上面。

於是他將耳朵貼在石壁，腳步聲果然清晰了些，他斷定這地道上本來渺無人蹤的房子，此刻已開始有人走動。

但這些人是誰呢？

除了腳步聲外，他什麼也無法聽到，半晌，連腳步聲都停止了，四下又歸於死一般的寂靜。

呀，這是多麼難堪的等待，他等待著聲音，他等待著光亮，但是所有的聲音與光亮，此刻卻像是永遠都不會再來。

那麼，他等待著什麼呢？難道是等待著死亡？柳鶴亭暗嘆一聲，將自幼及長，一生之中所曾聽過的夜梟的夜啼，山貓的叫春……

這些最最難聽的聲音，都想了一遍，只覺此時此刻，若是能再讓他聽到這些聲音，便是讓他折壽一半，他也心甘情願。

背倚著石壁，他也不知站了多久，只覺身後冰涼的石壁，此刻都似已因他身軀的依靠，而變得溫暖起來，他全身也似因太久的佇立，而變得麻木僵硬了，麻木得就像他的心境一樣。

因為此刻他什麼也不願再想，一切像是已全部絕望……哪知——

突地，他身後的石壁，竟緩緩移動了起來！

他身形也不由自主地隨著石壁向後移動，接著，一線亮光，自他身後照來，他大驚之下，雙肘一挺，唰地一個轉身。

只聽得身後傳來輕輕地一聲嘆息，一個嬌柔婉囀的聲音道：「果然開了！」

聲音、光亮，在他已絕望的時候，一齊出現，他本應狂喜雀躍。但是此時此刻，在經過許多詭異神秘之事以後，他驟然聽見這聲音，心頭卻不禁又為之一凜，定睛望去，只見緩緩移動著的石壁後面，突地走出一個人來，手裡拿著一個模樣甚是奇特的火把，火光熊熊，卻無濃煙。

柳鶴亭驟然見著如此強烈的亮光，雙目不禁為之一閉，心下閃電般掠過幾個念頭：「這人是誰？是從哪裡來的？是敵是友？」身形倒退兩步，張目望去，只見這高舉火把之人，竟是一個女子！

這女子長髮披肩，只用一方純白輕紗，輕輕束住，身上也穿著一襲無比潔白的輕衫，肌膚如雪，風姿綽約，除了滿頭漆黑光亮的黑髮之外，全身俱是雪白，面容更秀美絕倫，在火把的映影之下，望之直如仙子一般。

柳鶴亭年來在四處行走，見過的少女也有不少，他方才見了那翠裝少女，只道她已是世上最美的人，哪知此刻卻又見著了這女子，那翠裝少女雖美，若和這女子一比，卻又不知要遜色多少。

這女子秋波一轉，望了柳鶴亭兩眼，突又輕輕一嘆，道：「想不到你在這裡。」伸手一整秀髮：「我真擔心她會把你殺死。」

她話聲緩慢，溫柔如水，就像是春夜黃山中流泉的淙淙細語一樣，舉手投足間，更不知含蘊著幾許溫柔美態。

柳鶴亭一眼望去，只覺世間的一切美麗詞彙，若用來形容這少女，都不足以形容出她美麗的萬一，世間任何一樣美麗的事物，若用來和這少女相比，也都會黯然失色。

他生性雖極瀟灑倜儻，但卻絕非輕薄之徒，是以他方才與那翠裝少女相對時，始終未曾對她凝注片刻，但此刻他見了這女子，目光卻像是被她吸引住了，再也無法移動得開。

只見這女子長長的眼睫，輕輕一垂，像是十分羞澀地避開了柳鶴亭的目光，柳鶴亭心頭一跳，再也不敢望她一眼，只聽這女子輕輕說道：「我師姐自幼嬌縱，做什麼事都任性得很，她要是……」

語聲微頓，突又嘆息一聲道：「她要是想害死你，其實也沒有什麼惡意，希望你能原諒她。」

柳鶴亭聞言一愕：「這女子是誰？師姐是誰？難道便是那『石觀音』？」又忖道：「這女子真是天真，她師姐要害死我，還說是並無惡意？」一時之間，他心裡又是疑惑，又覺好笑，卻又忍不住笑道：「在下已入絕境，多謝姑娘相救……」

這少女輕輕一嘆，接住他的話道：「你不用謝我，我知道這些事都是我師姐做出來的，我幫忙你，不是很應該的嗎？唉──我真不懂，她為什麼常常要殺死與她根本無冤無仇的人。」眼簾一抬，目光中滿是幽怨之色，似是泫然欲泣。

柳鶴亭心中大為感動，吶吶道：「姑娘的師姐，可就是那位『南海仙子』石琪？」

這女子輕輕頷首道：「師父她老人家去世之後，我就沒有和她見過面，卻不知道這些年來，她……她竟變了，我一直在山上守著師父的墓，直到最近才知道她在這裡，所以……我就來找她。」

她說話不但語聲緩慢、輕柔，而且時常中輟一下，夾雜著輕微的嘆息，讓人聽來，更覺得楚楚堪憐，娓娓動聽。

只聽她接著又道：「我一到了這裡，就聽見你在吹簫，那簫聲，我……我從來也沒有聽過。」

柳鶴亭心頭又自一跳。

這女子垂下目光，又道：「我本來要進去找師姐，可是聽到你的簫聲，我像是什麼都忘了！」

柳鶴亭只覺自己身上的麻木僵硬，此刻已一掃而空，忍不住輕嘆道：「只要姑娘願意，在下以後可以隨時吹給姑娘聽的。」

這女子輕輕一笑，頭垂得更低了，柳鶴亭第一次見著她的笑容，只覺這笑容之美，美得竟有如幼時黃金色夢境中仙子的微笑。

只見她垂著頭，說話的聲音更低了，接著道：「後來那鼓聲響起，接著又有一道劍光將那些鼓一齊劃破，我認得那道劍光就是師父她老人家昔年佩著避邪的『避魔龍吟劍』，所以我知道那是師姐到了。」她輕輕地說著，一面用纖細瑩瑩的手指，撫弄著漆黑的頭髮。

然而這幾句話聽在柳鶴亭耳裡，卻有如雷轟電擊，使得他心頭一震，暗忖：「難道那翠裝少女就是她的師姐？就是那武林中人人聞之色變的『石觀音』石琪！」

剎那之間，那翠裝少女嬌憨天真的神態，在他心頭一閃而過，他幾乎無法相信自己這想說，心裡就更著急了。」

法是真的，只聽這女子又已接道：「這房子本來是師父昔年的一位故友所建的，我幼時曾經來過，知道這房子滿處都是機關，所以我看見你貿然走進來的時候，心裡著急得很，正想……正想著進來看看，哪知這時我師姐也跟著進去了，我想起我聽到的武林中有關我師姐的種種傳說，心裡就更著急了。」

她聲音愈說愈低，頭也愈垂愈低，言語神態中的羞澀之意，也就愈來愈濃，說到後來的「更著急了」幾個字，生像是費了好大力氣方自說出。要知道一個少女爲了個生人著急，本來就不是輕易之舉，要讓她將這分著急說出來，便更加困難。一時之間，柳鶴亭心中忽而驚疑，忽而困惑，忽又感到一分無法揣摩，無可比擬的甜意。

只見她低垂著粉頸，默然半晌，方自輕輕一嘆，接著道：「我知道這一下你必然會遇著危險，但是我又不願和師姐當面衝突，我……我想了許久，只好從這房子後面一條密道中進來，我雖然以前來過這裡，也從那位前輩那裡知道了一些這屋子的秘密，可是畢竟過了這麼多年，我找了許久，才找到這條秘道，又找了許久，才找到這裡。」

她一口氣說了這麼長的一段話，似乎頗爲吃力，於是她輕輕嘆了口氣，方自接道：「我擔心你此刻已被師姐殺了，哪知……卻在這裡遇著了你。」

柳鶴亭呆呆地聽著她的話，等到她話說完了，仍自呆著出神，不知該說什麼才好，一些他本來難以瞭解之事，此刻他都已恍然而悟。

這秘屋中爲何渺無人跡？

原來這屋中的主人便是他身側的少女！

爲什麼她一眼便發現了銅燈之秘？

她既是此屋主人，自然知道！

這地道中的門戶爲何突然一齊關起來了？

她既是此屋主人，知道一切機關，這些門戶自然是她關的！

黑暗中，她怎地會突然失蹤？

原來是她自己走出去了！

柳鶴亭暗嘆一聲，又自忖道：「她不願親手殺我，卻要將我關在這裡活活悶死餓死，唉！想不到她如此美貌，如此年輕，卻心如蛇蠍，毒辣至此——」

柳鶴亭一念至此，他心中又不禁一動，突地想到那「石觀音」石琪的事蹟，在武林中流傳已有如此之久，年齡絕不會像那翠裝少女如此年輕，抬目望去，只見對面這白衣少女，柳眉含翠，星眸如波，唇檀凝朱，鼻如玉琢，滿頭漆黑的髮絲，柔雲般披落下來，一眼望去，只覺她麗如艷姬，清如秋月，卻看不出她有多大年紀。

他心中疑雲又起，沉吟不絕，不知道該怎樣才能將心中的疑惑之事，在這仙子般的少女面前問出口來。

卻見這女子又自輕輕嘆息一聲，目光抬起，依依落到遠處，道：「想起來，已經許多年了，我和師姐都沒有見過面，不知道她現在變成什麼樣子？」

語聲微頓，又自嘆道：「唉！我知道她不會變的，她永遠像個年輕的女孩子一樣。」目光一轉，轉向柳鶴亭：「是不是？」

柳鶴亭頷首道：「正是。」忍不住又道：「令師姐能令芳華永駐，難道她知道什麼駐顏之術嗎？」心中卻在暗忖：「這女子如此問我，莫非她已猜中我的心事？」

只見這女子竟突地輕輕一笑，緩緩點了點頭，卻又笑著說道：「這個——我以後再告訴你。」

當笑容再次從她嬌靨上泛起的時候，這陰森黝黯的地道中，便像是突然充滿了春風，而這陣春風，便也將柳鶴亭心中的疑雲吹散！

他與這女子相對良久，不但目光被她吸引，心神也像是爲她所醉，直到此刻，他甚至連腳步都未曾移動一下，只見這女子像是右手舉得疼了，緩緩將火把交到左手，腳步一動，像是想往前走，但柳鶴亭卻正站在她面前，她只得停下腳步。

柳鶴亭目光動處，不禁暗笑自己，怎地變的如此之迂，連動都未曾動一下，轉念一想，又忖道：「我該隨這女子的來路出去呢？抑或是由我來時的原路返回？」他不禁又大感躊躇。

思忖半晌，突地說道：「姑娘雖然得知此屋的秘徑，想必也能將這裡的一扇門戶打開了？」他反手一指身後的紅漆門戶。

這女子秋波一轉，隨著他手勢望去，目光眨動了幾下，方自輕輕說道：「讓我試試看！」

柳鶴亭側身讓她走過，鼻端中只嗅到一陣淡淡的幽香之氣，望著她走到門前，舉著火把，凝視半晌，似乎在搜索著門上秘密的樞鈕，他呆呆地望著她窈窕的身影，心中卻在暗地尋思：「方才那翠裝少女說她的劍遺落在這房裡了，不知她說的是真是假？」念頭方自轉完，眼前亮光突又大作，這女子已在這片刻之間，開啓了這扇柳鶴亭方才用盡全力都未能打開的門戶。

柳鶴亭又是慚愧，又覺佩服，只見她回頭一笑，輕輕道：「想不到十年來這裡門戶的樞鈕仍然一點也沒有改變。」玉手一伸，將手中的火把插在門環上，蓮足輕抬，嬝娜走了進去，秋波一轉，輕喚一聲，似乎亦爲這房中的情景所醉。

柳鶴亭大步跟了進去，目光亦自一轉，亦自輕喚一聲——只是他此次驚喚的原因，卻並非因爲這房中的錦繡華麗，而是因爲他目光動處，竟見到那錦帳下，翠衾上，果然有一柄晶瑩長劍！

他一聲驚呼，一個箭步，掠到床前，伸手拿起了這柄長劍，只見劍長約莫三尺，通體有如一泓秋水，雖在如此明亮的珠光之下，卻仍閃閃地散發著清澈的寒光，他眼中望著長劍，心中卻在暗忖：「她沒有騙我！這柄劍果然是她方才遺落在這裡的。」

心念一轉，又不禁忖道：「但這又證明什麼呢？她自然會故意將這柄劍留在這裡，因爲她知道我根本無法走入這扇門戶，可是，她卻不知道——」

只聽身後的白衣女子又自驚喚一聲，道：「這不是我那柄『龍吟劍』嗎？」

一隻瑩白如玉，纖細秀麗的手掌，從他身後伸過來，接過這柄長劍，他思路倏然中止，鼻端中又嗅到了這少女身上那種淡淡的幽香，而這種淡淡的幽香和房中奇異的甜香之氣混合，便混合成了一種令人無法抗拒的香氣！

他不敢回身，因爲他感覺到那白衣女子溫暖的軀體，正依依靠在他身後，可是他卻也無法前行，因爲此刻地上堅硬的青玉，彷彿又變成了柔軟的雲絮，他暈眩了，混亂了，迷失了——

四面青玉磚上，映著他們的身影，只見這白衣女子一手拿著從柳鶴亭手中接過來的長劍，劍尖垂落在地上，一手撫著自己的秀髮，目光卻痴痴地望在柳鶴亭頎長壯健的背影上。

終於——柳鶴亭回轉了身子。

四道痴痴的目光在一處，柳鶴亭忘了方才自己曾將那翠裝少女拉出去的事，也忘了一切事。

他不知道自己怎會有如此感覺，也不知道他堅苦鍛鍊多年的定力，此刻怎會突然變得如此脆弱，他眼中只能看到這女子的嬌靨秋波，鼻中只能嗅到那幽甜的香氣，他緩緩伸出手——

於是，他便立刻接觸到一團暖玉，滑膩、柔軟……呀！世間竟沒有任何一句話能形容出他手指觸到這團暖玉的感覺。

當兩隻手接觸到一起的時候，由堅硬的青玉石板變成的柔軟雲絮，竟像又被一陣春風吹過，飄飄搖搖，終於吹散。

柳鶴亭倒退兩步，腿彎已接觸到柔軟的床沿，他只要往下一倒——

哪知，這白衣少女竟突地一咬銀牙，反腕一把，扣住柳鶴亭的脈門，身形倒縱，唰地兩人一齊退到那森嚴的地道中，柳鶴亭只覺心神一震，一震後的心神，再被地道中森冷的寒意一激，他定了定神，方自想起方才的情景，於是，他立刻想到片刻以前的那段事來！

目光掃處，面前的白衣女子，粉頸低垂，目光抬都不敢抬起，他不知道什麼力量使得這女子能從那溫柔的陷阱中脫身的，他只有暗中佩服這女子的定力，想到方才的自己，又想到現在的自己，拿方才的自己和現在的自己一比，他慚愧地垂下了頭，目光亦自不敢再向上抬起。

因爲他覺得此刻站在他面前的女子，是這樣高貴而聖潔，他生怕自己的目光，玷污了這分高貴與聖潔。

兩人垂首相對，柳鶴亭突地發現自己的右腕仍被握在那隻溫暖的柔荑中，一時之間，他心裡也不知是喜是慚，忍不住抬起目光，卻見這女子輕輕一笑，然後溫柔地放開手掌，就只輕輕一笑，已給了柳鶴亭不知多少安慰與勸解，就只這輕輕一笑，便已足夠在柳鶴亭心中留下一個永生都難以磨滅的影子。

哪知——

就在這白衣少女燦如春花般的笑容未斂之際，方才她經由的密道中，突地傳來一陣清朗的笑聲。

這笑聲清澈高亢，再加上四下的不絕迴聲，聽來更有如金鳴玉震！

柳鶴亭與這白衣女子俱都爲之一驚，只聽笑聲未絕，一人朗聲說道：「看來諸葛先生的神算，亦不過如此，我早就知道密屋左近必有密道，卻想不到竟被奎英誤打誤撞地發現了。」

柳鶴亭面色一變，四顧這地道之中，竟無藏身之處，而這清朗的話聲一了，密道中已當先走入兩個錦衣勁裝的魁形大漢來，一人腰畔佩著一柄綠鯊魚鞘、紫金舌口的奇形長刀，另一人卻在背後斜揹著兩條玄鐵鋼鐧，這兩人不但身軀彪壯，步履沉穩，而且豹目獅鼻，虬髯如鐵，在他們兩人分持著的兩枝松枝火把的烈燄照映之下，更覺神態威猛之極。

這兩人本自滿面笑容，但在目光一轉，瞥見柳鶴亭與那白衣女子的身形後，面上的笑容，便一齊消失無蹤，倏地頓住腳步，目光厲電般在柳鶴亭與白衣女子身上一轉，柳鶴亭只當他們必定會厲聲叱問，哪知這兩人對望一眼，卻一言不發地旋轉身軀，立在秘道出口的兩側，竟再也不望柳鶴亭一眼。

柳鶴亭大奇之下，只聽秘道中一聲輕咳，又自緩步走出一個人來，輕袍飄飄，步履從容，神態之間彷彿瀟灑已極，方自含笑道：「奎英，什麼事？」

目光一轉，望見柳鶴亭與白衣女子兩人，神態亦自一變，但瞬即恢復從容，哈哈大笑答道：「我當是誰？原來是吹簫郎君已先我而入了，好極——呀，還有位風流美貌的娘子，好極，奎英快舉高火把，讓我看個仔細。」

此人年齡亦自在弱冠之間，面目韶華英俊，神態亦極瀟灑，但面色蒼白，雙眼上翻，鼻帶鷹鈎，卻又讓人一眼望去，不由生出一種冷削之意。

柳鶴亭對這少年先本還無惡感，但此刻見他出言輕浮，目光中亦似帶著三分邪意，不由劍眉微皺，朗聲道：「在下等與閣下素不相識，還望閣下出言尊重些，免得彼此傷了和氣！」

這少年又自哈哈一笑，還未答話，他身側腰橫長刀的錦衣大漢已自一瞪豹目，厲聲道：「你可知道你在面對何人說話，在太子面前竟敢如此……哼哼！……我看你真是活得起膩了！」

柳鶴亭心中一楞。

「誰是太子？」

只見這少年哈哈一笑，接口道：「無妨，無妨，不知者不罪，又怎能怪得了人家？」手腕一伸，從袍袖中取了柄摺扇，「唰」地一聲，展了開來，輕輕搖了兩搖，目光一轉，狠狠瞟了那白衣女子兩眼，忽地瞥見她手中的龍吟長劍，目光一掠，卻仍含笑道：「想不到，想不到，原來這位千嬌百媚的娘子，便是方才手揮神劍，劃破在下八面皮鼓的高人──」突地回轉頭去，向那腰橫長刀的大漢道：「奎英，你常說當今武林，沒有高手，如今你且看看這兩位，一位身懷神劍，輕功更是妙絕，一位雖未現出武功，但卻已能以簫音克敵，內功想必更是驚人！哈哈，難道這兩人還不能算是武林高人！」

他又自一陣大笑，搖了搖手中的描金摺扇，回身又道：「兩位身手如此高明，不知可否將大名、師承見告？先讓我聽聽中州武林高人的名號。」目光一轉，卻又盯在白衣少女身上。

這少年輕搖摺扇，雖然滿面笑容，但卻不減狂妄之態，說話的神態，更是旁若無人，洋洋自得。

柳鶴亭冷笑一聲，沉聲道：「在下賤名不足掛齒，倒是閣下的姓名，在下是極想聽聽的。」

他聽了這少年便是方才隱於林梢，隔空擊鼓之人，心中亦不禁爲之一驚一愕，驚的是他知道這少年武功實在不弱，愕的是他想到那翠裝少女方才說：「打鼓的傢伙，滿口長鬍子。」而此刻這少年卻連一根長鬚也沒有。

但他轉念一想，那翠裝少女便是「石觀音」，她已不知騙了自己多少事，方才她說的話，自然也不能算數，他本係外和內剛，傲骨崢嶸之人，見了這少年的神態語氣，心中大感不憤，是以言語之中，便也露出鋒銳。

那兩個錦衣大漢聞言一齊勃然變色，但這少年卻仍擺手笑道：「我足跡初涉中州，也難怪他們不認得我，奎英，你先莫動怒，且將我的姓名說給他們聽聽又有何妨。」

那叫做奎英的錦衣大漢本自鬚眉怒張，但聽了他的話，面色竟倏然歸於平靜，垂首答了一聲：「是！」方自大聲道：「爾等聽清，此刻與爾等談話之人，乃『南荒大君』陛下之東宮太子，爾等如再有無理情事——」

他話聲未了，那一直歛眉垂首，默默無語的白衣女，竟突地噗哧一聲，笑出聲來，腰橫長刀的錦衣大漢面容一變，手掌垂下，緊握刀柄，柳鶴亭劍眉一軒，卻聽這位「東宮太子」已自笑道：「娘子，你笑些什麼？」

白衣少女目光一垂，輕輕道：「我覺得很有意思。」

這「東宮太子」微微一愣，隨亦哈哈大笑起來，道：「是極，是極，很有意思。」轉問柳鶴亭：「如此有意思的事，你為何不笑？」輕輕搖了搖摺扇，緩緩搖了搖頭，大有可惜柳鶴亭不解風趣之意。

那兩個錦衣大漢雖自滿腔怒火，也不知道是什麼事「如此有意思」，但見了這「東宮太子」目光已轉向自己身上，連忙嘿嘿乾笑了兩聲，但面上卻無半分笑容，笑聲中亦無半分笑意！

一時之間，地道中充滿了哈哈大笑之聲，柳鶴亭冷哼一聲，對這自稱「東宮太子」的少年厭惡之心，愈來愈盛，卻見這白衣女子明眸一張，像是十分詫異地說道：「是什麼事有意思，你們笑些什麼？」

「東宮太子」哈哈笑道：「我也不知是什麼事有意思，但娘子說是有意思，自然是有意思的了。」

白衣女子不禁又噗哧一笑，但目光轉向柳鶴亭時，笑容立刻盡斂，垂首道：「我與你素不相識，你也不必問我的名字，你那八面皮鼓，也不是我劃破的，我只覺得你名字竟然叫做『太子』，是以才覺得很有意思！」

她一面說著話，一面輕移蓮步，緩緩走到柳鶴亭身畔，輕輕道：「我叫陶純純，你不要告訴別人。」

柳鶴亭見她與這自稱「東宮太子」的少年答話，不知怎地，突地感到一陣氣惱，故意偏過頭去，再也不望他們一眼，哪知她此刻竟突然說了這句話，剎那之間，柳鶴亭心中又突地生出一陣溫暖之意，目光一轉，白衣少女正仰首望著他，兩人目光相對，幾乎忘了旁邊還有人在！

他兩人俱都初出江湖，都從未聽過「南荒大君」這個名字，更未將這「東宮太子」放在眼裡，他們卻不知道那「南荒大君」，便是數十年前便已名震天下的「南荒神龍」項天尊，而這位「東宮太子」，便是項天尊的唯一愛子項煌。

約在四十年前，項天尊學藝方成，挾技東來，那時他年齡亦在弱冠之間，經驗閱歷俱都不夠，雖然在中原、江南道上闖蕩了一年，但始終未能在武林中成名，後來他無意之中救了一個落魄秀才諸葛勝，這諸葛勝便替他出了不少主意，說是：「要在江湖爭勝，第一須不擇手段，第二是要知道『射人先射馬，挽弓當挽強』，要找武林中最負盛名之人交手，無論勝負，都可成名，否則你便是勝了百十個碌碌無名之輩，也無用處。」

項天尊聽了這話，心中恍然，那時江湖中最大的宗派，自是少林、武當。他便三闖少林羅漢堂，獨上武當真武廟，半年之間，將少林、武當兩派的高手，都打得七零八落，於是「南荒神龍」項天尊之名，立時便在江湖中赫赫大震。

當時江湖中人都知道「南荒神龍」武功絕妙，來去飄忽，行事任性，但卻又都無法將其制伏，哪知就在他聲名震動天下的時候，他竟又突然遠遁南荒，從此便未在中原武林中露面。江湖中人不知詳情，雖然額手稱慶，卻又都有些奇怪，他們卻不知道這「南荒神龍」是因折在那位「無恨大師」的手中，發下重誓，足跡從此不得邁入中原一步。

他重創之下，便和那諸葛勝一齊回到他出生的地方，這時諸葛勝便又說：「你雖然在中原失意，但天下頗大，何處不能立業？」於是數十年來，他便在南荒又創立了一分基業，只是他恪於重誓，足跡竟真的從此沒有邁入中原一步。

但項煌卻年輕喜動，久聞大河兩岸、長江南北的錦繡風物，時刻想來遊歷，更想以自己一身絕技，揚名於中原武林之中，心想：「爹爹雖立下了重誓，我卻沒有。」於是，他便時時刻刻磨著「南荒神龍」，直到項天尊答應了他。

一入中原，他自恃身手，想爲他爹爹復仇雪恥，便一心想找著那「無恨大師」一較身手，同時也想探究出他爹爹當年究竟是如何折在這「無恨大師」手中的真相，因爲他爹爹只要一提此事，便只有連聲長嘆，似乎根本不願提起，項煌雖暗中猜想他爹爹昔年一定敗得甚慘，但究竟是如何落敗，他卻不甚清楚。

但這有如初生牛犢般的項煌雖有伏虎雄心，卻怎奈那「無恨大師」早已仙去多年，他聽得這消息時，心裡大感失望，卻不禁又有一種如釋重負的感覺，失望的是他從此不能享受到復仇雪恥勝利的榮耀，但卻也不會嚐受失敗的痛苦，當然，後面的一種感覺，只是他心裡的秘密而已，甚至連他自己都不願相信有這種感覺存在。

但是他終於聽到了這「濃林密屋」，以及那神秘的「石觀音」的故事，於是他便毫不猶疑的取道而來，但他卻未想到中原武林亦多異人，竟有人能在他措不及防之下，將他珍愛異常，苦心獨創的八面「天雷神鼓」一齊劃破。

此刻他手中輕搖摺扇，面帶笑容，神色之間，雖仍滿含那種混合著高傲與輕蔑、冷削與瀟灑的神態，但是目光所及，看見了眼前這一雙少年男女並肩而立，目光相對，那種如痴如醉的神情，他心中的感覺，實在不是他外表所顯示的那麼平靜。

那兩個錦衣大漢面上笑容早已斂去，目光灼灼，亦自一齊瞪在柳鶴亭與這白衣女子「陶純純」身上，一人巨大而滿佈青筋的手掌，緊緊握著腰畔的奇形刀柄，另一人手掌箕張，神色中亦滿露躍躍欲試的鋒芒，似乎只要這「東宮太子」稍有暗示，他兩人便立刻會一齊出手。

笑聲頓消，地道中便又歸於靜寂，只有從那密道中吹來的陰風，吹得這兩個大漢掌中火把上的火燄，呼呼作響。

白衣少女「陶純純」緩緩抬起頭，幽幽嘆息一聲，滿含幸福滿足之意，似是方自從一個甜蜜溫柔的夢中醒來，剎那之間，項煌只覺心中熱血上湧，冷哼一聲，唰地收起摺扇，冷冷道：「我那八面『天雷神鼓』，真的不是你劃破的嗎？」

柳鶴亭劍眉一軒，方待發作，哪知陶純純目光轉處，溫柔地望了他一眼，便緩緩搖頭嘆道：「我從來沒有說過騙人的話，難道你還不信？」

項煌目光連轉數轉，目光中的妒怒火燄，雖已因這句溫柔的言語而減去不少，但口中仍冷冷道：「但你手中的這柄利劍，哪裡來的？哼——奎英，你知不知道有些人口中雖說從不說謊，但其實說謊說得最多。」

柳鶴亭的怒氣再也忍耐不住，厲叱道：「縱是說謊，便又怎地？」

項煌目光一抬，目中精光暴射，那叫做「奎英」的錦衣大漢，「嗆啷」一聲，抽出腰畔長刀，柳鶴亭驟覺眼前寒光一閃，只見這大漢右手之中，已多了一柄刀身狹長、隱射紫色鱗光，一眼望去，通體有如一條紫色帶墨的奇形長刀。

他心中一動：「難道此人便是『勝家刀』當今的長門弟子？」

卻見這「東宮太子」項煌已自冷笑道：「我與這位姑娘之間的情事，我看你還是少管些的好。」

他伸出手中摺扇，輕輕一點這手持奇形長刀的錦衣大漢，冷笑道：「這位便是『南荒大君』殿前的『神刀將軍』勝奎英，嘿嘿，河南的『勝家刀法』，你想必早就知道的了。」

扇柄一轉，扇頭點向那背揹鐵鐗，橫眉怒目的另一錦衣大漢，他又自冷笑道：「這位『鐵鐗將軍』尉遲高，在中原武林，雖然聲名較弱，但是——嘿嘿，『關內一條鞭，賽過活神仙，關外兩根鐗，藝高九雲天。』這句話你大約聽人說過，至於我——」

他得意地大笑幾聲，拇指一旋，唰地向右張開摺扇，輕搖一下，拇指突地向左一旋，這柄描金摺扇向左一合，突又向左一張。

柳鶴亭本自強忍著心中怒氣，聽他誇耀著這兩個錦衣大漢的來歷，目光動處，只見這描金摺扇向左一張之後，竟又換了個扇面，扇面上金光閃爍，竟畫著一條金龍，神態夭矯，似欲破扇飛去。

項煌冷笑道：「你年紀輕輕，在武林中還要闖蕩多年，若結下我等這樣的強敵，嘿嘿，那實在是不智已極，嘿嘿，實在是不智已極。」

他重覆著自己的話，強調著語中的含義。

柳鶴亭忍耐已到極處，胸膛一挺，方待答話，哪知白衣女子陶純純竟突地輕伸玉掌，輕輕地握住他的手腕，柳鶴亭心頭一顫，卻聽她緩緩說道：「這柄劍雖然是方才劃破你那八面皮鼓的劍，可是使劍的人卻不是我，唉——你要是再不相信，我……」她又自輕輕一嘆，結束了自己的話，柳眉斂處，像是滿聚著深深的委屈，讓你永遠無法不相信她說的任何一句話。

項煌嘴角一揚，像是得意，又像是輕蔑地斜瞟柳鶴亭一眼，道：「娘子既如此說，我自然是相信的，但是使劍的人此刻在哪裡，娘子想必是一定知道的了。」

他此刻語聲之中，又已盡斂森冷的寒意，這白衣女子的輕嘆低語，就像是春日的薰風，吹得每個人心中都充滿了柔情蜜意——春風，是永遠沒有仇敵的。

陶純純的一隻柔荑輕輕的一握柳鶴亭的手腕，便又極爲自然地縮回袖中，像是根本沒有發生過這件事似的，又自嘆道：「這使劍的人究竟到哪裡去了，我也不知道。她也許在這地道外面，也許在別的地方，唉——也許她就在這地道裡面也不一定，只是她雖看得見我們，我們卻再也看不到她。」

項煌雙目一張：「難道此人便是那『石觀音』麼？」

陶純純輕輕點了點頭，秋波四下一轉，像是真在搜索著那「石觀音」的影子。

「神刀將軍」勝奎英手掌一緊，下意識回頭一望，背後空空，哪有半點人影？他心中不覺泛起一股寒意，卻見那「鐵鐧將軍」尉遲高亦方自回轉頭來，兩人對望一眼，彼此心中都各各領受到對方心中的寒意。

項煌心頭亦不禁爲之一凜，但卻故作從容地哈哈大笑幾聲，一面輕搖手中摺扇，一面大笑道：「娘子你也未免說得太過了，想那『石觀音』武功雖然高明，卻也不是神仙，何況——」

他笑聲突地一頓，唰地收起摺扇，大步走到那紅色門戶前，目光一掃，面上也不禁現出驚異之色，往裡走了兩步，突地一皺眉峰，微拂袍袖，頎長的身形便又如行雲流水般退回來，倏然伸手接過那勝奎英手中的火把，冷冷說道：「我倒要看看她究竟是否真有三頭六臂，竟敢——哼！竟敢將人命視如草芥。」

目光一轉，那白衣女子陶純純又道：「我也正要去找她。」她輕伸玉掌，一指地道那端：「這條好像就是通向外面的出路！」

轉身婀娜走了兩步，突地回身向柳鶴亭一笑：「你站在這裡幹什麼？難道你不出去麼？」

柳鶴亭似乎在呆呆地發著愣，他愣了半晌，方自暗嘆一聲，道：「我自然要出去的。」

項煌冷笑道：「我只當你不敢去哩！」言語之間，滿含著撩撥之意，他只當柳鶴亭必定會反唇相譏。

哪知柳鶴亭竟只微微一笑，一言不發地跟在後面，走了過去。

項煌心中不禁大爲奇怪，心想：「此人怎地變得如此怯懦起來？」

他卻不知道柳鶴亭方才心念數轉，想到自己與這「東宮太子」本來素無仇隙，又想到這項煌此次前來，目的也和自己一樣，是想探出「濃林密屋」和「石觀音」的秘密，那麼豈非與自己是友而非敵？他縱然言語狂傲，那是人家生性如此，卻也並非什麼大惡，自己此刻對他如此懷恨敵視，卻又爲了什麼呢？

「難道我是爲了陶純純而對他生出妒恨嗎？」他暗自思索著：「那麼，我也未免太過不智，太過小氣了，何況陶純純與我也不過初次相識，我有如此想法，實在不該。」

他本是心腸磊落的少年英俠，一念至此，心中便不禁覺得甚是慚愧，是以那項煌言語撩撥，他也裝作沒有聽到。

片刻之間，便已走到地道盡頭，項煌雙眉微皺，方自說道：「前面似已無路可行，難道那——」

語聲未了，卻見這白衣女子陶純純已自在那看來有如一片山石的門戶上，撫摸半晌，突地輕抬蓮足，在門下連環踢出數腳，這扇柳鶴亭方才想盡千方百計也無法開啓的門戶，竟又突地漫無聲音地開了。

項煌頓時大感疑惑，目光一轉，冷笑道：「原來你對此間的設置倒熟悉得很。」

白衣女子像是根本沒有聽出他語中鋒銳，仍自緩緩道：「我當然知道啦，那『石觀音』就是我的師姐，只不過我已有許多許多年沒有見過她了。」

項煌面色一變：「難道你亦是那『無根大師』的弟子？」

陶純純回眸一笑，輕輕道：「你倒也知道我師父的名字！」

項煌面青如鐵，但抬目一望，只見她笑顏如花，嬌媚甜美，他愣了一愣，倏忽之間，神情變化數次，最後竟亦淡淡一笑，手舉火把，跟在陶純純身後向門外走去。

柳鶴亭卻在心中暗嘆一聲，忖道：「這女子當真是純潔坦白無比，在任何人面前，都不隱藏自己的身分，世人若都和她一樣，全無機詐之心，那人間豈非要安詳太平的多。」

回頭一望，那「神刀將軍」與「鐵鐧將軍」也已隨後跟來，勝奎英手中仍然緊握著那柄紫鱗長刀，像是生怕柳鶴亭溜走似的。

柳鶴亭淡淡一笑，突地扭轉身軀，揚手一掌，像是要往勝奎英當頭拍去，這一下變生倉促，勝奎英大吃一驚，方自側首一讓，突地覺得右肘一麻，右腕一鬆，手中的長刀，便已被柳鶴亭奪在手中，竟是那麼輕易而自然，就像是他自己將刀送到別人手裡一樣。

他驚怒交集之下，方自呆了一呆，那尉遲高亦自變色喝道：「你要怎的？」

卻見柳鶴亭手持長刀，在火把下仔細端詳了兩眼，伸手輕輕一拂，哈哈笑道：「難怪河南勝家神刀名揚四海，這『紫金魚鱗』，果真是口寶刀。」雙手一抬，竟又將這柄刀送回勝奎英手裡。

勝奎英不知所措地接回自己的金刀，心中既驚且怒，雖有滿腔怒氣，但卻又不知自己該不該發作出來。

只見柳鶴亭一笑轉身，走出門去，項煌聽得那一聲厲叱，亦自轉身道：「奎英，什麼事？」

「神刀將軍」勝奎英怔了一怔，還未答話，只聽柳鶴亭又已笑道：「沒有什麼，只不過在下將勝將軍的寶刀借來看了一看而已。」

項煌冷哼一聲，只見勝奎英垂首走了出來，雖然面容有異，但卻沒有說什麼話，那白衣女子又自輕輕一笑道：「他這口刀真是不凡，以後有機會，我也要借來看一看的。」

項煌眼珠轉了幾轉，哈哈笑道：「以後——以後自然會有機會的。」

勝奎英垂首無言，他在武林中亦是佼佼人物，如今吃了個啞巴虧，竟連發作都無法發作，心中真是難受已極，卻又不禁暗中驚佩，這少年的身手之快，當真是無與倫比。

柳鶴亭嘴角含笑，目光四下一轉，只見這地道四面俱是石壁，上面的入口，竟然沒有關閉，離地約莫竟有三餘丈，入口邊的石壁上，嵌著一排六節鋼枝，他方才雖由此處躍下，但卻因四下黑暗，是以沒有看到。

項煌目光亦自一轉，含笑又道：「這裡想必就是出口了吧？由此上去，不知是否——」

柳鶴亭一笑接口道：「不錯，這裡上去就是那棟密屋，方才在下就是由此處下來的。」語聲和悅，絲毫沒有敵意。

項煌「噢」了一聲，心下不覺又有些奇怪，這少年怎地對自己如此友善，但口卻含笑向陶純純說道：「此處既是出口，那麼就請娘子你先上去吧。」

陶純純又輕輕一笑，她此刻對項煌像是較爲熟些，是以神態便有些改變，不但面上微帶笑容，而且也沒有了先前那種羞澀之態。項煌只覺她這一笑的笑容，比方才還要甜美，哪知她微笑的明眸，卻又已轉到柳鶴亭身上。

她輕輕一笑，緩緩說道：「那麼我就不客氣，要先上去了。」笑語之中，婀娜的身軀，突地飄飄而起，上升丈餘，雙臂突地一揚，身形便又急升兩丈，玉掌輕輕一垂，身形便已穿出去，飄飄落在上面。

柳鶴亭又自暗嘆一聲，忖道：「這女子不但輕功高絕，而且身法美妙，有如凌波仙子，唉——看來武林中盡多異人，我這點功夫，還算不得什麼！」

卻聽項煌撫掌大笑道：「好極，好極，想來古之聶隱紅線，亦不過如此吧！」大笑聲中，身軀突然滴溜溜一轉，沖天而起，凌空一張摺扇，唰地一扇下拍。

柳鶴亭只覺一股勁風由上壓下，他知道是項煌意欲藉力上拔，微微一笑，移開三尺，抬頭望處，卻見項煌的身形已在出口處消失，只不過卻仍有笑聲傳來，道：「你要是上不來的話，就從旁邊的鋼枝爬上來好了。」

柳鶴亭劍眉一挑，但瞬即笑道：「正是，正是，若沒有這些鋼枝，我還真上不去哩。」回首一望勝奎英、尉遲高兩人道：「兩位你說可是？」

勝奎英、尉遲高不禁各各面頰一紅，要知道身形若能凌空上拔四丈，實在大非易事，若非輕功妙到絕處，便再也休想，勝奎英、尉遲高兩人武功雖都不弱，但卻都無法做到。

卻聽柳鶴亭又自笑道：「兩位先請，在下殿後。」

勝奎英鼻孔裡暗哼一聲，伸手還刀入鞘，舉步掠到壁邊，縱身一躍，右手抓住第四節鋼枝，微一換氣，身形一長，左手便已抓住第五節鋼枝，這樣雙手交替，霎眼之間，便已掠了出來。

柳鶴亭鼓掌一笑：「好身手。」側顧尉遲高笑道：「此次該輪到閣下了。」

那「神刀將軍」武功傳自河南「神刀門」，正是「勝氏神刀」當下的長門弟子，因了一事流落南荒，才被「南荒大君」收服了去，武功的確不弱，方才他雖不能有如陶純純、項煌般一躍而上，但身手的矯健，亦頗驚人。

是以柳鶴亭含笑說出的「好身手」三字，其中並無揶揄之意，只是聽在尉遲高耳裡，卻覺大為不是滋味。

他不悅地冷哼一聲，身形突也斜斜掠起，唰地躍起約莫兩丈，腳尖一著石壁間的第四節鋼枝，雙臂突地一垂，身形再行拔起，他有意賣弄身法，卻忘了自己手中還拿著一枝火把，身形已掠了出去，但手中火把卻碰在地道出口的石壁上，再也把持不牢，手腕一鬆，火把竟落了下去。

他身形掠出，向前衝了兩步，方自站穩身形，卻聽身後笑道：「火把在這裡。」

他一驚之下，倏然轉身，只見柳鶴亭竟已一手舉著他方才失手落下的火把，笑吟吟地站在他身後。

於是在這剎那之間，他便已開始瞭解到勝奎英方才的感覺，因為他自己此刻的感覺，正和勝奎英方才毫無二致。

他默默地接著火把，目光指處，勝奎英正在凝視著他，兩人目光又自相對，口中不言，卻都對這少年一身玄奇的武功大為驚佩。

但柳鶴亭的目光，卻沒有望向他們，而望在這間房外的一雙人影上——

此刻陶純純竟已和那項煌一齊走了出去，柳鶴亭呆呆地望了半晌，輕嘆一聲，隨後走去，只是他嘆息聲是如此輕微，輕微得就連站在他身前的「鐵鐧將軍」尉遲高都沒有聽到。

他無言地又自穿過一間房間，裡外情況，仍和來時一模一樣，他心中一動，突地聽到自己在地道中聽到的腳步聲：「難道那又是老鼠的奔跑聲？」

他微帶自嘲地暗問自己，從前面項煌手中火把射來的火光，使得這間屋子的光線已有足夠的明亮，他目光一掃，突地動也不動地停留在房中那張方桌之上，目光中竟突地滿露驚駭之色，一個箭步，掠到桌旁，伸手一摸桌上的蠟燭，俯首沉吟半晌，暗中尋思道：「這房中果然有人來過，而且還燃過蠟燭。」

原來這桌上的蠟燭，此刻竟已短了一截，只是若非柳鶴亭目光敏銳，卻也難以發現！

陶純純與項煌已將走到另一間房子的門口，方自回轉頭來，向柳鶴亭招手喚道：「喂，你在看什麼呀？這裡果然一個人也沒有，我師姐又不知跑到哪裡去了。」

柳鶴亭漫應一聲，卻聽項煌已接口笑道：「你要是沒有見過蠟燭，我倒可以送你一些，讓你也好日夜觀賞。」他笑語之中，有些得意，又滿含著譏嘲。

柳鶴亭心中冷哼一聲。

哪知那白衣女子陶純純竟亦嬌笑一聲，道：「人家才不是沒有見過蠟燭哩。」又道：「我們再往前看看，你快些來呀！」

柳鶴亭呆了一呆，心胸之間，雜感交集，只聽得他兩人的聲音已自遠去。

那「東宮太子」項煌似乎在帶笑說道：「純純，那少年和你……」語聲漸弱，後來便聽不甚清。

柳鶴亭暗中一嘆。

「原來她到底還是把她的名字告訴了他。」不知怎地，他心裡忽然覺得甚是難受，覺得這房子雖大，竟像是多了自己一人似的，擠得他沒有容身之處。

他呆呆地佇立半晌，突地一咬鋼牙，身形斜掠，竟然掠到窗口，伸手一推窗戶，倏然穿窗而出。

勝奎英、尉遲高對望一眼，心中都在奇怪：「這少年怎地突然走了？」

他們卻不知道柳鶴亭此刻心中的難受，又豈是別人猜想得到的。

他想到自己和這白衣女子陶純純初遇時的情景，想到她帶著一種聖潔的光輝，高舉著火把，佇立在黑暗中的樣子，想到當他的手掌，握住她那一雙柔荑時的感覺。

於是他痛苦地制止自己再想下去，但心念一轉，他卻又不禁想起那翠衫少女的嬌嗔和笑語。

「難道她真是那冷酷的女中魔王『石觀音』，唉——為什麼這麼多離奇而又痛苦的事，都讓我在一夜間遇著。」

他沉重地嘆息著，發狂似地掠出那高聳的鐵牆，掠到牆外清朗的世界，天上星河耿耿，夜已更深，他不知道此刻已是什麼時候了，晚風吹過樹林，林梢的木葉，發出陣陣清籟——

但是！

在這風吹木葉的聲音中，怎地突然會傳出一陣驚駭而短促，微弱而悽慘，像是人類臨死前的最後一聲哀呼？

他大驚之下，腳步微頓，凝神而聽——

哀呼之聲雖在，但風聲之中，竟還有著一聲聲更微弱而悽慘的呻吟！

他心頭一凜，雙臂微張，身形有如夜空中一閃而過的流星，倏然掠入樹林，目光一掃——

剎那之間，他但覺眼前黯然一花，耳旁轟然一響，幾乎再也站不穩身形，此刻樹林中的情景，縱然被心如鐵石的人見了，也會和他有一樣的感覺。

夜色之中，四周的樹幹之上——

每株樹上，竟都掛著兩個遍體銀衫的少女，不住地發著輕微的呻吟，她們的衣衫已是凌亂而殘敗，本都極爲秀美的面容，在從林梢漏下的星光影映下，蒼白而驚恐，柳鶴亭甚至能看到她們面上肌肉的顫抖。

而正中一株樹上，卻綁著一個身軀瘦小的漢子，身上鮮血淋漓，竟已被人砍斷一手一足，而他——

赫然竟是那去而復返的「入雲龍」金四！

樹下的泥地上，亦滿流著鮮血，金四的愛馬，倒臥在鮮血中，一動也不動，馬首血肉模糊，竟似被人以重手法擊斃。

柳鶴亭已全然被這慘絕人寰的景象嚇得呆住了，他甚至沒有看到幾個身穿黑衣的人影，閃電般掠出林去，等到他微一定神，目光開始轉動的時候，這幾條黑衣人影已只剩下了一點淡淡的影子，和隱約隨風傳來的陰森冷笑！

這些在當時都是剎那間事！

柳鶴亭心胸之中，但覺悲憤塡膺，他目眦盡裂地大喝一聲，身形再起，閃電般向那些人影消失的方向掠去。他拚盡全力，身形之疾，連他自己都難以置信，但是他身形乍起，林外便已響起一陣急遽的馬蹄聲，等他掠出樹林，馬蹄聲早已去得很遠。星光下只見沙塵飛揚，卻連人馬的影子都看不到了。

他發狂似地追了一陣，但卻已永遠無法追到，於是他悲哀、氣憤，而又失望地掠回林邊，樹林外仍停著十數匹鞍轡鮮明的健馬，彷彿像是項煌身後那些銀衫少女騎來的，此刻群馬都在，但是那些銀衫少女，卻已受到了人世間最悽慘的遭遇！

誰也不知道她們到底受了怎樣的驚嚇與屈辱，柳鶴亭折回林中，筆直地掠到「入雲龍」金四身前，大喝一聲：「金兄。」

他喝聲雖大，但聽在金四耳裡，卻像是那麼遙遠。

柳鶴亭焦急地望著他，只見他雙目微弱地張開一線，痛苦地張了張嘴唇，像是想說什麼，卻無聲音發出。

柳鶴亭又自大喝道：「金兄，振作些！」俯首到入雲龍口旁，只聽他細如遊絲般的聲音，一字一字地斷續說道：「想……不到……他……他們……我的……」

柳鶴亭焦急而渴望地傾聽著，風聲是這麼大，那些少女本來聽來那麼微弱的聲音，此刻在他耳中也生像是變得有如雷鳴。

因為這些聲音都使得入雲龍斷續的語聲，變得更模糊而聽不到，他憤怒而焦急地緊咬著自已的牙齒，渴望著「入雲龍」金四能說出這慘變的經過來，說出是誰的手段竟有如此殘酷，那麼柳鶴亭縱然拚卻性命，也會為這些無辜的犧牲者復仇的。

但是，「入雲龍」金四斷續而微弱的語聲，此刻竟已停頓了。他疲倦地闔上眼簾，再也看不到這充滿了悲哀和冷酷的無情世界，他沉重地閉起嘴唇，再也說不出一句向別人哀懇的話了。

江湖中從此少了一個到處向人哀求援手的「懦夫」，卻從此多了一段悲慘殘酷的事蹟。

柳鶴亭焦急地傾聽著，突地，所有自金四身體內發出的聲音——呼吸、呻吟、哀告，以及心房的跳動，都歸於靜寂。

「他死了！」

柳鶴亭失神地站直身軀，他和這「入雲龍」金四雖萍水初交，但此刻卻仍不禁悲從中來，他一雙俊目中滾動著的淚珠，雖未奪眶而出，但是這種強忍著的悲哀，卻遠比放聲痛哭還要令人痛苦得多。

他沉痛地思索著「入雲龍」金四死前所說的每一個字，冀求探測出字句中的含義！

「想不到」……爲什麼想不到，是什麼事令他想不到？「他們」……他們是誰？「我的」……他爲什麼在臨死前還會說出這兩個字來？

他垂下頭，苦自尋思：「難道他臨死前所說的最後兩字，是說他的心願還未了，是以死不瞑目，還是說他還有什麼遺物，要交給他人？這都還勉強可以解釋，但是——『想不到』卻又是什麼意思呢？難道他是說殺他的人令他再也想不到，是以他在垂死之際，還不忘掙扎著將這三個字說出來？」

心念一轉，驀地又是一驚：「呀！難道將他如此殘酷地殺死的人，就是那突然自地道中失蹤的翠衫女子？是以金四再也想不到如此天真嬌柔的女子，會是個如此冷酷心狠的魔頭，唉——如此說來，她真的是『石觀音』了，將我騙入地道，然後自己再溜出來，偷偷做出這等殘忍之事——但是……」

他心念又自一轉：「但是他卻又說是『他們』！那麼做出此事的想必不止一人……」

剎那之間，他心念數轉，對那「入雲龍」金四垂死之際說出的七個字，竟不知生出多少種猜測，但其中的事實真相，他縱然用盡心力，卻也無法猜透。他長嘆一聲，垂下目光，目光輕輕一掃——

突地！

他竟又見到了一件奇事！

這已慘死的「入雲龍」金四，右臂已被人齊根砍斷，但他僅存的一隻左掌，卻緊握成拳，至死不鬆，就像是一個溺於洪水中的人，臨死前只要抓著一個他認爲可以拯救他性命的東西，無論這東西是什麼，他都會緊握著它，至死不放一樣。

柳鶴亭心中一動：「難道他手掌中握了什麼秘密，是以他垂死前還不忘說出『我的手掌……』這句話，只是他『手掌』兩字還未說出，就已逝去。」

一念至此，他緩緩伸出兩手，輕輕抬起「入雲龍」金四那隻枯瘦的手掌，只是這手掌竟是握得那麼緊，甚至連指甲都深深的嵌入了掌心肌膚之中，柳鶴亭只覺他手掌彷彿還有一絲暖意，但是他的生命已完全冷了。

柳鶴亭悲痛地嘆息著，生命的生長，本是那麼艱苦，但是生命的消失，卻偏偏是那麼容易。

他嘆息著，小心而謹慎地拉開這隻手掌凝目而望！只見掌心之中——

赫然竟是一片黑色碎布，碎布邊卻竟是兩根長只數寸的赤色鬚髮！

他輕輕地拿起它們，輕輕地放下金四此刻已漸冰冷的手掌，但是他的目光卻是沉重地，沉重地落在這方黑布，和這根赤色鬚髮上，邊緣殘落的碎布，入手竟非常輕柔，像是一種質料異常高貴的絲綢，赤色的鬚髮，卻堅硬得有如豬鬃。

「這黑巾與赤髮，想必是他從那將他殘殺之人的面上拉落下來的，如此看來，卻像又不是那石琪了。」他又自暗中尋思：「他拉落它們，是為了有赤色鬚髮的人並不多，他想讓發現他屍身的人，由此探尋出兇手的真面目，唉——他臨死之前，仍念念不忘將他手掌中掌握的秘密告訴我，他心裡的仇恨，該是如何深刻呀！」

他痛苦地為「入雲龍」金四垂死前所說的「我的」，找出了一個最為合情合理的答案，他卻不知道此事的真相，竟是那麼詭異而複雜，他猜測得雖極合情合理，卻仍不是事實的真相！

他謹慎地將這方碎布和赤鬚放入懷中，觸手之處，一片冰涼，他突又記起了那黑色的玉瓶，和玉瓶上的「西門笑鷗」四字！

「唉！這又是個難以解答的問題。」

那些銀衫少女，雙手反縛，背向而立，被綁在樹上，直到此刻還未曾動彈一下，只有在鼻息間發出微弱的呻吟。

柳鶴亭目光一轉！

「難道她們也都受了重傷？」擰身一掠，掠到身旁五尺的一株樹前，只見樹上綁著的一個銀衫少女，彷彿竟是方才當先自林中出來的那個女子，只是她此刻雲鬢蓬亂，面容蒼白，眼簾緊閉著，衣裳更是零亂殘破，哪裡還是方才出來時那種衣如縞雲，貌比花嬌的樣子！

他不禁為之暗嘆一聲，就在這匆匆一瞥間，他已斷定這些女子都是被人以極重的手法點了穴道。

於是他跨前一步，伸出手掌，正待為她們解開穴道，哪知樹林之外，突又傳來一陣朗朗的笑聲，竟是那項煌發出來的。大笑聲中，彷彿還夾著女子的嬌柔笑語，柳鶴亭心頭一跳，目光數轉，突地長嘆一聲，微拂袍袖，向林外掠去。

不知究竟是爲了什麼，只是爲了一種強烈的感受，他突然覺得自己再也不願看到這並肩笑語而來的兩人，他急速地掠入樹林，他知道那「入雲龍」金四的屍身，會有人收埋的，至於那些銀衫少女，她們本是項煌的女侍，自然更不用他費心，只是他心裡卻又不免有一些歉疚，因爲他和入雲龍相識一場，卻未能替朋友料理後事！

「但是我會爲他尋出兇手，爲他復仇的！」

他重複地告訴自己，但身形卻毫未停頓，秋風蕭索，大地沉寂如死，他頎長的身軀，在這深秋的荒野上飛掠著，就像是一道輕煙，甚至連林中的宿鳥都未驚起。

此刻他心中情潮翻湧，百感交集，像是都從這狂掠的過度中尋求解脫，也不知狂掠了多久，更不知狂掠了多遠，他但覺胸中鬱積稍減，體內真氣，也微微有些削弱，便漸漸放緩腳步，轉目四望，卻不禁輕呼一聲，原來他方才身形狂掠，不辨方向，此刻竟已掠入沂山山地的深處。

他在這一夜之中，屢驚巨變，所遇之事，不但詭異難測，而且悽絕人寰，卻又令人俱都不可思議。此刻他身處荒山，不由自嘲地暗嘆一聲，自語著道：「我正要遠遠離開人群，靜靜地想一想，卻正好來到這種地方。」

於是他便隨意尋了塊山石，茫然坐了下來，雖在這如此寂靜的秋夜裡，他心情還是無法平靜，一會兒想到那翠裝少女天真的笑靨，一會兒想到那陶純純的溫柔笑貌，一會兒卻又不禁想起那「入雲龍」金四死前的面容。

一陣風吹過，遠處樹林黝黑的影子，隨風搖動，三兩片早凋的秋葉，飄飄飛落，他隨手拾起一粒石子，遠遠拋去，霎眼便消失在無邊的黑暗裡，不知所蹤，拋出去的石子，是永遠不會回頭的，那付出了的情感，也永遠無法收回了。

突地——

憂鬱的秋風裡，竟又飄來一聲深長的嘆息，這嘆息聲的餘音，就像是一條冰冷的蛇尾，拂過柳鶴亭的肌膚，使得他腳尖至指尖，都起了一陣難言的悚慄，已經有了足夠的煩惱的柳鶴亭，此刻幾乎不相信自己的耳朵，這一夜之間，他已經歷了太多的事，而此刻在這寂靜如死的荒山裡，卻又讓他聽到了這一聲離奇的嘆息。「是誰？」他暗問自己，不知怎地，無盡的穹蒼，此刻竟像是變成了一隻入雲龍失神的眼睛。

嘆息聲終於消失了。

但是，隨著這離奇的嘆息——

「唉！人生爲什麼如此枯燥，死了……死了……死了也好。」

是誰在這秋夜的荒山裡，說這種悲哀厭世的蒼涼低語？

柳鶴亭倏然站起身來，凝目望去，只見那邊黝黑的樹影中，果然有一條淡灰的人影。呀！這條淡灰人影，雙腳竟是凌空而立，柳鶴亭不由自主地機伶伶打了個寒噤，腦海中突閃電般掠過一個念頭！

「難道此人正在那邊樹林中懸枝自盡？」

三 荒山魅影

柳鶴亭生具至性，此刻自己雖然滿心煩惱，但見了這等情事，卻立刻生出助人之心，當下腳尖輕點，如輕煙般掠了過去。

又是一陣風吹過！

這淡灰的人影，竟也隨風搖動了起來。

「呀！果然我未曾猜錯！」他身形倏然飛躍三丈。筆直地掠到這條淡灰人影身前，只見一條橫生的樹枝，結著一條黑色的布帶，一個灰袍白髮的老頭，竟已懸吊在這條布帶之上。

柳鶴亭身形微頓又起，輕伸猿臂，攔腰抱住這老者，左掌橫切，有如利刃般將那條黑色布帶切斷！

他輕輕地將這老人放到地上，目光轉處，心頭又不禁一跳，原來這滿頭白髮，面如滿月的老者，雙臂竟已齊根斷去，他身上穿著的灰布長袍，甚至連衣袖都沒有，柳鶴亭伸手一探，他胸口尚溫，鼻息未斷，雖然面容蒼白，雙目緊閉，但卻絕未死去。

柳鶴亭不禁放心長嘆一聲，心中突地閃過一絲淡淡的歡愉，因爲他已將一個人的性命從死亡的邊緣救了出來。一個人縱然有千百種該死的理由，卻也不該自盡，因爲這千百種理由都遠不及另一個理由充足正大，那就是：

上天賦與人生命，便沒有任何人有權奪去——這當然也包括自己在內。

柳鶴亭力聚掌心，替這白髮灰袍的無臂老者略為推拏半晌，這老者喉間一陣輕咳，長嘆一聲，張開眼來，但隨又闔起。

柳鶴亭強笑一下，和聲道：「生命可貴，螻蟻尚且偷生，老丈竟要如此死去，未免太不值得了吧？」

白髮老人張開眼來，狠狠望了柳鶴亭兩眼，突然「呸」地一聲，張嘴一口濃痰，向柳鶴亭面上吐去，柳鶴亭一驚側首，只覺耳畔微微一涼，這口痰竟擦耳而過，卻聽這白髮老人怒罵道：「老夫要死就死，你管得著嗎？」

翻身從地上躍了起來，又怒罵道：「不知天多高地多厚的毛頭小伙子，真是豈有此理。」呸地又向地上吐了口濃痰，掉首不顧而去。

柳鶴亭發楞地望著他的背影，心中既覺惱怒，卻又覺有些好笑，暗道：「自己這一夜之中，怎地如此倒楣，救了一個人的性命，卻換來一口濃痰，一頓臭罵。」他呆呆地愣了半晌。

只見這老人愈去愈遠，他突然覺得有些寒意，暗道一聲：「罷了，他既然走了，我還待在這裡幹什麼？」轉念一想：「他此刻像是要走到別的地方自盡，我若不去救他，唉——此後心必不安。」轉目一望，那老者灰色的身影，還在前面緩緩而走，一個殘廢的老人躑躅在秋夜的荒山裡，秋風蕭索，夜色深沉，使得柳鶴亭無法不生出惻隱之心。

他只得暗嘆一聲，隨後跟去，瞬息之間，便已掠到這老者身後，乾咳了一聲，方待再說兩句勸慰之言，哪知這老者卻又回首怒罵道：「你這混帳小子，跟在老夫後面作甚，難道深夜之中，想要來打劫嗎？」

柳鶴亭愣了一愣，卻只得強忍怒氣，暗中苦笑，抬頭一望，面前已是一條狹長的山道，兩邊山峰漸高，他暗中忖道：「他既然要往這裡走，我不如到前面等他，反正這裡是條谷道——」心念轉處，他身形已越過這老者前面，回頭一笑道：「既然如此，小可就先走一步了。」

白髮老者冷哼一聲，根本不去搭理於他。柳鶴亭暗中苦笑，大步而行，前行數丈，回頭偷望一眼，那老者果然自後跟來，嘴裡不斷低語，不知在說些什麼，滿頭的白髮在晚風中飛舞著，無臂的身軀，顯得更加孱弱。

柳鶴亭暗暗嘆息著，轉身向前走去，一面在心中暗忖：「無論如何，我也要將這老人從煩惱中救出，唉！他年齡如此——」

突地！

一個驚人的景象，打斷了他心中的思潮。

他定了定神，駐足望去，前面道旁的小峰邊，竟也橫生著一株新樹，而樹枝上竟也懸吊著一個灰白的人影，他一驚之下，凌空掠了過去，一手切斷布帶，一把將這人抱了下來，俯首一看——

只見此人滿頭白髮，面如滿月，雙臂齊肩斷去，身上一襲無袖的灰布長袍，他機伶伶打了個寒噤，回頭望去，身後那條筆直的山路，竟連一條人影都沒有了，只有秋風未住，夜寒更重。他顫抖著伸出手掌，在這老者胸口一探，胸口仍溫，鼻息未斷，若說這老人便是方才的老人，那麼他怎能在這霎眼之間越到自己身前，結好布帶，懸上樹枝？他雙臂空空，這簡直是令人難以置信。

若說這老人不是方才那老人，那他又怎會和他生得一模一樣？而且同樣地是個斷去雙臂的殘廢！

他長長透了口氣，心念數轉，一咬牙關，伸手在這老者胸前推拏了幾下，等到這老者亦自喉間一咳，吐出一口長氣，他突地手掌一回，在這老者腰畔的「睡穴」之上，疾點一下。

他知道以自己的身手，點了這老者的睡穴，若無別人解救，至少也得睡上三個時辰。於是他立即長身而起，掠回來路，身形疾如飄風，四下一轉，大地寂靜，竟真的沒有人蹤，他身形一轉，再次折回，那白髮老人鼻息沉沉，卻仍動也不動地睡在樹下。

他腳步微頓一下，目光四轉，突地故意冷笑一聲，道：「你既如此裝神弄鬼，就讓你睡在這裡，等會兒有鬼怪猛獸出來，我可不管。」語聲一頓，大步的向前走去，但全神凝注，卻在留神傾聽著身後的響動，此刻他驚恐之心極少，好奇之心卻極大，一心想看看這白髮老人究竟是何來路。

但他前行又已十丈，身後卻除了風吹草動之聲外，便再無別的聲息。他腳步愈行愈緩，方待再次折回那株樹下，看看那白髮老人是否還在那裡，但是他目光一動——前面小山壁旁，一株木枝虬結的大樹上，竟又凌空懸吊著一條淡灰人影。

他倒吸一口涼氣，身形閃電般掠去，右掌朝懸在樹枝上的布帶一揮，那黑色布帶便又應手而斷，懸在樹枝上的軀體，隨之落下，他左手一攬，緩住了這軀體落下的勢道。

只見此人竟然仍是滿頭白髮，面如滿月，雙臂齊斷，一身灰袍！

此刻柳鶴亭心中已亂作一團，他自己都分不清是驚駭還是疑惑？下意識地伸手一探鼻息，但手掌立即縮回，輕輕將這人放在地上，身形猛旋，猛然幾個起落，掠回方才那株樹下。

樹下空空，方才被他以內家妙手點了「睡穴」的那灰袍白髮老人，此刻竟又不知走到哪裡去了！

他大喝一聲，腦海中但覺紛亂如麻，身形不停，忽然又是幾個起落，掠出了這條山道，抬頭一望——

先前他第一次見著那白髮老人懸繩自盡的樹枝上，此刻竟赫然又自凌空懸吊著一條淡灰人影，掠前一看——

灰袍白髮，面如滿月！

他劍眉一挑，突地揚掌劈出一股勁風，風聲激勁，竟憑空將這段樹枝震斷，然後他任憑樹枝上懸吊著的軀體「噗」地落在地上，腳跟半旋，蜂腰一擰，身形轉回，嗖，嗖，嗖，三個起落，掠回十丈。

谷道邊的第一株樹上，樹枝輕搖，木葉飄飄，卻赫然又懸吊著一條人影，也仍然是灰袍白髮，兩臂空空。

柳鶴亭身形有如經天長虹，一掠而過，隨手一揮，揮斷了樹枝上的布帶，身形毫不停頓，向前掠去，一掠數丈，三掠十丈。

十丈外那一株枝葉糾結的大樹下，方才被柳鶴亭救下的白髮老者，此刻竟仍安安穩穩地躺在地上。

柳鶴亭身形如風，來回飛掠，鼻窪已微見汗珠，但是他心中卻不斷地泛出一陣陣寒意，他甚至不敢再看躺在地上的白髮無臂老者一眼，一點腳尖，從樹旁掠了過去，此刻他只盼望自己能早些離開這地方，再也不要見到這白髮老者的影子。

谷道邊兩旁的山壁愈來愈高，他身形有如輕煙，不停地在這狹長的谷道中飛掠著，生像是他身後追隨著一個無形的鬼怪一樣。

他不斷地回著頭，身後卻一無聲息，更無人影。

剎那間，他似已掠到谷道盡頭，前面一條山路，蜿蜒而上，道前一片山林，他微一駐足，暗中一調真氣，大罵自己糊塗，怎地慌不擇路，竟走到了這片荒地的更深之處。方才那有如鬼魅一般的白髮老者，竟使得這本來膽大心細的少年，此刻心中仍在驚悸地跳動著，他甚至開始懷疑這老者究竟是否人類！

哪知——

谷道盡頭突地傳來一聲哈哈大笑之聲，笑聲雖然清朗，但聽在柳鶴亭耳裡，卻有如梟啼鬼號。他忍不住周身一噤，卻見前面山林陰影中，已緩緩走出一個人來，哈哈大笑著道：「老夫被你救了那麼多次，實在也不想死了，小伙子，交個朋友如何？」赫然又是那滿頭白髮，雙臂齊折的灰袍老人。

柳鶴亭極力按捺著心中的驚恐，直到此刻爲止，他還是無法斷定這老者究竟是否人類，因爲他實在無法相信，人類竟有如此不可思議的輕功，這谷道兩旁山峰高聳，這老者難道是從他頭上飛過來不成？

只見這老者緩步行來，笑聲之中，竟像是得意高興已極，面上更是眉開眼笑，快活已極。

柳鶴亭心中又驚又奇，暗忖：「這老人究竟是人是鬼？爲什麼這般戲弄於我？」

只見這老者搖搖擺擺地行來，突地一板面孔，道：「老夫要死，你幾次三番地救我，現在老夫不想死，你卻又不理老夫，來來來，小伙子，我倒要問問你，到底是什麼意思？」

柳鶴亭呆呆地愣在當地，不知該如何是好，這老者面孔雖板得一本正經，但目光中卻似隱含笑意，在柳鶴亭臉上左看右看，似是因爲夜色深沉，看不甚清，是以越發看得仔細些，柳鶴亭只被他看得心慌意亂。

卻聽他突地「哎呀」一聲，道：「小伙子，你不過三天，大難就要臨頭，難道你不知道嗎？」

柳鶴亭心頭一跳，暗忖：「是了，今夜我遇著的盡是離奇怪異之事，說不定近日真有凶險，這老者如果是人，武功如此高妙，必非常人，也許真被他看中了。」

只見這老者突地長嘆一聲，緩緩搖頭道：「老夫被你救了那麼多次，實在無法不救你一救，只是……唉！老夫數十年來，從未伸手管過武林中事，如今也不能破例。」他雙眉一皺，面上立刻換了愁眉苦臉的表情，彷彿極爲煩惱。

柳鶴亭生性倔強高傲，從來不肯求人，見了他這種表情，走也不是，不走也不是，卻聽他又道：「你武功若稍微高些，大約還可化險爲夷，只是——哼！不知你是從哪裡學來的功夫，實在太不高明，怎會是別人敵手？」

這話若是換了旁人對柳鶴亭說出，他硬是拚卻性命，也要和那人鬥上一鬥。只是他方才實在被這老者的身法所驚，心中反而嘆道：「我自命武功不錯，如今和這老人一比，實在有如螢火之與皓月，唉——他如此說法，我除了靜聽之外，又能怎地？」心念一轉：「唉！我如能從這老人處學得一些輕功妙訣，只怕比我以前全部學到的還多。」

這白髮老人目光動也不動地望在他臉上，似乎早已看出他的心意，突又長嘆一聲，搖首道：「老夫一身絕藝，苦無傳人，數十年來，竟連個徒弟都找不到，唉——如果——」

他語聲一頓，柳鶴亭心頭卻一動：「難道他想將我收在門下？」

卻聽這老人又自接著正色說道：「老夫可不是急著要找徒弟，只是老夫方才見你武功雖差，卻有幾分俠義之心，是以才想救你一命，如果你願拜在老夫門下，老夫倒可傳你一本秘笈，包你數天之內，武功就能高明一倍。」他忽然閉起眼睛，仰首望天，嘆道：「恩師，我雖然破戒收徒，但卻實非得已，恩師，你不會怪我吧？」

此刻柳鶴亭心中已再無疑念，認定這老人一定是位隱跡風塵，玩世不恭，武功卻妙到不可思議的武林異人，方才心中的驚疑恐懼，一掃而空，但他生性強傲，懇求的話，仍然說不出口，吶吶地囁嚅了半晌，終於掙扎著說道：「弟子無知，不知道你老人家是位異人，如果你老人家……嗯……」他嗯了半天，下面的話還是無法說出口來。

哪知這老人卻已立刻接道：「你不必說了，你可是願意做老夫的徒弟？」

柳鶴亭紅著臉點了點頭。

這老人眼睛一轉，目光中更是得意，但卻仍長嘆道：「唉──既是如此，也是老夫與你有緣。我平生武功奧秘，都寫成一本秘笈，此刻便藏在老夫腳下的靴筒裡，老夫一生脫略行跡，最恨世俗禮法，你既拜老夫為師，也不必行什麼拜師大禮，就在這裡隨便跟我磕個頭，將那本秘笈拿去就是了。」

柳鶴亭雖然聰明絕頂，但此刻心中亦再無疑念，大喜著叫了一聲：「恩師。」噗地跪了下去，恭恭敬敬叩了幾個頭，只見這老人已抬起腳來，他恭敬地伸出手掌，在靴筒裡一掏，果然掏出一本黃絹為面的冊子，熱烘烘的，似乎還有些臭氣，但他卻絲毫沒有放在心上，謹慎地收了起來。只聽這老者乾咳一聲，緩緩道：「好了，起來吧。」

柳鶴亭遵命長身而起，目光一抬，卻見這老人正在朝著自己擠眉弄眼，他不禁愣了一愣，心中方自奇怪，哪知這老人卻再也忍不住心裡的快活，竟彎下腰去，放聲大笑了起來。

柳鶴亭心中更奇，哪知他笑聲一起，柳鶴亭身後竟也有人哈哈大笑起來，柳鶴亭一驚之下，回首而望，只見他身後數丈之外，竟一排大笑著走來三個白髮灰袍、兩臂齊斷的老人，走到他身側，四個一齊彎腰跌足，笑得開心已極。柳鶴亭心中卻由驚而奇，由奇而惱，只是他亦自恍然大悟，難怪方才自己所遇之事那般離奇，原來他們竟是孿生兄弟四人，只是自己再也未曾想到這裡，是以才會受了他們的愚弄，一時之間，他心中不禁氣惱，但見了這四人的樣子，卻又不禁有些好笑。

「反正他們年齡都已這麼大了，我縱然向他們叩個頭又有什麼關係。」

要知道柳鶴亭雖然倔強高傲，卻並非氣量偏窄之人，而且天性亦不拘小節，此刻他站在中間，看到身旁這四個滿頭白髮，笑來卻有如頑童一般的老人，想到自己方才的心情，愈想愈覺好笑，竟也忍不住放聲大笑起來。

哪知他笑聲一起，這四個白髮老人的笑聲卻一齊頓住，八隻眼睛，一齊望著柳鶴亭，像是非常奇怪，這少年怎地還有心情笑得出來。只見他笑得前仰後合，竟像是比自己還要得意，四人對望一眼，心裡都不覺大奇，四人竟都忍不住脫口問道：「你笑什麼？」

柳鶴亭目光一轉，不停地笑道：「我笑的事，怎能告訴你們？」話聲一了，又自大笑起來。

這四個老人年紀雖大，但童心仍熾，四人不知用這方法捉弄了多少人，那些人不是被他們嚇得半死，連走都走不動了，就是見了第二個上吊的老人，便嚇得連忙逃走，縱然有一兩個武功特別高的，後來發覺了真相，也都一定會勃然大怒，甚至和他們反臉成仇。

此刻他們見了柳鶴亭被他們捉弄之後，不但不以爲忤，竟笑得比他們還要開心，這倒是他們生平未遇之事，柳鶴亭不肯說出自己發笑的原因，這四人便更覺好奇之心，不可竭止，四人面面相覷，各各心癢難抓，突地一齊向柳鶴亭恭身一禮，齊聲道：「方才小老兒得罪了閣下，閣下千祈不要見怪。」

柳鶴亭笑聲一頓，道：「我自然不會見怪。」

這四個老人一齊大喜道：「閣下既不見怪，不知可否將閣下發笑的原因告訴我們？」

此刻東方漸白，大地已現出一絲曙光，柳鶴亭四望一眼，只見這四人雖然鬚髮皆白，但卻滿臉紅光，眉眼更俱都生成是一副喜笑顏開的模樣，只是此刻卻又一個個眼愍眉皺，像是心裡十分苦惱。

柳鶴亭見了他們苦惱的神情，知道他們苦惱的原因，心道：「你們方才那般捉弄我，我此刻也偏偏不告訴你們。」口中卻道：「我只是想到一句話，是以才覺得好笑而已。」

這四個老人一生之中，四處尋找歡笑，但他們四人一體而生，行蹤詭異，別人見到他們，不是早已嚇得半死，便是不願和他們多話，哪有心情和他們說笑？是以這四人喜歡捉弄別人，自尋樂趣，此刻聽了柳鶴亭想到一句如此好笑的話，卻不告訴他們，心中越發著急，急急追問道：「不知閣下可否將這句話說出來，也讓小老兒開心開心？」這四人心意相通，心中一生好奇之心，說起話來，竟也是同時張口，同時閉口，竟像是一個人的影子。

柳鶴亭目光一轉，心裡好笑，口中卻故意緩緩道：「這句話嘛……」眼角斜瞟，只見這四人眼睛睜得滾圓，嘴唇微微張開，竟真的是一副急不可待的神情，忍不住哈哈笑道：「我想起的那句話便是『穿簑衣救火』。」

那四人一呆，道：「此句怎解？」

柳鶴亭本來是見了他們樣子好笑，哪裡想起過什麼好笑的話，不過是隨口胡謅而已，此刻見他們反被自己捉弄了，心中得意，接口笑道：「我本想救人，卻不知反害了自己，這豈非穿簑衣救火——惹火上身嗎？」

四個老人齊地又是一呆，目光中流露出失望的神色，像是覺得這一句話一點也不好笑，但四人對望了一眼，竟也哈哈大笑起來，五個人竟笑作一團。

柳鶴亭心中暗道：「我今日雖被他們捉弄，卻換來一場如此大笑，也算得上是人生中一段奇遇，此刻還和他們鬼混什麼？」

心中雖想走，但見他們大笑的神情，卻又覺得甚爲有趣，不捨離去。

卻見這四個老人一齊哈哈笑道：「閣下真是有趣得緊，小老兒今日倒是第一次見到閣下這般有趣的人，不知閣下可否將大名見告，將來也好交個朋友。」

柳鶴亭笑道：「在下柳鶴亭，不知閣下等是否也可將大名告訴小可？」他此刻對這四個奇怪的老人，心中已無惡感，心想與這種人交個朋友倒也有趣。

白髮老人哈哈笑道：「正是，正是，我們也該將名字告訴閣下，只是我四人縱然將名字告訴閣下，閣下也未見能分得清。」

此刻曉色更開，柳鶴亭與這四人對面相望，已可分辨出他們的鬚髮。只見這四人站在一處，竟生像是一個模子裡鑄出來的，乍見之下，委實叫人分辨不出。

卻聽老人又道：「但其實我兄弟四人之間，還是有些分別的，只是別人看不出來而已。」

柳鶴亭微微一側身，讓東方射來的曙光，筆直地照在這四人面上，目光仔細地自左而右，逐個向這四人面上望去，來回望了數次，只見這四個眉開眼笑的老人，此刻面孔竟板得一本正經，心中不禁一動，故意頷首道：「不錯，你們若是不笑的話，別人委實分辨不出。」

白髮老人齊地雙目一張，突又哈哈大笑起來，連聲道：「你這小伙子真是有趣，竟將我們這個秘密都看出來了。」

原來這四人不笑之時，面容的確一樣，但笑起來，一人嘴角一齊向上，一人嘴角一齊向下，一個口中長了兩顆看來特別顯眼的犬齒，另一個面頰右邊卻生著一個深深的酒窩。

柳鶴亭心中暗笑，只見這四人笑得愈厲害，面上的特徵也就愈明顯，他不禁暗嘆造物之奇妙，的確不可思議。

明明造了一模一樣的四個人，卻偏偏又要他們面上留下四個不同的標記，這四人若是生性冷僻，不苟言笑，別人亦是無法明辨，但偏偏又要他們終日喜笑顏開，好叫別人一眼就可辨出。

只見這四個白髮老人笑得心花怒放，前仰後合，他心裡不覺甚是高興，無論如何，能夠置身在歡樂的人們中間，總是件幸福的事，而人生中能遇著一些奇蹟——像這種含著歡笑的奇蹟，那麼除了幸福之外，更還是件幸運的事。

他性情豁達，方才雖被這四個老人捉弄了一番，但他深知這四人並無惡意，是以此刻心中便早已全無怨恨之心，含笑說道：「小可既然猜出，那麼老丈們想必也該將大名告知在下了吧！」

只聽這四人一一自我介紹，那笑起來嘴角一起向上的人是老大「戚成」，那笑起來嘴角眼角一起向下的人是老二「戚氣」，那口中生著犬齒的是老三「戚棲」，那生著酒窩的自是老四，叫做「戚奇」。

晨風依依，晚秋的清晨，雖有陽光，但仍不減秋風中的蕭索之意，只是這秋陽中的山野，卻似已被他們的笑聲渲染得有了幾分春色。

柳鶴亭大笑著忖道：「這四人不但一切古怪，就連名字都是古怪的，這種名字，卻教人家怎生稱呼？」心念一轉，口中便笑道：「那麼以後我只得稱你們做『大器』、『二氣』、『三棲』、『四奇』了。」

戚器大笑道：「正是，正是，我兄弟起這名字，原正是這個意思。」

柳鶴亭卻又一怔，他本是隨口所說，卻不知這本是人家的原意，只聽戚器又自接口笑道：「本人大器晚成，是以叫做『大器』，老二最愛生氣，氣功可練得最好，不但練成無堅不摧的『陽氣』，還練得我兄弟都不會的『陰氣』，陽陰二氣，都被他學全了，所以叫做『二氣』。」

他語聲一頓，柳鶴亭恍然忖道：「這四人無臂無掌，用以傷人制敵的武功，自然另有一功，想必就是以氣功見長的武功了。」

戚器已接道：「老三叫做『三棲』，更是好極，因為他不但可以在地上走，還可以在水裡游，甚至在水裡耽上個三五天都無所謂，像條魚一樣，再加上他跳得最高，又像是麻雀，哈哈——他不叫『三棲』叫什麼？」

他搖頭晃腦，大笑連連，說得得意已極。

柳鶴亭卻暗忖：「這三人雖然滑稽突梯，但卻都可稱得上是武林奇人，這位老三想必輕功，水功都妙到毫顛，既能棲於陸，又能棲於水、棲於空，他叫做『三棲』，倒的確是名符其實得很。」

戚器大笑又道：「老四嘛——他花樣最多，所以叫『四奇』，我們兄弟本來還有個老五，他人生得最漂亮，又最能幹，竟一連娶了五個太太，哈哈——像是替我們兄弟一人娶了一個，本來他叫做『五妻』，『戚妻』，真是再好也沒有了，只是——」他笑聲中突然有些慨嘆，竟低嘆一聲，方自接道：「只是我們這位最能幹的老五，卻跑去當官去了——」

他又自長嘆一聲，緩緩頓住了自己的話。

柳鶴亭心中大感好奇，本想問問他有關這「老五」的事，但又生怕觸到他的傷心之處，心中雖好奇，卻終於沒有問出口來。

這戚氏兄弟與柳鶴亭愈談愈覺投機，真恨不得要柳鶴亭永遠陪著他們四人才對心思，要知道他們一生寂寞，見著他們的人，不是有著輕賤之心，便是有著畏懼之意，像柳鶴亭這種能以坦誠與之相交的人，他們當真是平生未遇。四人你一眼，我一眼，你一句，我一句，真弄得柳鶴亭接應不暇，他自幼孤獨，幾曾見過如此有趣的人物，更不曾得到過如此溫暖的友情，竟也盤膝坐下，放聲言笑起來。

戚器哈哈笑道：「看你文質彬彬，想不到你居然也和我兄弟一樣，是條粗魯漢子，我先前在那邊看你愁眉苦臉，長吁短嘆，還只當你是個酸秀才呢！」

柳鶴亭目光動處，只見他說話之際，另三人竟也嘴皮連動，雖未說出聲來，但顯見他說話的意思，完全和另三人心中所想相同，他語聲一了，另三人立刻連連點頭，齊地連聲道：「正是，正是，我兄弟方才還直當你是個窮秀才哩！」

柳鶴亭大笑著道：「你們先前當我是個酸秀才，我先前卻當你們是深山鬼魅，千年靈狐，後來又當你們是一個輕功妙到毫顛，武功駭人聽聞的武林奇人，我若知道你們不是一個而是四個，那麼——哈哈，你們年紀雖大，那個頭我卻是絕不會磕下去的。」

哪知他語聲方了，戚大器身形動處，突地一躍而起，柳鶴亭心中方自一怔，只見他已恭恭敬敬地跪了下來，恭恭敬敬地向自己叩了一個頭，口中一面笑道：「一個還一個，兩不吃虧——」

柳鶴亭亦自一躍而起，對面跪了下去，立刻還叩一個，口中道：「事已過去，你這又何苦，你年齡比我大得多，我就算磕個頭，卻又何妨？」

戚器連聲道：「不行，不行，這個頭我非還你不可的，不然我睡覺都睡不著。」說話聲中，又是一個頭叩了下去。

另三人見他兩人對面磕頭，更是笑得前仰後合，幾乎連眼淚都笑了出來。柳鶴亭亦自連聲道：「不行，不行，我若讓你還叩一個頭，那麼我也要睡不著覺了。」

戚器叫道：「那真的不行——那怎麼可以——」這兩人竟是一樣地拗性，一個一定要叩還，一個偏偏不讓他叩還。

柳鶴亭心想：「我抓住你的臂膀，然後對你叩個頭，我再躲到你兄弟身後去，看你怎生叩還我。」一念至此，再不遲疑，疾伸雙掌，向戚器肩頭抓去。他這一手看似平平無奇，其實不但快如閃電，而且其中隱含變化，心想：你無法出手招架，又是跪在地上，這一下還不是手到擒來，看你如何躲法？

哪知他手掌方伸，戚器突地一聲大笑，直笑得前仰後合，全身亂顫。

柳鶴亭突地覺得他全身上下，都在顫動，一雙膀肩眨眼間竟像是變成了數十個影子，自己出掌雖快，雖準，此刻卻似沒有個著手之處。

柳鶴亭雖然深知這四個殘廢的老人防敵制勝，必定練有一些極爲奇異的外門功夫，但驟然見到這種由笑則發，怪到極處的身法，仍不禁吃了一驚，方自縮回手掌，只聽大笑聲中，戚奇突地長長「咦」了一聲，另三人立刻頓住笑聲，彼響斯應，柳鶴亭心中又爲之一動。

戚奇已自接道：「此時此刻，這種地方，怎地會又有人來了？」

戚大器笑聲一頓，顫動著的身形，便立刻變得紋風不動。柳鶴亭愣了一愣，自然停住笑聲，心中大奇！

「方才笑聲那等喧亂，這戚四奇怎地竟聽出遠處有人走來，而我卻直到此刻還未——」

心念動處，快如閃電，但他這念頭還未轉完，谷道那邊果然已有人聲馬嘶隱隱傳來，柳鶴亭心中不由大爲驚服，道：「四兄如此高的耳力。」他長於絕代高人之側，對於這耳目之力的鍛鍊，十數年可說已頗有火候，但此刻和人家一起，自己簡直有如聾子一樣，他驚服之餘，長身站了起來，一拍膝上泥土，心中直覺甚是慚愧。

卻聽戚四奇哈哈一笑，道：「別的不說，我這雙耳朵倒可以算是天下第一，咦——來的這些人怎地陰盛陽衰，全是女的，嗯——男的只有三個——二十四馬，都是好馬，有趣有趣，有趣有趣。」

他一連說了四句有趣，面上又自喜笑顏開。

柳鶴亭聽了，心下卻不禁駭然，但也曾聽過，關外的馬賊多擅伏地聽聲之術，遠在里外之地行來的人馬，他們只要耳朵貼在地上一聽，便知道人馬之數，但像戚四這樣一面談笑，卻已將遠處的人馬數目、男女性別，甚至馬的好壞都聽了出來，那卻真是見所未見，聞所未聞之事，尤其令柳鶴亭驚駭的是，他所說出的這人馬數目，正和那來自南荒的一行人馬一樣。

只聽戚大器笑道：「不知道這些人武功怎樣，膽子可大——」

戚四奇「呀」了一聲，道：「不好，不好，這些人耳朵也很靈，居然聽出這裡有人了，咱們可得躲一躲，若讓他們一齊見到我們四人，那就沒有戲唱了。」

柳鶴亭目光閃動處，只見這四人此刻一個個眉開眼笑，一副躍躍欲試的模樣，就有如幼童嬰兒面對著心愛的玩物一樣。

他心裡只覺好笑，卻有些不太舒服，暗中尋思道：「不知道那陶純純此刻是否還和他在一起？」

又忖道：「反正我已不願再見他們，管他是否與她在一起，都與我無關。」口中急道：「正是，正是，我們快躲他一躲。」

目光一轉，卻見戚氏兄弟四人，各各眼動目跳，以目示意，像是又想起什麼好玩的事一樣，一會兒又不住打量自己，他心中一動，連忙搖手道：「不行，不行。」

戚三棲忍住笑道：「不行什麼？」

柳鶴亭一怔，忖道：「是呀，不行什麼？人家又沒有叫我幹什麼。」

只聽戚大器笑道：「你是說不願躲起來是麼？那正好極，你就站在這裡，替我們把這班人攔住，然後——」

柳鶴亭此刻大感焦急，又想掠去，又想分辯，但戚大器說個不停，他走又不是，插口也不是，哪知他話聲未了，戚四奇突地輕咳一聲，戚大器立刻頓住語聲，柳鶴亭忙待發話，哪知咳聲方住，這戚氏兄弟四人，竟已一齊走了。

這戚氏兄弟四人武功不知究竟怎樣，但輕功的確不弱，霎眼之間，四人已分向四個方向如飛掠走。

柳鶴亭怔了一怔，暗道：「此時不走，更待何時？」

心念動處，立刻毫不遲疑地一擰身軀，正待往道邊林野掠去，哪知身後突地傳來一聲嬌呼：「呀——你！」

另一個冰冷冷的語聲：「原來是你！」

柳鶴亭心往下一沉，吸了口長氣，極力按捺著胸中的憤慨之意，面上作出一絲淡淡的笑容，方自緩緩回轉身去，含笑道：「不錯，正是在下。」

他不用回頭，他知道身後的人，一定便是那陶純純與「東宮太子」項煌，此刻目光一抬，卻見陶純純那一雙明如秋水的秋波，正自瞬也不瞬地望著自己。她一掠鬢角秀髮，輕輕道：「方才我們遠遠聽到這裡有人聲，就先掠過來看看，卻想不到是你。」

柳鶴亭面上的笑容，生像是石壁上粗劣笨拙的浮雕一樣，生硬而呆板。

要知他本不喜作僞，此刻聽她說「我們」兩字，心裡已是氣得真要吐血，再見了那項煌站在她旁邊，負手而笑，兩眼望天，一副志得意滿之態，更恨不得一腳踢去，此刻他面上還有這種笑容，已是大爲不易，又道：「不錯，正是在下。」

陶純純微微一笑，道：「我知道是你，可是你方才爲什麼不聲不響地就跑了？」

柳鶴亭心中冷哼一聲，忖道：「反正你有人陪著，我走不走干卿底事？」口中仍含笑道：「不錯，在下先走了。」

陶純純秋波一轉，像是忍俊不住，「噗哧」一聲，笑出聲來，她緩緩伸出手掌，掩住櫻唇，輕笑道：「你這人……真是。」

項煌突地冷笑一聲，道：「閣下不聲不響地走了，倒教我等擔心的很，生怕閣下也像我宮中的女婢一樣，被人宰了，或是被人強行擄走，嘿嘿——想不到閣下卻先到這裡遊山玩水起來了，卻將救活人，埋死人的事，留給我等來做。」

他冷笑而言，柳鶴亭昂首望天，直到他話說完了，方喃喃自語道：「好天氣，好天氣……」

目光一轉，滿面堆歡，道：「兄台方才是對小可說話麼？抱歉，抱歉，小可方才正自仰望蒼穹，感天地之幽幽，幾乎愴然而涙下了，竟忘了聆聽兄台的高論。」

他方才與那戚氏兄弟一番論交，此刻言語之中，竟不知不覺地染上那兄弟四人一些滑稽玩世的味道，要知道聰明的少年大多極善模倣，他見了這項煌的神情舉止，正自滿腹怒氣，卻又自惜身分，不願發作出來，此刻他見項煌面上陣青陣白，知道他此番心中的怒氣，只怕還在自己之上，心下不覺大為得意，乾笑了兩聲，竟真的忍不住放聲大笑了起來。

一陣馬蹄聲，如飛奔來，前行四匹健馬，兩匹馬上有人，自是那兩位「將軍」，此刻他兩人一手帶著另一匹空鞍之馬，揚蹄奔來，到了近前，一勒韁繩，四匹馬竟一齊停住。

柳鶴亭哈哈笑道：「好馬呀好馬，好人呀好人，想不到兩位將軍，不但輕功極好，馬上功夫更是了得，小可真是羨慕得很，羨慕得很。」

「神刀將軍」勝奎英、「鐵鐧將軍」尉遲高，見著柳鶴亭，已是微微一怔，齊地翻身掠下馬來，聽了他的話，「鐵鐧將軍」一張滿佈虬髯的大臉，已變得像是一隻熟透了的蟹殼，僵在當地，怒又不是，笑更不是，不知該如何是好。

項煌此刻的心情正也和柳鶴亭方才一樣，直恨不得一腳將柳鶴亭踢到八百里外去，永遠見不著這惹厭的小子才對心思，胸中的怒氣，向上直冒，忍了半晌，想找兩句話來反唇相譏，但一時之間，卻又偏偏找不出來。

柳鶴亭見了，更是得意，目光一轉，只見陶純純正自含笑望著自己，目光之中，滿是讚許之色，根本不望她身旁的項煌一眼。

剎那之間，柳鶴亭但覺心中一樂：「原來她還是對我親近些。」方才悶氣，便都一掃而空，再望到項煌的怒態，雖然仍覺甚爲好笑，但卻已有些不忍了。

此刻那些淡銀衣裳的少女，也已都策馬而來，最後的一匹馬上，一鞍兩人，想必是有一人讓出一匹馬來給陶純純了。這些少女此刻一個個雲鬢蓬亂，衣衫不整，極爲狼狽，見到柳鶴亭，目光齊地一垂，緩緩勒住馬韁。

項煌不願陶純純和柳鶴亭親近，目光連轉數轉，忽地向陶純純笑道：「這鬼地方了無人煙，又無休息之處，你我還是早些走吧，大家勞累了一夜，此刻我已是又累又餓了。」

陶純純點了點頭，道：「我也有些餓了。」

項煌哈哈笑道：「姑娘想必也有些餓了。」他凡事都先想到自己，然後再想到別人，卻以爲這是天經地義之事。

陶純純轉首向柳鶴亭一笑，道：「你也該走了吧？」

柳鶴亭在一旁見到他們談話之態，心裡竟又有些悶氣！暗道：「原來她對這小子也不錯。」

要知道少年人心中的情海波瀾，變化最是莫測，心中若是情無所鍾，那麼行動自是瀟瀟灑灑，胸中自是坦坦蕩蕩，若是心中情有所鍾，那麼縱然是像柳鶴亭這樣心胸磊落的少年，卻也難免變得患得患失起來。他勉強一笑，自然又是方才那種生硬的笑容，強笑說道：「姑娘你們只管去好了，小可還得在此等幾個朋友。」

陶純純明眸一張：「等朋友？你在這裡還有朋友——」秋波一轉：「啊！對了，剛才你就是在和他們說話是不是，現在他們到哪裡去了？」

項煌冷笑道：「這個人行跡飄忽，事情又多，姑娘你還是省些氣力，留待一會兒和別人說話吧！」

柳鶴亭劍眉一軒，突地笑道：「不過姑娘若是腹中有些餓了的話，不妨和小可在此一同等候，讓這位太子爺自己走吧！」

陶純純輕輕笑道：「我實在有些餓了，你叫我在這裡等，難道有東西吃喝？」

項煌連聲冷笑道：「這裡自然有東西吃，只不過這裡的東西，都是專供野狗吃的。」

柳鶴亭生像是根本沒有聽到他的話，目光凝注著陶純純笑道：「敝友們此刻就是去準備酒食去了，讓小可在這裡等候，這裡離最近的城鎮只怕也有一段極遠路途，我勸姑娘不如在此稍候吧！」他見了項煌的神態心中大是不忿，立意要氣他一氣。

要知道柳鶴亭雖然胸懷磊落，卻仍不過是個弱冠少年，自難免有幾分少年人的爭強鬥勝之心，心想：「你既如此張狂，我又何苦讓你，難道我真的畏懼於你不成？」一念及此，他便立心要和這「東宮太子」鬥上一鬥。

只聽陶純純拍掌笑道：「那真好極了，我就陪你在這裡等吧。」

柳鶴亭微微一笑，斜睬項煌一眼，道：「太子爺若是有事的話，小可卻不敢斗膽留太子爺大駕。」

項煌面色一變，倏地回轉身去，走了兩步，腳步一頓，面上陣青陣白，霎眼之間，竟變幻了數種顏色，突地一咬牙齒，咧嘴輕笑了幾下，然後又突地回過頭來，微微一笑，道：「這位姑娘既是和我一齊來的，我若先走，成什麼話？」雙掌一拍，拂了拂身上的塵土，然後雙手一背，負手踱起方步來了。

柳鶴亭心中既是憤怒，又覺好笑，見他不走，自也無法，心中卻有些著急，等一下哪裡會有酒食送來？又暗中奇怪，方才看那戚氏兄弟的樣子，以為他們一定會去而復返，甚至也將這項煌捉弄一頓，但此刻卻仍不見他們人影，不知他們到哪裡去了。

陶純純秋波四轉，一會兒望柳鶴亭一眼，一會兒又望項煌一眼，一會兒又垂下頭去，像是垂首沉思的樣子。

尉遲高、勝奎英並肩而立，呆若木雞。

那些銀裳少女武功雖不高，騎術卻甚精，此刻仍端坐在馬上，這一群健馬亦是千中選一的良駒，群馬集聚，也不過只發出幾聲低嘶，以及馬蹄輕踢時所發出的聲響，風聲依依。

項煌突地低聲吟哦起來：「春風雖自好，春物太昌昌，若教春有意，惟遣一枝芳，我意殊春意，先春已斷腸……先春已斷腸，唉……姑娘，你看此時做的可還值得一盼嗎？我意殊春意，先春已斷腸……」眼簾一合，像是仍在品詩中餘味。

陶純純眨了眨眼睛，輕輕一笑，道：「真好極了，不知是誰作的？」

項煌哈哈一笑，道：「不瞞姑娘說，這首詠春風，正是區——」

陶純純「呀」了一聲，輕拍手掌，嬌笑道：「我想起來了，這首詩是李義山做的，難怪這麼好。」

柳鶴亭忍住笑回過頭去，只聽項煌乾笑數聲，連聲說道：「正是，正是，正是李義山做的，姑娘真是博學多才得很。」

語聲微頓，乾笑兩聲，項煌又自踱起方步來，一面吟道：「花房與密脾，蜂雄蛺蝶雌，同時不相類，哪復更相思。本是丁香樹，春條結……更……生……姓柳的，男子漢大丈夫，一言既出，駟馬難追，等會兒若是沒有東西送來，又當怎地？」

柳鶴亭轉首不理，乾咳一聲道：「黃河搖溶天上來，玉樓影近中天台，龍頭瀉酒客壽杯，主人淺笑紅玫瑰——咳，這首詩真好，可惜不是區區在下作的。也是李義山作的，李義山呀李義山，文章本天成，妙手偶得之，可是你卻爲什麼將天下好詩都搶得去了，卻不留兩首給區區在下得呢？」

項煌面色又自一變。

陶純純卻輕笑道：「有沒有都無所謂，我在這裡聽聽你們吟詩，也滿好的。」

項煌冷笑一聲，道：「我卻沒有——」他本想說「我卻沒有這種閒空夫。」但轉念一想，這是自己要在這裡等的，又沒有別人勉強，他縱然驕狂，但一念至此，下面的話，卻也無法說下去。

柳鶴亭微微一笑，心下轉了幾轉，突地走到陶純純面前，道：「姑娘，方才小可所說有關酒食之言，實在是——」

他心中有愧，想來想去，只覺無論這項煌如何狂傲，自己也不該以虛言謊話來欺騙別人。他本係胸襟磊落之人，一念至此，只覺自己實在卑鄙得很，忍不住要坦白將實情說出，縱然說出後被人譏笑，卻也比悶在心裡要好得多。

知過必改，已是不易，知過立改，更是大難，哪知他話方說到一半，陶純純又「呀」了一聲，嬌笑著說道：「呀！好香好香，你們聞聞看，這是什麼味道——」

柳鶴亭心中一怔：「難道真有人送酒食來了？」鼻孔一吸，立時之間，只覺一股不可形容的甜香之氣，撲鼻而來。

只聽陶純純輕笑又道：「你們聞聞看，這是什麼味道——嗯，有些像香酥鴨子，又有些像酥炸子雞，呀——還有些辣辣的味道，看樣子不止一樣菜呢！」

她邊笑邊說，再加上這種香氣，直讓項煌嘴中忍不住唾沫橫流，卻又怕發出聲音來，是以不敢嚥下口去。

柳鶴亭亦是食指大動，要知道這些人俱是年輕力壯，已是半日一夜未食，此刻腹中俱是飢火中燒，此地本是荒郊，自無食物可買，他們餓極之下驟然嗅到這種香氣，只覺餓得更是忍耐不住。

那尉遲高、勝奎英，雖然一股悶氣，站得筆直，但嗅到這種香氣，方自偷偷嚥下一口口水，腹中忽地「咕嚕咕嚕」地叫了起來。

項煌回過頭去，狠狠瞪了兩眼，方待喝罵出聲，哪知「咕嚕咕嚕」兩聲，他自己的肚子也叫了起來。

柳鶴亭精神一振，忽地聽到蹄聲得得，自身後傳來，他疾地回首望去，直見道前的那片平林之中，一個身穿紫紅風氅的老人，駕著一輛驢車，緩緩而來。那拉車的驢子全身漆黑光亮，只有四蹄雪白，一眼望去，便知定是名種，最奇的是此驢既無韁繩，更無轡頭，只鬆鬆地套了一副輓具，後面拉著一輛小車子，在這種山路上，走得四平八穩，如履康莊。

項煌見這騾子走得愈近，香氣便愈濃，知道這香氣定是從這車子發出的，忍不住伸頭望去，只見這駕車的老人一不挽轠，二不看路，雙手像是縮在風氅之中，眼睛竟也是半開半合，但驢車卻走得如此平穩，心中不禁大奇。

柳鶴亭一見這駕車之人穿著紫紅風氅，心方往下一沉，但是定睛一望，這老人雖然衣服不同，卻不是戚氏兄弟是誰？他大喜之下，脫口叫道：「喂──」

這老人對他微微一笑，現出兩個笑窩，他連忙接道：「原來是四兄來了。」忍不住展顏笑了起來。

戚四奇一笑過後，雙目一張，四掃一眼，哈哈大笑道：「小老兒來遲了，來遲了，倒累你等了許久，你有這許多朋友要來，怎地方才也不告訴我，也好叫我多拉些酒菜來。」

他一笑將起來，眼睛在笑，眉毛在笑，嘴巴在笑，竟連鼻子也在笑，當真是喜笑顏開，眉開眼笑。

柳鶴亭口中笑諾，心中卻大奇：「他竟真是送來酒菜，而且好像聽到我方才說話似的──唉，看來此人當真有過人之能，遠在別處，竟能聽到這裡的對話，又不知從哪裡整治出這些食物。」

項煌自恃身分，仍自兩眼望天，負手而立，意甚不屑，但見這騾車愈走愈近，腹中飢火上升，忍不住偷看兩眼，這一看不打緊，目光卻再也移動不開。

尉遲高、勝奎英望著騾車後面的架板，雙目更是要冒出火來。

陶純純輕笑道：「真的送來了。」回顧項煌一眼：「我知道他不會騙人的。」

戚四奇哈哈大笑，將驢車駕至近前，輕輕一躍下地，大笑道：「這都是些粗食，各位如果不嫌棄的話，大家請都來用些。」

項煌、尉遲高、勝奎英俱都精神一振，目光灼灼地望著這驢車後面架板上放著的一整鍋紅燒肥肉雞蛋，一整鍋冒著紅油的冰糖肘子，一整鍋黃油肥雞，一眼望去，竟似有五、七隻，還有一整鍋大肉油湯，一大堆雪白的饅頭，一大葫蘆酒。

這些東西混在一起的香氣，被飢火燃燒的人聞將起來，那味道便是用上三千七百五十二種形容詞句，卻也難形容出其萬一。

項煌若非自恃身分，又有佳人在側，真恨不得先將那最肥的一隻黃雞撈在手裡，連皮帶肉地吃個乾淨才對心思。

柳鶴亭心中卻既驚且佩，他無法想像在如此深山之中，這四個無臂無手的老人怎麼弄出這些酒菜來的。只見這戚四奇眉開眼笑地向尉遲高、勝奎英道：「兩位大約是這位公子的貴管家，就麻煩兩位將這些東西搬下來，用這架板做桌子，將就食用些。」

那「神刀將軍」勝奎英與「鐵鐧將軍」尉遲高，本是武林中成名人物，此刻被人稱做貴管家，暗哼一聲，咬緊牙關，動也不動，若非有柳鶴亭、項煌在旁，只怕這兩人早已抽出刀來，一刀將這糟老兒殺死，然後自管享用車上的酒食了，哪裡還管別的。

他兩人咬牙切齒地忍了半晌，突地回頭喝道：「來人呀，將東西搬下來。」

原來他兩人站在車前，一陣陣香氣撲鼻而來，他兩人心中雖有氣，卻也忍不住。

心念一轉，便回頭指使那些銀衫女子。這些銀衫女子與項煌同來，此刻，亦是半日一夜粒米未沾，腹中何嘗不餓？巴不得這聲吩咐，一個個都像燕子般掠了過來，霎眼之間便將酒食搬在道邊林蔭下排好，尉遲高、勝奎英面帶微笑，似乎因自己的權威甚爲得意。

那戚四奇眉花眼笑，道：「柳老弟，你怎地不招呼客人用些？」

柳鶴亭微微一笑，本想將那項煌羞辱一番，但見了他面上的飢餓之色，又覺不忍，便笑道：「閣下及尊屬如不嫌棄的話，也來共用一些如何？」

項煌心裡巴不得立刻答應，口中卻說不出來，陶純純一笑道：「你就吃一點吧，客氣什麼？」

項煌乾咳一聲，朗聲道：「既是姑娘說的，我再多說便作假了。」

柳鶴亭心中暗笑，口中道：「請！請！」

項煌走到酒菜邊，方待不顧地上污泥，盤膝坐下。

哪知戚四奇突地大笑道：「柳老弟，你請這位大公子吃這些酒食，那就大大的不對了。」

項煌面色一變，倏然轉回身來，柳鶴亭心中亦是一怔，知道這老人又要開始捉弄人了，但如此捉弄，豈非太過？只怕項煌惱羞之下，翻臉成仇，動起手來，自己雖不怕，卻又何苦？

卻聽戚四奇大笑又道：「這些粗俗酒食，若是讓這位公子吃了，豈非大大不敬！」

項煌面色轉緩，戚四奇又道：「柳老弟，這位公子既是你的朋友，我若如此不敬，那豈非也有如看不起你一樣麼？幸好寒舍之中，還備有一些較為精緻些的酒食，你我三人，再加上這位姑娘，不妨同往小飲，這裡的酒食，就留給公子的尊屬飲用好了。」

項煌方才心中雖然惱怒，但此刻聽了這番話，心道：「原來人家是對我另眼相看。」一時心中不覺大暢，他生性本來就喜別人奉承，此刻早已將方才的不快忘得乾乾淨淨，微微笑道：「既承老丈如此抬愛，那麼我就卻之不恭了。」伸手一拂袍袖，仰天大笑數聲，笑聲中滿含得意之情。

柳鶴亭目光轉處，只見那戚四奇眉花眼笑，笑得竟比項煌還要得意，心中又覺好笑，卻又有些擔心，只聽戚四奇哈哈笑道：「寒舍離此很近，各位就此動身吧。」

陶純純輕笑道：「要是不近，我就情願在這裡——」掩口一笑，秋波流轉。

項煌含笑道：「不錯，不錯，就此動身吧。」回頭向尉遲高、勝奎英冷冷一瞥道：「你等飯後，就在這裡等我。」

戚四奇呼哨一聲，那黑驢輕輕一轉身，掉首而行，戚四奇一躍而上，說道：「那麼小老兒就帶路先走了。」

柳鶴亭雖想問他的「寒舍」到底在哪裡，但見那項煌已興高采烈地隨後跟去，只得住口不說，陶純純纖腰微扭，嬝嬝婷婷地一齊掠去，輕輕道：「還不走，等什麼？」

柳鶴亭隨後而行，只見她腳下如行雲流水，雙肩卻紋絲不動，如雲的柔髮，長長披在肩上，纖腰一扭，羅衫輕盈，一時之間，柳鶴亭幾乎連所走的道路通向何處都未曾留意。蹄聲得得之中，不覺已到一處山灣，此處還在沂山山麓，是以，山勢並不險峻高陡，戚四奇策驢而行，口中不時哼著山村小調，彷彿意甚悠閒。

項煌想到不久即有美食，卻越走愈覺飢餓難忍，忍不住問道：「貴處可曾到了？」

戚四奇哈哈笑道：「到了，到了。」

柳鶴亭突被笑聲所驚，定了定神，抬目望去，突見一片秋葉，飄飄自樹梢落下，竟將要落到陶純純如雲的柔髮上。陶純純卻渾如未覺，垂首而行，彷彿在沉思著什麼。

柳鶴亭忍不住腳步加緊，掠到她身側，側目望去，只見她秀目微垂，長長的睫毛，輕輕覆在眼簾上，彷彿有著什麼憂慮之事似的，柳鶴亭忍不住輕喚一聲：「陶姑娘——」

卻見陶純純目光一抬，似乎吃了一驚，秋波流轉，見到柳鶴亭，展顏一笑，輕輕的道：「什麼事？」

柳鶴亭鼓足勇氣，吶吶道：「我見到姑娘心裡像是在擔著什麼心事，不知能否相告？只要……只要我能盡力……」

陶純純目光一閃，像是又吃了一驚，道：「沒有什麼，我……我只是太餓了。」

柳鶴亭口中「哦」了一聲，心中卻在暗忖：「她心裡明明有著心事，卻不肯說出來，這是爲了什麼呢？」轉念又忖道：「唉，你和人家本無深交，人家自然不願將心事告訴你的。」目光抬處，只見那項煌不住回過頭來，面帶冷笑，望著自己，而那戚四奇已大笑著道：「到了，到了，真的到了。」口中呼哨一聲，那黑驢揚起四蹄，跑得更歡，山勢雖不險峻，但普通健馬到了此處，舉步已甚艱難，但這小小黑驢，此刻奔行起來，卻仍如履平地，若非柳鶴亭這等高手，只怕還真難以跟隨得上。

山坡迤邐而上，麓秀林清，花鳥投閒，到了這裡，忽地一片山崖，傲岸而立，平可羅床，削可結屋，丹泉碧壁，左右映發。柳鶴亭腳步微頓，方疑無路，忽地一陣鈴聲，一聲犬吠，崖後竟奔出一條全身長滿白色捲毛的小狗來，長不過盈尺，但蹲踞地上，汪汪犬吠幾聲，竟有幾分虎威。

柳鶴亭不禁展顏一笑，只聽戚四奇笑道：「小寶，小寶，來來。」飄身掠下山崖，這白毛小犬已汪地一聲，撲到他身上，他身軀微微一扭，這白毛小犬雙足一搭，搭上他肩頭，後足再一揚，竟安安穩穩地立在他肩頭上。

柳鶴亭笑道：「此犬善解人意，當真有趣得很。」側首一望，只見陶純純目光卻望在遠處，他這話本是對陶純純說的，此刻不禁有些失望。

戚四奇大笑道：「崖後就是山居，小老兒又要帶路先行了。」再次登上車座。

柳鶴亭隨後而行，方自轉過山崖，忽地水聲振耳，竟有一道山澗，自崖後轉出，細流涓涓，但山壑卻有竦蕩之勢，將這一山坡，有如楚漢鴻溝，劃然中斷，又如瞿塘之瀨，吞吐百川，壘坷犖攫，秋水寒煙中一道長橋，自澗邊飛跨而過。

戚四奇呼哨一聲，騎過橋去。

柳鶴亭不禁暗中讚嘆：「想不到此間竟有如此勝境，想來天下獨得之徑，莫過於此了。」過橋之後，竟是一片平坡，右邊高掛一道小小的飛泉，泉瀑雖不大，但水勢卻有如銀漢傾翻，禿丸峻坂，飛珠濺玉，點點滴滴，灑向山澗，不知是否就是這山澗的盡頭。

瀑布邊卻是一片巖山，巨石如鷹，振翼欲起，向人欲落。此刻正值深秋，巖上叢生桂樹，倒垂藤花，絲絲縷縷，豁人渺思，在這有如柳絮飛雪般的山藤下，卻有一個洞窟，遠處雖望不甚清，但已可想見其窈窕峪岈之致，洞前竟赫然紮著一個巨大的帳幕，望去彷彿像是塞外牧人所居的帳篷，但卻又不似，帳篷前又停著一輛板車，車後似有人影晃動，也隱隱有笑語聲傳來，只是為水聲所掩，是以聽不甚清。

柳鶴亭目光一轉，不禁脫口輕喚一聲：「好個所在。」

項煌亦不禁為之目定口呆，他久居南荒，惡雨窮瘴，幾曾見過如此勝境？他雖然狂傲，但到了此刻，亦不禁暗嘆造物之奇與自身之渺，只有那陶純純秋波流轉，面上卻一無表情，半晌方自輕輕一笑，道：「真好！」

只聽戚四奇哈哈大笑道：「怎麼樣，不錯吧？」一掠下車，口中又自呼哨一聲，黑驢便緩緩走向那個帳幕，帳幕後突地並肩走出三個白髮老人來，項煌、陶純純目光動處，不禁又爲之一驚，幾乎要疑心自己眼花，將一個人看成了三個影子。

柳鶴亭見了他們的神態，心中不禁暗笑，只聽這戚氏兄弟三人齊地笑道：「有朋自遠方來，不亦樂乎，不亦樂乎。」

這三人此刻身上竟也各各披上一件風氅，一個淺黃、一個嫩黃、一個嫩綠，再加上他們的皓首白髮，當真是相映成趣。

只聽戚大器道：「柳老弟，你還不替我們肅客？」

戚四奇笑道：「此刻酒菜想必都已擺就，只等我們動手吃了。」他大步走了過去。

柳鶴亭心中卻突地一動。

「動手吃了……」他們無手無臂，卻不知吃飯時該怎麼辦？

眾人走了過去，轉過帳幕，項煌精神一振，帳幕後的草地上平鋪著一方白布，白布上竟滿佈各式菜餚，香氣四溢，果然又比方才不知豐富若干倍。

戚氏兄弟眉花眼笑地招呼他們都盤膝坐在白布邊，突又喝道：「酒來！」

語聲未了，柳鶴亭突覺一陣陰雲，掩住了日色，他眼前竟爲之一黯，抬目望去，哪裡有什麼陰雲？

卻只有一個黑凜凜的大漢，自帳幕中走了出來，雙手捧著一面玉盆，生像是半截鐵塔似的，面目呆板已極，一步一步地走了過來。

柳鶴亭此刻坐在地上，若是平目而視，像是最多只能望到此人露在鹿皮短褲外的一雙膝蓋，縱然站了起來，也不過只能齊到此人前胸。

陶純純見了這種巨無霸似的漢子，眼波微動，輕輕笑道：「好高呀！」

坐在她身旁的項煌微微一笑，道：「這算什麼！」

陶純純回眸笑道：「難道你還見過比他更高的人麼？」

項煌悄悄嚥下一口唾沫，笑道：「你若跟我一齊回去，你便也可以見到了。」橫目一瞟柳鶴亭。

柳鶴亭面帶笑容，卻似根本沒有聽到。

只見這鐵塔般的漢子走到近前，緩慢而笨拙地蹲下來，將手中玉盆，放到菜餚中間，裡面竟是一盤琥珀色的陳酒，一放下來，便酒香四溢，盆為白玉，酒色琥珀，相映之下，更是誘人饞涎。

項煌見了，心中卻大奇：「這些人的酒，怎地是放在盆裡的？」目光一轉，這才見到這白布之上，既無杯盞，更無碗筷，主人連聲勸飲，他忍不住道：「萍水相逢，便如此打擾，實在——」

戚大器搶著笑道：「哪裡，哪裡，到了此間，再說客氣的話，便是見外！請請……」

項煌吶吶道：「只是……只是如無杯筷，怎生吃用？」

話聲未了，只見這四個白髮老人，突地一齊頓住笑聲，眼睜睜地望著他，像是將他方才問的那句話，當做世上最奇怪的話似的，滿面俱是驚詫之色，直看得項煌目定口呆，不知所措。

柳鶴亭見了，心中暗笑，直到此刻，他才知道這戚氏兄弟是要如此捉弄別人，但又不禁忖道：「如此一來，不是連我與陶姑娘也一齊捉弄了。」想到這裡，不禁笑不出來。

只聽戚四奇道：「這位兄台，小老兒雖不認識，但見兄台這種樣子，武功想必不錯，怎地竟會問出這種話來，真是奇怪，真是奇怪。」

項煌又一愣！心想：「真是奇怪？奇怪什麼？武功的深淺，和杯筷吃飯有什麼關係？」他見到這些老人都是一本正經的神色，愣了許久，恍然忖道：「我聽說塞外邊垂之地，人們都是以手抓飯而食，這些老人有如此的帳幕，想必也是來自塞外，是以也是這種風俗。」

一念至此，不禁笑道：「原來如此，那麼我也只好放肆了，請請。」伸出五爪金龍，往當中的一大碗紅燒丸子抓去，方待抓個來吃，暫壓飢火。

哪知四個老人卻一齊大笑起來，他呆了一呆，只聽戚大器道：「想不到，想不到，我見你斯斯文文，哪知你卻是個——嘿嘿，就連我家的『小寶』，吃飯都從來不會用手去抓的，此刻還有這位姑娘在座，你難道當真不覺難爲情麼？」

柳鶴亭心中暗忖：「貓犬吃飯，的確是不會動手，但難道也要和貓犬一樣，用舌去舔麼？」他心裡又是好氣，又是好笑。

只見項煌慢慢縮回手掌，面上已變了顏色，突地厲聲道：「我與你們素不相識，你們爲何這般戲弄於我，這頓飯不吃也罷。」他說話的時候，眼角不時瞟向柳鶴亭，目光中滿是恨毒之色。

柳鶴亭知道他一定是在疑心自己和戚氏兄弟串通好了，來捉弄於他，但此時此刻，卻又不便解釋。

只見他話聲一了，立刻長身而起，哪知身形方自站起一半，卻又「噗」地坐了下來，原來此刻那半截鐵塔似的大漢，已站到他身後，見他站了起來，雙手一按，按住他肩頭，就生像是泰山壓頂般，將他壓了下去。

項煌武功雖高，只覺自己此刻雙肩之重，竟連動彈都無法動彈一下，要知道這種天生神力，當真是人力無法抵抗，項煌內外兼修，一身武功，若是與這大漢對面比鬥，這大漢手呆腳笨，萬萬不會是項煌的敵手，但項煌方才羞惱之下，被他捉住肩頭，此刻就像是壓在五指山下的孫悟空，縱有七十二種變化，卻一種也變不出來了。

戚大器哈哈笑道：「我兄弟好意請你來吃酒，你又何苦敬酒不吃吃罰酒呢？」話聲方了，突地張口一吸，碗中的一個肉丸，竟被他一吸而起，筆直地投入他嘴中，他張口一陣大嚼，吃得乾乾淨淨，吐了口氣，又道：「難道像這樣吃法，你就不會吃了麼？」

項煌忖道：「原來他如此吃法，是要來考較我的內功，哼哼——」口中道：「這又何難。」

張口也想吸一個肉丸，但全身被壓得透不過氣來。

戚大器道：「大寶，把手放開，讓客人吃東西。」

柳鶴亭暗道：「原來這漢子叫大寶。」側目望去，只見「大寶」巨鼻闊口，前額短小，眉毛幾乎要接上頭髮，一眼望去，倒有三分像是猩猩，當真是「四肢發達，頭腦缺乏」的角色，聽到戚大器的話，咧嘴一笑，巨掌一鬆。

項煌長長透了口氣，戚大器笑道：「既然不難，就請快用。」

項煌冷哼一聲，張口一吸，果然一粒丸子，亦自離碗飛起，眼看快要投入他口中。

哪知戚二氣突地笑道：「要閣下如此費力方能吃到東西，豈是待客之道，還是我來代勞吧。」一呼地吸起一粒丸子，又呼地一聲噴了出去，只見這粒肉丸有如離弦之箭般，射向項煌口裡，正巧與項煌吸上的那粒肉丸互相一擊，兩粒肉丸，都被擊得一偏，落到地上，那白毛小犬跑來仰首一接，接過吃了。

項煌眼睜睜望著自己將要到口的肉丸竟落到狗嘴裡，心中又是憤慨，又是氣惱，目光動處，只見身後那巨人的影子，被日光映在地上，竟是腰身半曲，雙臂箕張，有如鬼魅要擇人而噬。

他想起方才的情事，此刻兩臂還在發痛，生怕這傢伙再來一手，何況此刻在座各人，俱都是敵非友，這四個老人路道之怪，無與倫比，又不知武功深淺，自己今日若要動火，只怕眼前虧是要吃定了。

他雖然狂傲，卻極工於心計，心念數轉，只得將氣忍住，冷笑道：「老丈既然如此客氣，那麼我只好生受了。」他心想：我就不動口亦不動手，等你將東西送到我嘴裡，看你還有什麼花樣？

戚二氣哈哈笑道：「柳老弟，你是自己人，你就自己吃吧，這位姑娘麼——哈哈，男女授受不親，亦請自用，我們請專人來招呼這位兄台了。」

柳鶴亭見了他方才一吸一噴，竟用口中所吐的一點真氣，將肉丸操縱如意，不禁暗嘆忖道：「難怪他叫做『二氣』，看來他氣功練得有獨到之處，唉——這兄弟四人當真是刁鑽古怪，竟想出如此缺德的花樣。」

目光一抬，只見陶純純正似笑非笑地望著他，這女子有時看來那般天真，有時看來卻又似城府極深，戚氏兄弟一個個眉開眼笑地望著項煌，項煌卻盤膝而坐，暗調真氣，如臨大敵，他此刻心中直在後悔，自己為什麼要跟來此間。

那條白毛小犬圍著他身前身後亂跑亂叫，身上繫著的金鈴，噹噹直響，一會在他身前，一會兒又到了他身後，當真是跑得迅快絕倫。

那巨人「大寶」的影子，卻動也不動地壓在他身上。

四 且論杜康

這一片巨大的黑影，直壓得項煌心頭微微發慌，若是兩人交手搏鬥，項煌盡可憑著自己精妙的武功，輕靈的身法，故示以虛，以無勝有，沉氣於淵，以實擊虛，隨人所動，隨屈就伸，這大漢便萬萬不是他的敵手。

但兩人若以死力相較，那項煌縱然內功精妙，卻又怎是這種自然奇蹟，天生巨人的神力之敵？項煌生性狂傲自負，最是自持身分，此刻自覺身在客位，別人若不動手，他萬萬不會先動，但任憑這巨人站在身後，卻又有如芒刺在背，坐立不安。

他心中懊惱，但聽那身披鵝黃風氅的老人哈哈一笑道：「兄台遠道來，且飲一杯淡酒，以滌征塵。」一語聲一了，「噓」地一聲，頷下白鬚，突地兩旁飛開，席中那個玉盆中的琥珀美酒，卻隨著他這「噓」地一聲，向上飛激而起，激成一條白線，宛如銀箭一般，閃電般射向項煌口中。

項煌心中一驚，張口迎去，他此刻全身已佈滿真氣，但口腔之內，卻是勁力難運之處，霎眼之間，酒箭入口，酒色雖醇，酒味卻勁，他只覺口腔微麻，喉間一熱，烈酒入腸，彷彿一條火龍，直燙得他五腑六臟都齊地發起熱來。

他自幼風流，七歲便能飲酒，他也素以海量自誇，哪知這一口酒喝了下去，竟是如此辛辣，只見這條酒箭宛如高山流泉，峭壁飛瀑，竟是滔滔不絕，飛激而來。

他如待不飲，這酒箭勢必濺得他一頭一臉，那麼他的諸般做作，著意自恃，勢必也要變作一團狼狽，他如待揮掌揚風，震散酒箭，那更是大煞風景，惹人訕笑。

項煌心中冷笑一聲，暗道：「難道你以爲這區區一盆酒，就能難得倒我？」索性張開大口，瞬息之間，盆中之酒，便已涓滴不剩，項煌飲下最後一大口酒，方待大笑幾聲，說兩句漂亮的話，哪知面上方自擠出一絲笑容，便已頭昏眼花，早已在腹中打了若干遍腹稿的話，竟連一個字都說不出來了。

戚二氣哈哈一笑道：「海量，海量，兄台真是海量！我只道兄台若是酒力不勝，只要輕拍手掌，便可立時停下不飲，哪知兄台竟將這一盆喝乾了，此刻還似意猶未盡，哈哈——海量，海量，真是海量！」

柳鶴亭只見他邊說邊笑，神態得意已極，心中不覺暗笑：「這兄弟數人，當真是善於捉弄別人，卻又無傷大雅，讓人哭笑不得，卻又無法動怒。」試想人敬你酒，本是好意，你有權不喝，但卻萬無動怒之理。

那項煌心中果是哭笑不得，心中暗道：「只要輕拍手掌，便可立時不飲，但是——哼哼，這法子你敬過酒之後才告訴於我，我又不是臥龍諸葛，難道還會未卜先知麼？」

他心中有氣，嘴中卻發作不得，嘿嘿強笑數聲，道：「這算什麼，如此佳釀，便是再喝十盆，也算不得什麼？」

一邊說話，一邊只覺烈酒在腹中作怪，五臟六腑，更像是被投進開了鍋的沸水之中，突突直跳，上下翻騰。

心頭煩悶之時，飲酒本是善策，但酒入愁腸，卻最易醉，這條大忌，人多知之，卻最易犯。

此刻項煌不知已犯了這飲酒大忌，更何況他餓了一日一夜，腹中空空，暴飲暴食，更是乖中之乖，忌中之忌。

卻聽戚二氣哈哈笑道：「原來兄台不但善飲，並還知酒，別的不說，這一盆酒，確是得來不易，這酒中不但有二分貴州『茅台』，分半瀘州『大麴』，分半景芝『高粱』，一分江南『花雕』，一分福州『四平』，還雜有三分『清酴』，幸好遇著兄台這般善飲能飲，喜酒知酒之人——哈哈，寶劍贈烈士，紅粉贈佳人，佳釀贈飲者，哈哈，當真教老夫高興得很，當真教老夫高興得很。」

柳鶴亭本亦喜酒，聽得這盆中之酒，竟將天下名酒，全都搜羅一遍，心中還在暗道自己口福不好，未曾飲得這般美酒，轉目一望，只見項煌此刻雖仍端坐如故，但面目之上，卻已變得一片通紅，雙目之中，更是醉意模糊，正是酒力不支之象，不禁又暗自忖道：「雜飲最易醉人，何況此酒之中，竟還雜有三分『酒母清酴』，這戚氏兄弟不但捉弄了他，竟又將他灌醉，這一來，等會兒想必還有好戲看哩！」

目光一轉，卻見陶純純那一雙明如秋水的眼波，也正似笑非笑地凝視著自己，兩人相對一笑，柳鶴亭心中暗道：「她看他醉了，並無關心之態，可見她對他根本無意。」心頭突又一凜：「男子漢大丈夫立身處世，豈能常將這種兒女私情放在心上。」

人性皆有弱點，年輕人更易犯錯，柳鶴亭性情中人，自也難免有嫉妒、自私……等人類通病，只是他卻能及時制止，知過立改，這便是他超於常人之處。

只見項煌肩頭晃了兩晃，突然放聲大笑起來，拍掌高歌——

「天若不愛酒，酒星不在天，地若不愛酒，地應無酒泉，天地既愛酒，愛酒不愧天……哈哈，天子呼來不上船，自稱臣是酒中仙……哈哈，常言道：『辣酒以待飲客，苦酒以待豪客，甘酒以待病客，濁酒以待俗客。』哈哈！你不以病俗之客待我，敬我苦辣美酒，當真是看得起我……看得起我！……哈哈！能酒真吾友，成名愧爾曹，再來一盆……再來一盆……」一陣風吹來，酒意上湧，他肩頭又晃了兩晃，險險一跤跌到地上。

戚氏兄弟一個個喜笑顏開，眉飛色舞，一會兒各自相望，一會兒望向項煌，等到項煌嘻嘻哈哈，斷斷續續地將這一篇話說完，兄弟四人，目光一轉，戚二氣哈哈笑道：「酒是釣詩鈎，酒是掃愁帚，這一盆酒可真釣出了兄台的詩來，酒還有，菜也不可不吃，來來來，老夫且敬兄台一塊。」一吸口又是一噴，項煌醉眼惺忪，只見黑忽忽一塊東西飛來，張口一咬，肆意咀嚼起來，先兩口還不怎地，這後兩口咬將下去，直覺滿嘴卻似要冒出煙來。

只聽戚二氣笑道：「酒雖難得，這樣菜也並不易，這樣『珠穿鳳足』，不但雞腿肉中，骨頭全已取出，而且裡面所用的，全是大不易見的異種辣椒『朝天尖』，來來來，兄台不妨再嚐上一塊。」

語聲未了，又是一塊飛來，項煌本已辣得滿嘴生煙，這一塊「珠穿鳳足」方一入口，更是辣得涕淚橫流，滿頭大汗涔涔而落。

柳鶴亭見了他這種狼狽神態，雖也忍不住要笑出聲來，但心中卻又有些不忍，方待出言打打圓場，卻聽項煌大笑叫道：「辣得好……咳咳，辣得好……嘻嘻，這辣椒正對男子漢大丈夫的胃口，……」說到這裡，不禁又大咳幾聲，伸手又抹鼻涕，又抹眼淚。他雖然一心想做出

「男子漢，大丈夫」滿不在乎的神態，卻怎奈眼淚鼻涕偏偏不聽他的指揮。又是一陣風吹過，這「異種辣椒」與「特製美酒」，便在他腹中打起仗來，他雖然一身內功，但此刻功力卻半分也練不到腸胃之處，腦中更是混混沌沌。

柳鶴亭心中不忍，忍不住道：「項兄想是醉了，還是到——」

項煌眼睛一瞪，大叫道：「誰說我醉了？誰說我醉了——嘻嘻，再將酒拿來，讓我喝給他們看看……陶姑娘，他在說謊，他騙你的，你看，我哪裡醉了？咳咳，我連半分酒意都沒有，再喝八盆也沒有關係。」

陶純純柳眉微顰，悄悄站起身來，想坐遠些。

項煌涎臉笑道：「陶姑娘……你不要走，我沒有醉……再將酒來，再將酒來……」伸出雙手，想去抓陶純純的衣衫。

陶純純秀目一張，目光之中，突地現出一絲煞氣，但一閃又過，微笑道：「你真的醉了！」纖腰微扭，身形橫掠五尺。

戚大器道：「兄台沒有醉，兄台哪裡會醉！」

戚二氣大笑道：「哪個若要是說兄台醉了，莫說兄台不答應，便是兄弟我也不答應的，來來來，再飲一盆。」

語聲落處，一吸一噴，白布正中那盆「珠穿鳳足」的湯汁，竟也一條線般離盆激起，射向項煌口中，項煌醉眼模糊，哪裡分辨得出，口中連說：「妙極，妙極！」張口迎去，一連喝了幾口，方覺不對，大咳一聲，一半湯汁從口中噴出，一半湯汁從鼻中噴出，嘴唇一合，源源而來的湯汁一頭一臉地射在他面上，這一下內外交擊，項煌大吼一聲，幾乎跳了起來。

那巨人手掌一按，卻又將他牢牢按在地上，戚氏兄弟笑得前仰後合，他兄弟四人一生別無所嗜，只喜捉弄別人，此刻見了項煌這副狼狽之態，想到他方才那副志得意滿，目中無人的樣子，四人愈笑愈覺可笑，再也直不起腰來。

柳鶴亭心中雖也好笑，但他見項煌被那巨人按在地上，滿面湯汁，衣衫零落，卻無絲毫怒意，反而嘻嘻直笑，手舞足蹈，口中連道：「好酒好酒……好辣好辣……」過了一會兒，語聲漸漸微弱，眼簾一合，和身倒了下去，又過了一會兒，竟呼呼地睡著了。

戚三棲看了項煌一眼，微笑道：「這小子剛才那分狂勁，實在令人看不順眼，且讓他安靜一會，去去，大寶把他抬遠一些，再換些酒來，讓我兄弟敬陶姑娘和柳老弟一杯。」

陶純純咯咯一笑道：「你難道叫我們也像這姓項的那樣吃法麼，哎喲！那我寧可餓著肚子算了。」戚大器哈哈笑道：「去將杯筷碗盞，也一齊帶來。」柳鶴亭微微一嘆，道：「此間地勢隱僻，風景卻又是如此絕佳，當真是洞天福地，神仙不羨，卻不知你們四位是如何尋到此處的？」

心中卻更忖道：「他兄弟四人俱都是殘廢之人，卻將此間整理得如此整齊精緻，這卻更是難得而又奇怪了！」只是他怕這些有關殘廢的話觸著戚氏兄弟的痛處，是以心中雖想，口中卻未說出。

只見這巨人「大寶」果真拿了兩副杯筷，又攜來一壺好酒，走了過來，彎腰放到地上，他身軀高大，舉動卻並不十分蠢笨，彎腰起身之間，一如常人，柳鶴亭一笑稱謝，卻聽戚四奇已自笑道：「此事說來話長，你我邊吃邊講好了，陶姑娘的肚子不是早已餓了麼？」

柳鶴亭一笑拿起杯筷，卻見面前這一壺一杯一盞，莫不是十分精緻之物，那筷子更是翡翠所製，鑲以銀殼，便是大富人家，也難見如此精緻的食具。

柳鶴亭不禁心中一動，暗暗忖道：「這戚氏兄弟天生殘廢，哪裡會用杯筷？但這杯筷卻偏偏又是這般精緻，難道是他們專用以招待客人的麼？」

心念轉動間，不禁大疑，只見大寶又自彎下腰來，替自己與陶純純滿斟一杯酒，卻又在那碧玉盆中，加了半盆。

戚大器大笑道：「來來！這『珠穿鳳足』卻吃不得，但旁邊那盆『龍穿鳳翼』，以及『黃金燒雞』，卻是美物，乘著還有微溫，請快吃些。」

柳鶴亭斜目望了陶純純一眼，只見她輕伸玉掌，挾起一塊雞肉，手掌瑩白如玉，筷子碧翠欲滴，那塊雞肉，卻是色如黃金，三色交映，當真是悅目已極，遂也伸出筷子，往那盆「黃金燒雞」挾去。

哪知——

他筷子方自觸著雞肉，突地一聲尖銳嘯聲，自上而下，劃空而來。他一驚之下，筷子不禁一頓，只聽「嗖」地一聲，一枝黃翎黑桿的長箭，自半空中落了下來，不偏不倚地插在那「黃金燒雞」之上。他呆了一呆，縮回筷子，卻見這雙翡翠筷子的包頭鑲銀，竟變得一片烏黑。

陶純純輕輕嬌呼一聲，戚氏兄弟面上笑容亦已頓斂，這枝長箭來得奇特，還不說這裡四面山壁，箭卻由半空而落，竟不知來自何處，但來勢之急，落後餘勢不衰，箭翎猶在不住震顫，顯見發箭之人，手勁之強，當可算得上萬中選一的好手。

更令人驚異的是長箭方落，微微觸著雞肉的銀筷，便已變得烏黑，這箭上之毒，豈非是駭人聽聞！

柳鶴亭目光一轉，只見戚氏兄弟面面相覷，陶純純更是花容失色，一雙秋波之中，滿是驚恐之意，呆呆地望著那枝長箭，柳鶴亭劍眉皺處，健腕一翻，方自要拔那枝長箭，哪知肩頭一緊，卻被那巨人大寶按得動彈不得，一個粗啞低沉的聲音，自身後傳來：「箭上劇毒，摸不得的！」

柳鶴亭不禁暗嘆一聲，忖道：「想不到此人看來如此蠢笨，卻竟這般心細！」回頭一笑，意示讚許感激，唰地撕下一塊白布，裹在箭桿黃翎之上，拔了過來。

定眼望去，只見這箭箭身特長，箭桿烏黑，隱泛黑光，箭鏃卻是紫紅之色，桿尾黃翎之上，一邊寫著「穿雲」兩個不經注目便難發覺的蠅頭小字，另一邊卻寫的是「破月」二字。

柳鶴亭皺眉道：「穿雲破月……穿雲破月！」倏地站起身來，朗聲道：「朋友是誰？暗放冷箭何意？但請現身指教！」

語聲清朗，中氣充沛，一個字一個字地遠遠傳送出去，餘音嬝嬝，與空山流水，林木微歁之聲，相應不絕，但過了半晌，四下仍無回音。

柳鶴亭皺眉道：「這枝箭來得怎地如此奇怪……穿雲破月，戚兄、陶姑娘，你們可知道武林之中，有什麼人施用這種黃翎黑桿，翎上寫著『穿雲破月』的長箭麼？」

陶純純眼簾一合，微微搖頭，道：「我一直關在家裡，哪裡知道這些。」

戚大器道：「我兄弟也不知道。」突又哈哈大笑起來，道：「管他是誰，他若是來了，我兄弟也敬他一盆『特製美酒』，一塊『珠穿鳳足』，讓他嚐嚐滋味！」語聲一落，兄弟四人一齊哈哈大笑起來。

哪知——

他兄弟四人笑聲未絕，驀然又是「砰」地一聲，劃空而來。

這響聲短促低沉，與方才箭桿破空尖銳之聲，絕不相同。陶純純、柳鶴亭、戚氏兄弟齊地一驚，仰首望去，只見一條青碧燐光，自頭頂一閃而過，接著「啪」地一聲，對面瀑布邊那片如鷹山石之上，突地爆開一片青燦碧火，火光中竟又現出幾個青碧色的字跡：「一鬼追魂，三神奪命！」字跡燐光，一閃而沒！

柳鶴亭變色道：「這又是什麼花樣？」

戚四奇哈哈笑道：「一鬼三神，若來要命，我兄弟四人服侍一個，包管鬼神都要遭殃！」話聲方落，突地又見一點黑影，緩緩飛來，飛到近前，才看出竟是一隻碧羽鸚鵡，在眾人頭頂飛了一圈，居然吱吱叫道：「讀書不成來學劍，騷人雅集震八方……」鳥語啾啁，乍聽雖不似人語，但牠一連叫了三遍。

柳鶴亭、陶純純、戚氏兄弟卻已都將字音聽得清清楚楚，陶純純咯咯一笑，嬌聲道：「這隻小鳥真有意思。」

戚三棲大笑道：「老夫給你抓下來玩就是。」突地縱身一躍，躍起幾達三丈，白鬚飄動，仰天呼出一口勁氣。

哪知這隻碧羽鸚鵡卻似已知人意，低飛半圈，竟突地沖天飛去，吱吱叫道：「不要打我……不要打我……」說到最後一句，已自飛得蹤影不見。

柳鶴亭只見戚三棲的身形，有如一片藍雲，飄飄落下，哈哈笑道：「我到底不如小鳥，飛得沒有牠快……但是我說話卻總比牠說得高明些吧！」

柳鶴亭見這兄弟四人，包括陶純純在內，直到此刻仍在嘻嘻哈哈，將這一箭、一火、一鳥突來的怪事，全都沒有放在心上，不禁雙眉微皺，暗忖道：「這些怪事，斷非無因而來，只是不知此事主使之人究竟是誰？這樣做法，卻又是爲的什麼？難道他與我們其中一人有著仇恨？」

目光一轉，掃過戚氏兄弟及陶純純面上：「但他們卻又不似有著仇家的人呀！」又忖道：「莫非是來找項煌的不成？」

他心念數轉，還是猜測不出，目光一抬，卻見那隻碧毛鸚鵡，竟又緩緩飛來，只是這次卻飛得高高的，戚三棲大笑道：「你這小鬼又來了，你敢飛低些麼？」

卻聽那鸚鵡吱吱的叫道：「不要打我，不要打我……」叫聲一起，突有一片雪白的字箋，自牠口中飄飄落了下來，柳鶴亭輕輕一掠，接在手中，那鸚鵡叫道：「小翠可憐，不要打我……」又自飛得無影無蹤。

陶純純嬌笑道：「這隻小鳥真是有趣，這字條上寫的是什麼呀？」

柳鶴亭俯首望處，只見這字箋一片雪白，拿在手中，又輕又軟，有如薄絹一般，似是薛濤香箋一類的名紙。

箋上卻寫著：「黃翎奪命，碧彈追魂，形蹤已露，妄動喪身！」下面署名：「黃翎黑箭，一鬼三神，騷人雅集同上。」字作八分，鐵劃銀鈎，竟寫得挺秀已極。

柳鶴亭皺眉大奇道：「這些人是誰？這算是什麼？」

戚氏兄弟、陶純純一齊湊過來看，戚四奇突地哈哈大笑起來，連聲笑道：「我知道了，我知道了！」

柳鶴亭奇道：「你知道什麼，難道你認得這些人麼？」

戚四奇笑道：「這些人我雖不認得，但我卻知道他們此來，爲的什麼。」

陶純純秀目一張，失聲問道：「爲的什麼？」

目光凝注，卻見戚四奇突地白眉一皺，翻身倒在地上，貼地聽了半晌，一個懸空跟斗，鵝黃風氅，四下飛舞，他已站了起來，連聲道：「好厲害！好厲害！這下怕不至少來了幾百人，我只怕——」

語聲未了，突地一陣巨吼，四下傳來：「黃翎黑箭，穿雲破月！」聲如雷鳴，也不知是多少人一齊放聲吼出，這一吼聲方落，又是一陣吼聲響起：

「一鬼追魂，三神奪命！」緊接著又有不知多少人吼道：「騷人雅集，威震八方！」

戚氏兄弟、柳鶴亭、陶純純對望一眼，耳根方自一靜，哪知猛地又是一聲狂吼……

「呔」！

這一聲「呔」字，數百人一齊發出，竟比方才的吼聲還要響上數倍，柳鶴亭抬頭望去，只見四面山壁之上，突地一齊現出數百個漢子來，其中有的穿著一身陰慘慘的墨綠衣衫，有的一身白衣，有的卻遍體純黑，只有頭上所包的黑巾之上，插著一根黃色羽毛，手中卻都拿著長繩、軟梯、釘鈎一類的爬山用物，顯見得是從後面翻山而來，一個個面色凝重，如臨大敵，但「呔」地一聲過後，卻俱都一聲不響，或伏或蹲地附在山壁頂頭，也不下來。

柳鶴亭目光轉處，心中雖然驚奇交集，卻見戚氏兄弟四人，仍在眉開眼笑，生像是全不在意，他既不知道這些人來自何處，更不知道這些人是因何而來，是以自也不便發話，只覺身側微微一暖，陶純純已依依靠了過來，輕聲道：「我們不要管別人的閒事好麼？」

柳鶴亭雙眉微皺，不置可否地微微一笑，心中卻自暗忖：「這些人如是衝著戚氏兄弟來的，我與他兄弟雖無深交，卻又怎能不管此事？」

心念方動，突地一陣朗笑，自谷外傳來，那隻碧羽鸚鵡，也又自谷外飛來，吱吱叫道：「讀書不成來學劍，騷人雅集震八方……」飛到當頭空間，柳鶴亭微擰身形，嗖地掠過帳篷，只見朗笑聲中，一群人緩緩自長橋那邊走了過來。

柳鶴亭暗中一數，共是一十三人，卻有兩個是垂髫童子。

只見一個方巾朱履，白色長衫的中年文士，當先走來，朗聲笑道：「想不到，想不到，山行方疑無路，突地柳暗花明，竟是如此勝境。」

目光一轉，有如閃電般在柳鶴亭身上一轉：「閣下氣宇不凡，難道就是此間主人麼？」微微一揖，昂首走來。突地見戚大器、陶純純，以及那巨人大寶自篷後轉出，腳步一頓，目光電閃，他身後一個高烏簪，瘦骨嶙峋，卻穿著一件長僅及膝的墨綠衣衫，裝束得非道非俗的頎長老人，越眾而出，陰惻惻一聲冷笑，面上卻一無表情，緩緩道：「此間主人是誰，但請出來答話！」

柳鶴亭目光一轉，突覺身後衣袂牽動，陶純純嬌聲道：「你又不是這裡主人，站在前面幹什麼？」

那碧衫高髻的瘦長老人，兩道陰森森的目光，立時閃電般射向戚大器，冷冷道：「那麼閣下想必就是此間主人了？」

戚大器嘻嘻一笑，道：「我就是此間主人麼？好極好極，做這種地方的主人，也還不錯！」

碧衫老人目光一凜，冷冷道：「老夫遠道而來，並非是來說笑的。」

戚大器依然眉開眼笑，哈哈笑道：「凡人都喜說笑，你不喜說笑，難道不是人麼？」

碧衫老人冷冷道：「正是！」

柳鶴亭不禁一愣，他再也想不到世上居然有人自己承認自己非人，卻聽戚大器哈哈笑道：「你不是人，想必就是鬼了！」

碧衫老人目光不瞬，面色木然，嘴角微動，冷冷說道：「正是！」

柳鶴亭但覺心頭一凜，此刻雖是光天化日，他雖也知道這碧衫老人不會是鬼，但見了這碧衫老人的神態，卻令人不由自主地，自心底生出一股寒意，只見戚大器突地大喊一聲：「不得了！不得了！活鬼來了！快跑，快跑！」倏地一聲，身形掠到帳篷之後。

碧衫老人冷笑一聲，陰惻惻地沉聲道：「你若在我『靈屍』谷鬼面前亂玩花樣，當真是活得不耐煩了。」

話聲未了，卻聽大叫之聲：「快跑，快跑！」又自篷後傳出，他只覺眼前一花，方才那灰袍白髮的老人此刻竟突地變成兩個，自篷後奔出，口中不住大喊：「不得了，快跑……」在帳篷前一轉，又奔入篷後。

眾人方自一愣，灰袍老人又大喊著往篷後奔去，眾人眼前一花，此人竟已變成三個，亡命般轉了又轉，又奔入篷後。

這碧衫老人，江湖人稱「靈屍」，他自己也取名叫做「谷鬼」，人家稱他活鬼，他非但不怒，反而沾沾自喜，當真是不喜為人，但願做鬼，平生行事，一舉一動，都盡量做出陰惻惻，冷森森的樣子，喜怒從不形於辭色，但此刻卻仍不禁神色一變，其餘之人更是面面相覷，群相失色！

柳鶴亭心中暗笑，卻又不禁暗驚！暗奇！

這些人先封退路，大舉而來，計畫周密，彷彿志在必得，但卻連此間主人是誰，都不知道，這當真是件怪事！

卻見大呼大喊聲中，戚氏兄弟四人一齊自篷後奔出，突地呼喊之聲一頓，他四人竟在這「靈屍」谷鬼面前停了下來！

「靈屍」谷鬼見這灰袍老人，瞬息之間，竟由一個變成四個，目光之中，不禁也微微露出驚怖之色。

只見這灰袍老人一動不動地站在自己面前，面上既無笑容，亦不呼喊，竟變得神色木然，面目凝重，莊容說道：「你們有神有鬼，你知道我是誰嗎？我乃西天佛祖，大慈大悲，大智大勇，大神大通，文殊菩薩座下阿難尊者，只因偶動凡心，被謫人間，至今九百七十二年，還有二十八年，便要重返極樂，本尊者身外化身，具諸多無上降魔法力，呔——你這妖屍靈鬼，還不快快現形，磕頭乞命，也許本尊者念你修爲不易，將你三魂七魄，留下一半，讓你重投人世，否則你便要化蟲化蟻，萬劫不復了！」他語聲緩慢，一字一句，說得鄭重非常，竟像是真的一樣。

柳鶴亭心中暗笑，面上想笑，聽到後來，再也忍俊不住，只有回轉頭去，但卻又忍不住回過頭來，偷眼去望那「靈屍」谷鬼面上的表情。

只見他呆呆地愣了半晌，面色越發陰森寒冷，雙掌微微一曲伸，滿身骨節格格作響，冷冷一笑，緩緩說道：「在我谷鬼面前說笑，莫非活得不耐煩了？」腳步移動，向戚氏兄弟走去，身形步法，看似僵直呆木，緩慢已極，但一雙利目之中碧光閃閃，本已陰森醜怪的面目之上，竟又隱隱泛出碧光，再加上他那慘綠衣衫，當真是只有三分像人，卻有七分似鬼。

柳鶴亭確信這半鬼半人的怪物，必有一些奇特武功，見他此刻看來已將出手，劍眉微剔，便待出手，但心念微微一動，便又倏然止步。

戚二氣哈哈一笑，道：「你這妖屍靈鬼，莫非還要找本尊者鬥法麼？」眼珠一轉，與他兄弟三人，打了個眼色，竟也緩緩走出，只見這兩人愈來愈近。

「靈屍」谷鬼面目更見陰森，身形也更呆木。

戚二氣卻笑得越發得意，幾乎連眼淚鼻涕都一齊笑了出來。

霎眼之間，兩人身形，已走得相距不及一丈，柳鶴亭雖未出手，卻已凝神而備，陶純純依偎身側，半帶驚恐，半帶嬌羞。

突聽「靈屍」谷鬼長嘯一聲，雙臂一張，曲伸之間，兩隻瘦骨嶙峋，留著慘綠長甲，有如鬼爪一般的手掌，便已閃電般向戚二氣前胸、喉頭要害之處抓去！

他身形呆木已極，但此番出招擊掌，不但快如閃電，而且指尖長甲微微顫動，竟似內家劍手掌中長劍所抖出的劍花。

數十年前，武林中有一成名劍客古三花，每一出手，劍尖必定抖出三朵劍花，行走江湖數十年，就仗著這一手劍法，極少遇著敵人，當時武林中人暗中傳語，竟作諺道：「三花劍客，一劍三花，遇上眼花，頭也開花！」

可見武林中人對這「三花劍客」劍法之推重！

但此刻「靈屍」谷鬼十隻指甲，竟自一齊顫動，生像是十隻碧綠短劍，一齊抖出劍花，同時向戚二氣身上襲來。普通武林中人，遇著這等招式，縱不立即「頭暈眼花，腦袋開花」，只怕也無法招架。

哪知戚二氣卻仍自仰天狂笑，就像是沒有看見這一招似的，眼見這「靈屍」谷鬼的兩隻鬼爪，已堪堪擊在他身上，他卻笑得前仰後合，全身亂顫，「靈屍」谷鬼明明已要抓在他身上的兩隻鬼爪，卻竟在他這大笑顫動之中，兩爪同時落空！

「靈屍」谷鬼縱然武功極奇，交手經驗亦頗不少，但一生之中，幾曾見過這般奇異的身法？一抓落空，不禁微微一愣，哪知對方哈哈一笑，雙腿突地無影無蹤地踢將出來！「靈屍」谷鬼竟是無法招架，厲嘯一聲，唰地後退一丈，方自避開這一招兩腿，但掌心卻已驚出一掌冷汗！

無論是誰，腳上力道，總比手上要大上數倍，常人推門，久推不開，心急情躁，大怒之下，必定會踢出一腳，卻往往會將久推不開的門戶應腳踢開，便是腳力大於手力之理。

但武功中自古以來的絕頂高手，卻從未聞有以「腿法」成名武林的，自有以拳法、掌法，或是兵刃招式，名傳天下，這一來自是因為腳總不如手掌靈便，再來卻是因為無論是誰，踢出一腳以前，肩頭必定會微微晃動一下，有如先跟別人打了個招呼，通知別人自己要踢出一腳一樣，對方只要武功不甚懸殊，焉有避不過這一腳之理！

南派武功中的絕頂煞手「無影腿法」便是因為這一腿踢出之前，可以肩頭不動，讓人防不勝防，但雖然如此，還是難免有一些先兆，騙得過一般武林豪客，卻逃不過一流內家高手的目光，是以擅長這種腿法的武家，縱然聲名頗響，卻永遠無法與中原一流高手一較短長！

而此刻這戚二氣大笑之中，全身本就在不住顫動，這一腳踢將出來，就宛如常人笑得開心，以致前仰後合，手舞足蹈時的情況一樣，哪有一絲一毫先兆？眾人俱是見多識廣的武林人物，但見了這般身法，卻也不禁一齊相顧失色！

柳鶴亭心中既是好笑，又覺驚佩，方才他想抓住戚大器的肩頭之際，便已領教過了這種離奇古怪的身法，是以他方才駐足不動，便也是因為想看看戚氏兄弟怪異的武功！

只聽戚二氣哈哈笑道：「我還當你這妖屍靈鬼有多大神通，哪知如今老夫這一手『快活八式』僅只使出一式，你便已招架不住，哈哈，丟人呀丟人！喪氣呀喪氣！我看你不如死了算了，還在這裡現什麼活醜！」

「靈屍」谷鬼大驚之下，雖然避開這一腳，但心頭此刻猶在突突而跳，四顧左右山石之上，數百道目光，俱在望著自己，他雖被對方這種怪異身法所驚，但卻又怎會在自己這些門人弟子眼前丟人？目光一轉，又自陰惻惻地冷笑一聲，腳步一動，竟又像方才一式一樣地向戚二氣走去！

他若是身法改變，還倒好些，他此番身法未變，柳鶴亭卻不禁暗中吃驚，知道他必有成竹在胸，甚或有制勝之道，戚氏兄弟武功雖怪異，但也只能在人猝不及防之下施展而已，別人若是已知道他們武功的身法，自便不會那般狼狽，何況他們雙臂已斷，與人對敵，無論如何，也得吃虧極大，一念至此，柳鶴亭再不遲疑，清叱一聲：「且慢！」

身形微動之間，便已掠至戚二氣身前，就在他叱聲方自出口這剎那之間，「靈屍」谷鬼身後，已有人喝道：「谷兄且慢！」

一條白衣人影，一掠而出，掠至「靈屍」身前，這一來情況大變，本是戚二氣與谷鬼面面相對，此刻卻變成柳鶴亭與這白衣人影面面相對了！

柳鶴亭定睛望去，只見這白衣人影，方巾朱履，清癯頎長，正是方才當先踱過橋來的那中年文士，只見他微微一笑，道：「兄台年紀輕輕，身法驚人，在下雖非杜甫，卻最憐才，依在下所見，兄台如與此事無關，還是站遠些好！」

柳鶴亭微笑抱拳道：「閣下好意，柳鶴亭心領，不知兄台高姓大名，可否見告？」

中年文士仰天一笑，朗聲道：「兄台想必初出江湖，是以不識在下，在下便是『五柳書生』陶如明，亦是『花溪四如，騷人雅集』之長，不知兄台可會聽過麼？」

柳鶴亭微微一愣，暗道：「此人名字起的好奇怪，想不到武林幫派竟會起一個如此風雅的名字！」

卻聽戚二氣又在身後哈哈笑道：「好酸呀好酸，好騷呀好騷！『五柳先生』陶淵明難道是你的祖宗麼？」

陶如明面色一沉，柳鶴亭連忙含笑說道：「在下雖非此間主人，卻不知兄台可否將此番來意，告知在下？誰是誰非，自有公論，小弟不揣冒昧，卻極願為雙方作調人！」

陶如明微微一笑，方待答話，他身後卻突地響起一陣狂笑之聲，兩條黑影，閃電般掠將過來，一左一右，掠至柳鶴亭身前兩側。只見這兩人，一人身軀矮胖，手臂卻特長，雙手垂下，雖未過膝，卻已離膝不遠，另一人卻是身軀高大，滿面虬髯，一眼望去，有如天神猛將，凜凜生猛！

這兩人身材容貌，雖然迥異，但裝束打扮，卻是一模一樣，遍體玄衣勁裝，頭紮黑巾，巾上黃羽，腰畔斜掛烏鱗箭壺，壺口微露黃翎黑箭，背後各各斜揹一張巨弓，卻又是一黃一黑，黃的色如黃金，黑的有如玄玉，影映日光之下，不住閃閃生光。

那虬髯大漢笑聲有如洪鐘巨振，說起話來，亦是字字鏘然，朗聲說道：「朋友你這般說法，難道是想伸手架樑麼？好極好極！我黑穿雲倒要領教朋友你究竟有什麼驚人手段，敢來管我『黃翎黑箭』的閒事！」

柳鶴亭劍眉微剔，冷冷道：「兄台如此說話，不嫌太莽撞了麼？」

虬髯大漢黑穿雲哈哈笑道：「黑穿雲從來只知順我者生，擋我者死，這般對你說話，已是客氣得很了，你若以爲但憑『柳鶴亭』三字，便可架樑多事，江湖之中，焉有我等的飯吃？哈哈，柳鶴亭，這名字我卻從未聽過！」

柳鶴亭面色一沉，正色道：「在下聲名大小，與此事絲毫無關，因爲在下並不是要憑武力架樑，而是以道理解怨，你等來此爲著什麼，找的是誰？總得說清楚，若是這般不明不白地就莽撞動手，難道又能算得英雄好漢麼？」

「五柳書生」陶如明雙眉微皺，緩緩道：「此話也有幾分道理，兄台卻——」

話聲未了，黑穿雲笑聲突頓，側首厲聲道：「我等此來，是爲的什麼？豈有閒情與這般無知小子廢話，陶兄還是少談些道理的好！」

陶如明面容一變，冷冷道：「既是如此，我『花溪四如』暫且退步！」

黑穿雲道：「正是，正是，陶兄還是一旁將息將息的好，說不定一會兒詩興湧發，做兩首觀什麼大娘舞劍之類的名作出來，也好教兄弟們拜讀！」

陶如明冷冷一笑，袍袖微拂，手掌輕輕向上一翻，本來一直在他頭頂之上盤旋不去的那隻碧羽鸚鵡「小翠」，突又一聲尖鳴，沖天而起，四面山石之上的白衣漢子，立刻哄然一聲，退後一步。陶如明緩緩走到另三個白衣文士身側，四人低語幾句，俱都負手而立，冷眼旁觀，不再答話。

「靈屍」谷鬼卻又跨前數步，與「黃翎黑箭」將柳鶴亭圍在核心。

大敵臨前，正是劍拔弩張，一觸即發，柳鶴亭雖不知對方武功如何，但以一敵三，心中並無半分畏怯之意，只是聽到戚氏兄弟在身後不住嘻嘻而笑，竟無半分上前相助心意，心中不禁奇怪，但轉念一想，又自恍然。

「是了，我方才想看看他兄弟的武功，此刻他兄弟想必亦是想看看我的武功了。」轉目一望，卻見陶純純秋波凝注，卻是隨時有出手之意，心中不覺大為安慰，似乎她不用出手，就只這一分情意，便已給了他極大助力勇氣。

心念方轉，忽聽弓弦微響，原來就在這霎眼之間，這「黃翎黑箭」兩人，已自撤下背後長弓，一金一玄，耀眼生花，那矮胖漢子，面如滿月，始終面帶笑容，哪知此刻突地一弓點來，堪堪點到柳鶴亭左「肩井」，方自喝道：「黃破月先來領教！」

不等他話聲說完，黑穿雲左手一拉弓弦，右手玄色長弓，突地彈出，嗖地一聲，直點柳鶴亭右肩「肩井」大穴。

這兩人長弓弓身極長，但此刻卻用的「點穴鐝」手法去點穴道，柳鶴亭知道這兩人既敢用這等外門兵刃，招式必定有獨到之處，劍眉微軒，胸腹一吸，肩頭突地一側，右掌自黃金弓影中穿去，前擊黃破月胸下，左掌卻自脅下後穿，五指箕張，急抓黑穿雲玄鐵長弓之弓弦。

這一招兩式，連消帶打，時間部位，俱都拿捏得妙到毫巔。

黃翎黑箭，心頭俱都一驚，黑穿雲撤招變式，長弓一帶迴旋，卻又當做「虎尾長鞭」，橫掃柳鶴亭背脊腰下。黃破月身形一擰，踏奇門，走偏鋒，唰地亦是一招擊來，柳鶴亭一招之下，已知這兩人聯手對敵，配合已久，實有過人之處，武林高手較技，本以單打獨鬥為主，未分勝負之下，旁人若來相助，當局人心中反而不樂，有的縱然勝負已分，負方若是氣節傲岸之人，也不願第三者出來。

但此種情性，卻也有例外之處。武林群豪之中，有的同門至友，或是姐妹兄弟，專門練的聯手對敵，對方一人，他們固然是兩人齊上，但對方縱有多少人，他們卻也只是兩人對敵。

這「黃翎黑箭」二人，乍一出手，便是聯手齊攻，而且黑穿雲右手握弓，黃破月卻用左手，剎那之間，只見一人左手弓，一人右手弓，施展起來，竟是暗合奇門八卦，生滅消長，虧損盈虛，互相配合得滴水不漏，忽地黑穿雲厲叱一聲，長弓一抖，閃電般向柳鶴亭當胸刺來，弓雖無刃，但這一弓點將下去，卻也立刻便是穿胸之禍。

就在這同一剎那之間，黃破月嘻嘻一笑，長弓「呼」地一揮，弓頭顫動中，左點右刺，雖僅一招，卻有兩式！封住柳鶴亭左右兩路！

兩人夾攻，竟將柳鶴亭前後左右，盡都包於弓影之中，這一招之犀利狠毒，配合佳妙，已遠非他兩人起初動手時那一招可比，竟教柳鶴亭避無可避，躲無可躲，他心中一驚，突地長嘯一聲，劈手一把抓住黑穿雲掌中玄弓，奮起真力，向前一送，黑穿雲那般巨大的身形，竟站立不穩，蹬，蹬，蹬，向後連退三步，柳鶴亭藉勢向前一竄，黃破月一招便也落空。

柳鶴亭手掌向後一奪，哪知黑穿雲身形雖已不穩，但掌中玄弓，卻仍不脫手，腳步方定，突地馬步一沉，吐氣開聲，運起滿身勁力，欲奪回長弓，柳鶴亭劍眉一揚，手掌一沉，弓頭上挑，黑穿雲只覺一股大力，自弓身傳來，掌中長弓，險險地把持不住，連忙運盡全力，往下壓去。

柳鶴亭揚眉一笑，手掌突地一揚，亦將弓頭下壓，黑穿雲一驚之下，連忙又沉力上挑，柳鶴亭冷笑喝道：「還不脫手！」手掌再次一沉。

只聽「崩」地一聲聲響，這柄玄鐵長弓，竟禁不住兩人反來覆去的真力，中斷為二，黑穿雲手中的半截玄弓，被這大力一激，再也把持不住，脫手直衝天上。那碧羽鸚鵡吱地一叫：「小翠可憐……不要打我……」遠遠飛了開去，柳鶴亭手握半截長弓，忽聽背後風聲襲來，腳步微錯，身軀半旋，一招「天星橫曳」，以弓作劍，唰地向黃破月弓影之中點去。

黃破月本已被他這種神力所驚，呆了一呆，方自攻出一招，此刻柳鶴亭又是一招連消帶打地反擊而來，他長弓一沉，方待變招，哪知柳鶴亭突地手腕一振，「噹」地一點，在弓脊之上，點了一下，黃破月方覺手腕一震，哪知柳鶴亭掌中斷弓，竟原式不動地削了下來，輕輕地在他左臂「曲池」穴上一點，黃破月只覺臂上一陣痠麻，長弓再也把持不住，「噗」的一聲，掉落地上。

柳鶴亭只施出一招，而且原式不動，便將黃破月穴道點中，旁觀群豪，不覺相顧駭然，這原是霎眼間事，筆直沖天而上的半截斷弓，此刻又直墮下來，柳鶴亭初次出手，便敗勁敵，不覺豪氣頓生，仰天朗聲一笑，掌中半截長弓，突也脫手飛出，一道烏光，驚虹掣電般向空中落下的半截斷弓迎去。

只聽又是「錚」地一聲響，兩截斷弓一齊遠遠飛去，橫飛數丈，勢道方自漸衰，「噗」地一聲，落在那道山澗之中，濺起一片水珠，卻幾乎濺在負手旁觀的「花溪四如」身上！

只聽戚三氣哈哈一陣大笑，拍掌道：「好極，好極，這一下叫花子沒了蛇弄，做官的丟了官印，我看你們的『黃翎黑箭』，以後大概只能用手丟著玩玩了！」

陶純純又自悄悄走到柳鶴亭身側，輕輕一笑，低聲說道：「想不到那一招簡簡單單的『天星橫曳』，到了你手上，竟有這麼大的威力。」

柳鶴亭微微一笑，他不慣被人稱讚，此刻竟然面頰微紅，心中想說兩句謙遜的話，卻不知該如何出口！

哪知陶純純一笑又道：「可是剛剛我真替你捏一把汗，你知不知道你有多危險？」

柳鶴亭微微一愕，道：「還好嘛！」

陶純純秋波一轉，輕聲笑道：「方才若是那黑穿雲勁力比你稍強，甚或和你一樣，你雖然抓住他的長弓，卻無法將他的身形衝退，那麼你背後豈非被那黃破月點上兩個大窟窿？」

柳鶴亭心頭一凜，卻聽陶純純又道：「假如他兩人使的不是長弓，而是利刃，你那一把抓上去，豈非連手指也要折斷，唉！你武功雖好，只是……只是……」她一連說了兩句「只是」，倏然住口。

柳鶴亭脫口問道：「只是什麼？」

陶純純輕輕一笑道：「只是太大意了些！」

柳鶴亭也不知道她本來要說的是不是這句話，但細細體味她言中之意：「若黑穿雲勁力和我一樣……他們使的若是利劍……」愈想愈覺心驚，呆呆地站了半晌，卻已出了一身冷汗。

他卻不知道交手對敵，武功雖然重要，但臨敵經驗，卻亦是制勝要素之一，他武功雖高，怎奈方出江湖，根本未曾與人動手，臨敵變招之間，有許多可以制敵先機的機會，稍縱即逝，卻不是他這般未曾與人交手之人所能把握的。

一時之間，他心中翻來覆去，盡是在想該如何解破那一招之法。

卻聽戚二氣大聲笑道：「殭屍門不過本大尊者，你們兩個，又不是我小兄弟的敵手，你們還在這裡幹什麼？」

柳鶴亭心念一動，突地走到前面，向那邊呆呆佇立，面如死灰的「黃翎黑箭」兩人，長身一揖，抱拳朗聲說道：「在下一時僥倖，勝了兩位半招，兩位一時失手，心裡也用不著難受，在下直到此刻為止，心裡實無半分恃強架樑之意，只要兩位將此番來意說出，是非曲直一判，在下絕不插手！」

他一面說著，「花溪四如」一面不住點頭，像是頗為讚佩。

哪知他話聲一了，黑穿雲突地冷冷道：「我兄弟既已敗在你的手下，而且敗得的確口服心服，絲毫沒有話說，若你我是在比武較技，我兄弟立刻一言不發，拍手就走。」語聲一頓，突地厲聲道：「但我兄弟此來卻為的要剷去你們這班傷天害理，慘無人道的萬惡之徒，什麼武林規矩，都用不著用在你們身上。」身形突地橫掠丈餘，揚臂大呼道：「兄弟們張弓搭箭！」

山石上的數百個漢子，哄然而應，聲震四谷！

柳鶴亭變色喝道：「且慢！你說誰是萬惡狂徒？」

「靈屍」谷鬼陰森森一聲冷笑道：「我谷鬼雖然心狠手辣，但比起你們這些『烏衣神魔』來，還差得遠，你們終日藏頭露尾，今日被我們尋出巢穴，還有什麼話說？」

柳鶴亭大奇喝道：「誰是『烏衣神魔』？你在說些什麼？」

心念突地一動，「入雲龍」金四在那荒郊野店，向他發洩滿腹牢騷時所說的話，突地又在他心中一閃而過：「……柳兄，你可知道那『烏衣神魔』的名聲？你當然不會知道，可是武林之中，卻無一人聽了這四字不全身發抖的，連名滿天下的『一劍震河朔』馬俊超那種人物，都死在這班來無影去無蹤的魔頭手裡……江湖中人，有誰知道這些『烏衣神魔』的來歷，又有誰不懼怕他們那身出神入化的武功，這些人就好像是突然從天上掉下來的，俱是殺人不眨眼，無惡不作的惡徒……」

柳鶴亭心頭不禁一跳，暗道：「難道此地便是這些『烏衣神魔』的巢穴？難道這戚氏兄弟四人，便是殺人不眨眼，無惡不做的『烏衣神魔』？」

不禁回首向戚氏兄弟望去，卻見這兄弟四人，仍在嘻皮笑臉地說道：「烏衣神魔？什麼妖魔鬼怪的，在本尊者面前，統統不靈！」

黑穿雲厲聲喝道：「大爺們不遠千里而來，爲的是除奸去惡，誰來與你這殘廢說話！」大喝一聲：「一！」

柳鶴亭抬頭望處，只見四面山石以上，數百條漢子，此刻有的彎開鐵弓，搭起長箭，有的手中捧著一方黑鐵匣子，似是更難對付的「諸葛神弩」，知道就在這刹那之間，等到黑穿雲發令完畢，便立刻萬箭齊下，那時自己武功再高，卻也不能將這些武家剋星，長程大箭一一避開。

轉念之間，卻聽黑穿雲又自大喝一聲：「二！」

擰腰錯步，往山澗之旁「花溪四如」立身之處退去，嘴唇微動，方待說出：「三！」

「三」字還未出口，柳鶴亭突地清嘯一聲，身形有如展翅神鷳一般，飛掠而起，雙臂帶風，筆直向黑穿雲撲去。

黑穿雲驚弓之鳥，知道這少年一身武功，招式奇妙，深不可測，不知是何門何派門下，見他身形撲來，更是大驚，大喝道：「併肩子還不一齊動手！」

喝聲未了，清嘯聲中，柳鶴亭已自有如蒼鷹攫兔，飛撲而下，十指箕張，臨頭向黑穿雲抓來。

黑穿雲沉腰坐馬，呼呼向上劈出兩掌，黃破月大喝一聲，如飛掠來，「靈屍」谷鬼陰惻惻冷笑一聲，揚手擊出三點碧光，山石之上那些漢子，箭在弦上，卻不知該發還是不發！

只見柳鶴亭身軀凌空，竟能擰身變招，腕肘伸縮之間，黑穿雲只覺肩頭一麻，全身勁力頓消，大驚喝道：「三！」

但此刻柳鶴亭腳尖微一點地，竟又將他凌空提起，高舉過頂，大喝一聲：「誰敢發箭！」數百枝弦上之箭，果然沒有一枝敢以射下！

柳鶴亭喝道：「此事其中，必有誤會，若不講明，誰也不得妄動！」轉向戚氏兄弟：「戚兄，此刻已非玩笑之時，還請四位說明，此間究竟是什麼地方，你們是否與『烏衣神魔』有關？」

戚大器哈哈一笑，道：「江湖中事，一團烏糟，老夫們從來就未曾過問這些事情，『烏衣神魔』是什麼東西，老夫們更是從來未曾聽過！」

柳鶴亭心念動處，暗中忖道：「他們行事特異，武功亦高，但這些武林豪客，卻無一人知道他們姓名來歷，看來他們不問武林中事，確是真話！」

只聽戚二氣接口笑道：「這地方是被我們誤打誤撞地尋得來的，老實話，這裡的主人是誰，我們也不知道！」

「靈屍」谷鬼冷笑一聲道：「這些話你方才怎的不說清楚？」五柳書生陶如明接口道：「你這番話若早說出來，豈非少卻許多事故！」戚三棲哈哈笑道：「少卻了事故，老夫們不是沒得玩了麼？那怎麼可以！」柳鶴亭心中，又覺好氣，又覺好笑，只得忍著性子問道：「戚兄們至此谷中來的時候，此間可就是一無人跡了麼？」

戚四奇點頭笑道：「我們來的時候，這裡已無人蹤，但洞裡灶上卻燉著足夠數十人吃的菜餚，我們吃了一點，也吃不完，後來我們遇著了你，又正好遇著那麼多餓鬼，就將這些菜熱了一熱，拿來逗那小子，只是這些菜是誰做的，做給誰吃的？這些人爲什麼來不及吃，就都走得無影無蹤，倒的確有點奇怪！」

柳鶴亭雙眉微皺，沉吟半晌，朗聲說道：「此間想必曾是『烏衣神魔』巢穴，但卻早已聞風走了，此中真相，各位此刻想必亦能瞭解，毋庸在下多口！」

語聲微頓，將黑穿雲放了下來，手掌微捏，解了他的穴道，黑穿雲在地上一連兩個翻身，挺身站起，柳鶴亭卻已躬身抱拳道：「黑大俠請恕在下無禮，實非得已，若是黑大俠心中猶存不忿，但請黑大俠出手相懲，在下絕不還手。」

黑穿雲雙拳緊握，橫眉怒目，大喝道：「真的？」一個箭步，竄了過去，劈面一拳，向柳鶴亭打去，只見柳鶴亭含笑而立，動也不動。黑穿雲突地長嘆一聲，半途收回拳勢，嘆道：「兄台當真是大仁大義，人所不及，只怪我兄弟魯莽，未曾細查真相，唉……不知是誰走漏了風聲，竟教那班惡賊跑了！」

「靈屍」谷鬼陰陰一笑，立在遠處道：「黑兄也未免太過輕信人言了，就憑他們所說的話，誰知真假？」

柳鶴亭變色道：「要怎的閣下才能相信？」

「靈屍」谷鬼冷冷笑道：「要我相信，大非易事，寧可冤枉了一萬個好人，卻不能放走一個惡賊！」突地大喝一聲：「幽靈諸鬼，還不發弩，更待何時！」

喝聲方落，突地「鏦鏦」之聲，連珠而起，數百道烏光，各帶一縷尖風，自四面岩石之上飛射而下，注向谷中戚氏兄弟、陶純純、柳鶴亭立身之處，黑穿雲此刻身形也還立在柳鶴亭身前，見狀大驚呼道：「谷兄，你這是做什麼？」

哪知突地一陣強勁絕倫，從來未有的勁風，帶著一片烏雲，臨空飛來，那數百道強弓硬弩，被這片勁風烏雲一捲，俱都四散飛落。

戚大器哈哈笑道：「就憑你們這點破銅爛鐵，又怎能奈得了我兄弟之何！」

柳鶴亭、陶純純原本俱在大奇，這片強風烏雲，怎地來得如此奇怪，定睛一看，方見原來是那巨人大寶，雙手緊握帳篷，不住飛旋而舞，他神力驚人，這方厚重的帳篷，竟被他整面揚起，但見風聲呼呼，群弩亂飛！

黑穿雲驚憤交集，大罵道：「好個谷鬼，竟連我也一齊賣了！」目光動處，忽地瞥見自己足旁，便是黃破月方才跌落地上的黃金長弓，雙目一張，俯身拾起，微伸舌尖在拇指上一舔唾沫，拔出一根「黃翎黑箭」，彎弓搭箭，大罵道：「你且嚐嚐，黑大太爺的手段！」

「靈屍」谷鬼冷冷一笑道：「歡迎，歡迎，你只管射來便是！」原來就在這剎那之間，「一鬼三神」同時動手，竟將黃破月亦自制住，擋在自己身前。

黑穿雲一驚一愣，手腕一軟，只聽「靈屍」谷鬼喋喋怪笑道：「我這諸葛神弩取之不盡，用之不竭，看你這大蠢怪物，能將帳篷舞到幾時！」黑穿雲仰首大喝道：「黃翎黑箭兄弟，還不快將那班幽靈鬼物制死！」

「靈屍」谷鬼怪笑道：「誰敢動手，難道你們不要黃老二的命了麼？」話聲方了，只聽「錚」地一聲弦響，一道尖風，筆直自頭頂落下。

原來黑穿雲武功雖不甚高，但箭法卻當真有百步穿楊，神鬼莫測之能，這一箭雖是射向天上，但轉頭落下之時，卻仍不偏不倚地射向谷鬼頭頂正中之處！

箭翎劃風，箭勢驚人！「靈屍」谷鬼大驚之下，拚命向左擰身，只覺尖風一縷，唰地自身側掠過，「噗」地在身側插入地下，箭桿竟已入土一半，不禁暗捏一把冷汗，哈哈獰笑道：「難道你真的不怕黃老二死無葬身之地？」

黑穿雲大喝道：「他死了你還想活麼？」

「靈屍」谷鬼陰惻惻一聲冷笑，瞑目道：「你不妨試上一試！」

黑穿雲冷哼一聲，又自伸出拇指，舌尖一舔唾沫，又自拔出一枝長箭，柳鶴亭心中不禁暗嘆：「這般江湖中人，當真是只求達到目的，從來不計手段，『一鬼三神』與『黃翎黑箭』本是同心而來，此刻卻竟已反臉成仇，而這黑穿雲此刻竟只求傷敵，連自己兄弟生死都可置之不顧，豈非更是可嘆！」

只見黑穿雲左手彎弓，右手搭箭，引滿待發，「靈屍」谷鬼仍在喋喋怪笑！笑聲愈來愈見尖銳刺耳，黑穿雲滿引著的弓弦，卻愈來愈弱，柳鶴亭側目望去，只見他手掌漸漸顫抖，牙關漸漸咬緊，面頰之下，肌肉慓慓凸起，額角之上，汗珠涔涔而落，突地右手三指一鬆，弦上長箭，離弦而出！

柳鶴亭暗嘆一聲，悄然合上眼簾，不忍見到即將發生的手足相殘慘劇，他知道黑穿雲這一箭射出，「靈屍」谷鬼，必將黃破月用作箭盾，血肉之軀，怎擋得過這般足以開山裂石的強弓長箭?豈非立刻便是鮮血橫飛之禍!

哪知黑穿雲這一箭射出，不及三尺，便無力地落了下去，「靈屍」谷鬼的獰笑之聲，越發得意，柳鶴亭張開眼來，只見黑穿雲一聲長嘆，突地奮力拋去手中長弓，大喝著道：「我和你拚了！」縱身向谷鬼撲去！

柳鶴亭心頭一凜，閃電般拔出背後斜插的長簫，隨手一抖，舞起一片光華，身形一閃，一把拉住黑穿雲的衣襟，只聽「噹噹」數聲清響，由四面山巔射下的鐵箭，遇著這片玉簫光影，齊地反激而上，柳鶴亭擰腰錯步，一掠而回，沉聲道：「留得青山在，不怕沒柴燒，黑兄，你這是做什麼？」

目光微轉，卻見黑穿雲肩頭、後背一片血紅，在這刹那之間，他竟已身中兩枝長箭，赤紅的鮮血，將他黑緞衣裳，浸染成一片醜惡的深紫之色，柳鶴亭劍眉一軒，閃電般伸出食中二指，連接兩挾，挾出黑穿雲肩頭、後背的兩枚長箭，黑穿雲面容一陣痙攣，目光卻感激地向柳鶴亭投以一瞥，嘶聲道：「些許微傷，不妨事的！」

柳鶴亭微微一笑，心中暗地讚嘆，這黑穿雲真無愧是條鐵漢，要知道柳鶴亭雖然風流倜儻，不拘小節，但卻極具至性，黑穿雲那一箭若是真的不顧他兄弟生死，逕而射出，他便是死了，柳鶴亭也不會為他惋惜，但此刻柳鶴亭見他極怒之下，雖不惜以自己性命相搏，卻始終不肯射出那足以危害他兄弟性命的一箭，心中不禁大起相惜之心，手腕一反，掌中長簫，已自點他「肩靈」、「玉曲」兩處穴道，一面微笑道：「小弟此刻先為黑兄止血，再──」

突地一聲大喝：「隨我退後！」喝聲有如九霄霹靂，旱地沉雷，凌空傳下。

柳鶴亭毋庸回顧，便已知道是那巨人大寶所發，反手插回長簫，一抄黑穿雲脅下，只聽「呼呼」之聲，帳幕帶風，緩緩向山壁洞窟那邊退去，本已疏落的箭勢，此時又有如狂風驟雨般射下。

「靈屍」谷鬼嗓嗓怪笑道：「就是你們躲進山洞，難道你們還能躲上一年麼？」突地揮手大喝：「珍惜弓箭，靜等甕中捉鱉！」

柳鶴亭冷笑一聲，本想反口相譏，但又覺不值，腳步緩緩後退，突聽戚氏兄弟大喊道：「小寶——驢子，我的小寶和驢子呢？」柳鶴亭心念動處，目光微轉，只見方才飲酒的那片山石，酒菜仍在，帳幕扯起，亦自現出裡面的一些泥爐鍋盞，但除此外，不但那輛驢車及戚氏兄弟的愛犬小寶已在混亂之中，走得不知去向，就連方才爛醉如泥，被巨人大寶抬走的項煌，此刻亦自蹤影不見！

只聽戚氏兄弟喊聲過後，那翠羽鸚鵡又自吱吱叫道：「小寶……驢子——小寶驢子！」吱地一聲，自陶如明肩頭飛起，見到疏疏落落射下的長箭，又「吱」地一聲，飛了回去：「小翠可憐……不要打我……」

柳鶴亭皺眉忖道：「禽獸之智，雖然遠遠低於人類，但其趨吉避凶之能，卻是與生俱來，何況那頭驢子與小寶，俱非凡獸，必已早就避開，倒是那位『東宮太子』項煌，爛醉如泥，不省人事，極為可慮！」

只見戚氏兄弟大叫大嚷地退入山洞，柳鶴亭卻仍在擔心著項煌的安危，突地一隻纖纖玉手，輕輕搭到他手腕上，一陣甜香，飄飄渺渺，隨風而來，一個嬌柔甜蜜的聲音，依依說道：「我們也進去吧！」

柳鶴亭茫然走入山洞，只覺腕間一陣溫香，垂下頭去，呆呆地望著自己的手腕，陶純純輕輕一笑，柔聲道：「你在擔心項煌的安危，是麼？」

柳鶴亭抬起頭來，望著她溫柔的眼波，良久，方自點了點頭。

陶純純輕笑又道：「剛剛他喝得爛醉的時候，就被那巨人抬到驢車上去了！」

柳鶴亭長長透了口氣，低聲問道：「那輛驢車呢？」

陶純純噗哧一笑，輕輕一掠鬢間亂髮，柔聲又道：「驢車早已跑進了山洞，人家才不用你擔心呢！」

柳鶴亭面頰一紅，一時之間，心裡也不知是什麼滋味。這少女看來如此天真，如此嬌笑，但遇事卻又如此鎮靜，她始終無言，卻將身側的一切看得清清楚楚，似乎世間的一切事，都逃不過她那一雙明如秋水的眼波！

風聲頓寂，巨人大寶也已弓身入洞，弓身站在柳鶴亭面前。柳鶴亭愣了半晌，方自歉然一笑，讓開道路，原來他直到此刻，還站在洞口，連黑穿雲何時走入洞後坐下的都不知道。

他轉身走入，卻見戚氏兄弟，一個挨著一個，貼壁而立，嘴裡似乎還在喃喃地低聲唸著：「小寶……」

柳鶴亭暗嘆一聲，至此方知這兄弟四人雖然滑稽突梯，玩世不恭，但卻俱是深情之人，四個白髮而又殘廢的老人，憂愁地站在黯黑的山洞裡，慣有的嘻笑，此刻已全都無影無蹤，卻只不過爲了一隻狗和驢子而已。多情的人，永遠無法經常掩飾自己的情感，因爲多情人隱藏情感，遠遠要比無情人隱藏冷酷困難得多。

一時之間，柳鶴亭心中又自百感叢生，緩緩走到戚氏兄弟身前，想說幾句安慰的話，突聽一陣清脆的鈴聲自洞內傳出。

戚氏兄弟齊地一聲歡呼，只見叮噹聲中，驢車緩緩走出，驢背之上，「汪汪」一聲，竟穩穩地蹲伏著那隻雪白的小犬，就像是牠在駕著這輛驢車一樣，又自「汪汪」一聲，跳了下來，嗖地跳到戚大器懷裡。

那憂鬱的老人，立時又眉開眼笑地笑了起來，洞中也立時充滿了他們歡樂的笑聲，柳鶴亭眼簾微眨，轉過頭去，陶純純向他輕輕笑道：「你擔心的人，不是就在那輛車上麼？」

柳鶴亭微微一笑，卻見黑穿雲瞑目盤膝坐在地上，這滿洞笑聲，似乎沒有一絲一縷能傳入他的耳鼓！

這山洞不但極爲深邃，而且愈到後面，愈見寬闊，十數丈後，洞勢一曲，漸漸隱入柳鶴亭目力之外，卻聽陶純純又自笑道：「這裡面像是別有洞天，你想不想進去看看？」

柳鶴亭垂目望了望黑穿雲一眼，目光再回到她身上，又轉回洞外，在這滿洞的歡笑聲中，他越發不忍見到黑穿雲的痛苦與憂鬱，突然，他覺得很羨慕戚氏兄弟，因爲他們的情感，竟是如此單純，直率！

他愣了半晌，方自想起自己還未回答陶純純的話，突地「嗖嗖」數聲，自洞外襲來，他大驚轉身，鐵掌揮動，掌風虎虎，當頭射入的兩枝弩箭，被他鐵掌一揮，斜射而出，「錚」地一聲，彈到兩邊山石上！

接著又是三箭並排射來，柳鶴亭鐵掌再揮，反腕一抄，抄住一枝弩箭，卻將另兩枝弩箭揮退，手腕一抖，烏光點點，便又將第六、七兩枝弩箭點落地上！

只聽一陣沉重的腳步聲，自後傳來，巨人大寶腰身半曲，雙手箕張，分持帳篷兩角，大步走來，走到洞口，將帳篷往洞口一蓋，噗，噗，幾響，數隻弩箭，都射到帳篷上，洞內頓時越發黝黯，巨人大寶回身一笑，緩緩走入洞後。

又是一連串「噗噗」之聲，有如雨打芭蕉，柳鶴亭方自暗中讚嘆這巨人心思的靈巧，卻聽陶純純幽幽一嘆，沉聲道：「這一下真的糟了！唉，來不及了——來不及了——」柳鶴亭不禁一愣，奇道：「什麼事糟了？」

語聲未了，又是「噗噗」數聲，陶純純搖首輕嘆道：「這洞中本無引火之物，這麼一來——唉！」

柳鶴亭心頭一凜，轉目望去，就在這霎眼之間，洞口帳篷，已是一片通紅，只聽「靈屍」谷鬼的喋喋怪笑之聲，自洞外傳來：「燒呀，燒呀，看你們躲到幾時！」

柳鶴亭劍眉一軒，卻見戚大器手拍白犬，緩步而來，大笑道：「燒吧燒吧！看你們燒到幾時！」柳鶴亭暗嘆一聲，只怪兄弟四人直到此時此刻，還有心情笑得出來，哪知陶純純亦自輕笑道：「這洞裡是不是地方極大？」

戚大器哈哈笑道：「正是，正是，陶姑娘當真聰明得緊，這洞裡地方之大，嘿嘿，就算他們燒上一年，也未必能燒得到底，反正他們也不敢衝進來，我們也就更犯不著衝出去。」

他雖然滑稽突梯，言語多不及義，此話卻說得中肯已極，要知道方才柳鶴亭等人之所以未在巨人大寶的掩護之下，衝上前去，一來固是因為對方人多，自己人寡，交手之下，勝負難料，再者卻因為自己與這班人本無仇怨，糾紛全出誤會，如果交手硬拚，豈非甚是不值，是以戚大器所用這「犯不著」三字，正是用得恰當已極！

柳鶴亭凝注洞前火勢，心道：「你兄弟若是早將事情說明，此刻哪有這般麻煩？」目光閃電般向戚大器一轉，但見他鶴髮童顏，滿臉純真之色，不禁暗嘆一聲，將口邊的話忍住，他生性本就寬豁平和，只覺任何責備他人之言，都難以出口，默然轉身，走到黑穿雲面前，恭身一揖，緩緩道：「黑兄傷勢，可覺好些了麼？唉！只可惜小弟身上未備刀創之藥，再過半個時辰，等黑兄創口凝固，小弟便為兄台解開穴道，此刻還是先請到洞內靜養為是。」緩緩俯下頭去，查看他肩頭傷勢。

哪知黑穿雲突地冷哼一聲道：「在下傷勢不妨事的，不勞閣下費心！」語意雖然客客氣氣，語氣卻是冰冰冷冷。柳鶴亭微微一愣，退後半步，只見黑穿雲雙腳一挺，長身而起，緩緩道：「在下既已被閣下所擄，一切行事，但憑閣下吩咐，閣下要叫我到洞內去，在下這就去了！」目光低垂，望也不望柳鶴亭一眼，緩步向洞內走去。

柳鶴亭面壁而立。只見山壁平滑如鏡，洞前的火光，映出一個發愣的影子，久久都不知動彈一下。他真誠待人，此番善意被人當做惡意，心中但覺委屈難言，緩緩合上眼簾，吐出一口長氣，再次睜開眼來，山壁上卻已多了一條純白的影子！

他微微聞到那飄渺髮香，他也依稀看得到那剪水雙瞳，洞前的火勢愈大，這一雙眼波就更加明亮，他想轉身，又想回頭，但卻只是默默垂下目光，只聽陶純純輕輕說道：「你心裡覺得難受麼？」

他嘴唇掀動一下，嘴角微微一揚，算做微笑，緩緩回答：「還好……有一些！」

陶純純秋波一轉，輕輕又道：「你若是對別人壞些，是不是就不會時常生出這種難受了呢？」

柳鶴亭愣了一愣，抬起頭來，思索良久，卻不知該如何回答她的話，默默轉身，只見她嬌靨如花，眼波如水，秀髮披肩，自然而然地帶著一種純潔嬌美的神態，不自覺緩緩抬起手掌，但半途卻又緩緩放下，長嘆一聲，說道：「我們也該到洞裡去了吧！」目光轉處，才知道此刻洞中除了自己兩人之外，已別無他人，急地回身，匆匆走了幾步，但腳步愈走愈緩，只覺自己心裡似乎有個聲音在問著自己：「你若是對別人壞些，是不是就不會時常生出這種難受呢？」

這問題問得次數愈多，他就越發不知回答，他無法瞭解怎地回答如此簡單的一個問題，竟會這般困難？於是他頓住腳步，回首道：「你問我的話，我不會回答！」

語聲一頓，目光中突地閃過一絲光芒：「也許以後我會知道它的答案，到那時我再告訴你吧！」

陶純純的一隻纖纖玉手，始終停留在她鬢邊如雲的秀髮上，似乎也在思索著什麼，前行兩步，秋波微轉，嫣然笑道：「其實我也不知道這問題的答案！」停下腳步，站到柳鶴亭身側，柳眉輕顰，仰首緩緩道：「這世界上有許多善人，有許多惡人，有許多惡人向善，也有許多善人變惡，更有許多人善善惡惡，時善時惡，你說他們是不是就在尋找這個問題的答案呢？」

柳鶴亭腳步移動，垂首走了數步，嘴角突地泛起淡淡一絲笑容，回首道：「有些問題的答案，並非一定要親自做過才會知道的，看看別人的榜樣，也就知道了，你說是麼？」

陶純純嫣然一笑，垂下玉手，若是柳鶴亭能瞭解女子的心意，常會在無意之中從一雙玉手的動作上表露，那麼他就可以發覺，隱藏在她平靜的面容後的心境是多麼紊亂。

火勢愈大，「靈屍」谷鬼的喋喋笑聲，仍不時由洞外傳來，洞口兩側的山壁，已被煙火燻得一片黝黑。

柳鶴亭緩步而行，不時回首，卻不知是在察看洞口火勢，抑或是在端詳陶純純的嬌靨。

陶純純蓮步細碎，默默垂首，也不知是在想著心事，抑或是不敢接觸柳鶴亭那一雙滿含深情的目光！

只見洞勢向左一曲，光線越發黝黯，洞內隱隱有戚氏兄弟開心的笑聲傳來，與洞外「靈屍」陰森、冷酷的笑聲相合，在這黝暗的古洞裡，閃動的火花中，聽到這般笑聲，讓人幾不知自己的遭遇，究竟是真？是幻？

五　是眞是幻

陶純純垂首而行，突聽柳鶴亭一聲輕叱，身軀猛旋，嗖地一掠數丈，右足虛空一踢，身形平俯，探手抄起地上的兩枝弩箭，左足又是一踢，凌空一個翻身，「嗖嗖」兩聲，掌中弩箭，已自藉勢發出，帶著兩縷尖銳風聲，投入火影之中。陶純純方自一愣，只聽洞外兩聲慘呼，由近而遠。柳鶴亭雙足站定，大聲喝道：「今日之事，本有誤會，你等雖然不聽解釋，但柳鶴亭與你等無冤無仇，是以再三容忍，你等只要再往洞口前進一步，哼哼！方才那兩個人便是榜樣！」語聲鏘然，聲如金石，但語聲一落，四下卻寂無回聲，連「靈屍」谷鬼的喋喋怪笑，此刻都已停頓。

柳鶴亭側耳靜聽半晌，擰腰掠到陶純純身側，呆了一呆，長嘆一聲，大步而行。

陶純純輕笑道：「你心裡在想什麼？」

柳鶴亭閉口不言。

陶純純幽幽嘆道：「你在想你方才不該傷人，是麼？」

柳鶴亭雙目一張，愕然止步，緩緩回過頭來。只覺陶純純的一雙秋波，彷彿已看到自己心底深處！

洞勢向左一曲之後，洞內景物，突地大變，時有鐘乳下垂，窈窕嵯岈，風致生動，有如瓊宮瑤室，鬼斧神工，卻無鑱痕。入洞愈深，前面鐘乳愈多，四下林列，瓔珞下垂，五光十色，光怪陸離，盡頭處石頂逐漸高起，一片鐘乳結成的瓔珞流蘇，宛如天花寶幔，自洞頂筆直垂下，擋著去路！

鐘乳緻緻生光，人面交相輝映，一時之間，柳鶴亭心中思潮雖亂，卻也不禁被這種奇麗景象所醉，傍著陶純純轉過那片瓔珞流蘇，眼前突地一亮，只見一面瓔珞流蘇，化做四面瓔珞流蘇，四面瓔珞流蘇之中，端坐四尊佛像，被四下瓔珞流蘇透出的珠光一映，幾疑非是人間，而是天上！

柳鶴亭自一呆，突地四尊佛像，一齊哈哈一笑，跳了起來，大笑道：「你們在外面折騰什麼！怎地直到此刻方自進來？」見到柳鶴亭發呆的神色，又道：「難道你還不敢進來麼？」

柳鶴亭眼簾微眨，含笑說道：「你們若是永遠不動，只怕我也會永遠待在這裡。」微喟一聲，回顧道：「若不是那班人說這裡是『烏衣神魔』的密窟，我真要當此間是世外洞天，人間仙府，哪敢胡亂踏進一步！」

陶純純一雙玉手，捧在心畔，卻正好握住自己肩頭垂下的秀髮，嬌軀輕輕在一片瓔珞流蘇旁一靠，幽幽嘆道：「有人說，『烏衣神魔』毒辣殘酷，如今我看了他們住的地方，倒真不敢相信他們全是殺人不眨眼的魔頭！」

戚四奇哈哈笑道：「管他什麼魔頭不魔頭，我戚老四今天當真是玩得開心已極，柳老弟，你先莫讚嘆，且到裡面看看！」身形一轉，向迎面一片瓔珞後閃了進去，只聽「汪汪」一聲，那隻白犬小寶卻又跑了出來，跑到陶純純身前，舐了舐陶純純的腳尖，突又「汪汪」一聲，跑了開去。陶純純輕笑著彎下柳腰，伸手去捉，哪知小寶背脊一弓，竟嗖地竄進柳鶴亭懷裡。

戚大器白眉一場，大笑道：「小寶跟著我們這些老骨頭跟得久了，居然也不喜歡女子！」大笑著轉入瓔珞之後，柳鶴亭心中暗笑，卻見陶純純正自凝注著自己懷中的小寶，目光中竟似突有一絲奇異的神色，一閃而過，只可惜柳鶴亭入世未深，還不能瞭解這種奇異眼色的含意！

他只是輕撫著白犬頭上的柔毛，方待隨後轉入瓔珞，哪知陶純純卻幽幽長嘆一聲，道：「我從不知道我竟然這樣惹人討厭，連這隻狗都不喜歡和我在一起！」

柳鶴亭呆了一呆，心中暗道：「這隻狗懂得什麼，你怎會和牠一般見識？」又忖道：「誰說你惹人討厭，我就極喜歡和你在一起的！」這句話在嘴邊轉了兩轉，還未說出來，只覺一隻纖纖玉手又自搭到自己肩上，一陣淡淡幽香，撲鼻而來，忍不住回轉頭去，只見四面鐘乳反映的璇光之中，一張宜喜宜嗔的如花嬌靨，正似愁似怨地面對著自己，兩人鼻端相距，不及半尺，兩人心房跳動，更似已混合在一齊。柳鶴亭默然佇立，不但方才的流血、苦戰、飛蝗、烈燄……等等情事早已離他遠去，就連世上的一切榮辱、成敗、糾爭、利害——也似俱都不再在他心裡，古洞之中，頓時靜寂。

陶純純秋波凝注，突又幽幽一嘆道：「你這樣看著我幹什麼？」

柳鶴亭又自呆了一呆，只見她秋波一閃，閃了開去，玉手悄悄滑到他肩下，秋波卻又轉回，輕輕說道：「你……你……你……」目光一垂：「你心裡有沒有不願意和我在一起？」

柳鶴亭緩緩搖了搖頭，一絲溫暖，升自心底，一絲微笑，注上嘴角。

只聽陶純純輕嘆又道：「我若是喜歡一個人，我就希望他也不要討厭我，若是別人討厭我，我也會討厭他！」秋波一轉，忽地閃電般直注在柳鶴亭面上：「你要是……要是真的不討厭我……」嬌柔地吐出一口如蘭如馨的長氣。

柳鶴亭忍不住脫口道：「自然是真的！」

陶純純纖指微微一動，道：「那你就該把討厭我的東西替我殺了！」

柳鶴亭心頭一震，雙手一鬆，「汪汪」一聲，小寶跳到地上，一時之間，他只覺又驚又懼，目定口呆地驚問：「你……你說什麼？」

陶純純秋波一轉，輕輕道：「我說以後假如有惡人要欺負我，你就應該保護我，將那惡人殺死——」忽地抬頭嫣然一笑：「你吃驚什麼？難道你以為我在說這隻狗麼？」

柳鶴亭一抹頭上汗珠，吐出一口長氣，搖首道：「我真以為……你真把我……唉！你有時說話，真會把人嚇上一跳！」目光轉處，卻見那隻白犬仍在仰首望著自己，兩隻晶亮的眼裡，一閃一閃地，竟似有幾分嘲笑之意！

這迎面一道瓔珞，恰好將一間石室擋住，石室之中，玉几丹床，石凳青桌，應有盡有，石室之後，又有石室，一室連著一室，俱都廣敞華麗，而且整潔異常，像是經常有人打掃，不但戚氏兄弟欣喜若狂，就連黑穿雲驟然來到這般洞天福地，也不禁將一些煩惱憂苦，暫時忘卻。

戚大器興高采烈，眉開眼笑，走東走西，一會兒往石床上一躺，一會兒又跳到桌上，忽的跳了下來，輕輕笑道：「柳老弟好像已被那妞兒迷住了，還不進來，我們索性走到裡面去，讓他們找不著！」兄弟四人，心意相通，他話未說完，另外三人早已揚眉咧嘴地大表贊成。

黑穿雲倚牆而坐，不聞不見，哪知突地一雙巨掌穿過脅下、膝下，將他平平穩穩地抬了起來，平平穩穩地放到那輛驢車之上。

黑穿雲被人如此撥弄，只覺滿胸悶氣，積鬱心中，鋼牙一咬，轉過頭去，卻有一股酒氣，撲鼻而來，嗅之作嘔，再見到一人滿面通紅，口角流涎，躺在自己身側，不禁暗嘆一聲，目光閃閃，似要流下淚來。

第二間石室，卻有兩重門戶，大寶手牽驢車，遇著這路狹窄之處，雙臂一伸，口中微哼一聲，便將驢車平平舉起，抬了過去，第三間石室，竟有三重門戶，再進一間，門戶竟又多了一重，走入第五間時，戚大器望著五重分通五處的門戶，笑聲突地一頓，皺眉道：「看來這個石洞裡面，還有一些奇奇怪怪的花樣。」

語聲未了，突地腳下一陣搖動……

柳鶴亭含笑道：「小寶，你主人到哪裡去了，還不帶我們去找他們！」

小寶前爪在地上抓了兩抓，尾巴一搖，轉身跑了進去。

陶純純輕輕嘆道：「這隻小狗真可愛，只可惜牠不喜歡我！」

柳鶴亭含笑搖頭，心中暗忖：「她真是小孩脾氣。」跨入石室，目光一轉，不禁驚嘆道：「那班『烏衣神魔』，當真神通不小，居然找到這般所在，作爲落腳之處——」忽聽戚氏兄弟的一聲驚呼，巨人大寶的一聲怒吼，以及山搖地震般一串隆隆聲響，自石室深處傳來！

柳鶴亭大驚之下，循聲撲去，身形微一起落，便已掠入第二間室中，只聽那兩聲驚呼怒吼，餘音嫋嫋，仍在洞中，彷彿是由右傳來！腳步微頓之間，便向右邊一扇門中掠去！

但一入第三間石室，他身形卻不禁又爲之一頓，此刻迴聲漸散，他凝神靜聽良久，便又掠向迎面一扇門中！

等他掠入第四間石室之時，迴聲漸散漸消，古洞石室，便又歸於寂靜，柳鶴亭目注這間石室中前、後、左、右四扇門戶，卻不知自己該向哪扇門戶走去才好！

他只盼戚氏兄弟等人，會再有驚呼示警之聲傳來，但自從餘音絕後，卻只有他自己心跳的聲音，與呼吸之聲相聞，他深知若非遇著十分緊急之事，戚氏兄弟絕不會發出那驚呼之聲，自己若是走錯一扇門戶，便不知要耽誤多少時間，那時趕去，只怕已救援不及，但這四扇門戶，分通四間不同石室，看來石室之內，還有石室，除非自己有鬼谷諸葛一般的未卜先知之能，否則又怎能選出那條正確的途徑？

一時之間，他呆如木雞的佇立在一張青玉石桌之旁，心裡想到戚氏兄弟方才那一聲驚呼中的焦急驚恐之情，額上汗珠，不禁涔涔而落。

雖只刹那之間，但在柳鶴亭眼中看來，卻似已有永恆般長久。

陶純純一手微撫秀髮，輕盈地掠入室中，只見他呆呆地站在桌旁，垂在雙肩下的手掌，不住微微顫抖，爲友焦急之情，竟似比爲己焦急還勝三分，不禁柳眉微皺，輕輕說道：「你看看這裡地上，可有驢蹄車轍一類的痕跡留下麼？」

語聲雖輕，卻已足夠將呆立於迷惘焦急中的柳鶴亭一言驚醒，回頭向陶純純投以感激的一瞥，立刻凝目地上！

只見打掃得極其潔淨的石地之上，果有兩道淡淡塵轍，自外而內蜿蜒而入，但到了石桌之旁，卻驀然中斷。

柳鶴亭揮掌一抹額上汗珠，轉手指向地上塵轍中斷之處，手指微顫，嘴眸微張，卻未曾說出半句話來。

陶純純明眸流波，四下一轉，輕輕又道：「石桌邊空距太窄，驢車難以通過，到了這裡，想必是被那巨人雙手托了起來，你且到那邊第三扇門口去看看，那扇門中有無車轍復現。他們那班人想必就是往那邊去了！」

柳鶴亭長嘆一聲，暗中忖道：「我只當自己是絕頂聰明人物，哪知還有人比我聰明百倍，推測物理，宛如目見。」他卻不知道自己並非愚不及此，只是關心而亂！

思忖之間，他身形閃動，已在左、右以及迎面三扇門中地面看了一遍，哪知這三扇門中，竟再也沒有車轍復現。他緩緩轉過身來，搖首苦笑，陶純純柳眉一蹙，沉聲問道：「那三扇門裡，難道都再也沒有驢蹄車轍的痕跡留下麼？」

柳鶴亭再次搖首苦笑，陶純純道：「這倒奇怪了，除非他們那班人到了前面的石室裡，就突然消失！」緩緩前行，在三扇門中，各各留意看了一遍，又道：「要不他們就是走到第四間石室中去了，但這裡除了我們來過走過的一扇之外，只有三扇門戶，哪裡會有第四間石室哩？」瞑目半晌：「難道那巨人會一直托著驢車前行？但這看來似乎也是不可能的事呀！」

柳鶴亭雖有十分智慧，但到了這種有似神話傳說般的古洞幽室中，卻連一分也施展不出，直急得頓足搔首，連聲長嘆，不住問道：「他們到底遇著什麼事呢？難道……」

陶純純輕輕一嘆，道：「到了這種地方，你著急有什麼用？他們不是遇著了藏匿於洞中的強仇大敵，便是誤觸這裡面別人留下的消息機關，除此之外，還有一個可能，便是洞中突有極惡的蛇獸出現，我們在這裡，又何嘗不也隨時會遇著危險。但究竟會遇著什麼，卻真的叫人難以猜測！」

柳鶴亭只覺心頭一凜，目光不自覺地四下望去，突聽「汪」一聲，那白犬小寶竟從迎面一間石室中竄了出來！

陶純純輕喚一聲，道：「原來這裡面的石室，竟是間間相通的。」語聲突止，突地反腕自髮間拔出一根金釵，纖腰微扭，玉掌輕抬，在石壁之上，劃了一個「之」形標記，回眸一笑，道：「你跟著我來！」腳下輕輕一點，倏然向前面一間石室中掠去！

柳鶴亭微微一愣，隨後跟去，只見她身形輕盈曼妙，腳上有如流水行雲，玉掌微揚，又在這間石室壁上，劃下一道「之」形標記，便毫不停留地向另一間石室掠去！

剎那之間，柳鶴亭恍然悟道：「這些石室間間相連，我們只要循著一個方向查去，便可將所有石室查一遍，金釵留痕，自是避免重覆錯亂！」

一念至此，柳鶴亭心中不禁大為嘆服，他初見陶純純時，只當她天真純潔，是個不知世故的孩子，但隔的時間久了，他就發現這「天真純潔，不知世故」的孩子，雖然和他想像中一般純真，但絕不是他想像中的「不知世故」，因為她無論分析事理，抑或是隨機應變之能，都遠在自己之上！

就在他心念一轉間，陶純純已掠過十數間石室，留下十數處標記，但戚氏兄弟以及黑穿雲、項煌等五人，卻仍蹤跡未見，那白犬小寶有時在他們身後急竄，有時卻又在另一間石室中現出，柳鶴亭五內焦急，不禁大喝道：「戚兄，你們在哪裡？」但有迴聲，不見應聲。

陶純純突地駐足道：「難道他們已尋得出路，出去了麼？」

柳鶴亭皺眉搖首道：「他們若是尋得出路而脫險，怎會有那等驚呼之聲？」

陶純純秋波一轉，道：「我若是遇到了出路，我也會情不自禁地驚呼起來的。」

柳鶴亭俯首微一沉吟，仍自皺眉道：「他們若是尋得出路，又怎會不等我們？」

陶純純幽幽一嘆，輕輕道：「你未免也將人性看得太善良了些。」

柳鶴亭呆了一呆，目光再次一轉，只見這些石室之中，實在一無惹眼之處，更不見人蹤獸跡，俯首半晌，黯然嘆道：「我是將人性看得太善良了麼？」

陶純純突地嫣然一笑，筆直地走到他身前，輕輕說道：「你閉起眼睛，我帶你去看一樣東西！」

柳鶴亭不禁又自一呆，陶純純卻已輕輕握住他的手腕，他只得合上眼簾，只覺陶純純身形向前走了幾步，又向左一轉，忽地一絲冷風，拂面而來。柳鶴亭心中雖忍不住要睜開眼睛，但眼簾卻還是合得緊緊的。又走了數步，陶純純腳步突地變緩，柳鶴亭心奇難忍，方要悄悄張開一線眼睛，偷看一眼，哪知一隻柔荑，卻已經輕蓋到他的眼簾上。只聽陶純純半帶嬌嗔，半含微笑，輕輕說道：「你要是張開眼睛，我就不理你了。」玉掌移開，柳鶴亭果然再也不敢將眼睛睜開，此刻他自己亦難以自知，爲什麼她說的話，縱無道理，他也不敢不聽，只得在心中暗笑自己！

「幸好她天真純潔，不會叫我去做什麼傷天害理之事，如若不然，我這麼聽她的話，若是做錯事情，豈非終身抱恨？」

忽聽陶純純笑道：「你摸摸這裡！」

柳鶴亭伸出手掌，只覺觸手之處，冰涼柔軟，竟似死人屍體，不覺心中一震，腳下連退三步，劍眉連揚數揚，大駭問道：「這是什麼？」

陶純純輕輕笑道：「你猜猜看！你若是猜不到，等會我再告訴你。你若是猜對了，我就算你有本事！」

柳鶴亭聽她言語之中，滿含喜悅，卻無半分驚駭之意，心中不禁一定，知道此物若是死屍，陶純純焉有如此喜悅地說話之理。

心念至此，亦自含笑道：「我不用猜，等你告訴我好了。」

陶純純向前走了幾步，輕笑道：「這才是聰明人，你就算猜上——」腳步突地一頓，語聲亦突地一頓。

柳鶴亭突覺一股勁風，自身側掠過，接著幾聲犬吠，心頭不覺又爲之一奇，忍不住又自脫口問道：「你在幹什麼？」良久不見回聲，柳鶴亭方自劍眉微皺，突覺握在自己手腕上的一隻柔荑，竟起了微微一陣顫抖。

柳鶴亭心中再次一驚，問道：「你這是在做什麼？」

只聽陶純純突地幽幽長嘆了一聲，道：「你那樣相信別人，怎地卻這般不相信我？」柳鶴亭一愣，卻聽陶純純接口又道：「我若是閉起眼睛，跟著你走十年八年，隨便你帶我到哪裡，我也不會問你一句，但是——唉，我就只帶你走了數十步，你卻已問了我三句，難道我會帶你到你不願意去的地方？難道我會乘你閉著眼睛的時候，做你不願意我做的事？」

柳鶴亭出神地愣了半晌，反覆體味著她話中的真意，一時之間，只覺心中又是溫暖，又是慚愧，終於長嘆一聲，無言地反手捉著她的柔荑，默然向前走去！

此時此刻，他但覺自己縱然眼睛立時瞎了，也是世上最最幸福之人，因爲他已從她這幾句話中，尋得了他從未敢企求的真情。

無言地走了兩步，他忍不住輕輕說道：「純純，你就算將我帶至刀山火海中去，只要你……我也甘心願意。」

又是一陣沉寂，陶純純突地噗哧一笑道：「真的？你說的是真的？」

柳鶴亭幸福地吸進一口長氣，緩緩吐出，緩緩說道：「我縱然會騙世上所有人，也不會騙你一句半句！」

他只覺兩手相握，兩心相投，說出的話當真句句俱是發自他心底，突覺陶純純手掌一鬆，移至他處，再握回他的手掌時，這隻柔荑，似乎已有些潮潤。

「難道這是她的淚珠？」

他暗問自己，然後又幸福地長嘆一聲，默默地感謝著這純真的女孩子在爲自己的真情流淚，但是——他若不自己張開眼睛，看上一看，那麼這問題的答案，普天之下，又有誰能正確地知道呢？

無論如何，他此刻是幸福地，真心誠意地感激著這分幸福的由來，他知道世上有許多人，一生一世，都不會尋得這種幸福。

於是他便在這種難以描摹的幸福中，瞑目向前走去，只覺時有冷風縷縷，拂面而至，走了兩步，忽地又有水聲淙淙，入耳而來。

冷風漸清，水聲漸明，陶純純一聲輕笑道：「到了，張開眼來！」

柳鶴亭輕輕握了握她的柔荑，微笑著張開眼來——

剎那之間，他心情激動得幾乎要高聲歡呼起來，一眼望去，只見這一片清碧萬里的蒼穹，橫亙面前，幾片浮雲，冉冉飄過，立足之處，卻是一道危崖，奇巖怪石，不可勝舉，有如引臂，亦如垂幢，石間清泉縷縷，一如懸練，萬泉爭下，其下一道清澗，試一俯瞰，卻如仙子凌空，飄飄欲舞。

陶純純輕撫雲鬢，脈脈地凝注著他，輕輕笑道：「你說我帶你看的東西好不好？」

柳鶴亭屏息四顧，良久良久，方自長嘆一聲，側目問道：「我們已經走出了？」

陶純純噗哧笑道：「難道我們還在山洞裡麼？」

柳鶴亭目光一合即張，側目又道：「你如何能尋到出路，實在——」

陶純純秋波微轉，含笑道：「我說你太過信任別人，卻總是不信任我？」柳鶴亭目光一垂，卻聽陶純純又說道：「剛才我叫你閉起眼睛的時候，其實又發現了地上的車轍和幾個淡淡的足跡，就沿著這些痕跡尋來，果然就發覺了這個出口。」幽幽一嘆：「唉！世人若都像你一樣，那麼『仇敵』這兩個字，也許就不會存在了！」

柳鶴亭劍眉一揚道：「如此說來，他們已真的尋到出路了？」默然半晌，搖頭笑道：「如此說來，免得我為他們擔心。」目光動處，只見地面砂石間，果有一些車轍足跡向左而去，心中暗嘆一聲，亦自隨之而行，只見道上亂石纍纍，蔓草叢枝，石路傾圮，角態甚銳，轉折亦頗多，他心中不禁暗問自己：「這等道路，驢車怎生通行？」但瞬即尋出答案：「若以常理忖度，自無可能，但那巨人大寶，實非常人，非常人所做之事，自亦不能以常理度之。」回首一望，陶純純隨後跟來，柳眉輕顰，明眸流波，眼波中卻滿是委屈之意，顯然是因為自己太過冷淡於她，心中大生自責之意，回首笑問：「純純，你心裡在想什麼？」

陶純純明眸微眨，輕嘆搖首，良久良久，方自嘆道：「你……你要到哪裡去？」柳鶴亭微微一愣：「我要到哪裡去？我要到哪裡去！……」緩緩抬起頭來，仰視白雲悠悠，蒼碧如洗，突地回首道：「你要到哪裡去？」

陶純純眼簾一垂，幽幽嘆道：「我在世上除了師姐之外，再無親人，我出來本是來找師姐的，但是她——」悄然閉起眼睛，眼簾上淚光閃動，被天光一映，晶瑩如珠，明亮如玉，緩緩順腮而下，輕輕嘆道：「我能不能……也閉起眼睛……」語聲悠悠而斷，言下之意，卻如一股怒潮激浪，在柳鶴亭心頭升起。

緩緩回頭，緩緩回到她身邊，緩緩握起她的玉掌，緩緩說道：「我但願你一生一世閉著眼睛，好讓我像你領著我似的領著你！」

陶純純抬起頭來，張開眼簾，輕問：「真的？」

柳鶴亭幾乎不及待她將短短兩字說完，便已搶著說道：「自然是真的，我不是早就告訴過你，我永遠不會騙你的。」

陶純純伸手一抹淚痕，破涕為笑，依依倚向柳鶴亭胸膛。山風如夢，流水如夢，青天如夢，白雲如夢，柳鶴亭亦已墜入夢境，但覺天地萬物，無一不是夢中景物，無一不是美妙絕倫。他不敢伸手去環抱她的香肩，但卻又忍不住伸手去環抱她的香肩，他不敢俯下頭去嗅她雲鬢的髮香，但卻又忍不住俯下頭去嗅她雲鬢的髮香！

良久，良久，良久——

陶純純「嚶嚀」一聲，輕輕掙開他的懷抱，後退一步，輕撫雲鬢，但一雙秋波，卻仍脈脈欲語地凝注在他身上。

又是良久，良久——

柳鶴亭方自從夢中醒來，緩緩抬起手掌，掌中卻已多了一枝玲瓏小巧，在天光下不住閃著璇光的金釵。這支金釵，方才在古洞石室的石壁上，劃下了許多個有形的痕誌，此刻，卻將要劃出更多痕誌，劃在柳鶴亭心裡，石壁上的痕誌雖深，卻比不上在柳鶴亭心裡的萬一。

青天為證，白雲為證，山石為證，水流為證，看著他將這枚金釵放入懷裡，藏在心底。

他嘴角泛起一絲縱是丹青妙手也無法描摹萬一的笑容，輕輕說道：「我真想不到——」

哪知他話猶未了，突有一聲慘呼，自山嶺那邊傳來。這淒涼、尖銳的呼聲直上九霄，尚未衰竭，接著……

竟然又是一聲慘呼！

柳鶴亭在這半日之間，不知已有多少慘呼曾經入耳，但卻都沒有這兩聲慘呼如此令人刺耳心悸，他心中雖充滿柔情蜜意，但刹那之間，所有的柔情蜜意，卻都已不見蹤跡！

陶純純柳眉微顰，輕輕一拉柳鶴亭衣角，微伏身形，向這驚呼之聲的來處掠去。她輕盈的身形，有如驚鴻，亦如飛燕，在這坎坷崎嶇的危崖亂石中，接連幾個縱身，突地一頓，隱身於一方怪石之後，探目而望，柳鶴亭隨後掠至，見她回身微一招手，面目上卻似滿佈驚奇之色！

柳鶴亭心頭一跳，亦自探首下望，目光動處，劍眉立皺——

原來這片危巖之下，便是方才那片谷地，但谷地之中，情勢卻已大變，本自張弓搭箭，攀附在四面山頭的漢子，竟已齊都下至谷地，而那「花溪四如」以及他們手下的一批白衣漢子，此刻卻一個不見，想必已都不顧而去！洞口仍堆滿柴木，但火勢卻已漸弱，百十個黑衫黃翎的漢子，俱都盤膝坐在洞側山石之前，似在袖手旁觀！

當中一片猶自滿佈方才自山頭射下的弩箭的空地上，卻是人頭聳擁，層層密佈。

最外一層，便是「幽靈幫」門下，身穿及膝碧綠長衫的大漢，有的手中雖仍拿著弩箭，但大多卻已換作摺鐵快刀，有的卻已橫屍地上！

中間一層，竟是那「東宮太子」項煌手下的十六個銀衫少女，以及分持刀、鐧的「神刀將軍」勝奎英，與「鐵鐧將軍」尉遲高！銀衫少女手中，各各多了一條長達三尺，銀光閃閃，宛如「亮銀練子槍」卻無槍尖的外門奇形長鞭，與那班「幽靈幫」眾，對面而立，雲鬢微亂，香汗淋漓，似乎方才已經過一番惡鬥。

「靈屍」谷鬼，身形依然僵木如屍，面目卻更淒厲如鬼，與另一烏簪椎髮，瘦骨嶙峋，手中分持兩柄「梅花卍字奪」的碧衫人並肩而立！兩人身前不遠處，卻倒斃著兩個碧衫人的屍身，仰天而臥，全身一無傷跡，只有一道刀痕自額角直劃頷下，鮮血未乾，刀痕入骨，竟將他兩人的大好頭顱，中分為二！

柳鶴亭居高臨下，雖看不清他兩人面上的形狀，但從方才的那兩聲慘呼，亦可想見他兩人臨死前是如何驚恐，不禁心頭一寒，目光一轉，轉向與「靈屍」谷鬼面面相對的一個白衣人身上！

只見此人雙臂斜分。

長袖飄飄，手持長劍——

劍光沁碧，森寒如水——

劍尖垂地，傲然肅立——

全身上下，紋風不動——

身上一襲其白如雲的長衫，左右雙肩之上，卻赫然有兩串鮮紅的血跡，衫白血紅，望之驚心觸目！

雖只輕輕一瞥，柳鶴亭卻已覺得此人的神態之中，彷彿有一種不可描述的森寒之意，這種寒意雖與「靈屍」的森森鬼氣不同，但卻更加懾人心魂！

谷地之上這麼多人，但此刻一個個卻俱都有如木雕泥塑，沒有一人發出半點聲音，更無一人敢有絲毫動作！

白衣人緩緩向前踏出一步，雙臂仍然斜分，劍尖仍然垂地！「靈屍」谷鬼與另一碧衫人卻立即不由自主倒退一步，白衣人冷冷一笑，緩緩轉過身來，緩緩向前走動，劍尖劃地，絲絲作響，「靈屍」谷鬼手掌微一曲折，骨節緩緩作響，雙目厲張，隨之向前走出數步，似要作勢撲上，白衣人突又回身，「靈屍」谷鬼竟又蹬、蹬、蹬連退數步！

柳鶴亭只覺心頭微顫，指尖發冷，他再也想不出這白衣人竟是何許人物，竟能使得「靈屍」谷鬼如此畏懼，突聽谷鬼沉聲一叱：「開！」

突地！

立在外圍，手持弩箭的碧衫漢子雙手一揚，數十枝弩箭，閃電射出，銀衫少女纖腰微扭，掌中銀鞭，瞬即結起一道光牆！

只聽一陣「叮噹」微響，數十枝弩箭一齊落地，另一些碧衫漢子，手揮快刀一齊撲上，銀衫女子掌中長鞭一揮一展，銀光閃閃，有如靈蛇飛舞，立即又有幾聲慘呼，幾人喪命！

慘呼聲中，烏簪椎髮的碧衫人突地沉聲一叱：「來！」

手中「梅花卍字銀光奪」，舞起一道光幕，和身向白衣人撲去！

這一招看來雖似只有一招，但他卻已將「追魂十七奪」中的煞手三招「香梅如雪」、「雪地狂飄」、「狂飄摧花」，一齊施出，當真是密不透風，點水難入，攻強守密，招中套招的佳作！

白衣人雙臂微分，劍尖垂地，卻仍傲然卓立，動也不動，身側的亂箭飛來，亂刀砍來，他連望都未去望它一眼，此刻碧衫人施煞手攻來，他不避不閃，竟也沒有絲毫動作！

眼看這一團銀光，已快將他身軀捲入，突地——

一聲輕叱，一閃劍光，一聲慘呼，一條碧衫人影連退三步，雙臂大張，掌中「卍字銀光奪」不住顫抖，身形連搖兩搖，撲在地上，全身一無傷跡，但——一道劍痕，自額角直到頷下，鮮血如泉湧出，劍痕深透入骨！

白衣人雙臂微分，指尖垂地，仍然動也不動地傲然卓立，劍光也仍然碧如水，但他的雪白長衫上，卻又多了一串鮮紅血痕！

柳鶴亭輕輕吁出一口長氣，心中不住怦然跳動，白衣人的這一劍傷敵，別人雖未看清，他卻看得清清楚楚，只覺這一劍的穩、準、狠、辣、駭，足以驚世駭俗。

要知道天下各門各派的武功招式，絕無任何一種毫無破綻，縱是素以縝密嚴謹著稱天下的武當「九宮連環」以及「兩儀劍法」，劍招之中，也難免有破綻露出，只是破綻部位有異，多少不同，有些招式的破綻，是在對方難以覺察之處，有些招式的破綻，對方縱然覺察，卻也無法攻入，是以巧者勝拙，強者勝弱！

碧衣人的那一團銀光，三招煞手中的，只有左下方微有一處破綻，此處破綻，不但極難看出，而且部位亦在對方難以發招之處，但白衣人劍光一抖，竟能閃電般自此破綻中挑起、穿出，此等眼力、神力，當真叫人無法不服！

三神已去，一鬼尚存，「靈屍」谷鬼呆望著地上的三具屍身，淒厲的笑聲既不再聞，森冷的目光亦不再見，那些「幽靈幫」眾，此刻早已喪失鬥志，只不過在虛晃著兵刃而已。

「靈屍」谷鬼默然半晌，抬起頭來，揮手長嘆一聲，低喝：「退！」

身軀一轉，緩緩走去，白衣人卓立如故，既不追擊，亦不發言，只見那些「幽靈幫」眾，有的手扶傷殘，有的懷抱死屍，一個接著一個，向谷外走去，片刻之間，便已走得乾乾淨淨。

谷地之上，頓時又自寂無人聲，「神刀將軍」勝奎英右掌一橫，左掌搭住刀尖，往刀鞘一湊，「嗆啷」一聲，長刀入鞘，大步走到一直默然靜坐的那些黑衫黃巾漢子身前，沉聲叱道：「快將那邊洞口火勢弄滅，入洞尋人！」

黑衫漢子們一個個卻仍盤膝而坐，不言不動，竟似未曾聽到這番言語一般，勝奎英濃眉一揚，厲叱：「聽到沒有？」

黑衫漢子們依然一無回應，尉遲高一步竄來，雙鐧交擊，「鐺」地一響，響聲未絕，黑衫黃巾漢子群中，突地響起一個粗壯之聲：「要殺我等頭顱容易，要使我等聽命於幫主以外之人，卻是難如登天！」語句簡短有力，字字截金斷鐵，柳鶴亭不禁暗中喝采，這班人若論武林地位，雖不足道，但若論江湖道義，豈非還要遠在那班滿口仁義，滿腹奸詐，言行不符，反覆無常的武林高手之上！

只見那白衣人目送幽靈群鬼走盡，長袖飄飄，轉身走來。尉遲高、勝奎英，齊地退步躬身，對此人的恭敬，竟似不在項煌之下，白衣人對此二人，卻是漫不為禮，右掌微提，劍尖在地面輕輕一點，口中簡短地吐出四個字來：

「誰是幫主？」

黑衫黃巾漢子群中，又有人朗聲說道：「大幫主已去谷外，留言我等，靜候於此，二幫主入此洞中，不知凶吉——」

語聲未了，白衣人突地冷哼一聲，右掌一翻，掌中長劍，劍尖上挑，劍柄脫手，白衣人拇、食、中三指輕輕一挾，挾住劍尖，腳下連退三步，右臂倏然掄起，長劍竟然脫手飛出！

柳鶴亭見他倒轉掌中長劍，方自愕然不明其意，突見一道青碧劍光，劃空而過，竟閃電般向自己隱身的這片山石飛來！

劍身劃過山石，「嗆」地一聲清吟，激起一片火花，竟又匹練向來路飛回。

柳鶴亭心頭一跳，知道自己行藏，已被這靜如山嶽，冷如玄冰，劍法造詣已爐火純青的白衣人發現，只見白衣人手掌微招，這道匹練般的劍光，竟神奇地飛回他手掌之中，輕輕一抖，劍花點點，漫天飛舞。

白衣人頭也不抬，冷冷說道：「躲在石後的朋友，還不現身？」

陶純純輕嘆一聲，仰首道：「這人當真厲害得緊！」

柳鶴亭一面頷首作答，一面心中思忖，沉吟半晌，突地長身而起，輕輕掠到山石之上，山風吹動，吹得他衣袂飛揚，髮絲飄舞。

尉遲高、勝奎英仰首而顧，齊地變色驚呼道：「原來是你！」

白衣人劍尖又自緩緩垂落地上，依舊頭也不抬，冷冷說道：「朋友既然現身，還不下來？」

柳鶴亭朗聲一笑，道：「閣下劍法驚人，神態超俗，在下早已有心下去晉見，此刻既蒙寵召，敢不從命！」目光下掠，只見自己立足的這片山石，離地竟有數十丈左右，勢必不能一掠而下，不禁劍眉微皺地沉吟半晌，一面回身俯首，輕輕問道：「純純，下去好麼？」

陶純純秋波微轉，含笑道：「你既已對人說了，焉有不下去之理？」纖腰微擰，亦自掠上山石，白衣人劍尖在地面左右劃動，既不出言相詢，亦不仰首而顧，陶純純秋波再次一轉，探首下望，突地低語道：「這人頭頂髮絲已經灰白，年紀想必已不小，武功也似極高，但神情舉止，卻怎地如此奇怪，難道武功高強的人，舉動都應特殊些麼？」

柳鶴亭暗中一笑，心道：「女子當真是奇怪的動物，此時此刻，還有心情來說這些言語。」一面卻又不禁暗讚女子之心細，細如髮絲，自己看了許久，毫未發覺，她卻只瞧了一眼，便已瞧出人家頭上的灰髮！

白衣人雖仍平心靜氣，勝奎英、尉遲高卻已心中不耐，兩人同聲大喝：「陶姑娘——」尉遲高倏然住口，勝奎英卻自接口喊道：「你不是和我家公子在一起麼？此刻他到哪裡去了？」

陶純純輕瞟柳鶴亭一眼，並不回答山下的喝問，只是悄語道：「如此縱身而下，落地之後，只怕身形難以站穩，別人若是乘隙偷襲，便極可慮，你可想出什麼妥當的方法麼？」

柳鶴亭微微一笑道：「爲人行事，當做即做，考慮得太多了，反而不好。我先下去，你在後面接應，除此之外，大約便只有爬下去了。」

陶純純嫣然一笑，意示讚許，只見柳鶴亭胸膛一挺，深深吸入一口長氣，撩起衣袂，塞在腰畔絲絛之上，雙臂一張，倏然向下掠去！

這一掠之勢，有如大河長江，一瀉千里，霎時之間，便已掠下十丈，柳鶴亭雙掌一沉，腳尖找著一塊山石突出之處，一點又落。

只聽白衣人又自冷冷道：「你儘管躍下便是，我絕不會乘你身形不穩時，暗算於你！」話聲方落，柳鶴亭已自有如飛燕一般躍落地面，向前衝出數步，一沉真氣，拿樁站穩，朗聲一笑，回首說道：「小可若恐閣下暗算，只怕方才也就不會躍下了！」

白衣人「嗯」了一聲，亦不知是喜是怒，是讚是貶，突地回轉身來，面向柳鶴亭冷冷道：「朋友果是一條漢子！」

兩人面面相對，柳鶴亭只覺兩道閃電般的目光，已凝注自己，抬目一望，心頭竟不由自主地爲之一驚，方自站穩的身形，幾乎又將搖晃起來。原來這白衣人的面目之上，竟戴著一面青銅面具，巨鼻獅口，閃出一片青光，與掌中劍光相映，更顯得猙獰刺目！

這面青銅面具，將他眉、額、鼻、口，一齊掩住，只留下一雙眼睛，炯然生光，上下向柳鶴亭一掃，冷冷又道：「項煌殿下，是否就是被朋友帶來此間的？」

語聲雖清朗，但隔著一重面具發出，聽來卻有如三春滴露，九夏沉雷，不無稍嫌沉悶之感，但這兩道目光，卻正又如露外閃光，雷中厲電。柳鶴亭只覺心頭微顫，雖非畏懼，卻不由一愣，半晌之後，方自回復瀟灑，微微一笑，方待答話！

哪知他語聲尚未發出，山腰間突地響起一陣脆如銀鈴的笑聲，眾人不覺一齊仰首望去，只見一片彩雲霓裳，冉冉從天而降，笑聲未絕，身形落地，柳鶴亭伸手一扶，陶純純卻已笑道：「項殿下雖與我等同來，但……」秋波轉處，瞥見白衣人面上的青銅面具，語聲不禁一頓，嬌笑微歛，方自緩緩接道：『但他若要走，我們又有什麼辦法呢？」

白衣人冷哼一聲，目光凝注，半晌無語，只有劍尖，仍在地上不住左右劃動，絲絲作響，響聲雖微弱，但讓人聽來，卻只覺似有一種難以描摹的刺耳之感，似乎有一柄無形之劍的劍尖，在自己耳鼓以內不住劃動一般。

他面覆青銅，教人根本無法從他面容變化中，測知他的心意，誰也不知道他對陶純純這句聽來和順，其實卻內藏機鋒的言語，將是如何答覆，將作如何處置。谷地之中，人人似乎俱都被他氣度所懾，數百道目光屏聲靜氣，再無一道望向別處！

此種沉默，最是難堪，也不知過了許久，白衣人掌中劍尖倏然頓住不動！

絲絲之聲頓寂，眾人耳中頓靜，但這令人刺耳的絲絲之聲，卻似突地到了眾人心中，人人俱知他將說話，他究竟要說什麼，卻再無一人知道。

要知愈是沉默寡言之人，其言語便愈可貴，其人若論武功、氣度俱有懾人之處，其言之價，自就更高。柳鶴亭嘴角雖帶笑容，但心情卻亦有些緊張，這原因絕非因他對這白衣人有絲毫怯畏，卻是因爲他對寡言之人的言語，估價亦自不同！

只有陶純純手撫雲鬢，嫣然含笑，一雙秋波，時時流轉，似乎將身外之事、身外之物，全都沒有放在心中。

只見白衣人目光微抬，閃電般又向柳鶴亭一掃，緩緩說道：「閣下方才自山頂縱落，輕功至少已有十年以上造詣，而且定必得自真傳，算得是當今武林中的一流人物！」

眾人心中不禁既奇且佩，奇的是他沉默良久，突地說出一句話來，竟是讚揚柳鶴亭的言語。佩的是柳鶴亭方才自山頂縱下之時，他頭也未抬，根本未看一眼，但此刻言語批評，卻宛如目見。

就連柳鶴亭都不免暗自奇怪，哪知這白衣人卻又接道：「是以便請閣下亮出兵刃——」語氣似終未終，便又倏然而頓，身形卓立，目光凝注，再不動彈半分！

柳鶴亭不禁爲之一愣，但覺此人說話，當真是句句簡短，從不多說一字，卻又是句句驚人，出人意料之外，讚賞別人一句之後，立刻又要與人一較生死！

他心意轉處，還未答話，卻聽陶純純又自含笑說道：「我們和你往日無冤，近日無仇，而且可說是素不相識，好生生的爲何要和你動手？」

白衣人目光絲毫未動，竟連望也不望她一眼，冷冷道：「本人從來不喜與女子言語——」

語氣竟又似終未終，但人人卻盡知其言下之意。

陶純純秋波微轉，含笑又道：「你言下之意，是不是叫我不要多管閒事？」

白衣人冷哼一聲，不再言語，目光如電，仍筆直地凝注在柳鶴亭身上，彷彿一眼就看穿柳鶴亭的頭顱似的。

哪知他這種傲慢、輕蔑之態，陶純純卻似毫不在意，竟又輕輕一笑道：「這本是你們兩之間的事，與我本無關係，我不再說話就是！」

柳鶴亭微微一愣，他本只當陶純純雖非嬌縱成性之女子，但卻也絕無法忍受一個陌生男子對她如此無理，此刻見她如此說話，不禁大感驚奇，他與陶純純自相識以來，每多處一刻，便多發覺她一種性格，相識之初，他本以爲她是個不知世故，不解人情，性格單純的少女，但此刻卻發覺她不僅胸中城府極深，而性格變化極多，有時看來一如長於名門，自幼嬌縱成性的大家閨秀，落落風範，卻又慣於嬌嗔！

有時看來卻又有如涉世極深，凡事皆能寬諒容忍，飽經憂患的婦人，洞悉人情，遇事鎮靜！

一時之間，他但覺他倆雖已相愛頗深，卻絲毫不能瞭解她的性情，不禁長嘆一聲，回轉頭去，卻見那白衣人仍在凝目自己，劍尖垂地，劍光如水！

時已過午，陽光最盛之時已去，夏日既過，秋風已有寒意。

一陣風吹過，柳鶴亭心頭但覺氣悶難言，泰山華嶽，祁連莽蒼，無數大山，此刻都似乎橫亙在他心裡！

谷地之中，人人凝神注目，都在等待他如何回答這白衣人挑戰之言。勝奎英、尉遲高，與他雖非素識，但卻都知道他武功迥異流俗，絕非膽怯畏事之徒，此刻見他忽而流目他顧，忽而垂首沉思，只當他方才見了那白衣人的武功，此刻不敢與之相鬥，心中不禁稍感驚奇，又覺稍感失望！

那知就在這一念頭方自升起的剎那之間，柳鶴亭突地朗聲說道：「在下之意，正如陶姑娘方才所說之言相同，你我本無任何相鬥之理，亦無任何相鬥之因，只是——」

「只是」兩字一出，眾人但覺心神一振，知道此言必有下文，一時之間，谷中數百道目光，不約而同地又都屏息靜氣，瞬也不瞬地望到柳鶴亭身上，只聽他語聲頓處，緩緩又道：「若閣下有與在下相鬥之意，在下武功雖不敢與閣下相比，但亦不敢妄自菲薄，一切但憑尊意！」

白衣人直到此刻，除了衣袂曾隨風微微飄舞之外，不但身軀未有絲毫動彈，甚至連目光都未曾眨動一下，再加以那猙獰醜惡的青銅面具，當真有如深山危巖，古剎泥塑，令人見之生畏，望之生寒！

柳鶴亭語聲方了，眾人目光，又如萬流歸海，葵花向日一般，不約而同地歸向白衣人身上，只見他微一頷首，冷冷說道：「好！」

柳鶴亭擰腰退步，反腕拔出背後青簫，哪知白衣人「好」字出口，突地一揮長袖，轉身走開！

眾人不覺齊地一愣，柳鶴亭更是大爲奇怪，此人無端向己挑戰，自己應戰之後，他卻又轉身走開，這豈非令人莫名其妙！

只見他轉身走了兩步，左掌向前一招，口中輕叱說道：「過來！」

右掌一沉，竟將掌中長劍，插入地面，劍尖入土五寸，劍柄不住顫動，柳鶴亭心中氣憤，再也難忍，劍眉一軒，朗聲道：「閣下如此做法，是否有意戲弄於我，但請明言相告，否則——」語聲未了，白衣人突又倏然轉身，目中光芒一閃，冷冷接口道：「在下不慣受人戲弄，亦不慣戲弄他人——」突地雙臂一分，將身上純白長衫甩落，露出裡面一身純白勁裝！卻將這件染有血跡的長衫，仔細疊好。

柳鶴亭恍然忖道：「原來他是想將長衫甩落，免得動手時妨礙身手！」

一念至此，他心中不覺大爲寬慰，只當他甚爲看重自己，微一沉吟，亦將自己長衫脫下！陶純純伸手接過，輕輕道：「此人武功甚高，你要小心才是！」語氣之中，滿含關切之情。

柳鶴亭嘴角泛起一絲笑意，心中泛起一絲溫暖，含笑低語：「我理會得！」目光轉處，突地遠遠佇立的銀衫少女群中，突地掠出一人，懷中抱著一個純白包袱，如飛掠到白衣人身前。白衣人解開包袱，將疊好的長衫，放入包中，卻又取出另一件白衫，隨手抖開，穿到身上，反手拔起長劍，劍尖仍然垂在地面，前行三步，凝然卓立。

一時之間，柳鶴亭又自愣在當地，作聲不得，這白衣人的一言一行，無一不是大大出乎他意料之外，他生平未曾見到此等人物，生平亦未曾遇到此等對手，此時此刻，他勢必不能再穿回長衫，呆呆地愣了半晌，卻聽陶純純突地噗哧一笑，抿口笑道：「我猜這世上有些人的腦筋，一定不太正常，鶴亭，你說是嗎？」

柳鶴亭聞言驚奇之外，又覺好笑，但大敵當前，他只得將這分笑意，緊壓心底。

哪知白衣人突地冷哼一聲，說道：「在下既不慣無故多言，亦不慣無故多事，自幼及長，武林中能被我視爲對手之人，除你之外，寥寥可數，你之鮮血，自不能與那班奴才相比，若與異血跡混在一處，豈不會失了你的身分！」

從他言語聽來，似乎對柳鶴亭的武功氣度，極爲讚賞，但其實卻無異在說此次比鬥，柳鶴亭已落必敗之數，只聽得柳鶴亭心裡亦不知是怒是喜，本想反唇相譏，但卻又非口舌環薄之人，沉吟半晌，只得微一抱拳，暗中鎮定心神，運行真氣，橫簫平胸！

他平日行動舉止，雖極灑脫，但此刻凝神待敵之時，卻當真的靜如泰山，定如北斗。白衣人目中又有光芒一閃，似乎也看出當前對手，乃是勁敵，不可輕視。

陶純純左臂微曲，臂彎處搭著柳鶴亭的一件長衫，星眸流轉，先在他身上身下凝注幾眼，然後移向白衣人，又自凝注幾眼，柳眉似顰非顰，嘴角似笑非笑，纖腰微扭，後退三步，誰也無法從她的神情舉止上，測知她的心事。

尉遲高、勝奎英對望一眼，兩人各各眉峰深皺，隱現憂態，一齊遠遠退開，他們心中擔心的事，卻不知是爲了他們「殿下」項煌的生死安危，抑或是爲了此刻這兩人比鬥的勝負！

銀衫少女們站得更遠，斜陽餘暉，映著她們的蓬亂秀髮，殘破衣衫，也映著她們的如水眼波，如花嬌靨，相形之下，雖覺不類，但令人看來，卻不禁生出一種憐惜之感！

柳鶴亭手橫青簫！

白衣人長劍垂地！

兩人面面相對，目光相對，神態相似，氣度相似，但這般默然企立，幾達盞茶時刻，卻無一人出手相擊，柳鶴亭看來雖然氣定神閒，但心中卻紊亂已極，他方才居高臨下，將這白衣人與「一鬼三神」動手之情況，看得清清楚楚，此刻他自己與人動手，更是不敢有絲毫大意。

要知這高手比鬥，所爭往往只在一招之間。一招之失，被人制住先機，整場比鬥，勝負之數，便完全扭轉！

加以柳鶴亭方才見了這白衣人的武功，知道自己招式之中只要微有破綻，不但立時便得居於下風，而且可能遭到一劍殺身之禍，他胸中雖可謂包羅萬有，天下各門各派武功中的精粹，均有涉獵，但在這盞茶時間以內，他心中思潮連轉，不知想過了多少變化精微、出手奇妙的武功招式，卻未想出一招絕無破綻，更未想出一招能以制敵機先！

眾人屏息而觀，見他兩人自始至今，始終不動，不覺奇怪，又覺不耐，只見柳鶴亭掌中青簫，突地斜斜舉起，高舉眉間，腳步細碎，似踩迷蹤，向右橫移五寸！

白衣人目光隨之轉去，腳下卻有如巨磨轉動，轉了個半圈，劍尖微微離地而起，高抬七寸，左掌中指輕輕一抬，肩頭、雙膝卻仍未見動彈！

柳鶴亭劍眉微皺，暗嘆忖道：「他如原式不動，我方才那一招出手用天山『三分劍』中的『飛鶯戲蝶』，讓他無法測知我簫勢的去向，臨身左掌變為少林『羅漢掌法』中的『九子萬笏』，右簫再用武當『九宮神劍』中的『陽關走馬』，左掌沉凝，可補右簫輕靈不足，右簫靈幻，卻又可補左掌之拙笨，這兩招一上一下，一正一輔，一剛一柔，一幻一直，他劍尖垂地，縱能找著我簫招中的破綻，但我那招『九子萬笏』卻已全力攻他要害，如此我縱不能佔得先機，也不至落於下風，哪知——」

心念電閃而過，目光凝注對方，又自忖道：「他此刻劍尖離地，左指蓄力，兩面都是待發之勢，我若以北派『譚腿』夾雜南派『無蹤腿』，雙足連環離地，左踢他右膝『陽關』，右踢他左膝『地機』，引得他劍掌一齊攻向我下路，然後簫掌齊地攻向他上路，一用判官筆中的最重手法『透骨穿胸』，一用傳自塞外的『開山神掌』，不知是否可以佔得上風？」

他心念數轉之間，實已博及天下各家武術之精妙，尤其他掌中一支青簫，名雖是「簫」，其實卻兼有青鋒劍、判官筆、點穴钁、銀花槍，內外各家兵刃的各種妙用！

此刻他一念至此，腳下突地行雲流水般向右滑開一丈，掌中長簫，亦在身形流走間，手勢一反，由齊眉變爲憑空直指！

身形流走，爲的是迷惑對方眼光，讓他不知道自己要施展腿法，右簫直指，爲的是想將對方注意力移至簫上！

哪知白衣人身形，又有如巨磨推動一般，緩緩隨之轉動，劍尖竟自離地更高，左手亦又變指爲掌，肘間微曲，掌尖上揚，防脅護胸，柳鶴亭一番攻敵的心境，竟似乎又自落入他的計算之中！

他兩人這番明爭，實不啻暗鬥，只看得眾人目光，一時望向白衣人，一時望向柳鶴亭，有如身在其中一般，一個個心頭微顫，面色凝重，知道這兩人招式一發，便可立分勝負！

只見白衣人身形自轉，本自面向東方，此刻卻已面向夕陽，柳鶴亭身形有時如行雲流水，有時卻又腳步細碎，距離他身外丈餘之處，劃了一道圓孤！兩人掌中簫、劍，亦自不停地上下移動，雖未發出一招，卻已不啻交手數十回合！

時間愈久，眾人看得心頭越發沉重，真似置身濃雲密佈，沉悶無比的天候之中，恨不得一聲雷響，讓雨點擊破沉鬱！

陶純純嘴角的半分笑意，此刻已自消逸無蹤，額眉間微聚的半分憂心，此刻也已變得十分濃重！夕陽將下，漫天紅霞——

柳鶴亭突地大喝一聲，身形又有如梅花火箭，沖天而起！

眾人心頭不覺爲之一震，齊地仰首望去，只見他淩空三丈，突一轉折，雙臂箕張，竟以蒼鷹下攫之勢，當頭撲下！

這一招雖似天山北麓「狄氏山莊」的不傳絕技「七禽身法」，但仔細一看，卻又夾雜著昔日武林一世之雄「銀月雙劍」傳人熊個留下的「蒼穹十三劍式」！

這兩種身法，一以夭矯著稱，一以空無見長，此刻被他融二爲一，漫天夕陽，襯著他之身形，霍如日落，矯如龍翔。尉遲高、勝奎英，對望一眼，相顧失色，黑衫黃巾漢子群中，甚至有人不由自主地站起身來，但膝頭卻又不禁微微顫抖！

刹那之間！

只見一團青光下擊，一片劍氣上騰！

青光與劍氣！

劍氣與青光！

相混、相雜、相擊、相拚！

突聽兩人大喝一聲。眾人只覺眼前微花，兩人又已站在方才未動時之原處，相隔丈餘，互相凝注，對面而立！

白衣人的目光，瞬也不瞬，厲電般望向柳鶴亭的身上！

柳鶴亭的目光，瞬也不瞬，厲電般望向白衣人的身上！

一時之間，眾人亦不知誰勝誰負，誰死誰生，站著的人，噗地坐到地上，坐著的人，倏然站了起來。陶純純嬌喚一聲，退後一步，突又掠前三丈，一掠而至柳鶴亭身側，櫻唇微啓，秋波一轉，瞟了白衣人一眼，於是默然無語！

尉遲高、勝奎英，齊都一愣，衝前三步，突又頓足而立，四道目光，齊都筆直地望在白衣人身上！

良久，良久！

靜寂，靜寂！

白衣人突地扭轉身軀，雙臂一分，推開尉遲高、勝奎英的身軀，筆直地走到那班銀衫少女身前，身形一頓，霍然甩卻身上白衫──一無血跡，霍然再次轉身──劍光閃爍！

柳鶴亭木然卓立，目光但隨白衣人而動，突地見他轉身說道：「一劍不能傷得閣下，一年之後再見有期！」反腕一揚，白衫與長劍齊飛，劍光共晚霞一色！

白衫落在銀衫少女揚起的皓腕之上！

長劍青光一閃，劃空而過，「奪」地一聲，劍光沒入山石數寸，身形又自一呆，呆呆地愣了半晌，冷厲地一聲聲吼道：「走！」

吼聲宛如石破天驚，在眾人耳畔一響，在眾人心底一震，誰也不知他兩人誰勝誰負，此刻聽了他這一聲叱聲，心中但覺又驚、又奇、又詫、又愕。柳鶴亭胸橫青簫，緩緩落下，左右四顧一眼，笑道：「勝負未分，閣下為何要走？」語聲清朗，語氣卻極沉緩，似乎得意，又似可惜！

白衣人胸膛一挺，目光一凜，突又隱去，緩緩說道：「在下與閣下初次相識，在下性情，你可知道？」

柳鶴亭劍眉微皺，旁顧陶純純一眼，緩緩答道：「閣下與在下初次相識，閣下之性情，在下既無知道之可能，亦無知道之必要！」

白衣人突地仰天一望，青銅面具之內，竟自發出一陣冷冷的笑聲，笑聲一頓，緩緩說道：「自幼至今傷在我劍下之人，雖不知凡幾，但懦弱無能之人，在下不殺！武功不高之人，在下不殺！藉藉無名之人，在下不殺！認敗服輸之人，在下不殺！婦人孺子，在下不殺！劍不能佔勝之人，在下不殺，閣下武功驚人，對敵之時，頭腦冷靜，判事之分明，均非常人能以做到之事，在下一劍既不能傷及閣下，焉有再動手之理？」語罷，再也不望柳鶴亭一眼，大步向谷外走去。彩霞，夕陽，映著他剛健頎長的身影，緩緩踱過小樹，樹下流水潺潺，水聲淙淙，暮風吹舞衣袂，卻在小樹欄杆，輕舞起一片零亂人影！

人影零亂，人聲細碎，夕陽影中，突地飛過一隻孤雁，雁聲一唳，卻不知是高興，抑或是嘆息！

斜陽暮色中，柳鶴亭手垂青簫，目送他的身影遠去，一時之間，對此人亦不知是相惜、欽佩，抑或是輕蔑、痛恨，只聽身側的陶純純突地輕輕一聲長嘆，低語道：「可惜呀可惜！」

柳鶴亭心不在焉，茫然問道：「可惜什麼？」

陶純純走前半步，將櫻唇幾乎湊到他的耳畔，輕輕說道：「可惜你用的兵刃不是刀劍，否則方才面對燦爛的夕陽，刀閃寒光，劍花繚目，那白衣人只怕便再也看不到你右手那一招『泛渡銀河』，和左手那一招『蒼鷹落』中的破綻，左肩縱不中劍，右腕脈門，卻要被你扣住——」

語聲一頓，又道：「不過，這白衣人的武功，倒真的令人佩服，你那一招『泛渡銀河』本來可說是一無破綻，只有劍式還未完全落下的時候，右脅下微有半分空隙之處，但對方若身形不動，而用右手劍刺入左邊的空隙中，簡直不大可能，何況你左掌那一招『太山七禽掌』中的『神鷹一式』變化而來的『蒼鷹落』，又正好封住他長劍的去勢，但是他那一劍，卻偏偏能刺向你那處空隙，更奇怪的是，他那一劍的劍法，雖和江湖常見的『舉火撩天』，以及點蒼絕學『楚凫乘煙』，有幾分相似之處，但劍式變化的詭譎奇幻，卻又不知高過這兩招多少倍，我想來想去，竟想不出他這一招的來歷！」

她語聲極輕，又極快，柳鶴亭左掌輕撫右掌青簫，默然傾聽，那班銀衫少女們，此刻多已遠遠繞過他們，隨著那白衣人走向谷外，只有尉遲高、勝奎英卻自仍立在一邊，竊竊私議，卻又不時向柳、陶二人，望上兩眼！

陶純純語聲未了，尉遲高、勝奎英倏然雙雙掠起，掠過那班銀衫少女，走過小橋。柳鶴亭抬起頭來，見到這般情況，劍眉微皺，似乎不勝驚異！

尉遲高、勝奎英以及銀衫少女們，覓路來此谷中，當然爲的就是要尋找他們的「殿下」項煌，但此刻項煌下落未明，白衣人說了句「走」，他們便一齊走了，顯然這班人對白衣人的畏懼敬服，非但不在對項煌的畏懼之下，甚或尤有過之，否則怎會將項煌置之不顧？

直到此刻，柳鶴亭只知那白衣人武功奇絕，生性尤怪，而且亦是那「南荒大君」的門下人物，但此人的姓名來歷、武功派別，柳鶴亭卻絲毫不知！是以暗中奇怪，這班人怎會如此聽命於他？

思忖之間，只見尉遲高身形突頓，立在橋頭，和當先走出的兩個銀衫少女低語了幾句，目光遠遠向自己投來，但見到了自己的目光亦在望他，立刻擰腰錯步，縱身而去。那兩個銀衫少女亦自回頭向這邊看了兩眼，纖腰婀娜，蓮步姍姍，緩緩走去！柳鶴亭不禁又自一皺雙眉，卻聽陶純純語聲頓了半晌，又道：「我知道你也在奇怪他的身分來歷，但是他那一招武功，你可看得出究竟是何門派麼？」

柳鶴亭撫然長嘆一聲，緩緩抬起掌中青簫，陶純純垂頭一看，只見簫身之上，缺口斑斑，竟似被人斫了，仔細一看竟有七處，七劍一樣，但白衣人明明只削出一劍，簫身上何來七道劍痕？

她不禁輕皺柳眉，駭然道：「以你簫上劍痕看來，白衣人掌中所使，不但是口寶劍，而且所用劍法，又有幾分與早已絕傳的『亂披風』相似！」要知這「亂披風」劍法，此時雖仍在武林流傳甚廣，但武林流傳的，卻都是後人藉名僞託，真正「亂披風」劍法，早已絕傳多年。昔年一代劍聖白無名，仗此劍法，縱橫天下，直到此刻，他的一生事蹟，雖仍爲人津津樂道，但他的一手劍法，卻及身而沒！直到後來，武林中又出了個天縱奇才梅山民，不知由何處學得了這劍法中的幾分精髓，並且將之精研變化成當時武林中最具威力的「虬枝神劍」。武林故老相傳至今，都道：「七妙神君」梅山民只要隨手抖出一劍，劍尖便可彈出七點劍影，幻成七朵梅花！

梨花大槍、白臘長竿這等兵器，只要稍有幾分功力之人，便可抖出槍花、劍花，槍桿長過七尺，是以並非難事！

但要以三尺青鋒抖出劍花，卻是大爲不易。是以昔年「古三花」一劍三花，已足稱雄武林，一劍能夠抖出七朵劍花的劍法，自更是縱橫天下。但此刻梅山民猶在襁褓，「虬枝劍法」尚未創出，白無名故去多年，「亂披風」失傳已久，白衣人一劍竟能留下七道劍痕，豈非大是令人驚異！

陶純純秋波凝注著簫上的七道劍痕，心中正是驚異交集，只聽柳鶴亭長嘆一聲，緩緩說道：「一劍七痕，雖似那失傳已久的『亂披風』劍法，但出手部位，卻又和『亂披風』絕不相似，此人劍法當真是怪到極處——」

語聲至此，長嘆而頓，意興似乎頗爲蕭索，陶純純秋波一轉，婉然笑道：「此人不但劍法怪到極處，我看他生性爲人，只怕還要比劍法怪上三分，好好一個人偏偏要戴上青銅面具，好好一件衣衫，卻偏偏要讓它濺上血跡，然後又要再換，還有——」

柳鶴亭長嘆一聲，截口道：「此人生性雖怪，但卻絕非全無令人敬佩之處，唉！我方才的確存有幾分取巧之心，想藉夕陽，撩亂他的目光，而他的一劍，也的確因此受到一些影響……」語聲再次一頓，緩緩抬起頭來，望向西天彩霞，一面深思，一面說道：「方才我圍著他的身形，由左至右，走了半圈，雖似一招未發，其實在心中卻不知已想過多少招式，但這些招式，我自覺俱都破綻極多，而且算來算去，都不能逃過他的目光，有時我想以一些動作掩飾，但卻也都被他識破，是以我心中雖有千百式招式想過，但自始至終，卻未發出一招！」

陶純純眼簾半闔，長長的睫毛，輕輕地覆蓋著明媚的眼波，只要他說的話，她都在全心全意地留心聽著。

只聽他接著又道：「到後來我轉到一處，側面突然發覺有夕陽射來，極爲耀目，我知道那時正是夕陽最最燦爛的時候，心裡轉了幾轉，便故意讓他面對著漫天夕陽，然後我再突然沖天掠起，他只要抬頭看我，便無法不被夕陽擾亂眼神，他若是不抬頭看我，又怎知道我用的是什麼招式？他縱有聽風辨位的耳力，可以聽出我的招式是擊向他身體何處，卻又怎能用耳朵來聽出我所用招式中的破綻！」

陶純純柳眉一展，頷首輕笑道：「所以你掠起時所用的身法，只是普通常見的輕功『一鶴沖天』，但身軀凌空一振之後，雙足用的便是『蒼穹十三式』，雙臂卻用的是『天山』身法，讓他根本無法從你的身形中看出你的招式。」

柳鶴亭微喟一聲，道：「那時我正是此意，才會孤注一擲，驟然發難。否則也許直到此刻，我仍未發出一招。」垂下頭來，俯視著自己掌中青簫，又道：「我只望我一招兩式，縱不能戰勝，亦不會落敗，是以我身形上衝到三丈以後，才筆直掠下，也是因為又想藉下衝之力，使我簫掌的攻敵之力，更為強大……」

陶純純眼波微橫，似已露出讚賞之意，在讚賞他臨敵的小心、謹慎。

只聽柳鶴亭長嘆又道：「當時我俯首下衝，只覺他的身軀愈來愈大，愈來愈近，但他卻仍未動彈，只是果已抬起頭來，我心中大喜，右手簫挽出一片銀光，刺向他左肩，左掌再以『鷹爪』去攫他持劍的手腕……」

陶純純秀目一張，「噢」了一聲，問道：「我忘了問你，方才你左掌半伸半曲，固然是『鷹爪』的手勢，卻不知你食指為什麼要蜷在掌心，曲做一處？」

柳鶴亭微一沉吟，終於答道：「那亦是我預留的煞手，準備……」

陶純純柳眉輕顰，接口問道：「聽你說來，那也是一種指功？但華山秘技『彈指神通』，少林絕學『一指彈功』，以及天下各門各派的指上功力，似乎從未聽人練在左手，而且蜷在掌心，曲做一處！」

柳鶴亭又自微微一呆，四顧一眼，旁人都已走去，只有那班黑衫黃巾漢子，仍在盤膝而坐，似乎有所期待。

而陶純純卻又道：「我這樣問得實在不該，設若不願告訴我，我半分都不會怪你。」緩緩垂下頭去，撫弄著自己衣角。

她知道凡是武林中人，最最珍貴之物，便是自己的獨得之秘、不傳武功，縱然親如父母兄妹，也未必洩漏，是以陶純純才會暗怪自己不該問出此話。

柳鶴亭道：「純純，我不只一次對你說，我什麼話我都願意告訴你！難道你還不相信我麼？」低嘆一聲，伸出手掌，似乎要握向陶純純的皓腕，但手掌伸出一半，卻又垂下，接口道：「我方才曲在掌心那一指，既非『彈指神通』，亦非『一指禪功』，但卻是家師昔年遍遊天下，參研各門各派練習指力的方法，去蕪存菁，採其優點，集其精粹，苦練而成。這一指之中，包含有武當、長白、峨嵋、天山，這四個以『劍』爲主的門派，左掌所捏劍訣中，指力的飛靈變幻，也包含有少林、崑崙，這兩個以拳掌爲主門派中指力的雄渾凝重，再加以華山『彈指神通』的運力之巧，少林『一指禪功』運力之純，正是家師平生功力之精粹，方才我那一招兩式，主要威力，看來似乎在簫掌之中，其實卻是在這一指以內，既可作簫掌之輔，又可作攻敵之主，隨機而變，隨心而定，但家師常言，此指多用，必遭天忌，是以不可多用。」

陶純純突地抬起頭來，接口道：「我師父還沒有仙去的時候，曾經對我說過，普天之下，只有三種武功，最最可怕。其中一種，便是昔年『伴柳先生』的生平絕技，是『伴柳先生』窮平生精力而成的一種指功，正是功已奪天地造化，力可驚日月鬼神，盈可曳丹虹，會蛟龍，昃可貫蚤心，穿鷺目，武林中人不知其名，便稱之爲『盤古斧』！但家師又說這『盤古斧』三字只能形容這種功夫的威力，而未形容出這種功夫的實際，還不如叫做『女媧指』來得恰當些，我當時心裡就有些好笑，女人起的名字，總與『女』字有關……」

話聲微頓，嫣然笑問：「你說的可就是此種功夫？」

柳鶴亭微一頷首，肅然道：「伴柳先生，正是家師。」話聲方落，人群之中，已起了一陣輕微騷動，要知道「伴柳先生」名傾天下，這班漢子雖然庸俗平凡，卻也知道「伴柳先生」的聲名武功，聽到這少年便是「伴柳先生」的傳人，自然難免驚異騷動！

但這陣騷動之聲，卻似根本未曾聽入柳鶴亭耳裡，他垂首望著掌中青簫上的斑斑劍痕，心境卻又變得十分落寞蕭索！

暮雲四合，夕陽將落，大地上暮色更加濃重，青簫上的劍痕，也已有些看不甚清，但觸手摸來，卻仍斑斑可數，柳鶴亭微嘆又道：「在那刹那之間，他目光似乎也爲之一變，垂地長劍，驟然閃電般挑了起來，但卻似因夕陽耀目，未能立即看出我招中破綻，長劍微一顫動，那時我左掌已抓向他右腕，右手簫業已將點向他右肩，只當他此番輕敵過甚，難逃劫數……」

他又自長嘆一聲，緩緩接口道：「哪知此人武功之驚人，令人匪夷所思，就在這一刹那中，他目光一瞬，右手長劍，突地轉到左掌之內，劍尖一顫，筆直地刺向我簫招之中的破綻，那時我左掌左指縱能傷得了他的右掌右腕，但我右掌右臂，卻勢必要被他左掌長劍刺中，這其間全無考慮選擇的餘地，我只得不求傷人，但求自保，左掌變抓爲拍，與他右掌相交，我身形也就藉著這兩掌相拍之力，向後掠去，其中只聽叮叮叮七聲微響，直到我縱落地上，這七聲微響，似乎還留在我耳中。」

陶純純幽幽嘆道：「當時我生怕你已受傷、落敗，心裡的著急，我不說你也該知道，直到看清你身上一無傷痕，才算放下心事！」

柳鶴亭苦笑一聲，長嘆接口道：「我身形雖然站穩，心神卻仍未穩，若不是夕陽耀目，他只怕不等我左掌掌至，便已刺穿我的右脅，若不是我左掌指力不發，變抓爲拍，他那一劍，我也無法躲開，但他左掌使劍，仍有那般威力，在我簫上留下七道劍痕，右掌倉猝變招，仍能接我那全身下擊的一拍之力，武功實在勝我多多，唉——我看似未落敗，其實卻早已敗在他的劍下，而他明知我取巧僥倖，口中卻無半句譏嘲言語，姑且不論其武功，就憑這分胸襟，何嘗不又勝我多多！」

語聲漸更低沉，面上神色，亦自漸更落寞，突地手腕一揚，掌中青簫，脫手飛出，只聽「嗆」地一聲，筆直擊在山石之上，山石片片碎落，青簫亦片片碎落，本自插在山石中的長劍，被這一震之勢，震了下來，落在地上青簫與山石的碎片之上！

眾人不禁俱都爲之一驚，陶純純幽幽長嘆一聲，輕輕說道：「你說他胸襟磊落，我卻說你的胸襟比他更加可人，世上的男子若都像你，當勝即勝，當敗即敗，武林中哪裡會還有那麼多紛爭——」仰首望去，夕陽已完全沒於這面山後，她憂鬱的面容上，忽又綻開一絲笑容，微笑著道：「我只顧聽你說話，竟忘了我們早該走了。」緩緩抬起玉掌，將搭在臂彎處的長衫，輕輕披在柳鶴亭肩上，嫣然又道：「秋夜晚風，最易傷人，你還是快些穿上衣服，我們該走了。」溫柔的言語，使得柳鶴亭憂鬱的面容，不禁也綻開一絲感激的微笑，一面無言地穿起長衫，一面隨著陶純純向谷外走去。

夜，終於來了。

盤膝坐在地上的黑衫黃巾漢子們，雖然俱都久經風塵，但今日所見，卻仍令他們終身難忘。

他們親眼看著「靈屍」谷鬼如何被戚氏兄弟戲弄嘲笑，親眼看到巨人大寶手舞帳篷，揮退箭雨，親眼看到他們的兩位幫主一人被俘，一人受制，也親眼看到白衣人突地從天而降，以一身武功，震住谷中諸人，黃破月卻乘隙逸去！

此刻，他們又親眼看到一切驚心動魄的情事，俱已煙消雲散。

直到柳鶴亭與陶純純兩人的身形轉出谷外，谷中頓時變得冷清無比。

於是他們各各都突然感到一陣難以描摹的寂寞、淒清的寒意，自他們心底升起，竟是他們自闖蕩江湖以來，從來未曾經歷！

於是他們心裡都不禁有了去意，只是幫主黃破月臨去之際，卻又留下叫他們等候的言語，他們雖也不敢違命，一時之間，眾人面面相覷，各人心頭，都似壓有一副千斤重擔，壓得他們幾乎爲之窒息。

就在這寂寞，冷清的刹那之間！

四面山頭，突地閃過十數條黝黑的人影，雙手連揚，拋下數十團黝黑的鐵球，鐵球落地，「噗」地一聲巨響，那十數條黝黑的人影，卻又有如鬼魅一般，一閃而沒！

黑衫漢子見到鐵球落地，不禁心中齊都一愕！

哪知——

轉出谷外，柳鶴亭放眼四望，只見山色一片蒼茫，眼界頓時爲之一寬，心中積鬱，也似乎消去不少。

陶純純素手輕輕搭在他臂彎之上，兩人緩緩前行，雖然無言，但彼此心中，似乎都已領會到對方的千百句言語。

山風依依，大地靜寂，初昇的朦朧星光，朦朧暮色，映著他們一雙人影，林間的宿鳥，似乎也忍不住要爲他們發出啁啾的羨慕低語。

他們也不知走了多久，突地——

山深處傳來一聲驚天動地般的大震，震耳欲聾，兩人齊地大驚，霍然轉身，耳畔只聽一片隆隆之聲，夾雜著無數聲慘呼，目中只見自己來路山後，突有一片紅光閃起。

柳鶴亭面容驟變，喝叱道：「那邊谷地之中，必生變故——」不等語聲說完，身形已向來路掠去，來時雖慢，去時卻快，接連數個縱身，已到山谷入口之處，但這景物佳妙的世外洞天，卻已全非方才景象。

慘呼之聲漸少漸渺，隆隆之聲，卻仍不絕於耳。

山石迷漫，煙火沖天，四面山嶺，半已倒塌。柳鶴亭呆呆地望著這漫天飛舞的山石煙火，掌心不覺泛起一掌冷汗。

「我若是走遲一步，留在谷中，此刻哪裡還有命在！」

一念至此，更是滿頭大汗，涔涔而落，突又想起坐在谷中的數十個黃巾漢子，此刻只怕俱都肢斷身殘，心中不覺便是悲憤塡膺，只聽身後突地傳來一聲悠長的嘆息，想必陶純純心中，比自己還要難受！

他不禁伸手握住她的香肩，只覺她的嬌軀，在自己懷中不住顫抖，他不忍再讓她見到這不可收拾的殘局，伴著她又自緩緩轉身走去！

身後的慘呼聲響，終於歸爲寂靜，但他的腳步，卻變得無限沉重，他自己也不忍再回頭去看一眼，只是在心中暗問自己！

「這是誰下的毒手？這是誰下的毒手？」

再次轉出谷外，山色雖仍和方才一樣蒼茫，大地雖仍和方才一樣靜寂，但這蒼茫與靜寂之中，卻似平添了無數淒涼之意。

他們沒看方才走過的山路，緩緩前行，突地陶純純恨聲說道：

「烏衣神魔！一定就是那些烏衣神魔！」

柳鶴亭心意數轉，思前怪後，終於亦自長嘆一聲，低聲說道：

「不錯，定是烏衣神魔！」

又是一段靜寂的路途，他們身後的山林中，突地悄悄閃出兩條白影，閃避著自己的身形，跟在他兩人的身後！

陶純純柔順如雲，依在柳鶴亭堅實的肩頭上，突地仰首悄語：「後面有人！」

柳鶴亭劍眉微剔，冷哼一聲，裝作不知，緩緩前行，眼看前面便是自己與戚氏兄弟相遇的那條山道。夜色朦朧中，山道上似乎還停留著數匹健馬，他腳步愈來愈緩，其實卻在留神分辨著自己身後的聲息，突地大喝一聲：「朋友留步！」掌心一穿，身形突地後掠數丈，眼角一掃，只見兩條白影在林中一閃，柳鶴亭轉身正待撲去，哪知林中卻已緩緩走出兩個披著長髮的銀衫少女來，緩緩向他拜倒。

這樣一來，卻是大出柳鶴亭意料之外，他不知這兩個銀衫少女為何單獨留下，跟蹤自己，亦不知自己此刻該如何處置！

只覺一陣淡淡香氣，隨風飄來，陶純純又已掠至他身後，輕輕說道：「跟蹤我們的，就是她們麼？」

柳鶴亭點了點頭，乾咳一聲，低聲道：「山野之中你兩個年輕少女，怎能獨行，還不快些回去！」他想了半天，所說言語，不但沒有半分惡意，而且還似頗為關切，陶純純噗哧一笑，柳鶴亭面頰微紅，低聲又道：「你兩人若再偷偷跟蹤我，莫怪……莫怪我再不客氣！」

語聲一了，轉身就走，他生性平和，極難對人動怒，對這兩個弱質少女，更是難以說出兇惡的言語，只當自己這一番說話，已足夠嚇得她兩人不敢跟蹤。

哪知突聽這銀衫少女嬌喊道：「公子留步！」

柳鶴亭劍眉微皺，停步叱道：「你兩人跟蹤於我，我一不追究，二不查問，對你等已是極為客氣，難道你兩人還有什麼話說麼？」

轉身去，只見這兩個銀衫少女跪在地上，對望一眼，突地以袖掩面，輕輕哭泣起來，香肩抽動，似是哭得十分傷心。

秋夜荒山，面對著兩個雲鬢蓬亂，衣衫不整，哀哀痛哭著的少女，柳鶴亭心中怒既不是，憐又不是，一時之間，竟作聲不得。

陶純純秋波一轉，輕輕瞟了他一眼，婀娜走到她兩人身前，道：「你們哭些什麼，能不能告訴我？」語氣之間，充滿憐惜，竟似對這兩個無故跟蹤自己的少女，頗為關懷！

只見她兩人突地抬起頭來，流淚滿面，抽泣著道：「姑娘救救我們……姑娘救救我們……」一齊伏到地上，又自痛哭起來。

啼聲宛轉，悽楚動人，朦朧夜色，看著她兩人伶仃瘦弱的嬌軀，柳鶴亭不禁長長嘆息一聲，低聲又道：「你兩人若是有什麼困難之事，只管對這位姑娘說出便是！」

陶純純嬌靨之上，梨渦微現，瞟了柳鶴亭一眼，輕聲道：「對了，你兩人若是有什麼困難的事，只管對這位公子說出好了！」

柳鶴亭呆了一呆，還未完全領略出她言下之意，那兩個銀衫少女又已一齊仰首嬌啼著道：「真的麼？」

柳鶴亭軒眉道：「你兩人若有——」

乾咳一聲，倏然不語。

陶純純眼波一横，接口道：「你兩人若被人欺負了，或是遇著了很困難的事，說出來我和這位公子一定幫你們解決，絕對不會騙你們的。」

左面的銀衫少女，伸袖一拭面上淚痕，俯首仍在輕泣，道：「這件事只要姑娘和公子答應，就能救得楓兒和葉兒一命，否則……」語聲未了，兩行淚珠，又自涔涔而出，目光映影，山風拂髮，伶俜弱女，弱質伶俜，悽楚動人。

陶純純星眸凝睇，柳鶴亭長嘆一聲，緩緩點了點頭，陶純純輕輕道：「這位公子已經答應了你……」

右面的銀衫少女仍然不住哭泣，一面哀聲道：「姑娘若不答應，葉兒和楓兒一樣還是沒命，只望姑娘可憐可憐我們……」

陶純純輕輕一聲嘆息，緩緩說道：「他既然已經答應了你們，難道我還會不答應麼？快起來，不要哭了！」

左面少女哭泣雖止，淚痕卻仍未乾，也輕叩了個頭，哀哀道：「我只怕……」

柳鶴亭劍眉微皺，低聲道：「只要我等能力所及，自無話說，此事若非我等能力所及——」

左面少女接口道：「葉兒早說過，只要姑娘和公子答應，一定可以做到的。」

右面少女直挺挺地跪在地上，早已不再哭了，目光一會兒乞憐地望向陶純純，一會兒乞憐地望向柳鶴亭，輕輕說道：「只要姑娘和公子將楓兒、葉兒收爲奴僕，讓我們跟在身邊，便是救了我們，否則——」眼眶一紅，又似要哭了起來。

柳鶴亭不禁一愕，心中大奇，卻見陶純純秋波一轉，突地輕笑道：「這件事容易得很，我們既然答應了你們，當然不會反悔！」

葉兒和楓兒破涕一笑，輕快地又一叩頭，嬌聲道：「婢子拜見公子、姑娘！」纖腰微扭，盈盈立起，又有淚痕，又有泥痕的面靨上，各各泛起一絲嬌笑。

陶純純帶笑看她們，半晌，又道：「不過我要問問你們，你們是不是被那兩個『將軍』命來跟蹤我們的？」

葉兒、楓兒齊都一愕，花容失色，眼波帶驚，你望著我，我望著你，不知所措地對望了幾眼，卻聽陶純純又道：「可是你們明明知道絕對無法跟蹤我們，卻又不敢不聽從兩個『將軍』的命令，想來想去，就想了個這樣的絕招來對付我們，知道我們心軟，不會不答應你們的，你說是不是？」

葉兒、楓兒，兩膝一軟，倏地又跪了下去，左面的葉兒顫聲說道：「姑娘蘭心慧質，什麼事都迷不過姑娘眼裡。」

楓兒接道：「我們只請姑娘可憐可憐我們，楓兒和葉兒若不能跟著姑娘一月，無論走到哪裡，都會被他們殺死，而且說不定還會慢慢的殺死……」語氣未了，香肩抽動，又哭了起來。

柳鶴亭劍眉一軒，心中但覺義憤難當，低聲說道：「既是如此，你們跟著我們就是！」轉向陶純純道：「我倒不信他們能做出什麼手段！」

陶純純輕輕一笑，嫣然笑道：「你不管說什麼，我都聽你的。」

柳鶴亭但覺心頭一蕩，忍不住脫口道：「我不管說什麼，你都聽我的？」

陶純純緩緩垂下頭，夜色朦朧中，似乎有兩朵紅雲，自腮邊升起，遠處傳來兩聲馬嘶，她輕聲道：「那兩匹馬，可是留給你們的？」

葉兒、楓兒一齊破涕為笑，擰腰立起，齊聲應是。

柳鶴亭心中卻還在反覆咀嚼著那句溫柔的言語：「你不管說什麼，我都聽你的。」

星光之下，兩匹健馬，馱著四條人影，向沂水絕塵飛去！

沂水城中，萬籟俱寂。向陽的一間客棧中，四面的一座跨院裡，仍有一燈熒然。

深夜，經過長途奔馳，面對孤燈獨坐的柳鶴亭，卻仍無半分睡意。秋風吹動窗紙，簌簌作響，他心中的思潮，亦在反覆不已。這兩夜一日的種種遭遇，此刻想來，俱似已離他極遠，卻又似仍在他眼前，最令他心中難受的，便是谷中的數十個黃巾大漢的慘死。

突地，又想到：「若是戚氏兄弟仍困於洞中，未曾逃出，豈非亦遭此禍？」一念至此，他心中更是悲憤難過，出神地望著燈花閃動，燈花中似乎又閃出戚氏兄弟們嘻笑顏開的面容。

他想到那夜深山之中，被他們捉弄的種種情事，心中卻絲毫不覺可怒可笑，只覺可傷可痛。他生具至性，凡是以真誠對他之人，他都永銘心中，難以忘懷，長嘆一聲，自懷中取出那本得自戚大器靴中的「秘笈」，望著這本「秘笈」微微起皺的封皮，想到當時的情景，他不覺又落入沉思中。

良久良久，他翻開第一頁，只見上面寫著八個歪歪斜斜的字跡：「天地奧秘，俱在此中！」

他嘴角不禁泛起一絲笑容——悽慘的笑容，再思及戚氏兄弟的一生行事，不知這本「秘笈」之中，究竟寫的是什麼，忍不住又翻開了第二頁，卻見上面寫著的竟是一行行蠅頭小字，字跡雖不整齊，卻不知這四個無臂無手的老人，是如何寫出來的。

只見上面寫道：「語不驚人，不如不說，雞不香嫩，不如不吃，人不快活，死了算了！」

「香嫩雞的做法，依法做來，香嫩無窮。」

「肥嫩的小母雞一隻，蔥一把，薑一塊，蔴油一湯匙，醬油小半碗，鹽巴一大匙……」

後面洋洋數百言，竟都是「香嫩雞」的做法，柳鶴亭秉燭而觀，心中實不知是悲痛，抑或是好笑，暗中嘆息一聲，再翻一頁上寫：

「甲乙兩人，各有一馬，苦於無法分別，極盡心智，苦思多日，得一良策，尋一皮尺，度其長短，才知白馬較黑馬高有七寸。」

柳鶴亭再也忍不住失聲一笑，但笑聲之後，卻又不禁爲之嘆息。這兄弟四人，不求名利，與世無爭，若然就此慘死，天道豈非大是不公。

又翻了數頁，只見上面寫的不是食經，便是笑話，只令柳鶴亭有時失笑，有時嘆息，忽地翻開一頁，上面竟自寫道：「快活八式，功參造化，見者披靡，神鬼難當。」柳鶴亭心中一動：「難道這『快活八式』，便是他兄弟制敵傷人的武功？」不禁連忙翻過一頁，只見上面寫著：

「快活八式第一式，眉飛色舞；第二式：齜牙咧嘴；第三式：樂不可支；第四式：花枝亂顫；第五式：頭舞足蹈；第六式：前仰後合；第七式：雀躍三丈；第八式：喜極而涕。」

柳鶴亭見了這「快活八式」的招式，心中當真是又奇又怪，又樂，又嘆。奇怪的是他再也想不透這些招式，如何能夠傷人，樂的是，這兄弟四人，一生玩世，就連自創的武功，也用上這等奇怪名目，嘆的卻是如此樂天之人，如今生死不知，凶吉難料。

他黯然思忖半晌，便再翻閱看去，卻見這「快活八式」，名目雖可笑，妙用卻無方，愈看愈覺驚人，愈看愈覺可笑，這八式之中，全然不用手掌，卻無一式不是傷人制敵，若非一代奇才，縱然苦思一生，也無法創出這八式中的任何一式來。

看到一半，柳鶴亭不禁拍案驚奇，暗中恍然忖道：「那時我伸手捉他肩頭，他身形一顫，便自躲開，用的竟是這第四式『花枝亂顫』，而他與『靈屍』谷鬼動手時所用的招式，看來定必是第六式『前仰後合』，原來他兄弟一笑一動，俱都暗含武功上乘心法，我先前卻連做夢也未曾想到。」

東方微現曙色，柳鶴亭仍在伏案靜讀，忽而喜笑顏開地放聲大笑，忽地劍眉深皺地掩卷長嘆，此本「秘笈」之上，開頭幾頁，寫的雖是一些滑稽之事，但愈看到了後來，卻都是些令人不禁拍案驚奇的武學奧秘，尤其怪的是這些武功秘技，俱都全然不用手掌，件件皆是柳鶴亭前所未聞未見。

最後數頁，寫的是氣功之秘，其運氣之妙，竟與天下武林各門各派的武功全然大不相同，柳鶴亭天資絕頂，雖只看了一遍，卻已將其中精奧，俱都瞭然於胸。

六　絕代劍痴

雞啼聲起，此起彼落，柳鶴亭手掌微揮，搧滅燭火，緩緩將這本「秘笈」放入懷中，觸手之處，突覺一片冰冷，他心念一動，才想起那翠衫少女交給他的黑色玉瓶，此刻仍在懷中。

剎那之間，翠衫少女的婀娜身影，便又自他心底泛起。

隨著這身影泛起的，還有許多個他不能解釋的疑問，而這些疑問之中，最令他每一思及，便覺迷惘的就是——「那翠衫少女是否真的就是那冷酷殘忍的『石觀音』石琪？」

因為這問題的答案，牽涉著陶純純的真誠，他緩緩取出這黑色玉瓶，曙色迷惘之中，玉瓶微閃烏光，他暗嘆一聲，暗自低語：「江蘇、虎丘、西門笑鷗？他是誰？是誰？……」濃林密屋中的種種秘密，在他心中，仍是一個無法解開的死結。他緩緩長身而起，推開向陽的窗門，一陣曉風，撲面而來，他深深吸進一口新冷而潮濕的空氣，但心中思潮，卻仍有如夜色般的黝黯。

突地，門外一陣叩門聲響，陶純純閃身而入，嫣然一笑，道：「早！」眼波轉處，瞥見床褥整齊的床鋪，柳眉輕顰，又道：「你難道一夜都沒有睡麼？」

柳鶴亭嘆息一聲，點了點頭。

陶純純轉眼瞥了他手中玉瓶一眼，輕嘆道：「你在想些什麼？」

她婀娜的走到他身畔，伸出玉手，按住他肩頭，道：「快去歇息一會兒，唉——你難道不知道愛惜自己的身子麼？」

朝陽之下，只見她雲鬢未整，星眸微暈，面目越發嬌艷如花，柳鶴亭但覺一陣震撼心懷的情潮，自心底深處昇起，不能自禁地反手捉住她的一雙皓腕，垂下頭去，又見眼波盪漾，情深如海。

兩人目光相對，彼此相望，柳鶴亭頭垂得更低，更低……

突地，門外響起一陣咯咯的笑聲，房門「砰」地一聲，撞了開來，柳鶴亭心頭一驚，軒眉叱道：「是誰？」

咯咯笑聲之中，只見門外跌跌撞撞，拉拉扯扯地撞入兩個人來，竟是那「南荒大君」門下的一雙銀衫少女！

柳鶴亭不禁驚奇交集，只見她兩人又笑又鬧，你扯住我的頭髮，我拉著你的衣襟，你打我一掌，我敲你一拳……髮絲紊亂，衣襟零落，且從門外一直打入門內，竟連看也不看柳鶴亭與陶純純一眼，柳鶴亭的連聲叱止，她兩人也似沒有聽見。

兩人愈鬧愈兇，鬧到桌旁，葉兒一把抓起桌上的油燈，劈面向楓兒擲來，楓兒一讓，油燈竟筆直地擊向柳鶴亭的面門。

柳鶴亭長袖一拂，油燈「砰」地一聲，跌出窗外，燈油卻點點滴滴，濺滿了窗紙，楓兒一把抓起茶壺，卻擲到了牆上，殘茶四濺，碎片飛激，兩人打得不夠，竟一來一往地擲起東西來了。柳鶴亭既驚且怒，卻又不便伸手去阻攔兩個正值荳蔻年華的少女，連喝數聲，頓足道：「這算什麼？她兩人莫不是瘋了！」轉向陶純純又道：「純純，你且伸手將她兩人制住，問個清楚，究竟——」

語聲未了，突見兩人一齊穿窗而出，一個肩上披著毛巾的店伙，手裡提著一壺滾茶，方自外走向房中，突見兩個銀衫少女從窗中飛了出來，又笑又嚷，又打又鬧，不禁驚得呆了，「砰」地一聲，手中茶壺，跌到地上，壺中滾茶，濺得他一身一腿。

柳鶴亭劍眉一軒，忍不住輕喝一聲，閃電般掠出窗外，軟伸鐵掌，一把拉著葉兒的肩頭，沉聲喝道：「你瘋了麼，還不快些停下……」

葉兒口中不住咯咯痴笑，肩頭掙來掙去，楓兒突地揚掌一拳，劈面向柳鶴亭打來。

柳鶴亭手腕一翻，閃電般扣住她的脈門。

楓兒用力甩了兩甩，卻怎會甩得開？笑聲一頓，突地坐到地上，大嚷道：「救命，救命，強盜來了，打強盜！」

柳鶴亭心中當真是又驚、又奇、又怒，那店伙幾曾見過這般奇事，不禁忘了腿上疼痛，呆立而望，柳鶴亭孤掌難鳴，雖已將這兩個形如瘋狂的少女一手一個捉在手中，卻不知該如何是好！

突地又有一聲蒼老沉重的叱聲，響自房外，沉聲叱道：「光天化日之下，欺凌弱女，朋友你這等行徑，還算得上是大丈夫麼？……」

柳鶴亭愣了一愣，只見一個皓首長髯，高冠錦袍的高大老人，自房外一掠而入，柳鶴亭方待解釋，哪知這老人不由分說，呼地一拳，當胸打來，拳風虎虎，顯見內力頗爲深厚。

柳鶴亭無法閃避，只得放開兩人，錯步擰身，讓開這一拳，方待解說，哪知葉兒、楓兒揉了揉肩頭、腕際，突又大嚷著向門外奔去，柳鶴亭知道似此情況，她兩人萬無不出事情之理，方待跟蹤追去。

哪知這老人又自大聲怒叱道：「朋友你難道還不放過她兩人麼？」呼呼兩拳，貫耳擊來，柳鶴亭只能閃避，無法還手，這老人拳法不弱，一時之間，他竟脫身不開。

陶純純手扶窗門，秋波轉動，直到此刻，方自掠出窗外嬌喝道：「我到外面去追她們。」

柳鶴亭心神一定，身軀閃動，避開這老人急攻的數拳，口中說道：「老前輩已有誤會，可否停手聽在下解釋。」

哪知這老人全不理會，反而怒叱道：「似你這等輕薄子弟，武功愈高，愈易貽害江湖，老夫今日非要好好教訓你一番不可。」長髯拂動時，呼呼又是數拳。

柳鶴亭心中不禁也微微有氣，心想這老人偌大年紀，脾氣怎地還是這等莽撞，但又知道此人此舉全屬正義，自己定然不能還手，輕輕閃過數拳，只見這老人拳風雖頗沉厚，但拳法卻不甚高明，招式中尤其破綻甚多，在江湖中雖可稱高手，但與自己對敵，卻還相差頗遠。

又打了數招，老人似乎越發激怒，鬚髮皆張，暴跳如雷，口中連番怒罵，直將柳鶴亭罵成了一個世上最最輕薄無恥的登徒子弟，拳勢亦更激烈，生像是恨不得一拳就將柳鶴亭傷在手下。

柳鶴亭心中又氣又笑，這老人如此容易被人激怒，豈是與人交手之道？他年紀雖輕，但卻深得武家對敵的個中三味，知道心浮氣躁，最是犯了此中大忌。又過數招，他身形輕輕一閃，掠後一丈，便已脫開老人拳風之外，方待好言解說，哪知身後突地一縷尖風刺來！

一個嬌甜輕脆的口吻說道：「爹爹，將這無恥狂徒，交給燕兒好了。」柳鶴亭腳下微一滑步，陡然翻身，讓開一劍，只見一個青巾包頭，青衣窄袖的絕色少女，掌中青鋒一閃，又自攻來三劍，劍式鋒利，劍式狠辣，招招俱刺向要害，竟似與自己有著深仇大恨一般。

那老人呼呼喘了兩口氣，雙手叉腰，站到一旁，尤在怒喝：「燕兒，這廝身法甚是滑溜，你只管放開身手招呼他便是。」

青衣少女嬌應一聲，玉腕一翻，劍鋒飛抹，劍招悠然一變，霎眼之間，但見青光漫天，劍氣千幻，柳鶴亭心頭不禁又爲之一愣，他見到那老人武功不高，只當他女兒劍術亦是泛泛，哪知她此刻展開身手，劍式之輕靈幻變，竟是江湖少見。

這念頭在他心中一閃而過，而就在他心念轉動間，青衣少女劍光霍霍，竟已向他攻來七劍！

這七劍劍式連綿，招中套招，一劍接著一劍，夭如龍翔，矯如鳳舞，連刺柳鶴亭雙肩、前腕、雙肘七處大穴。

柳鶴亭衣袂飄飄，長袖飛舞，雖將這七劍一一躲過，但已不似方才那般從容，再躲數招，只聽陣陣痴笑由遠而近，似乎在打著圈子，柳鶴亭暗中焦急，知道今日若不還手，當真不知何時該是了局，陶純純一去不返，又不知那兩個少女是否已闖出禍來。

高冠老人怒目旁觀，看了半晌，只見這「登徒子弟」雖然迄今尚未還手，但身法之輕靈曼妙，無與倫比，心中不覺又氣又奇，面上也不覺現出驚異之色，目光一轉，突地一聲大喝：「你們看些什麼！」

原來窗門外已聚集了數個早起的旅客，聞見聲響，跑來旁觀，聽到這一聲大喝，出門人不願多惹是非，聳了聳肩膀，都轉身走了。青衣少女刹那間一連刺出數十劍，卻連對方的衣袂也沒有碰到一點，柳鶴亭只當她也將沉不住氣，那時自己便要出手將之驚走。

哪知這少女竟與她爹爹大不相同，數十招後，劍勢突又一變，由輕靈巧快，變為沉厚雄渾，秋波凝睇，正心靜氣，目注劍尖，左掌屈指，無名指、小指連環相疊而成劍訣，等劍法相輔相生，竟像是一個有著數十年功力的內家劍手，哪裡還像是一個年方破瓜的窈窕少女。

劍招一變，情勢亦為之一變，柳鶴亭身形步法間，似已微有明象，青衣少女秋波一轉，知道對方若再不還手，不出十招，便得敗在自己劍下，嘴角不禁生出一絲笑意，哪知就在她心神微一旁騖的刹那之間，突見對方長袖一拂，宛如一朵雲般向自己劍尖拂來，她腳下立一錯步，玉掌疾伸，唰唰兩劍，一左一右，刺向柳鶴亭的雙肩，劍招方出，突覺手腕一麻，掌中長劍「嗆」地一聲清吟！

她大驚之下，擰腕後掠，秋波轉處，卻見自己掌中長劍，竟已齊腰折斷！

老人本見他愛女已將得勝，突見這輕薄少年，長袖之中，彈出一指，愛女手中長劍，竟自應指一折兩斷，心念轉處，大聲喝道：「盤古斧！」

柳鶴亭本自不顧與他父女兩人交手，更不願露出自己身分來歷，是以長袖先拂，手指後彈，意在掩飾，哪知這老人一語便已喝破自己這一招的來歷，心中亦不禁為之一怔，只見老人一步掠至身前，沉聲道：「伴柳先生是你何人？」

柳鶴亭微一沉吟，終於答道：「家師。」

錦袍老人濃眉一揚，神情微變，突地連退三步，仰天一聲長嘆！柳鶴亭心中大奇，不知道這老人嘆的什麼，卻聽他已自沉聲嘆道：「蒼天啊蒼天！你難道當真無眼？伴柳先生一生行事，正大光明，是何等胸懷坦蕩的磊落君子，你為何要教他收下這等不肖子弟？」

柳鶴亭暗嘆一聲，知道這老人對自己誤會已深，絕非三言兩語可以解釋得清，長袖垂處，躬身一揖，朗聲說道：「小可自知，愚魯無材，但亦絕非老前輩想像中之登徒子弟，方才之事全出誤會——」

錦袍老人濃眉一揚，大喝道：「光天化日之下，欺凌弱女，老夫親眼目睹，你豈還能狡辯！」

語聲方了，突地一聲嬌笑，自遠而近，一閃而來。

柳鶴亭大喜道：「純純，她兩人捉回來了麼？」

陶純純一聲嬌笑，飄然落下，緩緩道：「親眼目睹的事，有時也未必正確哩！」

錦袍老人呆了一呆，突地仰天狂笑起來，一面狂笑著道：「親眼目睹之事，還不正確，哈哈——老夫闖蕩江湖數十年，至今還沒有聽過如此言語。」

陶純純手撫雲鬢，嬌笑接道：「曹操誤踏青苗，徹法自判，王莽謙恭下士，天下皆欽，若以當時眼見情況，判其善惡，豈非失之千里。」

錦袍老人不禁又自一呆！

陶純純緩緩接道：「三國關公還金贈袍，過五關、斬六將，老前輩當時若也在旁眼見，豈非要說他對曹操不義？吳越西施爲家國施媚術，老前輩當時若也在旁眼見，豈非也要說她不忠？昔年滇中大俠嫉惡如仇，遍殺江湖匪寇，鄱陽一役單劍縱橫，誅盡兩湖淫賊，據聞湖水爲之變赤，老前輩若也親見，難道要說他不仁？還有——還有的事太多了，我說也說不盡，一時眼見，未必屬真，老前輩你說是麼？」

錦袍老人瞠目結舌，木然而立，只覺她這番言語，說的雖非詭辯，但卻教人無言可對，呆呆地愣了半晌，突地大喝道：「這等情事，哪能與方才之事相比，縱然你舌燦蓮花，也難使……」

陶純純輕輕一點，雙掌一擊，院門外走出四個店伙，將那兩個銀衫少女抬了進來，陶純純含笑又道：「這少女兩人，形已瘋癲，所以我們才會制止她們，爲的只是怕她們惹出禍事，傷人害己，難道這又有什麼不對麼？」

錦袍老人濃眉一揚，大步走到那兩個似乎已被點中穴道的少女身前，俯首看了半晌，伸手翻了翻她兩人的眼角，把了把她兩人的脈息，挺胸立起，瞑目沉思半晌，突地又走到柳鶴亭身前，當頭一揖，道：「老夫錯了！休怪休怪。」

柳鶴亭見了這老人的言語舉止，知道此人定是個胸襟坦蕩，直心熱腸的性情中人，方待還禮謙謝，哪知這老人一揖之後，轉身就走，竟筆直地走向自己所賃的廳堂，回首喝道：「將她兩人快些抬入，老夫還要仔細看看。」

柳鶴亭、陶純純對望一眼，互相一笑，並肩走入。

那青衫少女本自手持斷劍，呆呆地發愣，此刻突地掠至柳鶴亭身側，朝他肩頭一拍，柳鶴亭愕然轉身，心中大奇，卻聽她已說道：「方才我那一劍，若不用『左右分花』，反而『倒踩七星』繞到你身右，然後再用『抽撤連環』刺你脅下三寸處的『天靈』大穴，你勢必要先求自保，我掌中之劍，就不會被你折斷了吧？」

柳鶴亭本在奇怪這女子爲何要拍自己的肩膀，見她那番言語，方知她方才輸得甚不心服，微微一笑，緩緩道：「我用的是左指！」

青衣少女倏然垂下手掌，目光中閃過一絲失望之色，但瞬又說道：「那麼我就用『縮尺成寸』的身法，一閃到你身左，劍身隨勢削你的右足，你若閃身掠開，我就反手刺你足心『湧泉』，你若轉身後避，我就抖手刺一招『七月飛花』，劍尖三點，分點你左脅『膺窗』、『乳根』、『期門』三處大穴。」

柳鶴亭微微皺眉，暗道一聲：「這女子劍招怎地如此狠辣？」口中卻毫不猶疑地說道：「我既不縱身，亦不後退，你腳下方動，我右手兩指就先去點你右腕的脈門，左肘撞你臍上『分水』，你縱能躲開這兩指，但你手中之劍，就仍要被我折為兩斷！」

青衣少女呆了一呆，輕嘆道：「你的右手呢？」

柳鶴亭微微一笑，道：「我還需用右手麼？」轉身走入大廳，走了兩步，忍不住回首望去。

只見這少女木然呆立，俯首垂目，朝陽之下，只見她眼簾之中，竟已垂落兩滴晶瑩的淚水，心中突地大為不忍，停下腳步，正待安慰她兩句，又聽她幽幽一嘆，緩緩像是自言自語般低聲說道：「我什麼都不學，什麼都不想，一心一意地專練劍法，哪知我苦練了十年的劍法，到了人家面前，竟有如兒戲。」雙手一垂，手中斷劍，鐺地落下。

柳鶴亭恍然忖道：「難道她劍法這般精純，原來是此緣故。」轉念又忖道：「她苦練多年的劍法，如此輕易地敗在我手下，心裡自然難受。」一念至此，忍不住悅聲道：「姑娘不必傷心，若以劍法而論，以在下所見，姑娘在武林中已是極少敵手了。」

青衣少女垂首沉思半晌，突地抬起頭來，嘴角微泛笑容，口中說道：「對了，你雖然勝了我，卻不是用劍法勝的。」纖腰突地一扭，又自掠到柳鶴亭身側，一把捉住柳鶴亭的手掌，嬌聲道：「你老實告訴我，在你眼中所見的人物中，有沒有劍法高過我的？」

柳鶴亭手掌被她捉在手裡，心中既覺不安，又覺好笑，暗中笑道：「原來這少女是個劍癡，除劍之外，絲毫不懂世事！」雖想安慰於她，卻又不會對人說出欺騙的言語，沉吟許久，終於苦嘆一聲，緩緩道：「不瞞姑娘說，昨日小可便見到一人，一劍便將小可擊敗，若以劍法而論，此人實在勝過姑娘一籌，但姑娘年紀還輕，來日成就，不可限量——」

青衣絕色少女柳眉一揚，接口道：「他一劍就擊敗了你？真的？」

柳鶴亭長嘆頷首道：「真的！」

青衣少女怔了一怔，眼簾一垂，輕輕放下柳鶴亭的手掌，緩緩走到她爹爹身側，喊道：「爹爹……」語聲未了，淚光閃動，又有兩滴淚水，奪眶而出，順腮流下。

錦袍老人半躬身軀，猶在俯身查看那兩個已被人放在椅上的銀衫少女，一會兒附耳傾聽她們心跳的聲音，一會兒扳開她們的手掌，突又鐵掌一托一捏，捏在她們的下巴，伸手從懷中取出一方小小銀盒，將她們的唾沫刮在盒中，對她愛女所有的言語動作，竟全然不聞不見。

柳鶴亭凝注這父女兩人，心道：「有其父必有其女，這父女兩人的心性，當真是一模一樣，怪得可愛。」心下不覺又是感嘆，又是好笑。

側目一望，陶純純一雙秋波，正在瞬也不瞬地望著自己，不覺伸手指了指這父女兩人的背影，失聲笑道：「你看他們……」突又覺得不應在背後論人長短，倏然住口，縮回手掌，下意識地摸了摸自己唇邊頷下，這才知道自己這兩日未曾梳洗，頷下微髭，已有一分長了。

卻見陶純純突地悄悄踱到他身側，低語道：「香麼？」

柳鶴亭怔了一怔，方自領悟到她言中之意，因愛生妒，無情不嫉，少女嬌嗔，最是動心，他不覺忘情地捉住陶純純的柔荑，舉到鼻端，笑道：「香的！香的！」

哪知陶純純突地冷哼一聲，反手甩開了他的手掌，轉身走入廳側套房，再也不望他一眼。

柳鶴亭不禁又自一怔，暗嘆道：「她心眼怎地如此窄小！」轉念又忖道：「她若是對我無情，想必便不會如此，她既然對我有情，我只應感激，怎能怪她？」一時之間，他心裡反反覆覆，都是這簡簡單單的兩句話，「無情便不如此，有情不該怪她……」長嘆一聲，亦欲跟她一同進去，哪知錦袍老人突地直起腰來，沉聲一嘆，搖頭道：「好厲害，好厲害！」

柳鶴亭腳步一頓，愕然道：「厲害什麼？什麼厲害？」

錦袍老人伸手向椅上的銀衫少女一指，沉聲問道：「這兩女子你是在何處見著的？」

柳鶴亭皺眉道：「她兩人與在下由沂山一路同來，不知怎地突然癲狂起來——」

錦袍老人目光一凜，厲聲接道：「她兩人與你一路同來，昨夜身中奇毒，你怎會不知？莫非她兩人身中之毒，就是你施放的麼？」

柳鶴亭劍眉一揚，變色道：「身中奇毒？昨夜中毒？老前輩，此話怎講？難道她兩人之所以癲狂，非出自然，而是被別人以藥物所迷？並且是在昨夜？」

錦袍老人目光如電，緊緊盯在柳鶴亭面上，像是要看出他言語的真誠，凝目半晌，方自緩緩道：「她兩人不但身中奇毒，而且所中之毒，世罕其匹，竟能將人之本性，完全迷滅，所幸她兩人發作之時，有人在側制止，否則若是任她在亂山亂野之間，狂奔狂走數日，或是將之閉於密室，苦苦折磨數日，待其藥力消過，這兩人便從此本性迷失，良知泯滅，還不知要做出什麼事來！」

柳鶴亭變色傾聽，只聽得心頭發顫，寒意頓生，木然良久，垂首低語道：「昨夜中毒？在下怎的絲毫不知？絲毫不知……」突地抬頭道：「老前輩既知藥性，可有解方？」

錦袍老人苦嘆一聲道：「老夫昔年，浪遊天下，對天下所有迷藥、毒藥均曾涉獵，自信對於解毒一方，尚有幾分把握，但此種藥物，卻是老夫生平未見！」

柳鶴亭怔了半晌，噗地坐到椅上，心中驚駭交集，緩緩道：「此毒雖然可怕，但下毒之人卻更爲可怕，這女子兩人昨夜就住在我臥房之旁，我尚且一夜未眠，但她兩人何時中毒，我竟然半點也不知道，難道……」目光四掃一眼：「難道這店家……」

錦袍老人接口道：「此種毒藥，天下罕睹，便是昔年『武天媚』所使迷魂之藥，只怕也沒有此藥這般厲害，店家焉有此物……」語聲一頓，突地瞥見他愛女面上的淚珠，似乎爲之一怔，詫然道：「燕兒，你哭些什麼？」

青衣少女伸手一拭淚痕，依依道：「爹爹，我劍法……我劍法……」索性伏到桌上放聲痛哭起來！

錦袍老人濃眉深皺，伸手輕撫他愛女秀髮，黯然說道：「燕兒，你是在傷心你劍法不如人麼？」

青衣少女伏在桌上，抽泣著點了點頭，錦袍老人苦嘆一聲，緩緩又道：「要做到劍法無敵，談何容易？古往今來，又有幾人敢稱劍法天下第一？你傷心什麼，只要肯再下苦功，還怕不能勝過別人麼？」

柳鶴亭心中雖然疑雲重重，紊亂不堪，但見了這種情況，忍不住爲之嘆息一聲，插口說道：「方才在下亦曾以此言勸過令嫒，但——」

錦袍老人苦嘆接口道：「老弟你有所不知，這孩子對劍法如此痴迷，實在要怪在老夫身上。」緩緩抬起頭來，目光遠遠投向院外，長嘆又道：「昔年老夫，自詡聰明絕頂，對世間任何新奇之事，都要去學它一學，看它一看，數十年來，老夫的確也學了不少，看了不少，但世間學問浩如滄海，無窮無盡，人之智力卻有如滄海一粟，到底有限，老夫旁騖雜學太多，對武功一道，不免無暇顧及，與人動手，總是吃虧的多，江湖中人竟送我『常敗高手』四字，作我之號。」

語聲微頓，目光之中，突地露出憤恨怨毒之色，切齒又道：「不說別人，便是家兄，也常冷言譏嘲於我，說我是：『學比管樂——不如！譽滿武林——常敗！紅杏才華——可笑！青雲意氣——嫌高！』我心中氣憤難填，卻又無法可想，縱想再下苦練，但年華老去，青春不再，我再下苦功，亦是徒然！」

柳鶴亭目光望處，只見他雙拳緊握，切齒怒目，想到他一生所遇，心頭不禁一凜，暗嘆忖道：「聽他言語，想必他幼年定必有神童之稱，是以由驕矜不免生出浮躁，是以好高騖遠，哪知到頭來卻是博而不精，一事無成，只是悔之已晚，如此說來，總是心比天高，若無恆毅之力，又有何用！」

一念及此，不禁對自己今後行事，生出警戒。

只見這錦袍老人忽又緩緩垂下目光，放鬆手掌，沉聲嘆道：「老夫晚來，追憶往昔自多感慨，見到小女幼時生性，竟也和老夫童稚時一樣，老夫以己為鑒，自不願她再蹈我之覆轍，是以自幼便令她屏棄雜學，專攻劍術，甚至連女紅閨事，都不准她去學，哪知過猶不及，她沉迷劍術竟然一痴至此！」

柳鶴亭聽到這裡，暗嘆忖道：「原來這少女之所以成為劍痴，竟是有這般原因。」抬目望處，只見這老人手捋長髯，垂首無語，方才的豪情勝慨，此刻俱已不見，青衫少女伏案輕泣，白髮紅顏，各自黯然，相映之下，更見清淒！

一時之間，柳鶴亭只覺自己似乎也隨之感染，心中一團悶氣，無法排遣……

哪知錦袍老人默然半晌，突又仰天長笑起來，朗聲笑道：

「西門鷗呀西門鷗！你一生自命，別無所長，只有『豪』之一字，可稱不敗，怎的今日也學起這般兒女之態來了。」大步奔至廳前，朗聲喊道：「店伙，酒來！」

「西門鷗」三字一經入耳，柳鶴亭心頭不禁為之一震，突地長身而起，一步掠至廳門，脫口道：「『西門鷗』三字，可就是老前輩的台甫？」

錦袍老人朗聲笑道：「不錯，『常敗高手』西門鷗便是老夫。」

柳鶴亭微一沉吟，道：「有一西門笑鷗，不知和老前輩有無淵源？」

西門鷗霍然轉過身來，目中光采閃動，凝注在柳鶴亭身上，緩緩說道：「『西門笑鷗』四字，便是家兄替他兒子取的名字。」突又仰天笑道：「所謂『笑鷗』者，自然就是『笑西門鷗』也，他自己笑我尚嫌不夠，更要叫他的兒子也一齊來笑我，西門鷗呀西門鷗！你當真如此可笑麼？」話聲漸弱，語氣也漸漸沉痛，突地大喝一聲：「酒來，酒來。」心中的萬千積鬱，似乎都想藉酒掃出。

柳鶴亭茫然站在一旁，不知該如何安慰於他，口中吶吶連聲，一字難吐，心中卻在暗中思忖：「原來西門笑鷗便是此人之侄，看來這西門一姓，竟是個武林世家！」他初入江湖，竟未聽過「虎丘雙飛，姑蘇雙雄，東方西門，威鎮關中。」這四句流傳江湖的俗諺，更不知道這句俗諺中所說的「西門」二字，便說的是「蘇州，虎丘，飛鶴山莊」也就說的是西門鷗之一族！

但柳鶴亭卻已知道，這西門鷗與他兄長之間，定必甚是不睦，是以他也無法將查問「西門笑鷗」之事，問將出口。只見那青衫窄袖的絕色少女，盈盈站了起來，款款走到她爹爹身側，手拭淚痕，輕輕說道：「爹爹，大伯對你表面看來雖然不好，但其實還是關心你的……」

西門鷗濃眉一揚，瞪目叱道：「你懂得什麼？」長嘆一聲，斂眉垂目，輕輕一撫他愛女香肩，目光中突地滿現慈祥疼愛之意，和聲悅色，接口又道：「孩子，你懂得什麼……」

這兩句「懂得什麼？」言詞雖然完全一樣，語氣卻是迥不相同，一時之間柳鶴亭但覺熙熙父愛，充滿房中，想到自己的身世，不禁悲從中來，不能自已，暗嘆一聲，走到院外，朗聲喝道：「酒來，酒來……」

此刻朝陽雖昇，仍在東方，秋日晴空，一碧萬里。

直至日影西移，暮靄夕陽，自碎花窗欞間投入一片散細花影。柳鶴亭、西門鷗，這一老一少，滿懷愁緒的武林豪客，還仍在這片細碎光影中，相對而斟，雖無吟詩之心，卻有掃愁之意，哪知愁未掃去，卻又將一番新愁兜上心頭。

細花的窗欞下，默然凝坐著的青衫少女，柳眉微顰，香腮輕托，一雙秋波，像是在凝注著自己的一對纖纖弓足，又似乎已落入無邊無際的一片冥思。她目光是深邃而美麗的，但卻遠不如陶純純的靈幻而多姿，陶純純的眼波中，可以流露出一千種表情，卻讓你永遠無法從她眼睛的表情中測知她的心事，而這青衫少女的秋波雖然不變，卻又永遠籠罩著一重似輕似濃，似幽似怨的薄霧，於是這層薄霧便也就將她心底的思潮一起掩住。

裡面的廂房，門戶緊閉，陶純純在裡面做些什麼，誰也不知道，柳鶴亭不止一次，想推開這扇緊閉著的門戶，他站起身，又坐下去，只是又加滿了自己杯中的酒，仰首一飲而盡。

於是他開始發覺，「酒」，真是一種奇妙的東西，它在勾起你的萬千愁思之後，卻偏偏又能使你將這萬千愁思一起忘去。

他不知自己是否醉了，只知自己心中，已升起了一種飄忽、多彩、輕柔而美妙的雲霧，他的心，便也在這層雲霧中飄飄升起，世上的每一種事，在這剎那間，都變得離他十分遙遠。所以他更盡一杯酒，他想要這層雲霧更飄忽，更多彩，更美妙，他想要世上的每件事，離他更遠。

西門鷗捋鬚把盞，縱談著天下名山、武林勝事，英雄雖已老去，豪情卻仍不減，但盛筵雖歡，終有盡時，店家送上酒來，倒退著退出廳門，昏黃的燈光，映在那兩個已被點中穴道的銀衫少女蒼白的面靨上，西門鷗突地一皺濃眉，沉聲道：「數十年來，經過老夫眼底之事之物，尚無一件能令老夫束手無策，不知來歷，柳老弟，你若放心得過，便將這少女二人，交與老夫，百日之後，老夫再至此間與你相晤，那時老夫定可將此二人身中何毒，該怎樣解救，告訴於你。」

柳鶴亭皺眉沉吟半晌，忽地揚眉一笑道：「但憑前輩之意。」

西門鷗捋鬚長笑道：「老夫一生，敬的是光明磊落的丈夫，愛的是絕世聰明的奇才，愚蠢卑鄙之人，便是在老夫面前跪上三天三夜，老夫也不屑與他談一言半語，但柳老弟，今日你我萍水相交，便已傾蓋如故，老夫有一言相勸……」

青衫少女忽地站起身來，走到柳鶴亭身前，輕輕說道：「方才你說的那個劍法極高的人，你可知道他現在何處？」

她說起話來，總是這般突兀，既不管別人在做什麼，也不管別人在說什麼，只要自己心裡想說，便毫不考慮地說出。道德規範、人情世故，她一概不懂，亦似根本未放在她眼中。

柳鶴亭揚眉笑道：「姑娘莫非是要找他麼？」

青衫少女秋波凝注著柳鶴亭手中的一杯色泛青碧的烈酒，既不說「是」，亦不說「否」。

柳鶴亭哈哈一笑，道：「那白衣人我雖不知他此刻身在何處，但似他這般人物，處於世上，當真有如錐藏囊中，縱想隱藏自己行跡，亦是大不可能，姑娘你若想尋找於他，只怕再也容易不過了。」

西門鷗哼了一聲，推杯而起，瞪了他愛女兩眼，忽地轉身道：「酒已盡歡，老夫該走了。」大步走去抱起銀衫少女的嬌軀，放到仍在呆呆瞑想著的青衫少女手中，又轉身抱起另一銀衫少女，走出廳外，忽又駐足回身，朗聲說道：「柳老弟，老夫生平唯有一自豪之處，你可知道是什麼？」

柳鶴亭手扶桌沿，踉蹌立起，拎手道：「酒未飲完，你怎地就要走了？」忽地朗聲大笑：「我生平唯一不善之處，便是不會猜人家心事，你心裡想什麼，我是萬萬猜不著的。」

醉意酩酊，語氣酩酊。

西門鷗軒眉笑道：「數十年來，西門世家，高手輩出，我卻是最低的低手，生而不能爲第一高手，但能爲第一低手，老夫亦算不虛此生了。」仰天長笑，轉身而去。

柳鶴亭呆了一呆，腳下一個踉蹌，衝出數步，忽地大笑道：「高極，高極，妙極，妙極，西門兄，西門前輩，就憑你這句話，小弟就要和你乾一杯……西門兄，你到哪裡去了？……西門前輩，你到哪裡去了……」腳下一軟，斜去數尺，噗地坐到椅上。

一陣風吹過，世上萬物，在他眼中都變成一片混沌，又是一陣風吹過，就連這片混沌，也開始旋轉起來。

他鼻端似早聞得一絲淡淡的香氣，他耳畔似乎聽到一聲軟微的嬌嗔，他眼前也似乎見到一條窈窕的人影……

香氣、嬌嗔、人影——人影、嬌嗔、香氣——嬌嗔、人影、香氣——人香、影嬌、氣嗔——人嗔、嬌香、氣影——香影、人嗔、氣嬌……

混亂迷失！

混亂的迷失，迷失的混亂！

中夜。

萬籟無聲，月明星繁。遠處一點閃爍的燈火，閃爍著發出微光，似乎在妄想與星月爭明。近處，卻傳出一聲嘆息！輕微，但卻悠長的嘆息，瞬眼便在秋夜的晚風中消散無影。

於是萬籟又復無聲，日仍明，星仍繁，遠處的燈光，也依然閃耀，只是誰也不知道這一聲已經消散了的嘆息，在世上究竟留下了多少餘韻。

於是殘月西沉，繁星漸落，大地上又開始有了聲音，世人的變幻雖多，世事的變幻雖奇，但是大地上的晨昏交替，日昇月落，卻有著亙古不變的規律。

第二天，西跨院中幾乎仍然沒有任何聲音，跨院的廳門，有如少女含羞的眼簾般深深緊閉，直到黃昏——

又是黃昏。

陶純純垂眉斂目，緩緩走出店門，緩緩坐上了店家早已爲她配好了鞍轡的健馬，玉手輕抬，絲鞭微揚，她竟在暮藹蒼茫中踏上征途。

柳鶴亭低頭垂手，跟在身後，無言地揮動著掌中絲鞭，鞭梢劃風，颯颯作響，但卻劃不開鬱積在他心頭的愧疚。

兩匹馬一前一後，緩跑而行，片刻之間，便已將沂水城郭拋在馬後，新月再昇，繁星又起，陶純純回轉頭來，輕喚：「喂——」

柳鶴亭抬起頭來，揚鞭趕到她身側，痴痴地望著她，卻說不出話來，寂靜的秋夜對他們說來，空氣中彷彿有一種無聲的音樂。

陶純純秋波一轉，纖細柔美的手指，輕撫著鬢邊雲鬢，低語道：「你……」眼簾一垂，輕哼檀唇，卻竟又倏然住口。

這一聲「喂」，這一聲「你」，簡簡單單的兩個字裡，包含著的究竟有多少複雜的情意，除了柳鶴亭，誰也無法會意得到。

他茫然地把玩著自己腰間的絲絛，忽又伸出手去，撫弄馬項間的柔鬃，垂首道：「我……我……今夜的月光，似乎比昨夜……」

「昨夜……」陶純純忽地一揚絲鞭，策馬向前奔去。柳鶴亭呆呆地望著她纖弱窈窕的身影，目光中又是愛憐，又是難受。

寂靜的道路邊，明月清輝，投下一幢屋影，滴水的飛簷，在月光下有如一隻振翼欲起的飛鷹，蔓草淒清，陰階砌玉，秋蟲相語，秋月自明，相語的蟲聲中，自明的秋月下，淒清的蔓草間，是一條曲折的石徑，通向這荒祠的陰階。

陶純純微擰纖腰，霍然下馬，身形一頓，緩緩走入了這不知供奉著何方神祇的荒祠。秋月，拖長了她窈窕的身形，使得這絕色的紅顏，與這淒清的景象，相映成一幅動人心弦的圖畫。

柳鶴亭呆望著她，踟躕在這曲折的石徑上，他的思潮，此刻正有如徑畔的蔓草一樣紊亂，終於，他也下了馬，步上石階。秋風，吹動著殘破的窗紙，獵獵作響，陰黯的荒祠中，沒有燃光，甚至連月光都沒有映入，朦朧的夜色中，陶純純背向著他，跪在低垂著的神幔前。

她抬起手，解開髮結，讓如雲的秀髮，披下雙肩，然後，虔誠地默禱著上天的神明，許久，許久，她甚至連髮梢都未曾移動一下。

柳鶴亭木立呆望，直覺有一種難言的窒息，自心底升起。荒祠是殘敗的，低垂的神幔內，也不知供奉著的是什麼神祇，但是他卻覺得此時此刻，這殘敗的荒祠中，似乎有一種難言的聖潔，他開始領略到神話的力量，這種亙古以來便在人心中生了根的力量，幾乎也要使他忍不住在積滿灰塵的地上跪下來，爲去日懺悔，爲來日默禱。

心情激盪中，他突地覺得頂上微涼，彷彿樑上有積水落下。

他不經意地拭去了，只見陶純純雙手合十，喃喃默禱：「但願他一生平安，事事如意，逢凶化吉，遇難呈祥，小女子受苦受難，都無所謂。」

平凡的語聲，庸俗的禱詞，但出自陶純純口中，聽在柳鶴亭耳裡，一時之間，他只覺心情激盪，熱血上湧，又有幾滴積水滴在他身上，他也顧不得拭去，大步奔前，跪到陶純純身前，恭恭敬敬叩了三個頭，大聲禱道：「柳鶴亭刀斧加身，受苦受難，都無所謂，只要她一生如意，青春常駐，柳鶴亭縱然變爲犬馬，也是心甘情願。」

陶純純緩緩回過頭，輕輕說道：「你在對誰說話呀？」

柳鶴亭呆了一呆，期艾著道：「我在向神明默禱……」

陶純純幽幽輕嘆一聲，緩緩道：「那麼你說話的聲音又何必這麼大，難道你怕神明聽不見麼？」

柳鶴亭又自呆了一呆，只見她回轉頭，默禱著低聲又道：「小女子一心一意，全都爲他，只要他過得快活，小女子什麼都無所謂，縱然……縱然叫小女子立時離開他，也……也……」螓首一垂，玉手捧面，下面的話，竟是再也無法說出。

柳鶴亭只覺又是一股熱血，自心底湧起，再也顧不得別的，大聲又道：「柳鶴亭一生一世，再也不會和她分開，縱然刀斧加身，利刃當頭，也不願離開她一步半步，有違誓言，天誅地滅。」

話聲方了，只聽一個顫抖、輕微、激動、嬌柔的聲音，在耳畔輕輕說道：「你真的有這個心……唉，只要你有此心，我……我什麼都不在乎了。」

柳鶴亭倏然轉身，忘情地捉著她的手掌。黑暗之中，兩人手掌相握，聲心相聞，幾不知是何時，更忘了此是何地。

一隻蜘蛛，自樑間承絲落下，落在他們身側，一陣秋風，捲起了地上的塵埃，蜘蛛緩緩升上，樑間卻又落下幾滴積水！

陶純純幽幽長嘆一聲，垂首道：「你師父……唉，你千萬不要爲我爲難，只要你活得快活，我隨便怎樣都沒有關係。」

柳鶴亭沒有回答，黑暗中只有沉重的嘆息，又是良久，他忽然長身而起，輕輕托住陶純純的纖腰，輕輕將她扶起，輕輕道：「無論如何，我總……」

陶純純接口嘆道：「你心裡的意思，不說我也知道——唉，現在是什麼時候了？快要二更了吧？這裡清靜得很，我們爲什麼不多待一會？」

柳鶴亭一手環抱著她的香肩，俯首道：「我總覺得此間像是有種陰森之意，而且樑間又似積有雨水——」語聲未了，又是一滴積水落下，滑過他耳畔，落在他肩上，他反手去拭，口中突地驚「咦」一聲，只覺掌心又溫又黏！

陶純純柳眉微揚，詫問：「什麼事？」

柳鶴亭心中疑雲大起，一步掠出祠外，伸開手掌，俯首一看——

月光之下，但見滿掌俱是血跡！

秋風冷月，蔓草秋蟲，這陰黯、淒清的荒祠中，樑間怎會有鮮血滴下？

微風拂衣，柳鶴亭但覺一陣寒意，自心底升起，伸手一摸，懷中火熠早已失去，停在道邊的兩匹健馬，見到主人出來，仰首一陣長嘶！

嘶聲未絕！

突有一道燈火，自遠而近，劃空而來，柳鶴亭擰腰錯步，大喝一聲：「是誰？」

燈光一閃而滅，四下荒林蔓草，颯颯因風作響，柳鶴亭倒退三步，沉聲道：「純純，出來！」

語聲方落，突地又有一道燈光，自荒林中沖天而起，劃破黝黑的夜色，連閃兩閃，倏然而滅。

剎那之間，但聽四下人聲突起，衣袂帶風之聲，自遠而近，此起彼落，接連而來。柳鶴亭反手拉起陶純純的手腕，目光如電，四顧一眼，夜色之中，但見人影幢幢，有如鬼魅一般，四下撲來！

唰地，一條人影，掠上荒祠屋脊，唰地！又是一條人影，落入荒林樹後，道旁的兩匹健馬，不住昂首長嘶，終於奔了出去，奔了不到幾步，突地前蹄一揚，「唏律」又是一聲懾人心悸的嘶喊，後蹄連踢數蹄，噗的一聲，雙雙倒在地上！

柳鶴亭劍眉一軒，朗聲大喝：「朋友是誰？躲在暗處，暗算畜牲，算得了什麼好漢！」

四下荒林，寂然無聲，祠堂屋脊，卻突地響起一聲低叱：「照！」

霎時間，數十道孔明燈光，自四下荒林中一齊射出，一齊射到柳鶴亭身上，陶純純附耳道：「小心他們暗算！」

柳鶴亭「哼」一聲，昂然挺胸，雙臂一張，朗聲喝道：「閣下這般做法，是何居心，但請言明，否則——」屋脊上突地傳下一陣朗聲大笑，柳鶴亭劍眉一軒，轉身望去，只見星月之下，屋脊之上，雙腰叉立，站立著一個銀髮銀鬚，精神矍鑠，一身灰布勁裝的威猛老人，他身材本極高大，自下望上，更覺身材魁梧，有如神人。

這一陣笑聲有如銅杵擊鐘，巨槌敲鼓，直震得柳鶴亭耳畔嗡嗡作響，四下的孔明燈火，自遠而近，向他圍了過來，燈光之後，各有一條手持利刃的人影，驟眼望去，也不知究竟有多少人。

大笑聲中，只聽這老人朗聲說道：「數十里奔波，這番看你再往哪裡逃走！」一捋長鬚，笑聲突頓，大喝道：「還不束手就縛，難道還要等老夫動手麼？」

柳鶴亭暗嘆一聲，知道此刻又捲入一場是非之中，沉吟半晌，方待答話，只聽祠堂中突地發出兩聲驚呼，有人驚呼道：「邊老爺子、夏二姐、梅三弟、梅四弟，都……都……都……」

此人一連說了三個「都」字，還未說出下文，人叢中已大喝著奔出一個虬髯大漢，接連兩個起落，奔入荒祠，接著一聲驚天動地般的大喊，虬髯大漢又自翻身掠出，口中大罵：「直娘賊，俺跟你拚了！」劈面一拳，向柳鶴亭打來，拳風虎虎，聲威頗為驚人。

威猛老者兩道盡已變白的濃眉微微一剔，沉聲叱道：「三思，不要莽撞，難道他今日還逃得了麼？」語聲未了，虬髯大漢拳勢如風，已自連環擊出七拳，卻無一拳沾著柳鶴亭的衣袂，四下人影，發出數聲驚呼，向前圍得更近，數十道孔明燈光，將祠堂前的一方空地，映得亮如白晝，但燈光後的人影，卻反而更看不清。

柳鶴亭雖然暗惱這班人的不分皂白，如此莽撞，卻也不願無故傷人，連避七拳，並不還手。那漢子見他身形並未如何閃避，自己全力擊出的七招，卻連人家衣袂都未沾著，拳勢頓住，彷彿呆了一呆，突又大喝一聲，和身撲上，果真是一副拚命模樣。

威猛老人居高臨下，看得清清楚楚，濃眉一皺，叱道：「住手！」

虬髯大漢再擊三拳，霍然住手，緊咬牙關，吸進一口長氣，突地轉身大喝道：「師父，師父……蓉兒已經死了，被人害死了。」雙手掩面，大哭起來，他滿面虬髯，身材魁偉，這一哭將起來，卻哭得有如嬰兒，雙肩抽動，傷心已極，顯見得內心極是悲痛。

威猛老人手捋銀鬚，猛一跺足，只聽格格之聲，屋上脊瓦，竟被他踩得片片碎落，柳鶴亭劍眉深皺，抱拳說道：「閣下——」他下面話還未出口，威猛老人已大喝一聲，唰地落下，荒祠中垂首走出兩個人來，目光狠狠望了柳鶴亭兩眼，口音直直地道：「夏二姐、梅三弟他們，身受七處刀傷，還被這廝縛在樑上——」

威猛老人大喝一聲：「知道了！」雙臂微張，雙拳緊握，一步一步走到柳鶴亭身前，從上到下，自下到上，狠狠看了柳鶴亭幾眼，冷笑一聲，道：「看你乳臭未乾，想不到竟是如此心狠手辣，這些人與你究竟有何冤仇，你倒說給老夫聽聽！」雙掌一張，雙手骨節，格格作響！

柳鶴亭暗嘆一聲，想到昨日清晨遇到西門鷗，與這老人當真俱是薑桂之性，老而彌辣，火氣竟比年輕小子還旺幾分，口口聲聲叫別人不要莽撞，自己卻不分青紅皂白，加人之罪，又想到自己數日以來，接二連三地被人誤會，一時之間，心中亦不知是氣？是笑？是怒？口中卻只得平心靜氣地說道：「在下無意行至此間，實不知此間究竟發生何事，與閣下更是素昧平生，閣下所說的話，我實在一句也聽不懂！」

威猛老人目光一凜，突地仰天冷笑道：「好極好極，想不到你這黃口小兒，也敢在老夫面前亂耍花槍，你身上血跡未乾，手上血腥仍在，豈是胡口亂語可以推擋得掉，臨沂城連傷七命，再加上這裡的三條冤魂，殺人償命，欠債還錢，小子，你就與老夫拿命來吧！」虬髯大漢一躍而起，緊握雙拳，身軀前仰，生像是恨不得自己師父一拳就能將此人打得大喝一聲，口噴鮮血而死。

周圍數十道目光，亦自各各滿含怨毒之色，注目在柳鶴亭身上，燈光雖仍明亮如晝，但卻襯得圈外的荒林夜色，更加淒清寒冷。

陶純純突地噗哧一笑，秋波輕輕一轉，嬌笑著道：「邊老爺子，你身體近來可好？」

威猛老人呆了一呆，只見面前這少女秋波似水，嬌靨如花，笑容之中，滿是純真關切之意，心中雖不願回答，口中卻乾咳一聲道：「老夫身體素來硬朗得很。」

陶純純口中「噢」了一聲，嬌笑又道：「您府上的男男女女，大大小小，近來也還都好麼？」

威猛老人不禁又自一呆，呆了半晌，不由自主地點頭又道：「他們都還好，多謝——」他本想說「多謝你關心。」說了多謝兩字，突又覺得甚是不妥，話聲倏然而住，眾人面面相覷，都不知這少女問話之意，就連柳鶴亭心中亦自大惑不解。

只聽陶純純突地幽幽嘆道：「那倒奇怪了！」

說了一句，半晌再無下文，威猛老人濃眉一皺，忍不住問道：「奇怪什麼？」

陶純純輕輕抬起手掌，擋住自己的一雙眼波，輕嘆又道：「好亮的燈光，照得人難過死了。」

威猛老人環顧一眼，緩緩放開手掌，突地揮掌道：「要這麼亮的燈光作什麼？難道老夫是瞎子麼，還不快熄去幾盞。」

柳鶴亭心中暗笑，暗道：這老者雖然滿頭白髮，卻仍童心未泯。

只見老人喝聲一落，四下燈光，立即熄去一半，這才看出月下人影，俱是一色勁裝，人人如臨大敵，過了一會，陶純純仍然手托香腮，默然無言。威猛老人乾咳一聲，繼又問道：「你奇怪什麼？」

陶純純緩緩走到他身前，緩緩瞧了他幾眼，目光之中，滿是關切之意，縱是心如鐵石之人，見了這般純真嬌柔少女的如此之態，亦不禁要爲之神移心動，何況這老人外貌看來威風凜凜，言語聽來有如鋼鐵，其實心中卻是柔軟仁慈，若非如此，此時此刻怎會還有心情與一少女絮絮言語。

七 幔中傀儡

柳鶴亭心中甚感奇怪，這威猛老人子女被害，原對自己誤會甚深，怎的此刻還有心情和陶純純絮絮不休呢？正思忖間，只聽陶純純突又一聲幽幽長嘆，手撫雲鬢，緩緩說道：「我奇怪的是你老人家身體健朗，家宅平安，可稱是福壽雙全，頭腦應該正常得很，怎地卻偏偏會像那些深受刺激，專走偏鋒的糊塗老人一樣，專門冤枉好人，呀——的確奇怪得很。」

她言語輕柔，說得不疾不徐，說到一半，威猛老者鬚髮皆動，面上已自露出憤怒之色，等她話一說完，老人大喝一聲，幾乎當場氣暈。陶純純輕輕一笑，緩緩又道：「我說話一向直爽得很，你老人家可不要怪我！」秋波四下一轉：「我和他若是殺人的兇犯，方才最少也有十個機會可以逃走，哪裡有呆站這裡等你們來捉的道理，你老人家可說是麼？」

虬髯大漢胸膛一挺，厲喝道：「你且逃逃看！」

陶純純流波一笑，微擰纖腰，又自緩緩走到他身前，嫣然笑道：「你以爲我走不掉麼？」突地皓腕一揚，兩隻纖纖玉指，卻有如兩柄利劍，筆直地刺向他的雙睛，虬髯大漢見她笑語嫣然，萬萬想不到她會猝然動手，等到心中一驚，她兩隻玉指，已堪堪刺到自己的眼珠，直駭得心膽皆喪，縮頸低頭，堪堪躲過，哪知頭頂一涼，頭上包巾，竟已被人取去，微一定神，抬頭望去，卻見這少女嫣然一笑，又自轉身走去。

威猛老者目光一橫，彷彿暗罵了句「不中用的東西」。

陶純純嬌笑著道：「你老人家說說看，我們逃不逃得掉呢？」

威猛老人冷哼一聲，陶純純卻似沒有聽到，接口道：「這些我們但且都不說它，我只要問你老人家一句，你說我們殺人，到底有誰親眼看見呢？沒有看見的事，又怎能血口噴人呢？」

威猛老人轉過頭去，不再看她，冷冷說道：「老夫生平最不喜與巧口長舌的婦人女子多言囉嗦。」

柳鶴亭聽了陶純純的巧辯，心中忽地想起她昨日與那西門鷗所說的言語：「親眼目睹之事，也未見全是真的。」不禁暗嘆一聲，又想到這威猛老人方才還在不嫌其煩地追問陶純純「奇怪什麼？」如今卻又說：「不喜與女子言語。」

一時之間，他思來想去，只覺世人的言語，總是前後矛盾，難以自圓，突見威猛老人雙掌一拍，叱道：「刀來！」

虬髯大漢本來垂頭喪氣，此刻突地精神一振，揮掌大喝：「刀來！」

暗影中奔出一個彪形大漢，雙手托著一口長刀，背厚刃薄，刀光雪亮，這彪形大漢身高體壯，步履矯健，但雙手托著此刀，尤顯十分吃力。威猛老人手指微一伸縮，骨節格格鬆響，手腕一反，握住刀柄，右手輕輕一抹血槽，拇指一轉，長刀在掌中翻了個身，威猛老人閃電般的目光，自左而右，自右而左，自刀柄至刀尖，又自刀尖至刀柄，仔細端詳了兩眼，突地長嘆一聲，不勝唏噓地搖頭嘆道：「好刀呀好刀，好刀呀好刀！」左手一捋長髯，回首道：「三思，老夫已有多久不曾動用此刀了，你可記得麼？」

虬髯大漢濃眉一皺，鬆開手指，屈指數了兩遍，抬頭朗聲道：「師父自從九年前刀劈『金川五虎』，南府大會群豪後，便再未動過此刀，至今不多不少整整有九個年頭了。」

陶純純噗哧一笑，輕語道：「幸好是九個年頭。」

威猛老人怒喝道：「怎地？」

陶純純嫣然笑道：「雙掌只有十指，若再多幾個年頭，只怕你這位高足就數不清了。」

柳鶴亭不禁暗中失笑，威猛老人冷哼一聲，「巧口長舌的女子。」回轉頭來，又自仔細端詳了掌中長刀幾眼，目光閃爍，意頗自得，突地手臂一揮，刀光數閃，燈火照射下，耀目生花，刀刃劈風，虎虎作響，老人大步一踏，揚眉道：「此刀淨重七十九斤，江湖人稱萬勝神刀，你只要能在老夫刀下走過三十招去，十條命案，便都放在一邊怎樣？」

柳鶴亭目光一掃，只見四周本已減去的孔明燈光，此刻又復亮起，燈光輝煌，人影幢幢，既不知人數多少，亦不知這班人武功深淺，知道今日之局，勢成亂麻，不得快刀，糾纏必多，目光又一轉，只見那威猛老人掌中的一柄快刀，刀光正自耀目射來，微微一笑，抱拳朗聲說道：「三十招麼？」突地劈面飄飄一掌擊去！

威猛老人仰天一笑，直等他這一掌劈到，刀刃一翻，閃電般向他腕脈間割去。

這老人雖然心情浮躁，童心未失，但這劈出的一刀卻是穩、準、狠、緊，兼而有之，柳鶴亭笑容未斂，緩緩伸出右掌……

只聽「噹」地一聲大震，威猛老人穩如山嶽般的身形，突地蹭、蹭、蹭連退三步，手掌連緊數緊，長刀雖未脫手，但燈光耀射之中，卻見有如一泓秋光般的刀光，竟已有了寸許長短的一個三角裂口！

燈光一陣搖動，人聲一陣喧嘩，燈光後眾人的面容雖看不清楚，但從人聲中亦可顯然聽出他們的驚異之情，陶純純嫣然一笑，虬髯大漢瞠目結舌，後退三步，柳鶴亭身軀站得筆挺抱拳道：「承讓了！」

只見威猛老人雙臂垂落，面容僵木，目光瞬也不瞬地望著柳鶴亭，呆呆地愣了半晌，又自緩緩舉起手中長刀，定神凝目，左右端詳，突地大喝一聲，抛卻長刀，和身向柳鶴亭撲了上來！

柳鶴亭心頭微微一驚，只當他惱羞成怒，情急拚命，劍眉皺處，方待擰身閃避，目光一動，卻見這老人滿面俱是驚喜之色，並無半分怨毒之意，尤其是雙臂大張，空門大露，身形浮動，全未使出真力，哪裡是與人動手拚命的樣子？心中不覺微微一愣，這老人身形已自撲來，一把抓住柳鶴亭的雙臂……

陶純純驚呼一聲，蓮足輕點，出手如風，閃電般向這老人脅下三寸處的「天池」大穴點去，哪知這老人竟突地大喜呼道：「原來是你，可真想煞老夫了。」

陶純純不禁為之一愣，心中閃電般生出一個念頭：「原來他們是認識的……」勒馬懸崖，竟將出手生生頓住，纖纖指尖，雖已觸及這老人的衣衫，但內力未吐，卻絲毫未傷及他的穴道。

四周眾人，卻一齊為之大亂，只當這老人已遭她的煞手，虬髯大漢目如火赤，大喝撲上，呼地一拳，「石破天驚」，夾背向陶純純擊來，腳下如飛踢出一腳，踢向陶純純左腿膝彎。

陶純純柳腰微折，蓮足輕抬，左手似分似合，有如蘭花，扣向虬髯大漢左掌脈門！去勢似緩實急，部位拿捏得更是妙到毫巔，但右手的食拇二指，卻仍輕輕搭在威猛老人的脅下。

虬髯大漢屈肘收拳，「彎弓射鵰」，方待再次擊出一招，哪知腳底「湧泉」大穴突地微微一麻，已被陶純純蓮足踢中！他身形無法再穩，連搖兩搖，撲地坐到地上！

陶純純回首緩緩說道：「你們在幹什麼？」

眾人目定口呆，有的雖已舉起掌中兵刃，卻再無一人敢踏前一步！

這一切的發生俱在刹那之間，威猛老人的手搭在柳鶴亭的肩頭，雙目凝注著柳鶴亭的面容，對這一切的發生，卻都如不聞不見。

「原來是你，可真想煞老夫了！」

他將這句沒頭沒腦的言語，再次重複了一遍。柳鶴亭心中只覺驚疑交集，他與這老人素昧平生，實在想不出這老人怎有想煞自己的理由，只見這老人面容興奮，目光誠摯，兩隻炙熱的大手，激動地搭在自己肩上，竟有如故友重逢，良朋敘闊，哪裡還有一絲一毫方才的那種敵視仇恨之意？

這種微妙的情況，延續了直有半盞茶光景，柳鶴亭實在忍不住問道：「老前輩請恕在下無禮，但在下實在記不起……」

威猛老人哈哈一陣大笑，大笑著道：「我知道你不認得老夫，但老夫卻認得你。」雙手一陣搖動，搖動著柳鶴亭的肩頭，生像是滿腔熱情，無處宣洩，大笑著又道：「十餘年不見，想不到你竟真的長成了，真的長成了……」

語音中突地泛起一陣悲愴蒼涼之意，接口又道：「十餘年不見，我那恩兄，卻已該老了，唉！縱是絕頂英雄，卻難逃得過歲月消磨，縱有絕頂武力，卻也難鬥得過自然之力……」

仰首向天，黯然一陣嘆息，突又哈哈笑道：「但蒼天畢竟待老夫不薄，讓老夫竟能如此湊巧地遇著你，我再要這般長吁短嘆，豈非真的要變成個不知好歹的老糊塗了麼？」

他忽而激動，忽而感嘆，忽而大笑，語聲不絕，一連串說出這許多言語，卻教柳鶴亭無法插口，又教柳鶴亭莫名所以。

「難道這老人本是恩師昔年的故友？」要知柳鶴亭自有知以來，雖曾聽他師父談起無數次江湖的珍聞、武林的軼事，但伴柳先生對自己少年時的遭遇，卻始終一字不提。

方才這念頭在柳鶴亭心中一閃而過，他心中不禁又是驚異，又是欣喜，這老人若真是自己恩師的故友，那麼恩師的平生事蹟，自己便或可在這老人口中探出端倪，一念至此，脫口喜道：「難道老前輩與家師本是……」

語未說完，又被威猛老人搶口說道：「正是，正是，我那恩兄近來身體可還健朗麼？」他竟一字未問柳鶴亭的師父究竟是誰，只是口口聲聲地自道「恩兄」。

陶純純嫣然一笑，輕輕垂下猶自搭在老人脅下的玉指，緩緩道：「你可知道他的師父是誰麼？」

威猛老人轉過頭來，瞪眼瞧了她兩眼，像是在怪她多此一問。

陶純純有如未見，接口笑道：「你的恩兄若不是他的恩師，那又該怎麼辦？」

威猛老人呆了一呆，緩緩轉過頭，凝注柳鶴亭兩眼，突地哈哈笑道：

「問得好，問得好！但普天之下，武林之中，除了我那恩兄之外，還有誰習得力能開天，功能劈地的『盤古斧』絕技？除了我那恩兄的弟子，還有誰能傳得這驚人絕技？小姑娘，你這一問，問得雖好，卻嫌有些太多事了。」

柳鶴亭只覺心底一股熱血上湧，再無疑惑之處，撲地反身拜倒，大喜道：「老前輩您是恩師故友，請恕弟子不知之罪。」

威猛老人仰天一陣長笑，靜夜碧空，風吹林木，他笑聲卻是愈笑愈響，愈響愈長，直似不能自止。柳鶴亭與陶純純對望一眼，轉目望去，忽見他笑聲雖仍不絕，面頰上卻有兩行淚珠滾滾落下，流入他滿腮銀白的長髯中。

於是他也開始聽出，這高亢激昂的笑聲中，竟是充滿悲哀淒涼之意。四周眾人雖看不到他面上的淚珠，但見了他此等失常之態，心中自是驚疑交集。

虬髯大漢大喝一聲：「師父！」挺腰站起，卻忘了右腿已被人家點中穴道，身形離地半尺，撲地卻又坐回地上，雙目圓睜，牙關緊咬，雙手在地上爬了幾爬，爬到他師父膝下。

威猛老人的笑聲猶未停頓，卻已微弱，終於伸手一抹面上淚痕，仰天道：「故友，故友……」一把抓住柳鶴亭的肩頭，「我邊萬勝豈配做他的故友……」語聲未了，淚珠卻又滾滾落下。

柳鶴亭愕然呆立，心中雖有千言百語，卻無一字說得出口，直到此刻為止，他既不知道這人的身分來歷，更不知道他與師父間的關係。

只見那虬髯大漢抱住這老人的雙膝，仰面不住問道：「師父，你老人家怎地了……」

威猛老人笑聲一頓，垂首看了他一眼，忽地俯身將他一把拉起。陶純純玉掌微拂，輕輕拍開了他的穴道，卻聽威猛老人夾胸拉著他的弟子，緩緩問道：「我若遇著十分困難之事，教你立時為我去死，你可願意麼？」

虬髯大漢呆了一呆，挺胸道：「師父莫說教我去死，便是要叫我粉身碎骨，我也心甘情願。」

老人長嘆一聲，又道：「生命乃是世上最可貴之物，你卻肯為我拋去生命，為的什麼？」

虯髯大漢張口結舌，又自呆了半晌，終於期期艾艾地說道：「師父待我，天高地厚，我為師父去死，本是天經地義之事，我……我……我總覺師父什麼事都不教我做……我……我……反而難受得很……」伸出筋骨強健的大手，一抹眼簾，語意哽咽，竟再也說不下去了。

老人又自長嘆一聲，緩緩鬆開手掌，仰天又道：「你雖然從我習武，我也待你不薄，但這不過只是師徒應有之義，怎能算得上是天高地厚之恩？你卻已肯為我去死，有一人待我之恩情不知要比我待你深厚多少倍，但直到今日，我除了心存感激外，從未能替他做過一絲一毫的事，你說我心裡是否也要比你難受千萬倍呢？」他說到後來，竟然也是語氣哽咽，不能繼續。

柳鶴亭抬手一拭臉頰，手又落下，微撫衣襟，再抬起，又落下，當真是手足失措，舉止難安。他此刻已從這老人的言語之中，聽出他必對自己的師父深懷感激之心，詳情雖不甚清，大略卻已瞭然，但面對這般一個熱情激動的老人，自己究竟該說些什麼言語，他想來想去，卻仍不知該如何是好。

只見這老人突地轉過身來，緩緩說道：「四十年前，我年輕氣盛，終日飛揚浮躁，自以不可一世，終於惹下殺身之禍，我那恩兄卻為我……為我……唉，自此以後，我便終年追隨在他身畔，希望能讓我有機會報答他那一番恩情，哪知……唉，我非但不能報恩，卻又不知為他惹出多少煩惱，他卻始終待我有如手足家人，直到他臨隱之際，還不斷地為我關心。恩兄呀恩兄，你此刻已有傳人，心願已了，你可知道你這不成材的邊二弟，卻將要對你遺憾終生麼？」

陶純純嘴角含笑，眼波一轉，輕輕說道：「施恩者原不望報，望報者便非恩情，你和他數十年相交，若始終存著這分報恩之心，他若知道，說不定比你更要難受哩！」

老人神情一呆，當自凝思了半晌，目中光芒閃動，亦不知心中是喜是惱，木立良久，亦是舉止不安。

柳鶴亭悄悄走到虬髯人漢身側，悄語道：「令師的高姓大名，不知兄台可否見告？」

虬髯大漢濃眉一皺，似是十分詫異，皺眉道：「你連我師父的名字都不知道麼？」

柳鶴亭見這大漢腰粗背闊，生像威猛，滿面虬髯，目光灼灼，但言行舉止，卻有如垂髫幼童，忍笑低語道：「令師雖與家師相交已久，但小可卻是初次見面……」

虬髯大漢接口道：「我師父方才還說與你十餘年不見，想必是十餘年前已經見到過你，你怎地卻說是初次見面，難道你要騙我麼？」

柳鶴亭暗中苦笑一聲，說道：「十餘年前，我年紀尚幼，縱曾拜見過令師，也記不清了。」

虬髯大漢上下打量了柳鶴亭數眼，口中「哦」了一聲，似是恍然大悟，不住頷首，道：「是了，是了，十餘年前，你不過只是個乳臭未乾的小孩子罷了。」忽地覺得自己所說的話甚是幽默風趣，忍不住又重複一句：「你不過只是個乳臭未乾的小孩子罷了。」終於情不自禁，大笑起來，附在柳鶴亭耳畔，輕輕說道：「我師父說起話來，雖然一板一眼，但我說話卻是風趣得很，有一日開封中州鏢局，幾個鏢頭，不恥下問地來拜訪我師父，我師父恰巧有俗務去遊山玩水了。我當仁不讓，自告奮勇地出去與他們應酬，和他們說了半天話，直把他們幾個人都說得彎腰捧腹！幾乎要笑出眼淚，還有一次……」他挺胸凸腹，侃侃而言，言下極是得意。

柳鶴亭聽他將「不恥下問」與「拜訪」連在一處，又將「俗務」與「遊山玩水」並爲一談，已忍不住要笑出聲來，聽他說到「還有一次」，生怕他還要說出一些自己的得意之事，趕快接口道：「極是，極是，兄台的言語當真是風趣得緊。」

虬髯大漢哈哈一陣大笑，刹那之間，便已將方才的悲哀痛苦忘去。陶純純嫣然含笑，站在他身側，這兩人一拙一巧，一敏一呆，相去之遠，當真不知要有若干倍。

虬髯大漢大笑數聲，突又長嘆道：「老弟，你可知道，世人常道，絕頂聰明之人，大多不能長壽，是以我也常在擔心，只怕我會突然夭折而死！」

柳鶴亭見他說得一本正經，心中雖然好笑，卻再也不忍笑出聲來，只聽陶純純在笑道：「閣下雖然滿腹珠璣，才高八斗，而且說起話來，妙語如珠，滿座生風，但為人處世，卻是厚道得很，你說是麼？」

虬髯大漢拊掌笑道：「極是極是，半點不錯——」突地愣然瞧了陶純純兩眼，濃眉深皺，似乎又非常詫異，接口道：「我與姑娘素……素……」一連說了兩個「素」字，終於想起了，接口道：「素昧平生，但姑娘說我的話，卻是一句也不錯，像是與我早已青梅竹馬似的，這倒真是怪了！」

「青梅竹馬」四字一說出口，柳鶴亭再也忍俊不住，終於笑出聲來。

卻見陶純純仍然十分正經地說道：「你行事這般厚道，非但不會短命，而且一定長命百歲，只有等到九十七歲那年，要特別小心一些，最好不要與女子接近，過了這年，我擔保你能活到百歲以上！」

柳鶴亭劍眉微剔，方待說話，卻聽那虬髯大漢已自哈哈笑道：「九十七歲，哈哈，不要與女子接近，哈哈，九十七歲時我縱因女子而死，也死得心甘情願得很，只怕……」

語聲未了，柳鶴亭面寒如冰，微「嘿」一聲，已忍不住截口說道：「純純，你可知道你方才說的是什麼話？」

陶純純眼波一轉，面上突地滿現委屈之意，垂下頭去，一言不發。

虬髯大漢濃眉一軒，還似要為陶純純辯駁幾句，柳鶴亭又自正色接道：「純純，戚氏兄弟玩世不恭，專喜捉弄他人，那是因為他們生世特殊，遭遇離奇，你若也學他們一樣，便是大大的不該了。」

陶純純粉頸垂得更低，長長的秀髮，有如雲霧一般，從肩頭垂落下來。柳鶴亭生具至性，聽了那虬髯大漢的言語，雖覺哭笑不得，但又覺此人當哭則哭，當笑則笑，心中所思，口中言之，不知虛偽掩飾，端的是性情中人，不覺又對他頗生好感，是以見到陶純純如此戲弄捉狹於他，心中便覺不忍！

虬髯大漢上下瞧了柳鶴亭兩眼，濃眉一揚，大聲道：「我與這位姑娘談得甚是有趣，你卻在旁插的什麼嘴，哼哼，那戚氏兄弟是誰？又怎能與這位姑娘相比。」

柳鶴亭轉過頭，只作未聞，目光轉處，卻見那威猛老人，不知何時已走到自己身後，此刻正自含笑望著自己，緩緩說道：「年輕人喜歡玩笑，本是常情，你又何苦太過認真？」

柳鶴亭苦笑數聲，似乎要說什麼，回首望了陶純純一眼，卻又倏然住口。威猛老人左顧右盼，忽而望向柳鶴亭，忽而望向陶純純，面容上的笑容，也越發開朗，口中緩緩道：「這位姑娘是……」

柳鶴亭乾咳一聲，道：「這位姑娘是……」又自乾咳一聲。

威猛老人哈哈一笑，連聲道：「好，好……」

柳鶴亭不禁也為之垂下頭去，卻有一陣難以描摹的溫暖之意，悄悄自心底升起。

虬髯大漢突地也哈哈大笑起來，一手指著柳鶴亭，一手指著陶純純，哈哈笑道：「我明白了，我明白了，原來你們是……哈哈！」

一步走到柳鶴亭身側，重重一拍他的肩膀，接口笑道：「方才我與那位姑娘說話，原來你在吃醋是不是？老弟，老實告訴你，其實我也有……也有……也有……」語聲漸漸哽咽，突地雙手掩面，大喊道：「蓉兒……蓉兒……」終於放聲大哭起來。

柳鶴亭本自被他說得哭笑不得，此刻見了他的神態，又不禁為之黯然，只見他雙手掩面，大步奔到方才自荒祠中抬出的屍身之前，撲地跪了下去，哀哀痛哭不止。

威猛老人長嘆一聲，道：「三思，你怎地還是這般衝動，難道你又忘了『三思而行』這句話麼？要哭也不要在此地……」突地背轉身去，雙肩起伏不止。

柳鶴亭、陶純純一起抬起頭來，默然對望一眼，晚風甚寒，風聲寂寂，大地之間，似乎已全被那虬髯大漢悲哀的哭聲佈滿……

突地，荒祠中傳出一陣大笑之聲，笑聲之中，微帶顫抖，既似冷笑，又似乾嚎。虬髯大漢哭聲漸微，威猛老人霍然轉過身來，祠外人人心房跳動，雙目圓睜，祠內笑聲愈見高亢，讓人聽來，卻不知是哭是笑。

柳鶴亭劍眉微軒，一步掠上祠前石階，虬髯大漢大喝一聲，跳將起來，飛步跟去。威猛老人低叱一聲：「且慢！」揮手一圈，數十道孔明燈光，重又一齊亮起，射向荒祠。柳鶴亭暗調真氣，橫掌當胸，一步一步走了進去，只見祠內低垂著的神幔前面，盤膝坐著一條黑衣人影，斷續著發出刺耳的狂笑之聲。

燈光連連閃動，祠內更見明亮，威猛老人一步掠入，只見這狂笑之人，遍體黑衣，黑巾蒙面，心頭不禁為之一凜，脫口道：「烏衣神魔！」

狂笑之聲，斷續不止，威猛老人雙臂一張，攔住柳鶴亭的身形，卻聽這黑衣人乾笑著道：「糊塗呀糊塗，萬勝神刀邊傲天呀，你當真糊塗得緊。」語聲亦是斷斷續續含糊不清，生像是口中含了個核桃似的。

威猛老人濃眉劍軒，厲叱道：「臨沂城中的命案，是否全是朋友你一手所爲……」

黑衣人卻似根本未曾聽見他的言語，自管乾笑著大聲道：「你傾巢而出，來到此間，難道未曾想到你家中還有婦孺老小麼？難道你不知『烏衣神魔』一向的行事，難道你不怕殺得你滿門雞犬不留，哈哈……哈哈……哈哈……」

三句「難道」，一句接著一句，三聲「哈哈」，一聲連著一聲，威猛老人邊傲天神情突地一呆，額上汗落如雨。

柳鶴亭輕輕推開威猛老人邊傲天的臂膀，他也渾如不覺，只聽這黑衣人的乾笑之聲，似乎已變做他老妻弱孫的臨死哀哭，一時之間，他心頭悲憤之氣，不覺翻湧而起，滿身血脈賁張，瞠目大喝一聲，騰身撲了上去！

那黑衣人雖仍盤坐如故，笑聲卻已頓住，只剩下喉間一連串格格的乾響。

邊傲天一生闖蕩江湖，雖在激怒之下，見到這黑衣人如此鎭靜，仍不禁出於本能地爲之一愣，但是念頭在心中只是一閃而過，他身形微頓一下，雙掌已自閃電擊出，擊向那黑衣人胸前，「膺窗」、「期門」兩處穴道。

他只道這黑衣人身懷絕技，是以這兩掌並未出盡全力，卻留下一著極厲害的後著，但見他十指似屈似伸，掌心欲吐未吐，正是意在招先，含蓄不攻。哪知黑衣人不等他的雙掌擊到，突地抬頭大呼道：「饒命！」

這一聲「饒命」，直喊得柳鶴亭、邊傲天俱都爲之一呆，在這刹那之間，邊傲天心中念頭連轉數轉，終於悶哼一聲，硬生生撤回掌上力道，唰地後掠五尺。他不願妄殺無辜，是以收招退式，卻又怕這黑衣人行使奸詐，將這一聲「饒命」作爲緩兵之計，然後再施煞手，是以後退五尺。

只見這黑衣人雙手蒙頭，渾身顫抖，當真是十分畏懼的模樣，他心中不禁既驚且奇，沉聲叱道：「朋友究竟是誰？在弄什麼玄虛？」

卻聽黑衣人顫聲道：「好漢爺饒命，小的……」突地全身一軟，「噗通」自神台上跌了下來，接著「嗆琅」一聲，神幔後竟落下一柄雪亮鋼刀。

柳鶴亭足尖輕點，一掠而前，微一俯身，將鋼刀抄在手中，只見神幔後歪倒著一具泥塑神像，牆壁間卻有兩尺方圓一個破洞，冷風颼颼，自洞外吹入，洞口卻交叉架著兩枝枯木。

他目光一閃，轉首望去，那黑衣人猶自伏在地上，不住顫抖，背後脊椎下數第六骨節內的「靈台穴」上，似有一點血跡，仍在不住滲出，邊傲天濃眉微皺，一把將他自地上提起，唰地揭去他面上黑巾，厲聲喝道：「你是什麼人？」哪知這黑衣人顫抖兩下，竟嚇得暈死過去。

柳鶴亭、邊傲天對望一眼，此刻兩人心中俱已知道，其中必定別有蹊蹺，柳鶴亭手掌動處，連拍他身上七處穴道，這種拍穴手法，乃是內家不傳秘技，尤在推宮過穴之上，霎目之間，黑衣人緩緩吐出一口長氣，睜開眼來，突又顫聲大呼道：「好漢爺饒命，小的什麼都不知道。」又掙扎著回過頭去，向牆上破洞處看了幾眼，目光中滿佈驚恐之色，生像是那破洞後潛伏著什麼鬼魅一般。邊傲天手掌一鬆，他便又撲地坐在地上，連聲道：「那些話是一些黑衣爺們叫我說的，小的是個莊稼漢，什麼都不知道。」

邊傲天見他面如死灰，嘴唇發抖，已嚇得語不成聲，再一把抓起他的手掌，掌心滿是厚繭，知道此人的確是個莊稼漢子，所說的話，亦非虛語，當下輕咳一聲，和聲道：「這到底是怎麼回事，你且說來聽聽，只要與你無關，我們不會難為你的。」

這黑衣人見他語聲極是和緩，稍稍放下些心，但目光中卻仍有驚恐之色，聲音中亦仍帶顫抖，斷斷續續地說道：「小的是個莊稼漢，收過麥子，累了一天，今天晚上吃過晚飯，洗了腳，就和老婆……」

那虬髯大漢在他師父身邊，似乎頗爲老實，一直沒有妄動，此刻忍不住大喝一聲，道：「誰要聽你這些廢話！」

他說起話來聲如洪鐘，這一聲大喝，直嚇得那漢子幾乎從地上跳了起來，邊傲天皺眉道：「三思，讓他慢慢說出就是，這般駭他作甚？」

虬髯大漢不敢言語，心中卻大爲不服，暗道：「他若把和老婆吃飯睡覺的事都說出來，難道我們也有工夫聽麼？」

那黑衣漢子偷偷瞧了他幾眼，見他猶在怒目望向自己，機伶伶打了個冷顫，口中趕緊說道：「小的和老……睡得正熟，突然覺得身上蓋的被子被人掀了起來，俺大吃一驚，從炕上跳了起來，只看見好幾個穿著黑衣裳黑巾蒙面的大爺站在俺炕頭，俺老婆張口就想叫，哪知人家手一動，俺老婆就呆住了，動也不能動。」

他心中緊張，語聲顫抖，說的又是山東土腔，柳鶴亭若不留意傾聽，實難聽出他所說的字句。

只聽他伸手一抹鼻涕，接口又道：「這一下，俺可急了，張口就罵了出來，哪知還沒有罵上一句，嘴上就挨了一個大耳刮子，當中一個人冷笑著對我說：『你要是再說一句話，我就先割下你耳朵，再挖出你的眼睛。』他說話的聲音又冰又冷，簡直不像人說的，他話還沒有說完，我已駭得軟了，再給我五百吊錢，我也不敢開口說一個字了。」

說到這裡，喘了兩口氣，摸了摸自已的耳朵，方自接著說道：「那些穿黑衣裳的大爺……咳咳，那些穿黑衣裳的小子就一下把俺扯了起來，我先還以為他們是強盜，可是俺想，俺又有什麼東西給人家搶呢？這班賊小子難道窮瘋了麼，搶到俺這裡來了？哪知他們反倒給俺穿上這套黑衣裳，又教了剛才那套話，把俺送到這裡來，叫我假笑，等到有人進來，就將他們教的話一字不漏的說出來。」

他嘆了口氣又道：「俺記了老半天，才把那些話記住，他們就從那個洞裡把俺塞進來，叫俺坐在那裡，俺想逃，可是他們把刀抵在俺背後，說動一動，就給俺一刀，刀尖直扎進我肉裡，俺又疼又怕，哪裡笑得出，可是又非笑不可，不笑扎得更疼，沒辦法，只好笑啦，直娘賊，那滋味可真不好受。」

柳鶴亭暗道：「難怪方才笑聲那般難聽，原來如此。」又忖道：「那班『烏衣神魔』，如此做法，卻又為的是什麼？」

卻聽這漢子罵了兩句，又道：「到了爺們進來，我不敢說那些話，又不敢不說，誰知道那班賊小子也是怯貨，看見你們進來，他們就跑了。」

邊傲天一直濃眉深皺，凝神傾聽，此刻突地沉聲問道：「那班人是何面容，你可曾看清？」

那漢子道：「那班賊小子頭上也都蒙著黑巾，像是見不得人似的。」

邊傲天皺眉又道：「他們說話是何口音？」

那漢子想了半晌，道：「他們有的南腔，有的北調，也不知怎麼湊合在一起的。」

邊傲天目光一轉，詫聲自語道：「這倒怪了！」俯首沉吟半晌，亦在暗問自己：「他們如此做法，卻又爲的什麼？」心頭突地一凜：「難道他們是想藉此調虎離山？或是想將我們誘到這廟裡，然後……」心念及此，忙轉身向門外撲去！

柳鶴亭目光轉處，只見孔明燈光從門外筆直射入，那班漢子早已擁至祠堂門口，探首向內張望，然而卻不見陶純純的行蹤，心中不禁一驚：「她到哪裡去了？」一撩衫角，向祠外掠去。

兩人同時動念，同時掠向祠外，柳鶴亭卻快了半步，唰地騰身從門口人群頭上掠出，只見星河耿耿，明月在天，亂草荒徑，依然如故，然而風吹草動，月映林舞，月下卻一無人影。

柳鶴亭心頭一陣顫動，忍不住呼道：「純純，你在哪裡？」四下一無回應，但聞蟲鳴不已。

他不禁心膽俱寒，擰身錯步，唰地掠上荒祠屋脊，再次呼道：「純純，你在哪裡？」這一次他以內力呼出，呼聲雖不高亢，但一個字一個字地傳送出去，直震得林梢木葉，簌簌而動。

呼聲方落，突地一聲嬌笑，傳自祠後，只聽陶純純嬌笑道：「你喊些什麼，我不是在這裡麼？」

柳鶴亭大喜道：「純純，你在哪裡？」唰地一聲，筆直掠下，他這一聲「你在哪裡」字句雖和方才所呼完全相同，但語氣卻迥然而異。

只見陶純純衣袂飄飄，一手撫髮鬢，俏立在祠後一株白楊樹下。楊花已落，木葉未枯，樹葉掩住月色，朦朧之中，望去直如霓裳仙子！

柳鶴亭身形一折，飄飄落在她身側，默然盯了她兩眼，一言不發。

只聽陶純純輕輕笑道：「你在怪我不該亂跑，是麼？」

柳鶴亭道：「你若是替別人想想……」忍不住長嘆一聲：「你知道我多麼擔心呀！」

陶純純嫣然一笑，仰面道：「你真的在擔心我？」

柳鶴亭深深盯住她，良久良久，卻不答話。

陶純純秋波微轉，垂首道：「方才你爲什麼當著別人面前罵我？」

柳鶴亭長嘆一聲，緩緩道：「日久天長，慢慢你就會知道我的心了。」

陶純純輕輕道：「難道你以爲我現在不知道？」突地仰面笑道：「難道你以爲我真的因爲生你的氣才躲到這裡來的？」緩緩伸出手掌，指向荒祠殿角，接口又道：「你看，那邊殿下堆的是些什麼？」

月光之下，她指如春蔥，纖細秀美，瑩白如玉，柳鶴亭順著她手指望去，只見荒祠殿角，四周堆著一些物事，遠看看不甚清，也不知是些什麼，他心中一動，掠前俯首一看，掌心不禁滲出一掌冷汗。

只聽陶純純在身後說道：「你可知道這是什麼？」

柳鶴亭緩緩點了點頭，突地轉身長嘆道：「純純，這次若不是你，只怕我們都要喪生在這些硫磺火藥之下了！」

只見遠處一人大步奔來，口中喝道：「什麼硫磺火藥？」銀髯飄飄，步履矯健，正是那「萬勝神刀」邊傲天，霎眼之間，便已掠至近前。

柳鶴亭道：「那班『烏衣神魔』，好毒辣的手段，將我們誘至祠中，卻在祠外佈滿火藥。」

要知火藥一物，雖然發明甚久，但俱多用於行軍對陣，江湖間甚是少見，邊傲天一聽「火藥」兩字，心頭不禁爲之一凜，只聽他微喟一聲，接口又道：「若不是她，只怕……」忽覺自己「她」之一字用的甚是不妥，倏然住口不言，卻見陶純純一雙明亮的眼波，正自含笑而睇。

愣了半晌，轉身向陶純純當頭一揖，陶純純連忙萬福還禮，輕笑道：「這可算得了什麼？老前輩千萬不要如此客氣，只可惜我趕來時，那班『烏衣神魔』已逃走了，我擔心這裡，是以也沒有追，不然將他們捉上一個，也可以看這些能使得武林人聞之色變的『烏衣神魔』們，到底是什麼樣子！」

「萬勝神刀」邊傲天一揖到地，長身而起，仔細瞧了她幾眼，突地長嘆一聲，道：「老夫一生之中，除了這位柳老弟的恩師之外，從未受人恩惠，姑娘今夜的大恩大德，卻令老夫沒齒難忘，區區一揖，算得了什麼？」

他一面說話，一面長吁短嘆，心中似是十分憂悶，柳鶴亭道：「老前輩可是在爲府上擔心？此間既已無事，晚輩們可隨老前輩一起回去，或許還可助老前輩一臂之力。」

邊傲天嘆道：「此事固然令我擔心，卻也算不得什麼，那班『烏衣神魔』，身手想必也不會有這般迅快，你我只要早些趕回去，諒必無妨。」

陶純純含笑道：「老前輩有什麼心事，不妨說將出來，晚輩們或許能替老前輩分擔一二。」

邊傲天一手捋鬚，雙眉深皺，又自沉重地嘆息一聲，道：「老夫一生恩怨分明，有仇未報，固是寢食難安，有恩未報，更令我心裡難受。」突又向陶純純當頭一揖，道：「姑娘你若不願我心裡難受，千萬請吩咐一事，讓老夫能稍盡綿薄之力，不然的話……」連連不住嘆息。

陶純純忙還禮道：「晚輩們能爲老前輩分勞，心裡已經高興得很了，老前輩如此說法，豈非令晚輩們汗顏無地！」

邊傲天愣了半晌，長嘆幾聲，垂首不語。柳鶴亭見他神情黯然，兩道濃眉，更已皺到一處，心中不禁又是佩服，又是奇怪，佩的是此人恩怨分明，端的是條沒奢遮的好漢，奇的是武林中恩怨分明之人固多，但報恩豈在一時，又何須如此急躁？

他卻不知道這老人一生快意恩仇，最是將「恩怨」二字看得嚴重，人若與他有仇，他便是追至天涯海角，也要復仇方快，而且死打纏鬥，不勝不休。武林中縱是絕頂高手，也不願結怨於他，人若於他有恩，他更是坐立不安，恨不能立時將恩報卻，江湖中幾乎人人俱知「萬勝神刀」一句名言，那便是：「復仇易事，報恩卻難，寧與我有仇，切莫施恩於我！」他一生也當真是極少受人恩惠。

一時之間，但見他忽而仰首長嘆，忽而頓足搔頭，忽又嘆道：「姑娘若真的不願讓老夫效勞……」

柳鶴亭忍不住接口道：「純純，你就求邊老前輩一事罷了。」他見這老人此刻毫無去意，想到莊稼漢子代「烏衣神魔」說出的言語，心裡反而擔心，是以便示意陶純純隨意說出一事，也便罷了。

陶純純秋波一轉，道：「那麼，恭敬不如從命……」

邊傲天大喜道：「姑娘答應了麼？快請說出來。」

陶純純輕輕瞟了柳鶴亭一眼，突又垂下頭去，道：「老前輩叫他說吧。」

邊傲天愣了一愣，來回走了幾步，頓下身形，思索半晌，突地拊掌大笑道：「我知道了，我知道了，總算老夫幾十年還未白活，姑娘們的啞謎，也猜得中了！」大步走到柳鶴亭身前，大聲道：「這位姑娘，你可喜歡麼？」

柳鶴亭不禁一愣，吶吶說不出話來，卻聽邊傲天又自笑道：「我知道你是喜歡她的，只可惜既無父母之命，又無媒妁之言，是以雖是兩情相悅，卻不能結為連理，是麼？」

柳鶴亭、陶純純一起垂下頭去，這莽撞的老人的一番言語，卻恰好誤打誤撞地說到他們心裡。

邊傲天自左至右，自右至左，仔細瞧了他們幾眼，大笑又道：「那麼就讓老夫來作媒人好了。」

柳鶴亭心裡一急，吶吶道：「但是……」

邊傲天揚眉道：「但是什麼，這位姑娘慧質蘭心，美如天仙，難道還配不上你？難道你還有些不願意麼？」

柳鶴亭心裡著急，吶吶又道：「不是……」

邊傲天哈哈大笑道：「不是便好，一言為定，一切事都包在老夫身上，包管將這次喜事做得風風光光地，你們放心好了。」不等他兩人再開口，轉身飛步而去，只剩下柳鶴亭、陶純純你垂著頭，我垂著頭，突地兩人一起抬起頭來，你望著我，我望著你。

兩人眼波相接，心意暗流，只覺今夜的秋風，分外溫暖，今夜的秋月，分外明亮，直到那「萬勝神刀」遠遠喝道：「柳老弟，該走了。」他一連喝了三聲，柳鶴亭方自聽見。

早霞朝昇！

臨沂城外的大道上，一行數十人，跟著一輛篷車，沿路而行，這其中有的銀鬚銀髮，有的滿面于思，有的風姿朗爽，有的貌如春花，神情亦憂亦喜，有憂有喜，腳步似緩而急，似急而緩，裝束非俠非盜，非官非商，語聲時嘆時笑，時高時低，早行的路人雖都側目而視，卻無一人敢報以輕蔑懷疑之色，因爲人人俱都認得，爲首的那一老人，便是城中大豪，「萬勝神刀」邊傲天。

柳鶴亭、陶純純一左一右，將邊傲天夾在中間，並肩而行，這兩人誰都不敢抬起頭來，但偶一抬起，卻都會發現對方的目光也正在望著自己，邊傲天腳下不停，一捋長髯笑道：「數十年來，今日老夫當真是最最開心的日子。」忽地又不禁皺眉道：「那班『烏衣神魔』手腳想必不會這般迅快，你我如今趕回，一定不會出事的。」

柳鶴亭、陶純純對望一眼，又自垂下頭去，心裡各各知道，這老人口中雖如此說，心裡其實擔心已極。

但此刻天色既明，路上又有了行人，他們勢必不能施展輕功，那虬髯大漢跟在身後，忍不住道：「師父，我先跑回去看看……」

邊傲天回首道：「你先回去，又有何用！」又道：「你我如今趕回，一定不會出事的。」又不住皺眉，又不住乾咳，又不住嘆息，卻又不住大聲笑道：「老夫今日，當真是開心已極！」

一入臨沂城，向左一折，便是一條青石大街，街頭是個小小的市集，但愈行人跡愈少，這一行人的腳步也就愈急，柳鶴亭初至此間，心中自不免有一分陌生的旅客踏上陌生的地方那種不可避免的新奇之感，只見街右街左櫛比鱗次的屋宇，青瓦紅牆，都建築得十分樸實，來往的行人，也多是風塵僕僕的彪形大漢，與江南的綺麗風光，自是大異其趣。

漸至街底，忽見兩座青石獅子，東西對蹲在一面緊閉著的黑漆大門之前，青獸銅環，被朝陽一照，閃閃生光，邊傲天目光動處，濃眉立皺，唰地一步，掠上前去，口中喃喃自語著道：「怎地還未起來！」伸出巨掌，連連拍門，只聽一陣銅環相擊之聲，震耳而起，但門內卻寂無回應。

柳鶴亭心頭一凜，道：「那班『烏衣神魔』已先我們而至？」

邊傲天濃眉皺得更緊，面目之上，似已現出青色，忽地大喝：「開門！」

這一聲巨喝，直比方才銅環相擊之聲，還要猛烈多倍。

但門內卻仍是寂無應聲，虬髯大漢雙足一頓，喝然一聲，掠入牆內，接著大門立開，邊傲天搶步而入，只見一條青石甬道，直通一扇垂花廊門，入門便是兩道迴廊，正中方是穿堂，一面紫檀木架的青石屏風，當門而立。

邊傲天一步掠入廳門，目光動處，不禁又大喝一聲。

柳鶴亭隨之望去，只見那青石屏風之上，竟赫然寫著兩行觸目驚心的大字：「若非教主傳諭，此宅已成火窟！」字跡朱紅，似是鮮血，又似硃砂，邊傲天鬚髮皆張，揚手一掌，向前劈去。

只聽嘩然一聲大震，青石屏風跌得片片碎落，露出裡面的三間正廳……

在這刹那之間，柳鶴亭凝目望去，只是這三間廳房之中，數十張紫檀木椅之上，竟都坐著一人，有的是白髮皓首的老婦，有的是青衣垂髫的少女，此刻俱都僵坐不動，一個個神情木然，有如泥塑。

日光雖盛，柳鶴亭一眼望去，仍不禁機伶伶打了個寒戰，只覺一陣陰森恐怖之意，倏然自心底升起。

邊傲天雙目皆赤，大喝一聲：「芸娘，你怎地了？」但滿廳之人，卻俱都有如未聞。

邊傲天三腳兩步，向居中而坐的一個華服老婦面前撲了過去，這名滿武林的高手，此刻身形動作，竟似已變得十分呆笨，這突來的刺激，刺傷了他遍身上下的每一處肌肉，每一根神經。柳鶴亭隨後掠到，目光動處，突地長長吐出一口氣，含笑說道：「幸好……」

語聲未了，突地一陣激烈的掌風，自身後襲來，柳鶴亭微微一驚，擰腰錯步，避了開去，只見那虯髯大漢勢如瘋狂一般，刹那之間，便又向自己擊出數拳，拳風虎虎，招招俱足致命。

柳鶴亭心中又驚又奇，身如游龍，連避五招，口中詫聲叱道：「兄台這是怎的了？」

虯髯大漢目眦盡裂，厲聲叱道：「好你個小子，非打死你不可！」呼呼又是數拳，他招式雖不甚奇，但拳勢極是剛猛，掌影之中，突又飛起一腳，踢向柳鶴亭「開元」穴下。

這「開元」一穴在臍下三寸，爲小腹之幕，乃是人身死穴之一，用足點重者，五日必死。

柳鶴亭劍眉微皺，不禁動怒，卻聽這大漢又道：「我師父一家滿門都被人害了，你這小子還說很好，非打死你不可！」

柳鶴亭不禁恍然大悟：「原來如此！」只見他當胸一拳，猛然打來，口中便含笑道：「兄台又誤會了！」微一側身，向擊來的拳頭迎了上去。撲地一聲輕響，虯髯大漢這一招「黑虎偷心」，雖已著著實實擊在柳鶴亭右肩之上，可是他拳上那足以斃獅伏虎的力道，卻似一分一毫也未用上。

虬髯大漢微微一愣，看見對方猶在含笑望著自己，心中不禁一寒，大生驚服之意，發出的拳勢竟未收將回來。

柳鶴亭微微一笑，道：「令師家人不過僅是被人點中穴道而已，絕不妨事，是以……」

虬髯大漢喝道：「真的麼？」

柳鶴亭笑道：「在下自無欺瞞兄台之理。」轉身行至那猶自伏在椅邊痛哭的邊傲天身側，伸手輕輕一拍他肩頭，和聲道：「邊老前輩……」話猶未說，那虬髯大漢卻已大喝著代他說了出來：「師父，他們沒有死，他們不過是被人點中了穴道而已。」

柳鶴亭心中既是好笑，又是感嘆，暗中忖道：「這師徒兩人，當真俱都魯莽得緊，這虬髯大漢猶有可說，邊老前輩一生闖蕩江湖，未將事態分清，卻已如此痛哭起來。」

轉念又忖道：「人道莽夫每多血性，此言絕非虛語，這師徒兩人，當笑則笑，當哭則哭，端的俱是血性中人，猶自未失天真，雖然魯莽，卻魯莽得極爲可愛，武林中人若都能有如這師徒一般，尙存一點未泯的童心，豈非大是佳事？」

抬目望去，只見邊傲天淚痕未乾的面上，已自綻開一絲微笑。

垂髫幼童，破啼爲笑時，其狀已甚是可笑，這邊傲天年已古稀，滿頭白髮，滿面皺紋，生像又極威猛，此刻竟亦如此，柳鶴亭見了，不覺啞然，微一側首，忽見一雙目光，直勾勾地望著自己，卻是他身側一張紫檀木椅上，被人點中穴道的一個垂髫幼女。滿面俱是驚怖之色，竟連眼珠都不會動彈一下。

柳鶴亭心中不禁一動，忖道：「普天之下點穴手法，大多俱是制人血脈，使人身不能動，口不能言，但這少女卻連眼珠俱都一起被人制住，此類手法除了『崑崙』的獨門點穴之外，似乎沒有別派的能夠……」轉念又忖道：「但『崑崙』一派，一向門規森嚴，從無敗類，這班『烏衣神魔』，怎地會投到『崑崙』門下呢？」

一念至此，他心中不禁大奇，仔細端詳了半晌，他性情雖瀟灑，行事卻不逾規矩，這女孩年紀小，他卻也不便出手為她解穴。陶純純斜倚門邊，此刻一掠而前，玉手輕抬，在這女孩前胸、後背七處大穴之上，連拍七掌，柳鶴亭心中既是感激，又是得意，他心中所思之事，不必說出，陶純純卻已替他做到。

這垂髫少女長嘆一聲，醒了過來，目光一轉，哇地一聲，大哭起來，哭喊著跑了過去，一頭倒入那虯髯大漢的懷裡。

虯髯大漢輕輕撫著她頭髮，柔聲道：「沅兒，莫怕，大哥在這裡！」他生像雖極嚇人，但此刻神情言語，卻是溫柔已極，那女孩抬起頭來，抽泣著道：「大哥……我……我姐姐回來了沒有？」

虯髯大漢呆了一呆，突地強笑道：「蓉姐姐到你姑媽那裡去了，要好幾個月才會回來哩。」他嘴角雖有笑容，但目光中淚珠閃動，胸膛更是起伏不定，顯見得心中哀痛已極，似他這般性情激烈之人，此刻竟能強忍著心中的悲痛，說些假話來免得這女孩傷心，這當真比讓他做任何事都要困難十倍。

柳鶴亭心頭一陣黯然，回轉頭去，不忍再看，只見陶純純已為第二個少女解開了穴道，拍的卻是這少女雙肩上的左右「肩井」兩穴，以及耳下「藏血」大穴。柳鶴亭雙眉一皺，奇道：「純純，你用『雙鳳手』和『龍抬頭』的手法為她解穴，難道她中的是『峨嵋派』聖因師太的不傳秘技拂穴手法麼?」

陶純純回首一笑,道:「你倒淵博得很!」

柳鶴亭心中大感奇異:「怎地峨嵋弟子也做了『烏衣神魔』?」走到另一個青衣丫鬟身側,俯身微一查看,雙眉皺得更緊,道:「純純,你來看看,這少女是否被『崆峒』點穴手法所制?」

陶純純輕伸玉手,在青衣丫鬟鼻下「人中」、腦後「玉枕」、左右「太陽穴」各各捏了一下,等到這丫鬟跑了開去,方自低語道:「不錯,正是崆峒手法。」柳鶴亭呆了一呆,快步走到那邊一排數個皂衣家丁之前,爲他們解開了穴道,只見這些家丁有的是被普通武林常見的手法所點,有的卻是某一門戶的獨門點穴。

回首望去,只見邊傲天獨自在爲那華服老婦推宮過穴,那老婦口中不住呻吟,穴道卻仍未完全解開,要知道「解穴」本比「點穴」困難,要能解開別派獨門手法,更是十分困難之事,柳鶴亭的授業恩師昔年遍遊天下,武林中各門各派的武功均有涉獵,是以柳鶴亭此刻才能認出這些手法的來歷,才能並不十分費事地爲他們解開穴道。

縱是如此,過了數盞熱茶時分,柳鶴亭、陶純純才將廳中數十人穴道一一解開,方自鬆了口氣,卻聽邊傲天突地又是一聲大喝:「芸娘,你怎地了?」

柳鶴亭、陶純純不約而同,一齊掠到他的身側,只見那華服老婦,不但穴道未被解開,而且此刻雙目又自緊閉起來!

柳鶴亭雙眉一皺,道:「純純……」

陶純純點頭會意,將邊傲天攔到一邊,提起這老婦左手食、中兩指瞧了半晌,又順著她太陰太陽經、肝膽脈上一路推拿下去，然後在她左右兩脅，梢骨下一分、氣血相交之處的「血囊」上輕拍一下。

只見這老婦眼皮翻動一下，輕輕吐了口氣，眼簾竟又垂落。

柳鶴亭面容一變，聳然道：「純純，這可是『天山撞穴』？」

陶純純幽幽一嘆，垂首道：「天山撞穴的手法，中原武林中已有十餘年未見，我也不知解法。」

邊傲天一直凝注著她的一雙手掌，此刻雙目一張，顫聲道：「怎麼辦？」語聲一頓，突又大喝：「怎麼辦？」

陶純純默然不語，柳鶴亭緩緩道：「老前輩請恕晚輩放肆……」突地疾伸雙掌，提起這老婦左右兩掌的兩根中指，手腕一抖，只聽「格」地一陣輕響，柳鶴亭雙掌又已閃電般在她耳尖上三分處的「龍躍竅」連拍十二掌，雙手突地挽成劍訣，以掌心向下的陰手，雙取她腮上牙關緊閉結合之處「頰車」大穴，輕輕一點，立即掌心向上，翻成陽手，一陰一陽，交互變換，連續輕點。

邊傲天目定口張，如痴如呆地隨著他雙掌望去，喉間不住上下顫動，只見他手掌翻到第二次，那老婦眼簾一張，又自吐出一口長氣，邊傲天心神緊張，此刻情不自禁，「呀」地喚出聲來。

只見柳鶴亭面色凝重，額上已現汗珠，蒼白的臉色，變成血紅，突又伸手疾地點了她肩頭「缺盆」、「俞府」，尾骨「陽關」、「命門」四處大穴，然後長嘆一聲，回手一抹自己額上汗珠。

邊傲天目光一定，手指卻仍在不住顫動，嘴唇動了兩動，方自吐出聲來，顫聲問道：「不妨事了麼？」

柳鶴亭微微一笑，緩緩道：「幸好此人擅穴手法並不甚高，又是正宗心法，否則小可亦是無能為力，此刻讓她靜歇一下，然後再用丹皮、紅花各一錢，加醋用文火煎，沖奪命丹三付，每日一服，諒必就不妨事了。」語聲一頓，又道：「這奪命丹乃是武林常見的丹方，老前輩想必是知道的了。」

邊傲天呆了一呆，吶吶道：「武林常見？老夫卻不知道。」

柳鶴亭沉吟半晌，緩緩道：「精製地鱉五錢、自然銅二錢，煅之，乳香、沒藥一錢五分，去油，透明血竭二錢五分、古錢一錢五分，醋炙七次，紅花二錢、碎補二錢，去毛童便炙，炒麻皮根二錢、歸尾二錢，酒浸，蜜糖二兩，共研細末，火酒送下。」

陶純純輕輕一笑，道：「你這樣說，人家記得住麼？」

柳鶴亭歉然一笑，道：「若有紙筆……」語聲未了，那虬髯大漢突地朗聲唸道：「精製地鱉五錢，自然銅……」竟一字不漏地將「奪命丹方」全都背了出來，柳鶴亭不禁大奇，他再也想不到這魯莽粗豪的漢子，竟有如此驚人的記憶力，不禁脫口讚道：「兄台的記憶之力，當真驚人得很。」

虬髯大漢揚眉一笑，道：「這算不了什麼。」口中雖如此說，卻掩不住心中得意之情，要知大凡聰明絕頂之人，心中雜念必多，記憶之力，便不見會十分高明，直心之人心無旁騖，若要專心記住一事，反而往往會超人一等，這道理雖不能一概而論，卻也十之不離八九。

邊傲天此刻心懷大放，濃眉舒展，但卻又不禁輕喟嘆道：「柳老弟，老夫可……唉！又蒙你一次大恩了。」

柳鶴亭微微笑道：「這又算得了什麼？」

虬髯大漢哈哈笑道：「他口中雖這麼說，心裡其實是得意得很。」

邊傲天瞠目叱道：「你又在胡說，你怎地知道？」

虬髯大漢愣了一愣，吶吶道：「方才我在說這句話的時候，心裡得意得很，是以我猜這位老弟大約也和我一樣。」

柳鶴亭不禁啞然失笑。

陶純純嬌笑著道：「他人存意，吾忖度之，這位兄台善於忖度他人之意，當真是……」

忽地見到柳鶴亭半帶責備的目光，倏然住口不語。

虬髯大漢濃眉一揚，道：「姑娘方才替我看的相，是否真的準確？」

陶純純眼波暗流，偷偷望了柳鶴亭一眼，卻聽虬髯大漢接口嘆道：「我一直在擔心，只怕聰明人不得長壽……」話未說完，陶純純已忍不住噗哧一笑，方才這大廳中的陰森恐怖之意，此刻俱已化作一片笑聲，只有那垂髫女孩，呆呆地望著他們，既不知他們笑的什麼，也不知自己心裡爲何憂鬱。

她只知道昨日她的姊姊隨著大家一起走了，說是去捉拿強盜，但至今還沒有回來，梅大哥雖然說姊姊到姑媽那裡了，她卻總有些不大相信，她幼小的心靈中，暗暗地問著自己：「梅大哥對我說的話，一直都沒有一句假的，爲什麼這一次我會不相信他呢？」她也不知道該怎樣回答自己。

她想找她的梅三哥問問，可是梅三哥、梅四哥卻都不在這裡，她想了許久，終於悄悄走到她邊大伯身側，悄悄拉了他的衣角，輕輕問道：「大伯，我大姊到哪裡去了，你知不知道？」

邊傲天怔了一怔，心中突地一陣創痛，強笑著輕聲道：「你大姊馬上就會回來的，她到……她到……咳咳，她說到泰安去替你買包瓜去了。」

女孩子眼睛眨了一眨，輕輕道：「梅大哥說她到大姑姑那裡去了，大伯又說她到……」話未說完，淚珠簌簌而落，終於哇地一聲，大哭起來，哭道：「我不要吃包瓜，我要姊姊……」轉身向廳外奔了出去。

邊傲天、柳鶴亭、陶純純，以及虬髯大漢梅三思，望著她的背影，再也笑不出來。

邊傲天怔了許久，輕咳一聲，道：「三思，你去看看，沅兒她怎地了。」

梅三思木然而立，目光痴呆，卻似根本沒有聽到他的話似的。

陶純純柳眉輕顰，附在柳鶴亭耳畔，輕輕說道：「方才那小女孩的姐姐，可是在那荒祠中被害死的女子？」

柳鶴亭沉重地點了點頭，道：「大約如此。」

陶純純幽幽一嘆，道：「她真是可憐得很……我現在忽然發覺，活著的人，有時比死了的人還要可憐許多哩！」

柳鶴亭又自沉重地點了點頭，心中仔細咀嚼著「活著的人，有時比死了的人還要可憐許多」這兩句話，眼中望著這虬髯大漢痴呆淒涼的情況，只覺悲從中來，不能自已。

他知道這大漢梅三思與那死了的少女生前必是情侶，他也能體會到這大漢此刻心中的悲痛，因爲他雖未遭受過別離的痛苦，卻正享受著相聚的甜蜜，甜蜜既是這般濃烈，痛苦也必定十分深邃。

他黯然垂首，暗問自己：「若是純純死了，我……」一陣熱血，自心底沖激而起，倏然回過頭去，凝注著陶純純的秋波，再也不願移開半分。

邊傲天倒退三步，倏地坐到椅上，沉重地長嘆一聲，喃喃道：「蓉兒真是命苦……唉，紅顏薄命，當真是紅顏薄命！」突地瞧了陶純純一眼，瞬又垂下目光，只聽梅三思突地大喝：「蓉兒！蓉兒……」轉身飛奔而出，悲哀淒涼的喊聲，一聲連接著一聲，自廳外傳來，一聲比一聲更遠。邊傲天低眉垂目，左掌緊握著頷下銀鬚，似乎要將之根根拔落，不住長嘆道：「三思也可憐得緊，蓉兒方自答應了他，卻想不到……唉！我若早知如此，先給他們成婚，也不至讓三思終身遺憾，唉……天命！天命如此，我……我……」突又抬起頭來，瞧了相對凝注著的柳鶴亭與陶純純一眼，目中突地閃過一絲明亮的光采。

一陣煙塵揚起，遠處奔來三匹棗紅健馬，這三匹馬並轡而來，揚蹄舉步，俱都渾如一轍，馬上的騎士縱騎揚鞭，意氣甚豪，望來一如方奏凱歌歸來的百戰名將。

當中一騎，白衫白巾白履，一身白色勁裝的少年，顧盼之間，神采飛揚，側首朗聲笑道：「大哥，你雖然急著回家探視嬌妻愛子，但臨沂城邊老爺子那裡，卻也只怕不得不先跑上一趟吧？」

左側的黃衣大漢含笑答道：「這個自然，想不到你我兄弟這趟棲霞之行，為時方自不到半月，江湖中卻已生出許多事，最奇怪的是那『濃林密屋』中，竟然並無人跡，若不是諸城的王三弟言之鑿鑿，倒真教我難以相信！」

白衫少年朗笑道：「此事既已成過去，倒不知那位『入雲龍』金四爺怎樣了，早知那密屋中並無人蹤，『石觀音』不知去向，你我就陪他去走上一遭又有何妨！那樣一來，『荆楚三鞭』四字，只怕在武林中叫得更響了。」此人正是「銀鞭」白振。

「金鞭」屠良應聲笑道：「天下事的確非人所能預測，我本以爲『棲霞三鞭』十分難鬥，哪知卻是那樣的角色。二弟，不是大哥當面誇你，近來你的武功，確實又精進了許多，那一招『天風狂飈』，眼力、腕力、時間、部位，拿捏得確是妙到毫巔，就算恩師他老人家壯年時，施出這一招來，只怕也不過如此，大哥我更是萬萬不及的了。」

「銀鞭」白振鞭絲一揚，大笑不語。

「金鞭」屠良又道：「邊萬勝一向眼高於頂，這次竟會爲了兩個名不見經傳的少年男女，如此勞師動眾地籌辦婚事，也是大大出乎我意料之外的事。」

「銀鞭」白振揚眉笑道：「那兩個少年男女，想必是武功還不錯……三弟，你可記得他叫做什麼？」

「荆楚三鞭」中的三俠「狂鞭」費真，面色蠟黃，不輕言笑，身形筆直地坐在馬鞍上，雙眉一直似皺非皺，聞言答道：「柳鶴亭。」

「銀鞭」白振朗聲笑道：「是了，柳鶴亭。」鞭絲再次一揚，唰地落下：「『柳鶴亭』這三字今日雖然籍籍無名，來日或會聲震江湖亦未可知，大哥，你說是嗎？」

「金鞭」屠良含笑道：「武林中的人事變遷，正如長江之浪，本是以新易舊，但據我看來，江湖後起一輩的高手之中，若要找一個像二弟、三弟你們這樣的人物，只怕也非常困難吧。」雙眉軒處，長笑不止。

「狂鞭」費真突地冷冷接口道：「只怕未必吧。」

屠良爲之一愕，白振哈哈笑道：「三弟，你休得長了他人志氣，滅了自己威風。你我兄弟闖蕩江湖以來，幾曾遇過敵手？」

費真冷冷道：「你我未遇敵手，只是因爲遇著的沒有高手而已。」

屠良、白振笑聲齊地一頓，無可奈何地對望一眼，似乎頗不以此話爲然。

費真又道：「不說別的，你我若是遇見王老三口中所說的那白衣人，只怕就未必能討得了好去。」

「銀鞭」白振劍眉微剔，道：「那日我在迎風宴上打了五次通關，喝的已有些醉了，王老三後來說的話，我也未曾聽清，那白衣銅面人究竟是怎麼回事，你且說來聽聽。」

「狂鞭」費真道：「你請大哥說吧。」

「金鞭」屠良緩緩道：「濟南府『雙槍鏢局』裡的『烈馬金槍』董二爺，和『快槍』張七，保了一趟紅貨，自濟南直到鎮江，這趟紅貨竟使得『濟南雙槍』一齊出馬，不問可知，自是貴重已極，哪知方到宿遷，便在陰溝裡翻了船了。」

「銀鞭」白振皺眉問道：「『快槍』張七也還罷了，『烈馬金槍』董正人一生謹慎，走鏢大河東西，長江南北已有數十年，難道還會出什麼差錯不成？」

「金鞭」屠良微喟一聲，道：「不但出了差錯，而且差錯極大，你可記得你我上次在宿遷城投宿的那家『廣仁』客棧？」

白振略一沉吟，道：「可是有個酒糟鼻子，說話不清的掌櫃那家？」

屠良道：「不錯。」

白振奇道：「那家客棧看來甚是本份，難道也會出錯麼？」

「金鞭」屠良微微一笑，道：「張七、董二，那等精明的角色，若不是看準那家客棧老實本份，怎會投宿其中？而且『烈馬金槍』董正人律人律己，都極精嚴，押鏢途中，自上而下，手不能碰賭具，口不能沾滴酒，按說絕無出錯之可能，哪知到了夜半……」

他語聲微頓，白振追問：「到了夜半怎樣？」

屠良道：「到了夜半，董正人醒來之時，竟發覺自己押鏢的一行人眾，連鏢師帶趟子手共計一十七人，竟都被人以油浸粗索，縛在房中。四個蒙面大漢正在房中翻箱倒篋，搜尋那批紅貨，想是因爲手忙腳亂，董正人收藏得又極是嚴密，是以未曾搜到。」

「銀鞭」白振嘿嘿一笑，道：「烈馬金槍居然會被人下了蒙汗藥，這倒的確是件奇事。」

「狂鞭」費真冷冷道：「終日打雁的人，遲早一日，總要被雁啄了眼睛，剛者易折，溺者善泳，這正是天經地義之事，有何奇怪？」

屠良只作未聞，接口道：「其中有個漢子，見到董正人醒來，便走來喝問。董正人怎肯說出？那大漢恐嚇了幾句，便舉起蒲扇般的手掌，劈面向董正人拍下，『烈馬金槍』稱雄一世，此番若被人打了個耳光，縱是不死，此後又將怎地做人，不禁長嘆一聲，方待合上眼簾，準備事後一死了之。」

八　吉日良辰

白振乾咳一聲，道：「留得青山在，不怕沒柴燒，董二爺想得也未免太迂了。」語聲方頓，突又接口道：「不過，除此之外，又有何辦法呢？」雖是如此說話，語聲中卻無半分同情之意，彷彿只要這一掌不是打在自己臉上，便與自己無關一樣。

「金鞭」屠良道：「列馬金槍那時正是龍困淺灘，虎落平陽，毫無辦法。哪知就在他眼簾將合未合時，房中突地多了一條白衣人影，以董金槍那等眼力，竟未看出此人是何時而來，自何處而來的。」

白振冷笑一聲，道：「董金槍那時有沒有看見，王老三卻又怎會知道？看來他只怕也有些故意言過其實吧！」

「金鞭」屠良微微一笑，接道：「王老三也是不巧言令色之輩，想來也不會假吧！」

白振「嘿」地冷笑一聲，意下甚是不服，屠良繼道：「黑夜之中，房中一盞油燈，燈油將枯，火花甚是黝黯，只見那白衣人長衫飄飄，潔白如雪，神態極爲瀟灑，面上卻戴著一具猙獰醜怪的青銅面具，望之真如鬼魅，那大漢見到地上的人影，手掌不禁一頓，倏然轉過身去，大喝一聲，方待拔刀，哪知刀未曾出鞘，只聽一聲龍吟，一聲冷笑，接著一陣劍光閃動，四聲慘呼，董正人只覺眼前一花，那四個蒙面大漢已俱都屍橫就地，周身一無傷痕，只有一道致命劍創，自額角劈到頷下，四人竟是一模一樣。」

「銀鞭」白振心高氣傲，聽得別人誇獎那白衣人的武功，心下便大為不服，但屠良說到這裡，他卻也不禁為之聳然動容。

「金鞭」屠良語聲稍歇，又自接道：「董正人那時心中，正是驚喜交集，驚的是這白衣人武功之高，行蹤之詭，手段之辣，喜的自是自己一籌莫展之際，竟會突地來了救星。只見這白衣人劍尖垂地，一步一步向自己走了過來，他自然連忙開口稱謝，哪知這白衣人卻冷冷說道：『你莫謝我，我殺此四人，只是為了他們行為卑劣，與你無關，他四人若不施用蒙汗藥，便是將你們十七人一起殺了，我也不會伸手來管。』語聲冰冰冷冷，只聽得董正人自心底冒出一股冷氣，半晌說不出話來。」

白振劍眉微軒，似是想說什麼，「金鞭」屠良卻已接口道：「這些話都是『烈馬金槍』事後自己說出來的。」

白振冷笑道：「真的麼？」

屠良接著說道：「只聽那白衣人又道：『但是你們這班人既要替人保鏢，卻又如此大意，亦是該死已極。』聽到『該死』兩字，董金槍不禁機伶伶打了個寒噤，只見那白衣人緩緩伸出左掌，向他胸前伸了過來，將他身子一翻，從他身後的床底下，將那箱紅貨拿了出來。」

本自奔行甚急的健馬，已不知不覺地放緩了下來，「金鞭」屠良語聲微頓，又道：「董金槍一生闖蕩江湖，深知人性弱點，人們凡是搜尋一物，必是自最隱秘難尋之處入手，愈是顯目之處，愈是不加注意，方才那四個蒙面大漢，遍尋不得，他心中方自以為得計，哪知這白衣人卻宛如目見一般，輕輕一伸手，便將紅貨取出，董金槍又驚又怕，方自輕呼一聲，那白衣人冷冷道：『你捨不得麼？』突地一道劍光，唰的向他削來，董金槍既不能避，又不能擋，只見這一道劍光快如閃電，他又只得瞑目受死。」

白振「嘿」地一聲冷笑，道：「手持利劍，卻來對待一個不能反抗的人，也算不得什麼好漢。」

屠良不答，卻又接道：「只聽嗖地一縷銳風，自他身側劃過，那白衣人又自冷笑道：『死罪可免，活罪難逃。』說到最後一字，似乎已遠在數十丈外，董金槍才敢睜開眼來，卻見自己仍是好生生的，只是身上所綑的粗索，被那白衣人長劍輕輕一揮，竟已斷成十數段了！」

「銀鞭」白振劍眉微剔，沉聲問道：「十數段？」

屠長頷首不語，一時之間，但聞馬蹄得得，直到健馬又自緩緩馳出十數丈外，「銀鞭」白振方自微喟一聲，自語著道：「這是什麼劍法？」

「狂鞭」費真冷冷道：「這是什麼劍法，姑且不去說它，但此人行事之奇，武功之高，我卻是佩服得緊。」眼角橫瞟白振一眼，哪知白振只管俯首沉思，竟未答話，又是一陣沉寂。

白振突地抬頭道：「白衣人能在刹那之間，將四人一起傷在劍下，武功也算不錯的了！」

費真道：「自然！」

白振軒眉朗聲道：「但這四人是誰？武功如何？他們若只是四個只會使用蒙汗藥的下五門小賊，哼哼！那也不算什麼。」

費真冷笑一聲，道：「若是江湖常見的普通蒙汗藥物，那『烈馬金槍』又怎會著了他們的道兒？」

白振亦自冷笑一聲，道：「不是普通蒙汗藥物，難道是『女媧五色天石散』不成？」

「狂鞭」費真面容一片冰冷，目光直注前方，冷冷道：「正是！」

「銀鞭」白振心頭一跳，失聲道：「那四條大漢難道是『諸神山莊』的門下？」

費真道：「不錯。」

白振呆呆地怔了半晌，卻聽「金鞭」屠良接口道：「那『烈馬金槍』將自己一行人的綑索解開之後，用盡千方百計，竟仍然無法將他們救醒，他又急又怒，再轉身在那四條大漢屍身之上去搜尋解藥，這才發現他們四人身上，竟都藏有『諸神山莊』的腰牌，此刻他遭此巨變，已變得心灰意冷，也不想去尋找那『諸神山莊』理論，等到天明，那些鏢師一起醒轉，他便回到濟南，折變家財，賠了客人的紅貨，幸好他一生謹慎，絕不浪費，這些年來，生意又做得十分興隆，是以還有些許剩餘，他便悄然洗手，準備安安分分地度此殘生，再也不想在刀口下討生活了。」

他一面說話，一面嘆息，亦不知是為了對「烈馬金槍」的同情，抑或是為了對自己的感慨。要知這班武林豪士，終日馳馬江湖，快意恩仇，在別人眼中看來，雖是十分羨慕，但在他們自己心中，卻又何嘗不羨慕別人的安適家居？只是此身一入江湖，便已再難脫身，縱有些人厭倦了江湖生涯，洗手歸隱，但他們恩怨未了，歸隱亦是枉然，有恩的人，千方百計尋他報恩，有仇的人，千方百計尋他復仇，甚至到他身死之後，恩仇還不能休止。

這些武林豪士的甘苦，當真是「如人飲水，冷暖自知」，又豈是別人所能瞭解？

此刻「金鞭」屠良正是這種心境，但等到頭腦不復冷靜，胸中熱血上湧之時，他便又會將此種感慨忘懷。

臨沂城中，邊府門前，車水馬龍，冠蓋雲集，大江南北，黃河兩岸，來自南七北六十三省成名立萬的英雄豪客，不但早已將邊府以內的正廳、偏廳，甚至花廳一齊坐滿，就連廳前的迴廊、庭院，亦都擺滿酒筵，但見宅內宅外，懸紅掛綠，張燈結綵，喜氣洋溢。薄暮時分，數十串百子南鞭，一起點燃，更使這平日頗為清冷的大街，平添了不知幾許繁華之意。

鞭竹之聲響過，華燈如海，霎時齊明，「萬勝神刀」邊傲天華服高冠，端坐堂前，不時發出洪亮豪邁的朗笑之聲，竟似比自己嫁女兒娶媳婦還要高興三分。此刻交拜天地已過，新娘已入洞房，新郎柳鶴亭滿身吉服，滿面春風，滿口諾諾，周旋在這些雖是專程而來，為他道喜，但卻俱都與他素不相識的賓客之間，那「妙語如珠」的梅三思，在旁為他一一引見，自然不時引起陣陣哄堂大笑。

「荊楚三鞭」兄弟三人，一齊坐在正廳東首的一席上，「銀鞭」白振又已有了幾分酒意，只是在這滿堂武林成名豪客之間，舉止仍不敢十分失態。

華堂明燭，酒筵半酣，柳鶴亭轉回堂前正席，邊傲天一手捋鬚，一手持杯，面向柳鶴亭朗聲大笑道：「柳賢姪，你喜期良辰，老夫但有兩句吉言相贈。」

梅三思哈哈笑道：「師父這兩句話，不說我也知道。」

邊傲天含笑道：「你且說來聽聽。」

梅三思目光得意地四顧一眼，大笑朗聲道：「少打老婆，多生貴子。」

這八個字一說出來，當真是說得聲震屋瓦，滿堂賀客，再次哄堂大笑起來。

邊傲天沉聲叱道：「這是什麼話！」自己卻也忍俊不禁，失聲而笑。

於是華堂明燭，人影幢幢之間，便洋溢起一片歡樂的笑聲，柳鶴亭垂首而立，亦不知該笑抑或是不該笑。

哪知刹那之間，歡樂的笑聲竟然漸沉、漸消、漸寂，四下一片靜寂中，忽然迴廊內，緩緩走進一個人來，緩緩走入正廳，「銀鞭」白振舉起酒杯，嘿嘿強笑兩聲，但一接觸到此人兩道冰冷森寒的目光，卻再也笑不出來。

輝煌的燈光下，只見此人身量頎長，步履堅定，一身長衫，潔白如雪，面上卻戴著一具獅鼻獠牙，猙獰醜惡的青銅假面。

一片靜寂之中，他一步一步，緩緩走入正廳，冰冷的目光，閃電般四下掃動，似乎要看穿每一個人心中所想的事。

滿堂群豪，雖然大多是初次見到此人之面，但有關此人的種種傳說事蹟，近日卻早已傳遍武林，此刻人人心中不禁俱都爲之惴惴不安，不知他今日來到此間，究竟是何來意？有何打算？

「萬勝神刀」邊傲天突地朗聲大笑起來，這笑聲立時便有如利剪斷布，快刀斬麻，將四下難堪的寂靜，一齊劃破。只聽邊傲天朗聲笑道：「又有嘉客光臨，更教蓬蓽生輝。」離座而出，大步向這雪衣銅面人迎去！

哪知這雪衣人目光冰涼，緩緩而行，竟似根本沒有聽到他的笑語，也根本沒有向他望一眼。

柳鶴亭劍眉微剔，足跟半旋，輕輕一個箭步，身形有如行雲流水般搶在邊傲天之前，緩步而行，目光抬處，只見雪衣人兩道冰冷的目光，也正在瞬也不瞬地望著自己。

兩人目光相對凝視，彼此的身形，卻愈走愈近，邊傲天笑聲愈來愈低，終於連聲音都笑不出來，只剩下面上一絲僵硬的笑容。

只見雪衣人腳步突地一頓，左手拿起桌上酒壺，右手拿起壺邊酒盞，自斟自飲，仰首連乾三杯，然後放下杯盞，緩緩道：「恭喜恭喜……」

這四字說得和緩低沉，與他平日說話的聲音語氣，俱都大不相同，柳鶴亭亦自料想不到他會說出這種話來，不禁為之一愕，他身後的邊傲天忽又朗聲說道：「閣下遠道而來，快請坐下喝上三杯——」

雪衣人冷哼一聲，掉首而行，將邊傲天僵在那裡，作聲不得。柳鶴亭目光閃動，方待出言，哪知聽角突地又傳來一陣狂笑之聲，雪衣人聽了狂笑之聲，腳步便又一頓。

只見聽角腳步踉蹌地走出一個身量頎長的白衣少年，由上至下，由下至上仔仔細細地瞧了雪衣人幾眼，緩緩說道：「你是到此來賀喜的麼？怎地一來就要走了，你怎地要在頭上戴個假面，難道是見不得人麼？」

雪衣人垂手木立，不言不動，邊傲天乾咳一聲，強笑著道：「白二俠醉了！」轉目向梅三思遞了個眼色，道：「快將白二俠扶到裡面歇歇。」

梅三思口中應了一聲，但卻筆直地走到雪衣人身前，大聲道：「你頭上戴著這玩意兒，不覺得難受麼？」

雪衣人身形仍然不動，目光緩緩一掃，口中一字一字地說道：「出去！」

梅三思呆了一呆，道：「哪裡去？」

雪衣人冷哼一聲，逼人的目光，不住在梅三思及那白衣少年面上掃動，卻再也不說一個字出來！

滿廳賓客中，武功較高，酒意較濃的，見了這雪衣人這般神態，已忍不住勃然變色，邊傲天高舉雙臂，朗聲道：「今日吉期良辰，請各位千祈看在邊某面上，多喝喜酒，少惹閒事。」

已有幾分酒意的「銀鞭」白振，藉酒裝瘋，伸手指著雪衣人狂笑數聲，還未答話，邊傲天又已搶口說道：「閣下既是柳賢侄的朋友，又好意前來賀喜，也望閣下凡事——」

雪衣人再次冷哼一聲，一字一字地緩緩說道：「你們若不願出去，在這裡死也是一樣。」

這兩句話語聲之森寒，語意之冷削，竟使這張燈結綵的華堂之上，平空壓下一層寒意。

梅三思呆了一呆，伸手一指自己鼻端，吶吶說道：「要我們死？」側目望了滿身白衣的「銀鞭」白振一眼，突地仰天長笑起來：「要我們死，喂，你倒說說看，爲的是什麼？」

雪衣人目中光芒一閃，他生性偏激，睚眥必報，傷在他劍下的人，已不知凡幾，卻從未有一人向他問出此話來！

坐在他身側的一個錦袍佩劍大漢，濃眉一揚，似乎再也忍不住心中怒氣，突地推杯而起，哪知他怒喝之聲尚未出口，只聽「嗆啷」一聲龍吟，他腰畔長劍，竟已被雪衣人反手抽出，這一手當真是快如閃電。錦衣佩劍大漢一驚之下，手足冰冷，呆立半晌，胸中的怒氣，再也發不出來。

雪衣人一劍在手，既未藉揮劍顯示武功，亦未藉彈劍表露得意，只是目光凝注劍尖，就有如人們凝注著睽別已久的良友一般。

梅三思大笑之聲漸漸沉寂，雪衣人掌中長劍漸漸垂落！

「銀鞭」白振四顧一眼，心中突地升起一絲畏懼之意，伸手一抹面龐，亦不知是在藉此掩飾自己面上的不安，抑或是拭抹額上的冷汗，嘿嘿乾笑著道：「今日柳兄台吉期良辰，我犯不著與你一般見識，嘿嘿——」袍袖一拂，轉身就走，「銀鞭」白振居然如此虎頭蛇尾，倒當真大出眾人意料之外。邊傲天濃眉一皺，他先前本待強勸白振走開，但此刻見白振如此洩氣，卻不禁又頗爲不滿。

梅三思呆了一呆，回首道：「你怎地走了？」

語聲未了，眼前突地光華一閃，一陣森寒劍氣，自鼻端一揮而過，雪衣人掌中的長劍，竟已輕輕抵住白振脊椎，屠良、費真對望一眼，齊地長身而起，嗖地掠了過來。

雪衣人冷笑一聲，突地緩緩垂下掌中長劍，哂然說道：「如此鼠輩，殺之徒污此劍。」上下瞧了梅三思兩眼，冷冷罵了一聲：「蠢才。」

拂袖轉身，再也不望他兩人一眼，緩緩走到那猶自坐在那裡發愣的錦袍佩劍大漢身畔，舉起掌中長劍，自左而右，自劍柄而劍尖，輕輕撫摸了一遍，緩緩道：「此劍名『不修』，劍史上溯秦漢，雖非劍中聖品，卻也絕非凡物，你武功不高，能得此劍，亦是天緣，但望你好生珍惜，刻苦自勵，再多磨練，莫要辜負了此劍！」

左掌食、拇二指，輕輕夾住劍尖，右掌向內一弓，劍柄突地彈出。

錦袍佩劍大漢木然半晌，面上不覺泛起一陣羞愧之色，方自伸手接過劍柄！劍柄竟又脫手彈出，他驚愕之下，轉目望向雪衣人，只見他全身絲紋不動，右腕突地一反，劍柄便自脅下向身後彈去，只聽「叮叮」幾聲微響，彈出的劍柄，竟似生了眼睛，恰好將漫無聲息射向他後背的五點烏光，一一彈落！

雪衣人目光一凜，頭也不回，冷冷道：「背後傷人，豈能再饒！」緩緩轉過身形，一步一步地向「銀鞭」白振走去！

方才他還劍發招之際，眾人俱都定睛而視，凝聲而聽，只有費真、屠良雙雙掠到白振身側，屠良皺眉低聲道：「二弟，你怎地如此莽撞，你縱然對那人不服，也不應在此時此刻出手！」

費真面色深沉，緩緩道：「何況你縱然出手，也討不了好去！」

他兩人這一諷一勸，非但未能將「銀鞭」白振勸回位上，自己兄弟一來，反而使他自覺有了倚恃，一言不發地擰轉身形，揚手五道烏光，向雪衣人背後脊椎之處擊去！

哪知雪衣人頭也不回，便將這在武林中亦稱十分霸道的五點「九鞭尾黑煞，無風烏針」一一擊落，白振心頭一跳，只見雪衣人一步一步向自己緩步行來，右掌兩指，微捏劍尖，卻將劍柄垂落地上。

「銀鞭」白振目光轉處，先瞧屠良一眼，再瞧費真一眼，突地嘿嘿大笑起來，一面大聲道：「你如此發狂，難道我『荊楚三鞭』兄弟三人，還怕了你不成，嘿嘿……」語聲響亮，「荊楚三鞭，兄弟三人」八字，說得更是音節鏘然，但目光抬處，見到雪衣人一雙冰冷的眼睛，卻還是無法再笑得出來。

「萬勝神刀」邊傲天望著他們愈走愈近的身形，心中真是左右為難，他方才雖然已將梅三思強拉開去，但此刻卻無法拉開「銀鞭」白振，最難的是雙方俱是賓客，那雪衣人雖然狂傲無禮，但「銀鞭」白振卻先向別人尋釁，再加以背後暗算於人，更是犯了武林大忌，滿廳群豪，此刻人人袖手旁觀，又何嘗不是不齒白振的為人！

但這般光景，邊傲天若也袖手不理，日後傳說出去，必說他是怕了那雪衣人，一時之間，他心中思來想去，卻也無法想出一個妥善解決之法。

「銀鞭」白振乾笑一聲，腳下連退三步，掌中卻已撤下圍在腰畔的一條亮銀長鞭，鞭長五尺，細如筆管，但白振隨手一抖，鞭梢反捲而出，居然抖得筆直，生像一條白蠟長竿一般。要知「銀鞭」白振人雖狂傲浮躁，但在這條銀鞭上的功夫，卻亦有十數年的苦練。

他銀鞭方自撤出，費真、屠良對望一眼，兩人身形一分，已和他立成鼎足之勢，將那雪衣人圍在中間。

雪衣人眼角微颺，目中殺機立現，腳步更沉重緩慢。「銀鞭」白振再次乾笑數聲，手腕一送，方自垂下的鞭梢，又已挺得筆直。

在這刹那之間，雙方俱是箭在弦上，突聽「叮」地一聲輕響，白振掌中銀鞭，竟然筆直垂下，白振面容不禁爲之大變，轉目望去，只見一身吉冠吉服的新倌人柳鶴亭，已自大步行出，滿廳群豪俱都眼見柳鶴亭方才憑空一指，便已將白振掌中挺得筆直的銀鞭擊落，於是本來不知他武功深淺的人，對他的態度便全然爲之改觀。

雪衣人凝目一望，腳步立頓，冷冷道：「此事與你無關，你出來作甚？」

銀鞭白振冷冷哼了一聲，立刻接口道：「正是，正是，此事與你無關，兄台還是早些入洞房的好。」

柳鶴亭面色森寒，冷冷看了白振一眼，卻向雪衣人當頭一揖道：「閣下今日前來，實令在下喜出意外，然在下深知君之爲人，是以也未曾以俗禮拘束閣下，既未迎君於戶外，亦未送君於階下。」

雪衣人目光木然，緩緩道：「你若不是如此爲人，我也萬萬不會來的。」

柳鶴亭嘴角泛起一絲微笑，又自朗聲道：「在下此刻出來，亦非爲了——」

雪衣人冷冷接口道：「我知道你此刻出來，絕非為了那等狂傲浮淺之徒，只是不願我在此出手！」

柳鶴亭嘴角笑容似更開朗，頷首道：「在下平生最恨浮薄狂傲之徒，何況今日之事，錯不在君，在下焉有助人無理取鬧之理？但此人到底乃在下之賓客。」語聲微頓，笑容一斂，接口又道：「閣下行止高絕，勝我多多，但在下卻有一言相勸，行事……」

雪衣人又自冷冷接口道：「行事不必太過狠辣，不必為了些許小事而妄動殺機，你要勸我的話，可就是這兩句麼？」

這兩人言來語去，哪似日前還在捨生忘死而鬥的強仇大敵，倒似多年老友在互相良言規過，滿堂群豪，俱都不知他兩人之間關係，此刻各個面面相覷，不覺驚奇交集。

只聽柳鶴亭含笑緩緩說道：「在下正是此意。」

雪衣人目光一凜，道：「今日我若定要出手，又當怎的？」

柳鶴亭笑容一斂，緩緩道：「今日閣下若然定要在此動手——」突地轉身過去，面對「銀鞭」白振道：「或是閣下也有不服之意，便請兩位一齊來尋我柳鶴亭好了。」

「萬勝神刀」邊傲天濃眉一揚，厲聲接口道：「今日雖是柳賢侄的吉期良辰，但老夫卻是此間主人，如果有人真要在這裡鬧事，這本賬便全都算在老夫身上好了。」

梅三思自從被他師父拉在一邊，便一直坐在椅上發悶，此刻突地一躍而起，大步奔來，伸出筋結滿佈的手掌，連連拍著自己胸膛，大聲道：「誰要把賬算在我師父身上，先得嚐嚐我姓梅的這一雙鐵掌。」雙掌伸屈之間，骨節「格格」一陣山響，外門硬功，確已練到七成火候。

滿廳群豪，多是邊傲天知交好友，此刻見他挺身出面，俱都紛紛離座而起，本是靜寂無比的大廳，立時變得一片混亂。

「銀鞭」白振乾笑數聲，道：「今日我弟兄前來，一心是為了向邊老爺子賀喜的，邊老爺子既然出了頭，我弟兄還有什麼話說？」雙手一圈，將銀鞭圍在腰畔，轉身走回自己席位，舉起酒杯，一乾而盡，口中又自乾笑著道：「在下阻了各位酒興，理應先罰一杯。」

屠良、費真又自對望一眼，面上突然露出厭惡之色，顯然對他們這位兄弟的如此作風極為不滿。

柳鶴亭哂然一笑，目光緩緩轉向雪衣人，雖未說出一言半語，但言下之意，卻是不言而喻。

「萬勝神刀」邊傲天哈哈一笑，朗聲道：「大事化小，小事化無，好極，好極，各位還請快些坐下，邊傲天要好好敬各位一杯。」

語聲方了，只見雪衣人竟又一步一步地向白振緩緩行去，白振面容也變得有如死灰，目光故意望著面前一盤魚翅海參，一面伸出筷子去挾，心驚手顫，銀筷相擊，叮叮直響，挾來挾去，卻連半塊海參也沒有挾起來。雪衣人卻已站到他的身畔，突地出手如風，在他面上正反抽了七下耳光，只聽啪啪……一連串七聲脆響，聽來直似在同一刹那間一起發出。

這七下耳光，打得當真是快如閃電，「銀鞭」白振直被打得呆呆地愣了半晌，方自大喝一聲，一躍而起，雪衣人卻連望也不再望他一眼，只管轉身走了開去，彷彿方才那七記耳光，根本不是他出手打的一樣。

屠良、費真雙眉一軒，雙雙展動身形，擋在雪衣人面前，齊地厲聲喝道：「朋友，你這般——」

語聲未了，只見雪衣人緩一舉步，便已從他兩人之間的空隙之中，從從容容地走了過去，竟連他們的衣袂亦未碰到半點，而大喝著奔來的「銀鞭」白振，卻幾乎撞到他兩人的身上。

這一步跨來，雖然輕描淡寫，從容已極，但屠良、費真卻不禁為之大吃一驚，屠良大叱一聲：「二弟，放鎮靜些！」費真卻已倏然扭轉身，只見那雪衣人步履從容，已將走出廳外，費真身形方動立頓，目光微轉，冷笑一聲，突向邊傲天抱拳道：「邊老爺子，我們老二忍氣回座，為的是什麼——」語聲突頓，冷笑兩聲，方自改口道：「此刻他被人如此侮辱，你老人家方才說的話，言猶在耳，我兄弟實在不知道該怎麼辦才好，還是請你老人家吩咐一聲。」

白振推開屠良，一步掠來，大喝道：「老三——」下面的話，還未說出口來，費真已自搶口說道：「二哥，你先忍忍，反正今天我們都在邊老爺子這裡，當著天下賓朋，他老人家還會讓我兄弟吃得了虧麼？」

這一番說話，當真是言詞鋒利，表裡俱圓。

「萬勝神刀」邊傲天濃眉劍軒，面色亦已脹成紫紅，突地大喝一聲：「站住！」

雪衣人緩步而行，已自走到廳外遊廊，突地腳步一頓，頭也不回，冷冷問道：「什麼人！什麼事？」他說話言詞簡短，從來不肯多說一字。邊傲天一捋長鬚，搶步而出，沉聲喝道：「此地雖非虎穴龍潭，但閣下要來便來，要走便走，難道真的沒有將老夫看在眼裡？」

雪衣人冷冷一笑，右掌輕抬，拈起了那柄猶自被他捏在掌中的長劍，緩緩倒過頭來，道：「我若要走，焉有將別人之劍也帶走之理？」目光一凜：「但我若真的要走，世上卻再無一人能擋得住我。」話猶未了，已又自緩步向外行去，全然未將普天之下的任何人看在眼裡，亦未將任何事放在心上！

邊傲天一生闖蕩，卻未見到江湖中竟會有如此人物，只聽一聲大喝，梅三思飛步而出，大喝道：「好大膽的狂徒，竟敢對我師父無禮！」連環三拳，擊向雪衣人後背。

這三拳風聲虎虎，聲威頗為驚人，但雪衣人微一舉足，這三拳便已拳拳落空，竟連他的衣袂都未沾上一點。

梅三思呆了一呆，又自大喝道：「你這小子快些回過頭來，讓俺好好打上三拳，似這般逃走，算得了什麼好漢？」突覺有人一拉他衣襟，使他身不由主地連退三步！

雪衣人目光一凜，緩緩轉過身形，卻見站在他面前的，竟是已換了那一身吉服吉冠的新人柳鶴亭！

兩人面面相對，身形俱都站得筆直，兩邊樑上的燈光，映著柳鶴亭斜飛入鬢的一雙劍眉，亮如點漆的一雙俊目，映得他清俊開朗的面容上的輪廓和線條，顯出無比的堅毅和沉靜，卻也映得雪衣人的目光更加森寒冷削，於是他面上的青銅假面，便也變得越發猙獰可怖！

兩人目光相視，俱都動也不動，似乎雙方都想看透對方的內心，尋出對方心裡的弱點，因為如此才能使自己佔得更多的優勢。

四下再次歸於靜寂，突聽「噹」地一聲，雪衣人掌中垂下的劍柄，在花園石地上輕輕一點！

這響聲雖輕，但卻使群豪為之一震。

只聽雪衣人冷冷說道：「我見你年少英俊，武功不俗，是以方自敬你三分，也讓你三分，你難道不知道麼？」

柳鶴亭沉聲道：「我又何嘗沒有敬你三分，讓你三分？」

雪衣人目光一閃，道：「我一生行事，犯我者必殺，你三番兩次地阻攔於我，難道以為我不敢殺你麼？」

柳鶴亭突地軒眉狂笑起來，一面朗笑道：「不錯，閣下武功，的確高明過我，要想殺我，並非難事，但以武凌人，不過只是匹夫之勇而已，又豈能算是大丈夫的行徑？」笑聲一頓，厲聲又道：「人若犯你，你便要殺他，你若犯別人，難道也該被別人殺死麼？」

雪衣人突地仰天長笑起來，一陣陣冰冷地笑，接連自他那猙獰醜惡的青銅面具中發出，讓人聽來，哪有半分笑意？

這笑聲一發，便如長江大河之水，滔滔而來，不可斷絕，初發時有如梟鳴猿啼，聞之不過令人心悸而已，到後來竟如洪鐘大呂，聲聲振耳，一時之間，滿廳群豪只覺心頭陣陣跳動，耳中嗡嗡作響，恨不得立時掩上耳朵，再也不去聽它。

柳鶴亭劍眉微剔，朗聲道：「此間人人俱知閣下武功高強，是以閣下大可不必如此笑法。」一聲音綿密平實，從這震耳的笑聲中，一字一字地傳送出去，仍是十分清朗。

雪衣人笑聲不絕，狂笑著道：「上智之人役人，下愚之人役於人，本是天經地義之事，弱肉強食，更是千古以來不變之真理。我武功高過你等，只因我才智、勇氣、恆心、毅力，俱都強於你等幾分，自然有權叫人不得犯我，若是有人才智、勇氣、恆心、毅力俱都高過於我，他一樣也有權叫我不得犯他，這道理豈非明顯簡單之極！」

柳鶴亭呆了一呆，竟想不出該用什麼話來加以反駁。

只聽雪衣人又道：「我生平恨的只是愚昧無知，偏又驕狂自大之徒，這種人犯在我手裡——」

話猶未了，柳鶴亭心中突地一動，截口說道：「世人雖有賢愚不肖之分，但聰明才智之士，卻又可分爲幾種，有人長於技擊，有人卻長於文翰，又怎能一概而論？閣下如單以武功一道來衡量天下人的聰明才智，已是大爲不當，至於勇氣、恆心的上下之分，更不能以此來做衡量。」

雪衣人笑聲已頓，冷冷接口道：「凡有一技之長，高出群倫之人，我便敬他三分。」

柳鶴亭道：「自始至此，傷在你劍下的人，難道從無一人有一項勝過閣下的麼？」

雪衣人冷笑道：「正是！莫說有一技勝過於我之人，我從未殺過，便是像你這樣的人，也使我動了憐才之心，即便是個萬惡之徒，我也替他留下一線生機，萬萬不會將之傷在劍下，這點你知道的已該十分清楚了吧？」

他言語之中，雖然滿是偏激怪誕之論，但卻又叫人極難辯駁。

哪知柳鶴亭突又縱聲狂笑起來，一面笑道：「閣下巧辯，的確是高明，在下佩服得很。」

雪衣人冷冷道：「我生平從未有一字虛言，何況我也根本毋庸向你巧辯！」

柳鶴亭笑道：「人們但有一言衝撞了你，你便要立刻置之死地，那麼你又怎能知道他們是否有一技之長勝過於你？難道人們將自己有多少聰明才智，勇氣恆心的標誌俱都掛到了臉上不成？」

雪衣人隱藏在青銅假面後的面色，雖無法看出，但他此刻的神情，卻顯然呆了一呆，但卻冷冷道：「言談舉止，神情態度，處處俱可顯示一人聰明才智，我劍光之下，也定然可以映出人們的勇氣恆心。」

柳鶴亭沉聲道：「大智若愚，似拙實巧之人，世上比比皆是。」

雪衣人「嗤」地冷笑一聲，道：「若是此等人物，我不犯他，他豈有犯我之理？他不犯我，我亦萬無傷他之理，這道理豈非更加明顯？」

此刻柳鶴亭卻不禁爲之呆了一呆，沉吟半晌，方又沉聲道：「武林之間，本以『武』爲先，閣下武功既高，別的話不說也罷，又何必苦苦爲——」

雪衣人冷冷接口道：「你若真能以理服我，今日我便讓那姓白的打回七下耳光，然後抖手一走，否則你若能以武服我，我也無話可說！」語聲微頓，目光一掃，冷削的目光，有如兩柄利刃，自立在柳鶴亭身後的梅三思，掃到被費真、屠良強拉住的「銀鞭」白振身上，冷冷又道：「至於這兩個人麼，無論琴棋書畫，文翰武功，絲竹彈唱，醫卜星相，他兩人之中，只要有一人能有一樣勝過我的，我便——」

柳鶴亭目光一亮，忍不住接口道：「你便怎地？」

雪衣人目光凝注，冷哼一聲，緩緩道：「我從此便是受盡萬人辱罵，也不再動怒！」

柳鶴亭精神一振，回轉身去，滿懷期望地瞧了「銀鞭」白振一眼，心中忖道：「此人雖然驕狂，但面貌不俗，又頗有名氣，只怕總會有一兩樣成功之學，強過於這白衣怪客亦未可知。」要知他雖深知這雪衣人天縱奇才，胸中所學，定必浩瀚如海，但人之一生，精力畢竟有限，又怎能將世上的所有學問，俱都練到絕頂火候？一時之間，他不禁又想起了那「常敗高手」西門鷗來，心中便又加了幾分勝算。

哪知他目光呆呆地瞧了白振半晌，白振突地乾咳一聲，大聲道：「我輩武林中人，講究的是山頭揮刀，平地揚鞭，硬碰硬的真功夫，哪個有心意去學那些見不得人的酸花樣？來來來，你可敢硬接白二俠三鞭？」柳鶴亭目光一閫，心中暗嘆，雪衣人卻僅冷冷一笑！

這一聲冷笑之中，當真不知含蘊多少譏嘲與輕蔑，柳鶴亭心中暗嘆不已，卻聽雪衣人冷笑著緩緩說道：「我早已準備在門外領教領教他兄弟三人的武功，只怕你也可以看出他們縱然兄弟三人一起出手，又能佔得了幾分勝算？」語聲過處，垂目望了自己掌中長劍一眼，冷冷又道：「我之所以想借這柄長劍，只是爲了不願被這般狂俗之徒的鮮血，污了我的寶劍而已。」轉過身去，目光再也不望大廳中的任何人一眼，再次緩步走了出去。一陣風自廊間穿過，吹起他雪白長衫的衣袂，就像是被山風吹亂了的鶴羽似的，隨著滿山白雲，冉冉飛去！

柳鶴亭霍然旋身，冷冷道：「閣下何必自取其辱。」

「銀鞭」白振怒吼一聲，掙脫屠良、費真的手掌，一步搶出！

「銀鞭」白振神情一呆，「萬勝神刀」邊傲天厲聲喝道：「難道就讓此人來去自如？今日老夫好歹也得與他拚上一拚！」

柳鶴亭心中暗嘆一聲，面上卻淡然一笑道：「各位自管在此飲酒，容我出去與他動手。」語聲一頓，劍眉微剔，朗聲又道：「若是有人出去助我一拳一腳，便是對我不起。」轉身昂然走出。

要知他方才轉念之間，已知今日滿座群豪，再無一人是那雪衣人的敵手，除非以多爲勝，以眾凌寡，如此一做，不但定必傷亡極眾，且亦犯了武家之忌，但邊傲天如若出手，卻勢必要形成混戰之局，是以他便再三攔阻眾人。

此刻他目光凝注雪衣人的後影，走出廊外，他深知今日自己與雪衣人步出廊外之後，便是生死存亡之爭，但心中卻絲毫沒有半分能勝得那雪衣人的把握，他腦海中不禁又泛起在洞房中一對龍鳳花燭下垂首默坐的倩影，因爲今日自己若是一出不返，陶純純便要枯坐一生。

一聲長長的嘆息，自他心底發出，卻停留在他喉間，他心中雖然思潮翻湧，面上卻是靜如止水，只因此時此刻，他別無選擇餘地，縱然明知必死，也要出去一戰，令他悲哀沉痛的，只是竟無法再見陶純純一面。他每跨一步，需要多大的勇氣與信心，除了他自己以外，誰也無法明瞭。

洞房之中，錦帳春暖，一雙龍鳳花燭的燭光，也閃動著洋洋的喜氣。陶純純霞帔鳳冠，端坐在錦帳邊，低目斂眉，心鼻相觀，不但全身一無動彈，甚至連冠上垂下的珠罩，都沒有晃動一下。

她只是安詳地靜坐著，眉梢眼角，雖仍不禁隱隱泛出喜意，但在這喜意中，卻又似乎隱含著一些別的心事。

邊宅庭園深沉，前廳賓客的喧笑動靜，這裡半分都聽不到，她耳畔聽到的，只是身畔兩個喜娘的絮絮低語，還不住告訴她一些三從四德的婦道，相夫教子的道理，她也只是安詳地傾聽，絲毫沒有厭倦之意！

於是這安詳、靜寂，而又充滿喜氣的後院洞房，便和喧鬧、混亂、殺氣四伏的前廳，截然劃分成兩個不同的世界，前廳中所發生的事，她們全不知道，她們只是忍耐地待著新倌人自前廳敬完謝賓之酒，然後回到洞房來！

龍鳳花燭的火焰更高，一個纖腰的喜娘，蓮足姍姍，走了過去，拿起銀筷剪下兩段長長的燭花，然後忍不住，回首悄語：「新倌人怎地還不回到後面來？」

另一個年紀略長，神態卻更俏的喜娘，掩口嬌笑道：「你瞧你，新娘子不急，你倒先急起來了！」纖腰喜娘蓮足一頓，似待嬌嗔，卻似又突地想起了自己此時此刻的身分，於是只得恨恨的瞟了她一眼，輕輕道：「我只是怕新倌人被人灌醉了，你怎地卻說起瘋話來了。」

俏喜娘偷偷瞧了神色不動的新娘子一眼，轉口道：「說真的，新郎倌入了洞房之後，本來是不應該再去前面敬酒的，只是他們這些大英雄，大豪傑，做出來的事，自然都是和別人不同的，你也不必怕新郎倌喝醉，我聽說，真正功夫高的人，不但喝酒不會醉，而且能夠將喝下去的酒，從腳底下逼出來。」

這俏喜娘說到這裡，神色之間，像是頗以自己的見多識廣而得意，她卻不知道此等情事，固非絕不可能，但亦是內功特高之人，在有所準備，與人較力的情況下才會發生，絕非常例，若是人人飲酒之前，先以內功防醉，那麼喝酒還有什麼情趣？

又不知過了許久，剪下幾次燭花，龍鳳花燭，已燃至一半，新郎倌卻仍未回來，陶純純表面上雖仍安坐如故，心裡也不禁暗暗焦急。那兩個喜娘你望著我，我望著你，心裡還在暗問：「新倌人還不來，難道出了什麼事？」

但是她們身為喜娘，自然不能將心裡的話問出來。

洞房外，庭院中，佳木蔥蘢，繁星滿天，一陣微風吹過，突有幾條黑影翩然落下。

柳鶴亭心頭雖沉重，腳步卻輕盈，隨著雪衣人走出廊外。「萬勝神刀」邊傲天滿腹悶氣，無處可出，瞪了梅三思一眼，低叱道：「都是你闖出來的禍事！」

梅三思呆了一呆，他心直思拙，竟體會不出邊傲大這一句低叱，實是指桑罵槐，只覺心中甚是委屈，方待追蹤出去，突地身後衣襟，被人輕輕扯了一下，回頭望去，只見那善解人意的女孩子夏沅，不知何時走到他身後，輕輕道：「梅大哥，你過來，我有話告訴你。」

梅三思縱是怒火沖天，見了這女孩子卻也發不出來，只有俯下身去，夏沅附在他耳畔，輕輕道：「方才那個穿白衣服的人欺負了你，你想不想把他趕跑？」

梅三思濃眉一揚，大聲道：「當然，難道你有……」

夏沅輕輕「噓」了一聲，接口低語道：「輕些！我當然有辦法。」

梅三思壓低聲音，連忙問道：「什麼辦法，快說給你梅大哥聽！」

他聲音雖已盡量壓低，但仍然滿廳皆聞，群豪俱都移動目光，望著他們，夏沅明亮的眼珠一轉，低聲又道：「等會你追出去，只要問他三兩句話，包管那穿白衣服的人調頭就走。」

梅三思目光一亮，忍不住脫口又道：「什麼話？」

夏沅眼珠又轉了兩轉，悄悄將梅三思拉到一邊，在他耳畔說了幾句，梅三思的面目之上，果然不禁露出喜色！

走到寬闊的前院，雪衣人突地停下腳步，冷冷道：「今日是你的吉期，我不願與你動手！」

柳鶴亭劍眉微軒，沉聲道：「今日你好意而來，我也不願與你動手，只要你將掌中之劍，交還原主——」

雪衣人霍然轉身，目光如刃，柳鶴亭當作未見，緩緩道：「而且不再與我賓客爲難，我必定以上賓之禮待你。」

雪衣人冷笑一聲，接口道：「如果不然，你便一定要出手的了？」

柳鶴亭道：「正是！」這兩字說得斬釘斷鐵，當真是擲地可作金石之聲！

雪衣人眼簾突地一闔，瞬又睜開，目中精光四射，這一開一闔動作間的含義，竟似乎在對柳鶴亭的作法表示惋惜。柳鶴亭暗嘆一聲，面上不禁為之動容，要知世上絕無一人能夠完全「無畏」，只是有些人將「生」之一字，遠較「義」字看得輕些，他勉強抑止住心中翻湧的思潮，只是冷冷接口道：「但此間非你我動手之地，門外不遠，便是城郊，雖無人跡，但秋月繁星，俱可為證，今日之事，全由我作一了斷，無論誰勝誰負，你均不得再對他人妄下殺手。」

雪衣人道：「好極！」他這兩字亦是說得截釘斷鐵；但忽又嘆息一聲，緩緩道：「你原可不必如此的！」

他行止、言語，俱都冷削無情到了極處，但這一聲嘆息中，竟含蘊惋惜、憐憫、讚許、欽佩，許多種複雜而矛盾的情感。

等到這一聲嘆息傳入柳鶴亭耳中時，他心裡也不覺湧起了許多種複雜的情緒，他心中暗道：「你豈非亦是原可不必如此？」但他只是將這句話變做一聲長嘆，而未說出口來，於是二人一起舉步，穿過木立四周的人群，向外走去。二人的步伐雖然一致，但處世的態度卻迥然而異！

突聽身後一聲斷喝：「慢走！」兩人齊地止步，只見梅三思大步奔出，雪衣人斜目一望柳鶴亭，柳鶴亭愕然望向梅三思。

但梅三思卻不等他發話，便已哈哈笑道：「白衣兄，你自命武功高絕，學問淵博，此刻我且問你三兩句話，你若能一一回答，那麼你自狂自傲還能原諒，否則便請你快些出去，休得在此張牙舞爪！」

柳鶴亭心中卻不禁為之一動，見梅三思笑聲一頓，神色突地變得十分莊嚴肅穆，正容緩緩道：「武學一道，浩瀚如海，自古以來只有儒、道、釋三字差可比擬，尤其佛教自大唐西土取經歸來後，更是盛極一時，繁衍演變，分爲十宗，而有『大乘』、『小乘』之分，此等情況，正與我達摩祖師渡江南來後，武學之繁衍演變毫無二致。」

說到這裡，他語聲微頓，但四下群豪，卻已一齊聽得聳然動容，雪衣人目中的輕蔑之色，也不禁爲之盡斂。

只聽梅三思略爲喘息一下，接口又道：「而佛家有『大乘』、『小乘』之分，武學亦有『上乘』、『下乘』之別，所謂『內家』、『外家』、『南派』、『北派』，門派雖多，種類亦雜，卻不過只是在『下乘』武功中大兜圈子而已，終其極也無法能窺『上乘』武家大秘之門徑，但世人卻已沾沾自喜，這正是雀鳥之志，不能望鵬程萬里！」

他面色莊穆，語氣沉重，滔滔不絕，字字皆是金石珠玉，句句俱合武家至理，滿廳群豪，再無一人想到如此一個莽漢，竟能說出這番話來，不禁俱都爲之改容相向，柳鶴亭暗嘆一聲，更是欽佩不已。

雪衣人木然未動，目中卻已露出留神傾聽之色，只聽梅三思乾咳一聲，毫不思索地接口又道：「武功上乘，以道爲體，以法爲用，體用兼備，性命爲修。而下乘之武，未明真理，妄行其是，拔劍援拳，快意一時，徒有匹夫之勇，縱能名揚天下，技蓋一時，亦不能上窺聖賢之堂奧。」

柳鶴亭嘆息一聲，只覺他這番說話，當真是字字珠璣，哪知他嘆息之聲方過，他身側竟又有一聲嘆息響起，轉目望去，卻見那雪衣人竟已垂下頭去。

雪衣人目中光采盡斂，梅三思冷笑又道：「我且問你，武家『上乘』、『下乘』之分，分別何在，你可知道麼？」

雪衣人默然不語，梅三思沉聲接道：「武功有『上乘』、『下乘』之分，正如儒有君子小人之別，君子之儒，忠君愛國，守正惡邪，務使澤及當時，名留後世，若夫小人之儒，惟務雕蟲，專攻翰墨，青春作賦，皓首窮經，筆下雖有千言，胸中實無一策，且如揚雄以文章名世，而屈身事莽，不免投閣而死，此所謂小人之儒也，雖日賦萬言，亦何取哉！」

此刻他說起話來，神情、語氣俱都沉穆已極，言論更是精闢透徹無比，與他平日的言語神態，簡直判如兩人，群豪一面驚奇交集，一面卻俱都屏息靜氣地凝神靜聽，有的席位較遠，不禁都長身而起，走到廳口。

梅三思頓了頓，又道：「武家大秘，共有八法，你能試舉其一麼？」

雪衣人霍然抬起頭來，但瞬又垂下，梅三思冷笑一聲，道：「所謂上乘武家大秘八法，即是以修神室，神室完全，大道成就，永無滲漏，八法者，『剛』、『柔』、『誠』、『信』、『和』、『靜』、『虛』、『靈』是也，尤其『剛』之一法，乃神室之樑柱，此之為物，剛強不屈，無偏無倚，端正平直，不動不搖，其所任實重，其實尤大，神室斜正好歹，皆在於此。」

語聲一頓，突地仰天大笑起來，大笑著道：「神室八法，你連其中之一都無法舉出，還有臉在此逞強爭勝，我真要替你覺得羞愧。」笑聲一起，他神態便又恢復了平日的粗豪之氣。

梅三思一挺胸膛，朗聲又道：「上面兩個問題，我已代你解答，如今我且問你第三問題，你若再回答不出，哼哼——」他冷哼道：「你之武功劍法，可謂已至『下乘』武功之極，但終你一生，只怕亦將止於此處，日後再望更進一步，實是難上加難，但你不知懊悔，反而以此為傲，猖猖狂聲，目空一切，寧不教人可嘆可笑！」

群豪目光，卻已俱都轉向雪衣人身上，只見他呆呆地木立半晌，緩緩俯下身去，將掌中之劍，輕輕放在地上，然後緩緩長身而起，突地閃電般的伸出手掌，取下面上青銅面罩。

剎那之間，只聽又是一連串「啪啪」聲響，他竟在自己臉上一連打了七下耳光，等到群豪定睛望去，他已將那青銅假面重又戴回臉上，在場數百道目光，竟沒有一人看清他面容的生相。

四下立即響起一片驚嘆之聲，亦不知是在爲他的如此作法而讚嘆，抑或是爲了他手法之快而驚異。

只見他目光有如驚虹掣電般四下一掃，最後停留在梅三思臉上。

良久！良久。

他目中光采，漸漸灰黯，然而他頎長的身形，卻更挺得筆直，終於，他霍然轉過身形，袍袖微拂，人形微花，一陣夜風吹過，他身形直如隨風而逝，霎眼之間，便已蹤跡不見。只有一聲沉重的嘆息，似乎還留在柳鶴亭身畔。

梅三思呆了半晌，突地縱聲狂笑起來，回首笑道：「沅兒，他真的走了！」

柳鶴亭暗嘆一聲，忖道：「此人似拙實巧，大智若愚，我與他相處這些時日，竟未能看出他已參透了那等武家大秘。」

一念至此，緩步走到梅三思面前，躬身一揖。

哪知梅三思笑聲卻突地一頓，似是十分驚異地說道：「你謝我作甚？」

柳鶴亭嘆息一聲，正色說道：「今日若非梅兄，定是不了之局，區區一揖，實不足表露小弟對兄之感激欽佩於萬一，小弟自與兄相交以來，竟不知兄乃非常之人，直到今日見了兄台做出這等非常之事，方知台兄之超於常人之處——」

他性情剛正豪爽，當直則直，當屈則屈，此刻他心中對梅三思的感激欽佩，半分不假，是以誠於中便形於外，言語神態，便也十分恭謹。哪知他話猶未了，梅三思卻又縱聲狂笑起來。

柳鶴亭劍眉輕皺，面上微現不豫之色，卻聽梅三思縱聲狂笑著道：「柳老弟，你切莫這樣抬舉我，方才我所說的那一番話，其實我自己一句也不懂的。」

柳鶴亭不禁為之一愣，心中驚愕又起，忍不住問道：「你連自己也不懂的話，卻怎能說得那般流利？」

梅三思笑聲不絕，口中說道：「這有什麼稀罕？自小到大，我一直都是這樣的。」

柳鶴亭呆呆地愣了半晌，突地想起他方才背誦藥方之事，不禁恍然忖道：「此人記憶之力雖高，理解力卻極低，是以他不但過目便能成誦，而且還記得許多成語。」

只聽梅三思一面大笑，一面說道：「方才那一番說話，有些是沅兒附耳教給我的，有些卻是從一本書上唷出來的，說穿了……」

他言猶未了，柳鶴亭卻已聳然動容，接口問道：「什麼書？」他方才心念轉處，便已想到此點，是以早已將這三字，掛在口邊，只是直到此刻方自說出口來。

梅三思哈哈一笑，大聲道：「天武神經！」

「天武神經」四字一說出口，四下立刻傳出一陣驚嘆之聲，只是這陣嘆息聲中的失望之意，似乎還遠比驚訝來得濃厚。

柳鶴亭心中一動，雖覺這嘆息來得十分奇怪，卻仍忍不住脫口問道：「這本『天武神經』，此刻在哪裡？」他生性愛武，聽到世上竟有這種記載著武家無上大秘之學，心中早已爲之怦然而動，直恨不得立時便能拜讀一下。

哪知他話才出口，四下的驚喟嘆息，卻立刻變成了一陣低笑，竟似乎在笑他武功雖高，見識卻如此孤陋似的。

柳鶴亭目光一掃，心中不禁爲之一愣，目光詢問地瞧了梅三思一眼，只見梅三思猶在大笑不絕，而那「萬勝神刀」邊傲天卻已滿面惶急地一步掠了過來，一把抓住梅三思肩頭，厲聲道：「三思，你可是已將那本書看過了麼？」

語聲嚴厲，神態惶急，望之竟似梅三思已鑄下什麼大錯一般。

柳鶴亭此刻當真是滿腹驚奇，滿頭霧水，梅三思得了這等武家大秘，他師父本應爲他高興才是，爲何變成這般神態？自己方才問的那句話，更是人之常情，爲何別人要對自己訕笑？

他想來想去，再也想不出其中答案，只聽梅三思笑聲一頓，亦似自知自己犯了大錯似地低低說道：「我只不過看了一兩遍……」

邊傲天濃眉深皺，長嘆一聲，頓足道：「你怎地如此糊塗，你怎地如此糊塗！」

語聲一頓，梅三思接口道：「徒兒雖記得那本書的字句，可是其中的含義，徒兒卻絲毫不懂──」

邊傲天濃眉一展，沉聲道：「真的麼？」

梅三思垂首道：「徒兒怎敢欺騙師父？」

邊傲天長嘆一聲，緩緩道：「你既然不懂，看它作甚？」

柳鶴亭卻是大惑不解，那等武林秘笈，常人若是有緣看上一遍，已是可喜可賀之事，如今梅三思將之背誦如流，邊傲天神情卻反而如此情急憂鬱，直到梅三思說他一字不懂，邊傲天情急的神態才爲之稍減。一時之間，柳鶴亭想來想去，卻也無法想出此中的答案，暗中忖道：「此書之中，記載的若是惡毒偏邪的武功，邊傲天因不願他弟子流入邪途，此事還可解釋，但書中記載的，卻又明明是堂堂正正的武家大秘！」

此刻散立四座的武林群豪，雖已多半回到席位上，但這喜氣洋溢的喜筵被如此一擾之後，怎可能繼續？

「荆楚三鞭」並肩站在遊廊邊的一根雕花廊柱前，此刻費真橫目望了白振一眼，冷冷道：「老大，老二，該走了吧！」

屠良苦嘆一聲，道：「是該走了，老二——」

轉目一望，只見「銀鞭」白振面容雖仍裝作滿不在乎，但目光中卻已露出羞愧之色，不禁又爲之長嘆一聲，住口不語。三人一齊走出遊廊，正待與主人招呼一聲，哪知邊傲天此刻正自滿心情急，柳鶴亭卻又滿臉驚疑，竟全都沒有看見，「荆楚三鞭」兄弟三人各各對望一眼，急步走出門去。

此三人一走，便有許多人隨之而行，邊傲天、柳鶴亭被人聲一驚，他們身爲主人，不得不至門口相送，於是柳鶴亭心中的疑念一時便又無法問出口來。

好花易折，盛筵易散，遠處「鐸鐸」傳來幾聲更鼓，夜風中寒意漸重，鮮紅的燈籠，已有些被煙火燻黑。

一陣烏雲，彷彿人們眼中的倦意，漫無聲息，毫無先兆地緩緩飛來……

接著，有一陣狂風吹過，紫藤花架下的紅燈，轉瞬被吹滅了三個，也捲起棚上將枯的紫藤花，在狂風中有如醉漢般酩酊而舞。

終於，一陣驟雨落下，洗潔了棚架，染污了落花。

賓客已將散盡，未散的賓客，也被這陣暴雨而留下，大廳上換了酒筵，燃起新燭，但滿廳的喜氣呢？

難道也被這陣狂風吹走？難道也被這陣暴雨沖散？

柳鶴亭心中想問的問題，還是未能問得出口，終於，他尋了個機會，悄悄將梅三思拉到一邊，一連問了他三個問題：「那『天武神經』，你是如何得到的？爲何滿廳群豪聽了這本神經，竟會有那等奇異的表情？而邊大叔知道你已看了這本神經，爲何竟會那般憂鬱惶急？」這三句話他一句接著一句，極快地問了出來，目光立刻瞬也不瞬地望到梅三思臉上，靜待他的答案。

卻聽梅三思哈哈一笑，道：「這本『天武神經』的來歷，已是江湖中最最不成秘密的秘密，難道你還不知道麼？」

柳鶴亭呆了一呆，微微皺眉道：「『最最不成秘密的秘密』？此話怎講？」

梅三思伸手一捋頷下虯髯，笑道：「這故事說來話長，你若真的有意『洗耳恭聽』，我倒可以『循循善誘』你一番，只是——哈哈，今日是你的洞房花燭夜，怎能讓你的新娘子『獨守空幃』，我老梅可不答應，是以現在也不能告訴你，你還是快回房去，和新娘子『魚水重歡』一下吧！」

他滔滔不絕，說到這裡，又已用了四句成語，而且句句俱都說得大錯特錯，最後一句「魚水重歡」，更是說得柳鶴亭哭笑不得，口中一連「哦」了兩聲，只聽那邊果已傳來一片哄笑！

傾盆大雨，沿著滴水飛簷，落在簷下的青石板上。

兩個青衣小鬟，撐著一柄輕紅羅傘，跟在柳鶴亭身後，從滴水飛簷下，穿到後園，洞房中燈火仍明，自薄紗窗櫺中，依稀還可見到那對龍鳳花燭上，火燄的跳動，以及跳動的火燄畔模糊的人影。

這模糊的人影，給立在冷雨下的柳鶴亭帶來一絲溫暖——一絲自心底升起的溫暖。因爲，他深信今夜將是他今生此後一連串無數個幸福而甜蜜日子的開始，從現在到永恆，他和她將永遠互相屬於彼此。

他嘴角不禁也立刻泛起一絲溫暖的微笑，他想起自己此番的遇合，竟是如此奇妙，誰能想到密道中無意的邂逅，竟是他一生生命的轉變。

當他走到那兩扇緊閉著的雕花門前，他嘴角的笑容便越發明顯。

於是他伸出手掌，輕輕一敲房門。

他期待房門內溫柔的應聲，哪知——

門內卻一無回應，於是他面上的笑容消失，心房的跳動加劇，伸出手掌，沉重而急遽地敲起房門。

但是，門內仍無回應，他忍不住猛地推開房門，一陣風隨之吹入，吹亂了花燭上的火燄，也吹亂了低垂的羅緯。織錦的鴛鴦羅衾，在閃動的火燄下閃動著綺麗而眩目的光彩，但羅幃下，翠衾上，燭花中……

本該端坐著的新娘陶純純，此刻竟不見蹤影！

柳鶴亭心頭驀地一跳，只覺四肢關節，都突地升起一陣難言的麻木，轉目望去，那兩個喜娘直挺挺地站在床邊，面容僵木，目光呆滯，全身動也不動，她們竟不知在何時被人點中了穴道。

柳鶴亭具有的鎮靜與理智，在這刹那之間，已全都消失無影，立在床前，他不覺呆呆地愣了半晌，竟忘了替這兩個被人點中穴道的喜娘解開穴道，只是不斷地在心中暗問自己：「她到哪裡去了？到哪裡去了……」

窗外冷雨颼颼，雨絲之中，突地又有幾條黑影，如飛向牆外掠去。這幾條黑影來得那般神秘，誰也不知他們爲何而來？爲何而去？那兩個撐著輕紅羅傘的青衣小鬟，立在雕花門外，不知洞房中發生了何事？

她們互相凝注，互相詢問，只見洞房中靜寂了，突地似有一條淡淡的人影，帶著一陣深深的香氣，自她們眼前掠過，但等到她們再用目光去捕捉，再用鼻端去搜尋時，人影與香氣，卻已都消失無蹤！

而雕花門內，此刻卻傳出一句焦急的語聲：「純純，你方才到哪裡去了？」

另一個溫柔的聲音立刻響起：「我等了你許久，忍不住悄悄去看——」語聲突地一頓，語氣變爲驚訝：「呀！她們兩人怎會被人點中穴道？」兩個青衣小鬟聽到新郎新娘對話的聲音，不禁相對抿嘴一笑，不敢再在門口久留，陶純純言猶未了，她們便已攜手走去，心裡又是羡慕，又是妒忌，不知自己何時才能得到這般如意的郎君。

她們沒有聽到陶純純最後那句話，是以她們自然以爲洞房中是平靜的，但洞房中真的平靜麼？

柳鶴亭猶自立在流蘇帳下，皺眉道：「她兩人是被誰點中穴道的，難道你也不知道麼？」

陶純純圓睜秀目，緩緩搖頭，她鳳冠霞帔上，此刻已沾了不少水珠，柳鶴亭輕輕爲她拂去了，然後走到那兩個喜娘的面前，仔細端詳了半晌，沉聲道：「這像是武林常見的點穴手法，奇怪的是，此等武林人物，怎敢到這裡來鬧事？爲的又是什麼？」

「替她們解開穴道後再問她們，不是什麼都知道了麼？」

兩人一齊伸出手掌，在左右分立的兩個喜娘背後各各擊了一掌，這一掌恰巧擊在她兩人背後的第七節脊椎之下，正是專門解救此等點穴的手法，哪知他兩人手掌方自拍下，風光綺麗的洞房中，立刻傳出兩聲慘呼！

慘呼之聲，尖銳淒厲，在這冷雨颼颼的靜夜裡，令人聽來，備覺刺耳心悸。

柳鶴亭輕輕一掌拍下，自念這喜娘被人用普通手法點中的穴道，本該應手而解，哪知他這一掌方自拍下，這喜娘竟立刻發出一聲慘呼，聲音之淒厲悲慘，竟生像是被人千刀萬剮還要痛苦幾倍！

柳鶴亭一驚之下，腳步微退，只見慘呼過後，這兩個喜娘竟一齊「通」地倒到地上，再無一絲動彈，觸手一探，周身冰冷僵木，她兩人不但穴道未被解開，反而立刻屍横就地！

一時之間，柳鶴亭心中當真是驚恐交集，雪亮的目光，空洞地對著地上的兩屍凝注半晌，方自長嘆一聲，黯然道：「我又錯了……唉，好厲害的手法，好毒辣的手法！」

陶純純目光低垂，面上驚怖之色，竟似比柳鶴亭還要濃厚。她緩緩側過頭，帶著十分歉意，望了柳鶴亭一眼，輕輕說道：「我也錯了，我……我也沒有看出這點穴的手法，竟是如此厲害，如此毒辣，唉，我……」

她嘆息數聲，垂首不語，於是誰也無法再從她目光中窺知她的心意，包括她新婚的夫婿！

柳鶴亭又自長嘆一聲，緩緩道：「我再也沒有想到，這點穴的手法，竟是傳說中的『斷血逆經，閉穴絕手』，據聞被此種手法點中的人，表面看來似乎一無異狀，但只要稍有外力相加，霎眼之間，便要慘死，以前我耳聞之下，還不相信，如今親眼見了……唉，卻已嫌太遲，已嫌太遲了……」

陶純純垂首道：「她們既已被『斷血逆經，閉穴絕手』的手法點了穴道，遲早都不免……不免要送命的，你又何苦太難受！」她起先幾句話中，竟似含有一絲淡淡的喜悅之意，但瞬即收斂，別人自也無法聽出。

柳鶴亭劍眉一軒，目射精光，凜然望了陶純純一眼，但瞬又重自低眉，長嘆一聲，黯然道：「話雖可如此說，但我雖不殺伯仁，伯仁卻因我而死，我又怎能木然無動於衷，我又怎能問心無愧？」

語聲微頓，突又朗聲說道：「斷血逆經，閉穴絕手，乃是武功中最陰、最柔，卻也是最毒的手法，武林中擅此手法的人，近年來已絕無僅有，此人是誰？到底與誰結下怨仇？爲什麼要在這兩個無辜的女子身上施展毒手？」

陶純純柳眉輕顰，沉吟著道：「這兩個喜娘不是武林中人，絕不會和這樣的內家高手結下冤仇，你出來闖蕩江湖也沒有多久……」

柳鶴亭接口嘆道：「你更不和人結怨，我自思也沒有，那麼難道是邊老爺子結下的仇家麼？可是，無論如何，這兩個可憐的女子，總是無辜的呀！」

這兩個喜娘與他雖然素不相識，但他生具悲天憫人之性，此刻心中當真比傷了自己親人還要難受幾分。

他轉身撤下床上的鴛鴦翠衾，輕輕蓋在這兩具屍身之上，縫製這床錦被的巧手婦人，只怕再也不會想到它竟會被人蓋在死屍身上。

陶純純柳眉輕輕一皺，欲語還休，柳鶴亭長嘆道：「方才那兩聲慘呼，原該已將前廳的人驚動，但怎地直到此刻，前院中還沒有人進來？」

他卻不知道方才那兩聲慘呼的聲音雖然淒厲，但傳到前院時已並不十分刺耳，這種聲音在酒酣耳熱的人們耳中聽來，正好是明日凌晨取笑新娘的資料，又有誰會猜到風光綺麗的洞房中，竟會生出這樣的無頭慘案！

於是柳鶴亭便只得將這兩具屍身獨自抬出去，這自然立刻引起前廳中仍在暢飲的群豪們的驚慌和騷動！

這些終日在槍林劍雨中討生活的武林朋友，立刻甩長衫，紮袖口，開始四下搜索，但他們連真兇是誰都不知道，搜尋的結果，自是一無所獲，只不過徒自淋濕了他們的衣衫而已！

一夜飛雨，滿院落花——

柳鶴亭的洞房花燭夜，便如此度過！

九　神經初現

清晨，雨歇。陽光滿地的後院中，梅三思一把拉住正待回房歇息的柳鶴亭哈哈一笑，道：「柳兄弟，你洞房花燭夜已經度過，就算死了，也不冤枉了。」

柳鶴亭苦笑一下，真不知如何回答他的話才好！

只聽梅三思含笑接口又道：「今天我已可將那『天武神經』的故事告訴你，你可要聽麼？」柳鶴亭不禁又暗中為之苦笑一下，只覺此人的確天真得緊，此時此刻，除了他之外，世上只怕再無一人會拉著一個在如此情況下度過洞房之夜的新郎說話！

但這童心未泯的大漢，卻使柳鶴亭體會出人性的純真和善良，於是他微一頷首，含笑應允。

初昇的陽光，灑滿昨夜飽受風雨的枝葉，也灑滿了地上的落花。他們在一株梧桐樹下的石凳上坐了下來，只聽梅三思道：「這本『天武神經』，此刻雖然已是武林中最最不成秘密的秘密，但在數十年前——」語聲突地一頓。

柳鶴亭一心等著他的下文，不禁轉目望去，只見他竟呆呆地望著地上的落花出起神來，目光如痴如醉，也不知心裡在想些什麼，卻顯然想得極為出神。柳鶴亭不忍驚動一個平日不甚思索的人之思索，含笑而坐。

良久良久，只聽梅三思長嘆一聲道：「你看陽光多麼公平，照著你，照著我，照著高大的樹木，也照著地上的落花，既不分貴賤貧富，也不計較利害得失，若是人們也能和陽光一樣公正，我想世上一定會太平得多了！」

柳鶴亭目光凝注著向陽群木，仔細體味著他這兩句平平常常、簡簡單單的話中含義，含蘊著「平等」、「博愛」等至高至上的思想，若非他這樣簡單的人，誰也不會對這種簡單的問題深思，因為大多數人不知道，許多至高至深的道理，卻都是含蘊在一些極其簡單的思想中的。

風吹木葉，葉動影移，梅三思唏噓半晌，展顏笑道：「方才我說到哪裡了……噢，那『天武神經』今日雖已不成秘密，但在數十年前，卻不知有多少人，為了這本撈什子喪卻性命。」

他語聲停頓了半晌，似乎在整頓腦海中的思緒，然後方自接口道：「柳兄弟，你可知道，每隔若干年，便總會有一本『真經』、『神經』之類的武學秘笈出現，在這些秘笈出現之前，江湖中人一定將之說得活龍活現，以為誰要是得到了那本真經，便可以練成天下無敵的武功！」

他仰天大笑數聲，接口又道：「於是武林中人，便不惜拚卻性命，捨生忘死地去搶奪這些『武學秘笈』，甚至有許多朋友、兄弟、夫婦，都會因此而反臉成仇，但到最後得到那些『武學秘笈』的人，是否能練成天下無敵的武功，卻只有天知道了！只是過了一些年，這些『武學秘笈』，又會不知去向，無影無蹤。」

這魯莽的大漢，此刻言語之中，雖帶有極多諷世譏俗的意味，但其實他卻絕非故意要對世人譏嘲，他只是在順理成章，真真實實地敘說事情的真相，卻往往會尖銳地刺入人類心中的弱點。

柳鶴亭微微一笑。

梅三思接著道：「那本『天武神經』，出世之時，自然也引起了江湖中的一陣騷動，甚至連『武當』、『少林』、『崑崙』一些比較保守的門派中的掌門人，也爲之驚動，一起趕到祁連山去，搜尋它的下落！」

柳鶴亭忍不住截口問道：「這本『神經』要在祁連山出世的消息，又是如何透露的呢？」

梅三思重重地嘆了口氣道：「先是有山東武林大豪，以腿法稱雄於天下的『李青雲』的三個兒子，在無意之中，得到一張『藏經圖』，圖上寫著無論是誰，得到此圖，再按圖索驥，尋得那本『天武神經』，練成經上的武功，便可無敵於天下，兄弟三人得到這『藏經圖』之後，自然是高興已極，他們卻不知道，這『藏經圖』竟變成了他們的催命符！」語聲微頓，又自長長嘆息一聲，道：「世上有許多太過精明的人，其實都是糊塗蟲！」

柳鶴亭不禁暗嘆一聲，忖道：「他這句話實在又擊中了人類的弱點。」口中卻道：「常言道『糊塗是福』，也正是兄台此刻說話的意思。」

梅三思拊掌大笑說道：「糊塗是福，哈哈，這句話當真說得妙極，想那兄弟三人，若不是太過精明，又怎會身遭那樣的慘禍？」

說到「慘禍」兩字，他笑聲不禁爲之一頓，目光一陣黯然，微喟說道：「那兄弟三人本不是一母所生，老大李會軍與老二李異軍，對繼母所生的老三李勝軍，平日就非常妒忌懷恨，得了那『藏經圖』後，就將老三用大石頭堵死在冰雪嚴寒的祁連山巔一個山窟裡，他兄弟兩人，竟想將他們的同父弟兄活活凍死！」

柳鶴亭劍眉微剔。

只聽梅三思又道：「那老三李勝軍在山窟裡餓了幾天，已經餓得有氣無力，連石隙裡結成的冰雪，都被他吃得乾乾淨淨，那時他心裡對害他的哥哥，自然是痛恨到了萬分，這一股憤恨之心，就變成了一種極其強烈的求生力量，使得他在那飢寒交迫的情況下，還能不死。」

柳鶴亭忍不住插口說道：「後來他可曾從那裡逃生？」

梅三思緩緩點了點頭，道：「那一年最是寒冷，滿山冰雪的祁連山巔，竟發生了極爲少見的雪崩，李勝軍被困的那處山窟，被他用身畔所帶的匕首掏去冰雪泥土，已變得十分鬆軟，再加以恰巧遇著雪崩，山石間竟裂開一裂隙！」

柳鶴亭暗中透了口氣，梅三思接道：「於是李勝軍就從裂隙爬了出來，因飢餓日久，體力自更不支，好在他年輕力壯，再懷著一股復仇的怒火，掙扎著滾下半山，半山間已有了山居的獵戶，他飽餐了一頓，又舒舒服服睡了一覺，第二日起來，那獵戶又整治了一些酒菜，來給他吃喝，那時他若趕緊下山，也可無事，哪知這小子飽暖思淫慾，見得那獵戶的妻子年輕貌美，竟以點穴功夫將她制住，乘亂將她姦污了！」

柳鶴亭本來一直對這老三李勝軍甚是同情，聽到這裡，胸中不禁義憤填膺，口中怒罵了一聲：「早知他是如此忘恩負義的卑鄙淫徒，還不如早些死了好些。」

梅三思頻頻以拳擊掌，雙目瞪得滾圓，顯見心中亦是滿懷怒火，咬牙切齒地接口又自說道：「他姦了人家的妻子之後，竟還想將人家夫妻兩人一齊殺死滅口，於是他便守在那獵戶的家裡，等那獵戶打獵歸來。」

柳鶴亭心中微微一動，回首望去，只見林木深處，一個紅衫麗人，踏著昨夜風雨劫後的滿地落花，輕盈而婀娜地走了過來，朝陽映著她嫣紅的嬌靨，翠木襯著她窈窕的體態，她，正是此後將永遠陪伴他的陶純純。

她，初卸素服，乍著羅衫。

她，本似清麗絕俗的百合，此時卻有如艷冠群芳的牡丹，又似一朵含苞欲放的玫瑰蓓蕾，此時終於盛開！

柳鶴亭心中，不由自主地起了一陣輕微的顫動。

因爲此刻她對他說來，本該十分熟悉，偏又那麼陌生，直到此刻爲止，柳鶴亭才深深體會到，衣衫的不同，對於女孩子會有多麼重大的改變。

只聽她輕輕一聲嬌笑，徐徐道：「只怕不用等到日後，他就會遭到惡報了！」

柳鶴亭問道：「你怎麼知道？」

梅三思詫聲道：「你怎麼知道！」

這兩句話不但字句一樣，而且在同一刹那間發出，但語氣的含意，卻是大不相同，柳鶴亭是懷疑的詢問，梅三思卻是驚詫的答覆。

陶純純面帶微笑，伸出素手，輕輕搭在一榦垂下的枝葉上，輕輕地道：「你讓他說下去，然後我再告訴你。」

她那這句話，只是單獨對柳鶴亭的答覆。

她那一雙明亮的秋波，也在深深對著柳鶴亭凝視。

梅三思左右看了兩眼，突地笑道：「我在對你們說話，你們的眼睛怎麼不望著我？」

柳鶴亭、陶純純相對一笑，紅生雙頰。

梅三思哈哈笑道：「那李老三等了許久，直到天黑，獵戶還不回來，忍不住將那婦人的穴道解開，令她為自己整治食物，又令她坐在自己身上陪酒，那婦人不敢反抗，只得隨他調笑，只是眼睛也不願望著他罷了。」

柳鶴亭、陶純純一齊板著面孔，卻又終於忍不住，綻開一絲歡顏的笑容。

哪知梅三思幽了人家一默之後，笑聲竟突地一頓，伸手一捋虬髯，沉聲道：「哪知就在此刻，那獵戶突然地回來了，李勝軍雖然自恃身分，從未將這獵戶放在心上，但到底做賊心虛，還是不免吃了一驚，一把將那婦人推開，那婦人滿心羞愧悲苦，大哭著跑到她丈夫身側。」

柳鶴亭伸出鐵拳，在自己膝蓋之上，重重擊了一拳，恨聲道：「我若是那獵戶，便是喪卻性命，也要和那淫賊拚上一拚！」

陶純純似笑非笑地瞧了他一眼，梅三思長嘆道：「我若是那獵戶，只怕當時就要過去在那淫賊的喉嚨上咬兩口，但——柳兄弟，你可知道當時那獵戶是怎麼做的？」

柳鶴亭搖了搖頭，陶純純秋波一轉，梅三思嘆道：「他竟也將自己的妻子推開，而且怒罵道：『叫你好生待客，你這般哭哭啼啼地幹什麼，還不趕快過去陪酒！』一面怒罵，一面還在他妻子面上，啪啪打了兩掌……冷哼數聲，憤然住口。」

柳鶴亭劍眉微軒，心中為之暗嘆一聲，對那獵戶既是憐憫，卻又不禁惱怒於他的無恥。

陶純純鼻中「嗤」地一聲冷嘲，冷笑著道：「大丈夫生而不能保護妻子，真不如死了算了。」

柳鶴亭緩緩嘆道：「我真不知道，為何有些人將生死之事，看得那般嚴重。」

梅三思目中一陣黯然，口中淒然低誦了兩聲：「蓉兒，蓉兒……」突地轉口接道：「在當時那等情況之下，那獵戶的妻子是又驚、又怒、又悲、又苦，就連本待立時下手的李勝軍也不禁大為驚愕，那獵戶反而若無其事地哈哈笑著解釋自己遲歸的原因，原來他是想在冰雪中尋捕幾隻耐寒的野獸，來為那惡客李勝軍做新鮮的下酒之物！」

柳鶴亭長嘆一聲，緩緩道：「待客如此，那獵戶倒可算個慷慨的男子，只是……只是……」他終究還是沒有說出心中想說的話，而只是用一聲半帶憐憫半帶輕蔑的嘆息代替了結束。

只聽陶純純、梅三思同時冷哼一聲，梅三思道：「那李勝軍若是稍有人性，見到這種情況，心裡也該自知羞慚才對，哪知他生性本惡，在那山窟中的一段日子，更使他心理失了常態，他竟當著那獵戶說出姦污那婦人的事，為的只是想激怒那獵戶，再下手將之殺死！」

柳鶴亭手掌一陣緊握，陶純純一雙清澈明亮的眸子裡，卻閃過一絲無法形容的光采，她似乎對世事早已瞭解得太過，是以她此刻的目光之中，竟帶著一些對生活的厭倦和對人類的厭惡之意，口中輕輕問道：「那獵戶說了些什麼？」

梅三思嘿嘿冷笑了兩聲，擊掌道：「那獵戶非但不怒，反而哈哈大笑著道：『男子漢大丈夫何患無妻，像小的這樣的粗人，能交到閣下這樣的朋友才是難得已極。』說著又跑到後面去取了一樽酒，替李勝軍滿滿斟了一杯，又大笑著道：『閣下千祈不要在意，容小的再敬一杯。』」梅三思頓了一頓，接道：「那李勝軍雖然心狠手辣，但遇著這種人卻再無法下手，那獵戶又叫他的妻子過來勸酒，那婦人果然擦乾了淚，強顏歡笑的走了過來——」

陶純純一手輕輕撫著鬢邊如雲的青絲，緩緩道：「於是李勝軍就將這杯酒喝了？」

梅三思點了點頭，應聲道：「不錯，那李勝軍便將這杯酒吃了。」

陶純純冷笑一聲，道：「他喝了這杯酒下去，只怕便已離死期不遠！」

梅三思濃眉一揚，從青石上跳了起來，十分驚詫地脫口喊道：「你又怎會知道？你怎地什麼事都知道？」

陶純純輕輕一笑，道：「我不但知道這些，還知道那獵戶本來是一個無惡不作的江洋大盜，被仇家逼得無處容身，是以才躲到祁連山來！」

梅三思面上的神色更是吃驚，接口道：「你難道早已知道了這個故事麼？但是……但是『天武神經』江湖中人知道的雖多，這故事知道的人卻少呀！」

柳鶴亭目光轉處，不禁向陶純純投以詢問的一瞥。

只聽陶純純含笑說道：「這故事我從未聽人說過，但是我方才在那邊聽了你的那番話，卻早已可以猜出來了！」

她語聲微微一頓，又道：「試想嚴冬之際的祁連山，滿山冰封，哪裡會有什麼野獸？即使有些狼狐之類，但在那種險峻的山地中，又豈是普通獵戶能夠捕捉得到的？再退一步來說，即使有普通獵戶住在那裡，生活定必十分窮困，又怎會有酒菜來招待客人？又怎會放心讓自己的妻子和個陌生客獨處在荒山之中，而自己跑去打獵？又怎會見了自己的妻子受人污辱，而面不改色，無動於衷？」

她一面緩緩而言，柳鶴亭、梅三思一面不住頷首。

說到這裡，她稍微歇了一下，便又接口道：「我由這些可疑之點推測，便斷定此人必定是個避仇的大盜，酒菜來源，自然不成問題，他那妻子也定必是他用不正當的手段得來，二人之間，根本沒有什麼情感，再加以他自家亦是陰險奸狡之徒，見了這等情況，唯恐自己不是李勝軍的敵手，是以再用言語將之穩住，若換了普通人，總有一些血性，在那種情況下，縱是卑鄙懦弱到了極點的懦夫，也是無法忍受的！」

柳鶴亭暗嘆一聲，只覺自己嬌妻的智慧，的確有著過人之處，但她表面看來，卻偏偏又是那麼天真，那麼單純，就生像是個什麼事都不懂的純情少女。

他又想起她在無意之中流露出的對貓狗之類小動物的殘忍，行事、言語之間的矛盾，和那一分可以將什麼事都隱藏在心底的深沉……

剎那之間，他對他新婚的嬌妻，竟突地生出一種畏懼之心，但是他卻又那樣深愛著她，是以他心念轉處，立刻便又命令自己不要再想下去，又不禁暗中嘲笑自己！

「柳鶴亭呀柳鶴亭，你怎會生出如此可笑的想法？難道你對你自己新婚妻子的聰明才智，也會有嫉妒之心麼？」

梅三思揚眉瞬目，滿面俱是驚奇欽服之色，伸出巨大的手掌，一指面上隱泛笑容的柳鶴亭道：「柳兄弟，你當真是三生修來的福氣，竟能娶到這樣的新娘子，分析事理，竟比人家親眼看見，親耳聽到的還要清楚。那獵戶果然是個山居避仇的江洋大盜，叫做『雙首狐』胡居，狐有雙首，此人的兇狡奸猾，自然可想而知，那李勝軍一杯酒喝將下肚，果然便大叫一聲，當場暈倒！」

柳鶴亭嘆息一聲，緩緩說道：「想不到江湖之中，竟有這般厲害的迷魂之藥！」

陶純純秋波一轉，含笑不語，梅三思接道：「等到那李勝軍醒來的時候，他已被人用巨索綁在地上，只覺一盆冷水當頭淋下，然後他睜開眼睛，那獵戶正滿面獰笑地望著他，手裡拿著一柄解腕屠刀，刀光一閃，自他肩頭肉厚之處，剮下一片肉來，那婦人立刻拿碗鹽水，潑了上去，只痛得李勝軍有如受了傷的野狗一樣大嗥起來！」

陶純純微微一笑，手掩櫻唇，含笑說道：「你當時可曾在當場親眼看見麼？」

梅三思愣了一愣，搖頭道：「沒有！」語聲一頓笑道：「那時我還不知在哪裡呢！」

陶純純嬌笑著道：「我看你說得真比人家親眼看見的還要詳細！」

梅三思又自呆了一呆，半晌後方自會意過來，原來她是在報復自己方才說她的那句話，於是柳鶴亭便又發現了她性格中的一個弱點，那便是：睚眥必報！

只聽梅三思大笑數聲，突又嘆息數聲，方自接口道：「一刀下去，還不怎的，三刀下去之後，李勝軍不禁又暈了過去，那獵戶卻仍不肯放過他，再拿冷水將他潑醒，那李勝軍縱是鐵打的漢子，也忍不住要哀聲求告起來，那獵戶『雙首狐』胡居卻獰笑著道：『你放心，我絕不會殺死你的！』李勝軍心裡方自一定，胡居卻又接著道：『我要等到剮你三百六十刀之後再殺你，每天十刀，你也至少可以再活幾十天。』李勝軍機伶伶打了個寒戰，只覺這句話比方才那兩盆冷水還要寒冷！」

柳鶴亭劍眉微皺，嘆息一聲，緩緩道：「那李勝軍固是可殺，但這『雙首狐』胡居也未免做得太過火了些！」側目一轉，陶純純嘴角，卻仍滿含微笑！

她微笑著緩緩說道：「在這種情況下，李勝軍只怕要將那『天武神經』以及『藏經圖』的秘密說出，來為自己贖罪。」

梅三思雙掌一拍，脫口讚道：「又被你猜對了！」語聲微微一頓，又道：「第四刀還未剮下去，那李勝軍果然便哀聲道：『你若饒我一命，我便告訴你一個最大的秘密，讓你成為天下武林中的第一把高手。』那獵戶『雙首狐』聽了，自然心動，便答應了。李勝軍便叫他發個重誓，不殺自己，那『雙首狐』胡居便跪在門口，指天發誓道：『李勝軍將那秘密說出後，我若再殺了他，永墮九輪，萬世不得超生。』李勝軍見他發下了這般重誓，便將那『藏經圖』的秘密說出來了！」

柳鶴亭劍眉微軒，不禁再爲人類的貪生怕死嘆息。

只見梅三思濃眉一揚，朗聲接口道：「哪知他將這秘密說出後，那『雙首狐』胡居竟將他手足一齊綑住，嘴裡塞上棉花，抛在滿山冰雪的野地裡，並在他耳畔冷笑道：『我說不殺死你，就不殺死你！』但其實還不是和親手殺死他一樣！」

柳鶴亭望了陶純純一眼，兩人相對默然，梅三思接口又道：「李勝軍被抛在山地上，只聽得『雙首狐』胡居得意的笑聲，愈去愈遠，放眼一望，四下俱是冰雪，連個鳥獸的影子都沒有，哪裡還會有人煙？他自知必死，只求速死，但是在那種情況下，他即使想快些死都不能夠。」

柳鶴亭目光一垂，暗暗忖道：「求生不得，求死不能，這當真是世上最淒慘之事。」

只聽梅三思長嘆又道：「就那樣躺在雪地上，他一躺又躺了一天，那時他已被凍得全身麻木，幾乎連知覺都沒有了，距離死亡，實在相去僅有一線。哪知就在這個時候，他竟遇上了救星，將他抬下山去，救轉過來，送了回家。只是他一連經過這些日子折磨，身上又有刀傷，他縱是鐵打的漢子，也經受不住，回到家後，便自一病不起，而他兩個哥哥，卻早已在他沒有回家之前，便按著『藏經圖』上的記載，出去尋經去了！」

他稍微歇息半晌，方自接口說道：「他躺在病榻上，想到他的兩個哥哥不久便會得經，練成武功，揚名天下，而他自己卻不久便要死去，他愈想愈覺氣惱，便愈想愈覺不是滋味，在病榻上偷偷寫了數十封內容一樣的密札，派了個心腹家人，一一快馬送出，這些密札的內容，自然是『藏經圖』的秘密，而他卻將這些密札，發到每一個他所記得的武林高人手裡！」

此刻日色漸升漸高，映得梅三思頷下的虬髯，閃閃發著玄鐵般的光采，他停也不停地接口道：「他命令那心腹家丁將這些信全都發出去後，自己只覺心事已了，沒有過兩天，就一命嗚呼了……」

說至此處，不由長嘆一聲，一腳將地上的一粒石子，踢得遠遠飛了開去，「噗」地落入昨夜秋雨的一片積水中，濺起四下水珠！

梅三思望著這些在日光下變幻著彩光的細小水珠，呆呆地出了半天神，又自長嘆一聲，緩緩說道：「他固是安安穩穩地死在家裡，但是他的那一批書信，卻在武林中掀起了軒然大波，接到這批書信的，除了少林、武當、崑崙、點蒼、峨嵋、華山、長白，這武林中的七大門派外，其餘也都是當時江湖上頂尖兒的一流高手，接到這些書信的人，心裡自然不免半信半疑，練武之人只要聽得武林中有這種至高至上的秘笈出現，即使半信半疑卻仍要去試上一試！」

「噗」地，又是一粒石子入水，又是一陣水珠濺起，梅三思雙掌一拍，濃眉微軒，朗聲接道：「於是不出十天，那祈連山中已聚滿了來自四面八方的武林高手，這些武林高手彼此見到面後，暗中都對所謂的真經，加強了信心，但表面上，卻誰也不肯說出來，就彷彿大家全是到此地來遊山玩水似的！」

他說到這裡，已將近說了半個時辰，陶純純柳眉輕顰，看了看天色，微微一笑，緩緩道：「於是這些武林高手，便為了這本『天武神經』，勾心鬥角，捨生忘死地爭奪起來，那李會軍與李異軍兄弟，自然是最先喪生的兩人，於是少林派，或是武當派的掌門人，就出來鎮壓這個局面，是不是？」

梅三思本來還有一大篇話要說，聽到她竟以三言兩句便全部代替了，不覺呆了一呆，趕緊接口道：「李家兄弟死後，那本神經經過幾次兇殺，方輾轉落到『點蒼派』兩個後起高手掌中，卻又被『崑崙派』的幾個劍手看見，等到崑崙派的劍手們下手去奪這本真經時，『少林寺』的監寺大師無相和尚，以及『武當派』當時的掌門人離情道長，才一齊出面，將那本方自出土，裝在一方碧玉匣中的『天武神經』，取到手中，而且協議一年之後，在少室嵩山，辦一個奪經之會，到那時，誰的武功真能出人頭地，誰便是這本神經的得主，這樣一做，自然可以免去了一些無謂的爭殺。」

柳鶴亭暗讚一聲，忙道：「看來少林、武當兩派，當真有過人之處，與眾不同。」

只見梅三思拇指一挑，接口又道：「那離情道長與無相大師俱是當時武林一流人物，再加以『少林』、『武當』兩派聲威壯大，門人弟子遍佈天下，是以他們所說的話，自然無人敢加異議，只是這其中卻還有一個問題……」

陶純純仰首望天，含笑緩緩道：「這一年之內，『天武神經』究竟該由誰保管呢？」

她此話說將出來，既似在接梅三思的口，又似在詢問於他，卻又有幾分像是在詢問自己。

梅三思目光一亮，陶純純卻又接口道：「離情道長……」

梅三思以拳擊膝，朗聲說道：「不錯，當時在場的武林高手，一致公議，將此本秘笈交付給他，讓他保管一年，那時眾人中無論聲威、名望，都數他最高，別人縱然心裡不服，可也不敢提出異議。」

他語氣、神情之中，竟是隱隱露出了一些得意之態，陶純純輕笑一下，方自含笑接道：「『萬勝神刀』邊老爺子，大約只怕也是武當的俗家弟子吧！」

梅三思呆了一呆，陶純純嬌笑著道：「你猜我這次怎會知道的，因爲我看出你說話的言語神情，似乎在爲你們武當派而得意。」

梅三思濃眉一揚，手捋虬髯，哈哈笑道：「這一次你卻猜錯了！」話聲一頓，又自大笑道：「原來像你這樣的聰明人，也有將事情看錯的時候。」

柳鶴亭心中一動，陶純純笑容一歛，梅三思接道：「那時眾人若是將此本真經，交付給『無相大師』，那麼武林中必定會少了許多枉死冤魂，只可惜當時我『少林派』掌門人的法駕未曾親至，否則也輪不到那老道頭上——」

柳鶴亭輕「哦」一聲，陶純純輕笑一聲，梅三思輕噓一聲，道：「到了一年之後，武林中人聞風而至少室嵩山的，不知凡幾，有些固是志在真經，有的卻只想看看熱鬧，還未到正日，便已滿坑滿谷地擠上了人。」

他突又微微一笑，變了語聲，輕鬆地笑道：「據說僅僅在那短短的幾天之內，這些武林豪客之中，有的結交了許多朋友，有的化解了許多深仇，最妙的是，有些單身而去，或是跟隨著父母的少男少女，還結成了不少的大好姻緣。」

柳鶴亭卻在心中暗自思忖：「凡事如有其利，必有其弊，這期間男女混雜，固然成就了不少美滿姻緣，又焉知沒有發生一些傷風敗俗之事？」但口中卻問道：「此次較技奪經之會，必定精采熱鬧已極，只可惜吾生也晚，未能目睹。」不禁又嘆息一聲，似覺十分懊惱。

哪知梅三思卻「嘿嘿」地冷笑起來，一面道：「那次較技奪經盛會，雖然熱鬧，卻半分也不精采。到了會期那日，武林中有名有姓的人物，差不多全都來齊，卻只單單少了一人！」語聲微頓，再次冷笑一聲：「此人便是那位保管神經的武當掌門，『離情道長』。」

柳鶴亭愣了一愣，梅三思冷笑著又道：「那時眾人心裡雖然著急，但還以爲憑『離情道長』的聲名地位，絕不會做出不仁不義的事來，又過了一日，眾人才真的驚怒起來，只是在那武術發源的聖地少室嵩山，還不敢太過喧嚷。」

「第三日晚間，少室嵩山掌教座下的四大尊者，飛騎自『武當』趕回，眾人這才知道，那『離情道長』爲了這本真經，竟不惜犯下眾怒，潛逃無蹤。聽到這個訊息後，就連一向修養功深的『無相大師』，也不禁爲之大怒，召集武林中各門各派的掌門、名手，一齊出動，去搜尋『離情道長』之下落，於是在武林中一直享有盛譽的『武當劍派』，從此聲名也一落千丈。」

柳鶴亭暗嘆一聲，意下十分惋惜，陶純純卻含笑道：「天下之大，秘境之多，縱然出動所有武林高手，只怕也未能尋出那『離情道長』的下落！」

梅三思拍掌道：「一點不錯，而且過了三、五個月後，眾人已覺不耐，有的還另有要事，於是搜尋的工作，便由火火熾熾而變得平平淡淡。冬去春來，春殘夏至，轉瞬間便是天高氣爽，露白風清的秋天，『武當山真武嶺』『武當上院』突地遍撒武林帖，邀集天下英雄，於八月中秋，到武當山去參與『黃菊盛會』，而柬中具名的，赫然竟是『離情道長』！」

柳鶴亭不禁又爲之一愣，要知武林中事，波譎雲詭，此事一變至此，不但又大大出乎了柳鶴亭意料之外，就連當時的武林群豪，聞此訊息，亦是群相失色，再無一人能猜得到這「離情道長」此舉的真正用意。

只聽梅三思又道：「這帖子一發了出來，武林群豪，無論是誰，無論手邊正有多麼重要的事，無不立刻摒擋一切，趕到武當山去。據聞一時之間，由四面通往武當山的道路，竟俱都爲之堵塞，沿途車馬所帶起的塵土，便連八月的秋風，都吹之不散，數百年來，江湖之中，竟再無一事有此轟動！」

他說得音節鏘然，柳鶴亭也聽得聳然動容，只聽他接著又自說道：「八月中秋月色分外明亮，映得『解劍巖』上，飛激奔放，流入『解劍池』中的泉水，都閃閃的發著銀光，秋風明月之中，巖下池畔的山地上，三五成群，或坐或站地聚滿了腰畔無佩劍的武林群豪，於是一向靜寂的道教名山，自然也佈滿了未曾爆發的輕輕笑聲，和已抑止住的竊竊私語。」

語聲微頓，濃眉一揚，立刻接著又道：「山巔處突地傳下一聲清澈的鐘聲，鐘聲餘韻猶未斷絕，四下的人聲笑語，卻已一齊停頓，『解劍巖』頭，一方青碧的山石上，驀然多了一個烏簪高髻，羽衣羽履的長髯道人，山風吹起他飄飄的衣袂，眾人自下而上，一眼望來直覺他彷彿立時便要羽化登仙而去！」

柳鶴亭乾咳一聲，接口道：「此人大約便是那『武當』掌教，『離情道長』了！」

梅三思冷笑道：「不錯，此人便是那聲名狼藉，武林中人人欲得之而甘心的『離情道長』，但不知怎地，巖下群豪，心中雖然俱都對他十分憤恨不齒，此刻卻又偏偏被他的神態所懾。良久良久，四下較遠的角落裡，自有人稀落地發出幾聲表示輕蔑和不滿的噓聲，哪知『離情道長』卻直如未聞，反而神態極其從容地朗聲一笑，並且一面朗聲說道：『去歲嵩山之會，貧道因事遠行，致令滿座不歡，此實乃貧道一人之罪也，歉甚歉甚。』一面四下一揖，口中朗笑猶自未絕！」

梅三思說到這裡，突又冷笑一聲，這種陰森的冷笑，發自平日如此豪邁的大漢口中，實在有些不甚相稱。尤其他冷笑次數一多，令人聽來，更覺刺耳，但是他卻仍然一面冷笑，一面說道：「他以這三言兩語，幾聲朗笑，便想解開群雄對他的憤恨不齒，自然絕不可能。他話聲方了，巖下群豪輕蔑的噓聲，便立刻比方才加多了數倍，哪知他仍然行所無事，朗笑著道：『貧道自知罪孽深重，今日請各位到此間來，便是亟欲向各位……』這時台下便有一些人大聲喝道：『如何恕罪？』這『離情道長』朗笑著又道：『貧道在這數月之中，已將那『天武神經』，親筆抄錄，一共抄了六六三十六份，乘此中秋佳節，貧道想將這六六三十六份『天武神經』，贈給三十六位德高望重，武功高明的武林同道！」

柳鶴亭不禁爲之一愣，事情一變再變，竟然到這種地步，自然更加出乎他意料之外，而此事的結果究竟如何，他自然更加無法推測，於是他開始瞭解，自己的江湖閱歷，實在太淺！於是他自今而後，對許多他原本未曾注意的事，也開始增加了幾分警惕！

只聽梅三思又道：「他此話一出，巖下群雄，立刻便又生出一陣騷動，這陣騷動之下，不知包含了多少驚異和猜疑，有些人甚至大聲問出：『真的麼？』那離情道長朗笑道：『貧道不打誑語！』他寬大的衣袖，向上一揮，解劍巖後，便一行走出七十二個紫衣道人來，兩人一排，一人手中，拿著的是柄精光耀目離鞘長劍，一人手中，卻托著一方玉匣，此刻眾人心裡自然知道，玉匣之中，盛的便是『天武神經』！」

陶純純秋波一轉，緩緩道：「這些紫衣道人可就是『武當劍派』中最富盛名的『紫衣弟子』麼？」

梅三思頷首道：「不錯，這些紫衣道人，便是武當山真武廟中的護法道人『紫衣弟子』，那時武林群豪中縱然有些人要對這些玉匣中所盛的『天武神經』生出搶奪之心，但見了這些在武當派中素稱武功最高的紫衣弟子，也俱都不敢再下手了，離情道長便又朗聲道：『上面三十六個方匣之中，除了貧道手錄的三十五本『神經』外，還有一本，乃是真跡，諸位如果不相信，互相對照一下，便知真假！』於是巖下群雄這才斂去疑惑之心，但卻又不禁在心中猜測，不知這三十六本『天武神經』，究竟是如何分配！」

陶純純徐徐道：「七大劍派的掌門，一人一本，其餘二十九本，由當時在場的武林群豪，互相較技後，武功最高的二十九人所得……」

梅三思又不禁滿面驚訝的點了點頭，還未答話，柳鶴亭已長長嘆息一聲，緩緩接口道：「這種人人垂涎的武家秘笈，僅僅一本，已經在武林中掀起風波，如今有了三十六本，豈非更要弄得天下大亂？」

梅三思嘿嘿地冷笑一聲，道：「他正如陶姑娘所說，將那三十六本『天武神經』如此分配了之後，餘下的二十九本『天武神經』，立刻便引起了當時在場的千百個武林豪士的一場捨生忘死的大戰！」

柳鶴亭雖不想問，卻又忍不住脫口問道：「結果如何？」

梅三思仰天長嘆一聲，緩緩接著說道：「這一場殘殺之後，自然有二十九人脫穎而出，取得了那二十九本離情道長手錄的『天武神經』，至於這二十九個人的姓名，對我說這故事的人曾告訴我，我也無法告訴你。總之這二十九人俱是武林中的一流高手，然而他們的成功，卻是建築在他人的鮮血與屍骨上！」

風動樹影，日升更高，梅三思滔滔不絕，一直說了一個時辰，才將那「天武神經」的來歷說出。

柳鶴亭一直凝神靜聽，但直到此刻爲止，這「天武神經」中究竟有何秘密，爲何武林中人雖知這本神經所載武學妙到毫顛，卻無一人敢練？這些疑團，柳鶴亭猶自無法釋然！

他目光一轉，見到陶純純、梅三思兩人，似乎都要說話，便自連忙搶先說道：「梅兄，你說了半天，我卻仍然絲毫不懂！」

梅三思濃眉一揚，手捋虬髯，張目問道：「你不懂什麼？難道說得還不夠清楚？我幾乎將人家告訴我的一切，每一字每一句都說了出來！」

柳鶴亭卻微微一笑，含笑說道：「梅兄你所說的故事，的確極其精采動聽，但這本『天武神經』內所載的練功心法那般高妙，武林中卻無人敢練，這其中的原因，我想來想去也無法明瞭，莫非是那離情道長早已將真的神經毀了去，而在練功心法的要緊之處，隨意刪改了多少地方，是以那三十六人，人人都著了他的道兒，而後人見了他們的前車之鑑，便也無人敢去一試了？」

梅三思哈哈一笑，道：「你的話說得有些對，也有些不對。那三十五本手抄的『天武神經』，字字句句，的確俱都和真本上的一模一樣，但拿到這『天武神經』的三十六人，不到數年時光，有的突然失蹤，有的不知下落，有的卻死在武功比其爲弱的仇人手上，這原因爲的什麼，起先自然無人知道，但後來大家終於知道，練了這本武學秘笈中所載武功的人，爲何俱都有如此悲慘的結果。」

柳鶴亭雙目一張，詫聲問道：「爲什麼？」

梅三思嘆息著搖了搖頭，緩緩道：「這原因說來幾乎令人難以置信——」突地一聲驚呼：「陶姑娘，你怎地了？你怎地了？」

柳鶴亭心中一驚，轉目望去，只見一直巧笑嫣然的陶純純，此刻玉容慘變，柳眉深皺，滿面蒼白，目光中更充滿了無法描摹的痛苦之色！

一雙玉掌，捧在心畔，嘴唇動了兩動，似乎想說什麼卻沒有說出來，纖柔而窈窕的身形，已虛弱地倒在地上！

強烈的日光，映得她身上的羅衫，鮮紅如血，也映得她清麗的面容，蒼白如死。柳鶴亭乍睹此變，被驚得呆了一呆，方自大喝一聲，撲上前去，口中不斷惶急而驚懼地輕輕呼道：「純純醒來，純純，你看我一眼……純純，你怎麼樣了……你……難道……難道……」

他一聲接著一聲呼喊著，平日那般鎮靜而理智的柳鶴亭，此刻卻全然沒有了主意，他抱著她的身軀，推拿著她的穴道，但他用盡了所有急救的方法，也無法使她蒼白的面容透出一絲血色。

他只覺她平日堅實、細緻、美麗、光滑，觸之有如瑩玉，望之亦如瑩玉般的肌膚，此刻竟變得異樣地柔軟而鬆弛，她所有的青春活力，內功修爲，在這刹那之間，竟像已一齊自她身上神奇地消失了！

一陣不可形容地悚慄與震驚，有如一道閃電般，重重擊在柳鶴亭身上。他再也想不出她爲何會突地這樣，只好輕輕抱起了她的嬌軀，急遽地向他們洞房走去，謹慎地將她放在那柔軟華麗的牙床之上，只見陶純純緊閉著的眼睛，虛弱地睜開了一線！

柳鶴亭大喜之下，連忙問道：「純純，你好些了麼？告訴我……」

卻見她方自睜開的眼睛，又沉重地闔了起來，玲瓏而蒼白的嘴唇，僅動了兩動，模糊地吐出幾個字音：「不……要……離……開……我……」

柳鶴亭連連點頭，連連拭汗，連連說道：「是是，我不會離開你的……」

話聲未了，雙目之中，已有一片惶急的淚光，自眼中泛起！

胸無城府，無所顧忌的梅三思，筆直地闖入洞房中來，站在柳鶴亭身後，望著翠榻上的陶純純，呆呆的出了半天神，喃喃自語道：「這是怎麼回事？難道她也練過『天武神經』上的武功麼？……」

柳鶴亭霍然轉過身來，一把捉住他的肩頭，沉聲問道：「你說什麼？」

梅三思濃眉深皺，長嘆著緩緩道：「凡是練過『大武神經』上武功的人，一年之中，總會有三四次，會突地散去全身武功，那情況正和陶純純此刻一樣……」

柳鶴亭雙目一張，還未答話，梅三思接著又道：「那些練過『天武神經』的武林豪士，之所以會突然失蹤，突然不知下落，或者被武功原本不如他們的人殺死，便是因爲這三四次散功的日子，俱是突然而來，不但事先沒有一絲先兆，而且散功時間的長短也沒有一定，最可怕的是，散功之際，稍一不慎，便要走火入魔，更可怕的是，凡是練了『天武神經』的人，終生不得停頓，非得一輩子練下去不可！」

他語聲微頓，歇了口氣，立刻接著又說道：「後來武林中人才知道，那些突然失蹤的人，定是練了『天武神經』後，發覺了這種可怕的變化，使不得不覓一深山古洞，苦苦修練。那些會被原本武林不如他們的仇家殺死的人，也必定是因爲他們動手之際，突然散了功，這種情況要一直延續四十年之久，才能將『天武神經』練成，武林群豪，雖然羨慕『天武神經』上精妙的武功秘技，卻無一人再敢冒這個險來練它！除了一些非常非常奇特的人！」

柳鶴亭呆滯地轉動了一下目光，望了望猶自昏迷著的陶純純，他心裡此刻在想著什麼？

梅三思皺眉又道：「那離情道長練了『天武神經』，發覺了這種可怕的變化後，他自己尋不出解釋，是以便將神經抄了三十五份，分給三十五個武功最高的武林高手，讓他們一同來練，看看他們練過『天武神經』後，是不是也會生出這種可怕的變化，看看這些人中，有沒有人能對這種變化，尋出解救之法。他用心雖然奸惡，但是他還是失望了，武林中直到此刻為止，還沒有人能對此事加以補救，只有一直苦練四十年，但是——唉！人生共有多少歲月，又有誰能熬過這四十年的驚嚇與痛苦？」

梅三思濃眉微微一揚，望了望陶純純蒼白的面容，接口又道：「是以當時武林七大門派的掌門人，臨終之際，留給弟子的遺言，竟不約而同地俱是：切切不可去練那『天武神經』。而此後許多年輕武士也常常會在一些名山大澤的幽窟古洞裡，發現一些已經腐爛了的屍身或枯骨，死狀都十分醜惡，顯見是臨死時十分痛苦，而在那些屍身或枯骨旁的地上或石壁上，也有著一些他們留下的遺言字句，卻竟也是：『切切不可再練天武神經』！」

他長長地嘆息一聲，緩緩接著說道：「那些屍身和枯骨，自然也就是在武當山解劍巖下，以武功奪得手抄的『天武神經』後，便突然失蹤的武林前輩。但饒是這樣，武林中人對這『天武神經』，卻猶未死心，為了那些手抄的神經，仍有不少人在捨生死忘地爭奪，直到廿年後，少林寺藏經閣的首座大師『天喜上人』，將『天武神經』木刻墨印，印了數千本之多，隨緣分贈給天下武林中人，這本在武林中引起了無數爭端兇殺的『天武神經』，才變成世間一件不成秘密的『秘密』，而後起的武林中人，有了這些前車之鑒，數十年來，也再無人敢去練它！」

他語音微頓，又自補充道：「不但無人敢再去練它，甚至連看都沒有人敢再去看它，武林中師徒相傳，都在警戒著自己的下一代：『切切不可去練天武神經！』是以我剛才能憑著這本神經上的字句，將那白衣銅面的怪人驚退，其實說穿之後，不過如此而已！」

柳鶴亭目光關心而焦急地望著陶純純，耳中卻在留意傾聽著梅三思的言語，此刻他心分數用，實是紊亂已極。

他與陶純純相處的時日愈久，對她的疑惑也就愈多，直到此刻，他對她的身世來歷，仍然是一無所知，他對她的性格心情，也更不瞭解。但是，這一切卻都不能減弱他對她的憐愛，他想到自己今後一生，都要和一個自己毫不瞭解的人長相廝守，在他心底深處，不禁泛起一陣輕輕的顫抖，和一聲長長的嘆息：「如此神經！」

「萬勝神刀」邊傲天和久留未散的武林眾豪，聞得柳鶴亭的新夫人突發重病，自都匆匆地趕到後園中的洞房裡來，這其中自然有著一些精通醫理的內家好手，但卻再無一人能看得出陶純純的病因，而另一些久歷江湖，閱歷豐富，腹中存有不少武林掌故的老江湖們，見到她的病狀，心中雖有疑惑，卻也無一人能將心中的疑惑，加以證實，只是互相交換一個會心的眼色而已。

日薄西山，歸鴉聒噪，黃昏後的洞房裡，終於又只剩下了柳鶴亭一人。

洞房中的陳設，雖然仍如昨夜一般綺麗，但洞房中的情調，卻已不再綺麗。柳鶴亭遣走了最後兩個青衣小鬟，將羅幃邊的銅燈，撥成最低黯的光線，然後焦急、惶恐，而又滿腹疑團地坐在陶純純身畔。

昏黃的燈光，映著陶純純蒼白的面容。夜更深，人更靜，柳鶴亭心房的跳動，卻更急遽，因爲此刻，陶純純仍未醒來！

她嬌軀輕微轉動了一下，面上突地起了一陣痛苦的痙攣，柳鶴亭心頭一陣刺痛，輕輕握住她的皓腕。只見她面上的痛苦，更加強烈，口中也發出了一陣低微、斷續，而模糊不清地痛苦的囈語：「……師父……你好……好狠……純純……我……我對不起你……殺……殺……」

柳鶴亭心頭一顫，手掌握得更緊，柔聲道：「純純，你好些了麼？你心裡有什麼痛苦，都可以告訴我……」

但陶純純眼簾仍然緊閉，口中仍然在痛苦地囈語：「殺……殺……純純，我對不起你……」突又低低地狂笑著道：「天下第一……哈哈……武林獨尊……哈哈……」

柳鶴亭驚懼地握著她的手腕，漸漸覺得自己的手掌，竟也和她一樣冰冷，他竟開始在心裡暗問自己：「她是誰？她到底是誰？她到底有多少件事是瞞著我的？她心中到底有多少秘密？她……她難道不是陶純純麼？」

他心情痛苦，思潮紊亂，以手捧面，垂首沉思。一陣涼風吹過，窗外似乎又落下陣陣夜雨，夜色深沉中，窗外突地飄入一方純白的字箋，卻像是有著靈性一般，冉冉飄到柳鶴亭眼前！

柳鶴亭目光抬處，心中大驚，順手抄過這方字箋，身形霍然而起，一掠而至窗口，沉聲地道：「是誰？」

窗外果已落下秋雨，點點的雨珠，挾著夜來更寒的秋風，嗖嗖地打在新糊的輕紅窗紙上。秋風夜雨，窗外哪有人影？柳鶴亭叱聲方了，方待穿窗而出，但回首望了陶純純一眼，卻又倏然止步，在窗口呆呆地愣了半晌，茫然展開了掌中紙箋，俯首而觀，他堅定的雙掌不禁起了一陣輕微的顫抖。

只見那純白的紙箋上，寫著的挺秀字跡，是：

你可要知道你新夫人的秘密？

你可要挽救江蘇虎丘，西門世家一家的性命？

你可想使自己脫離苦海？

那麼，你立刻便該趕到江蘇、虎丘，西門世家的家中去。後園西隅牆外，停著一匹鞍轡俱全的長程健馬，你只要由此往南，順著官道而行，一路上自然有人會來替換你的馬匹！假如你能在一日之間趕到江蘇虎丘，你便可發現你所難以置信的秘密，你便可救得西門一家的性命，你也可使自己脫離苦海，否則……凶吉禍福，由君自擇，動手且快，時不我與！

下面既無具名，亦無花押，柳鶴亭驚懼地看完了它，手掌的顫動，且更強烈，他茫然回到他方才坐的地方，陶純純的面容，仍然是蒼白而痛苦！

「這封信是誰寫的，信中的話，是真的麼？」這些問題他雖不能回答，但猶在其次，最重要的問題是：「我該不該按照信中的話，立刻趕到江蘇虎丘去？」

刹那之間，這一段日了來的往事，齊地在他心中閃過：她多變的性情……她詭異的身世……密道中的突然出現……清晨時的急病……在密道中突然失蹤的翠衫少女……滿凝鮮血毛髮的黑色玉瓶……以及她方才在暈迷中可怕的囈語……

柳鶴亭忍不住霍然長身而起，因爲這一切都使他恨不得立時趕到江蘇虎丘去，但是，他回首再次望了陶純純一眼，那嬌美而痛苦的面容，卻不禁在他心底引起了一陣強烈的憐愛，他喃喃地說道：「我不該去的，我該保護她！無論如何，她已是我的妻子！」

他不禁反覆地暗中低語：「無論如何，她終究已是我的妻子；她終究已是我的妻子！」在那客棧中酒醉的溫馨與迷亂，再次使得他心裡泛起一陣混合著甜蜜的羞愧，昨夜花燭下，他還曾偷偷地揭開她覆面紅巾的一角，偷看到她含羞的眼波和嫣紅的嬌靨。

就是那溫馨而迷亂的一夜，就只這甜蜜而匆匆的一瞥，已足夠在他心底，留下一個永生都難磨滅的印象，已足夠使得他此刻又自沉重坐下來。但是，陶純純方才囈語中那幾個「殺」字，卻突地又在他耳畔響起。

「殺！殺！」這是多麼可怕而殘酷的字句，從第一次聽到這個字直到此刻，柳鶴亭心裡仍存留著一分難言的驚悸，「天下第一，武林獨尊！」他不禁開始隱隱瞭解到她心底深處的野心與殘酷。

這分野心與殘酷，雖也曾在她目光中不經意地流露出來，卻又都被她嘴角那分溫柔的笑容所遮掩，直到此刻……

柳鶴亭劍眉微軒，又自霍然長身而立，緊了緊腰間的絲絛。

「無論是真是假，我都要到江蘇虎丘去看上一看！她在這裡定必不會遭受到什麼意外的！」

他在心中為自己下了個決心，因為他深知自己此刻心中對她已開始生出一種不可抗拒的疑惑，他也深知自己若讓這分疑惑留在心裡，那麼自己今後一生的幸福，都將會被這分疑惑摧毀，因為疑惑和猜疑，本就是婚姻和幸福的最大敵人！

他一步掠到窗口，卻又忍不住回首瞧她一眼。

只聽她突又夢囈著道：「鶴亭……不要離開我……你……你要是不保護我……我……何必嫁給你，我……要獨尊武林……」

柳鶴亭呆了一呆，劍眉微軒，鋼牙暗咬，身形動處，閃電般掠出窗外，卻又不禁停下身來，爲她輕輕關起窗子，然後輕輕掠到左側一間小屋的窗外，沉重的敲了敲窗框，等到屋內有了驚詫的應聲，他便沉聲道：「好好看顧著陶姑娘，一有變化，趕緊去通知邊大爺！」

屋內第二次應聲還未響起，柳鶴亭身形已飄落在數丈開外，一陣風雨，劈面打到他臉上，他望了望那燈光昏黃的新糊窗紙，心底不禁泛起一陣難言的寒意，使得他更快地掠出牆外，目光閃處，只見一匹烏黑的健馬，配著烏黑的轡鞍，正不安地佇立在烏黑的夜色與襲人的風雨中。

他毫不遲疑地飄身落在馬鞍上，韁繩微帶，健馬一聲輕嘶，衝出數十丈，霎眼之間便已奔出城外。

官道上一無人蹤，他放馬狂奔，只覺秋風冷雨，撲面而來，兩旁的田野林木，如飛向後退去，耳畔風聲，呼呼作響，也不知奔行了多久，他胯下之馬，雖然神駿，卻也禁不住如此狂奔，漸行漸緩，他心中焦急，顧不得憐惜馬匹，絲鞭後揚，重重擊在馬股上，只打得馬股上現出條條血痕。那馬驚痛之下，雖然怒嘶揚蹄，加急奔行了一段路途，但終究已是強弩之末，眼看就要不支倒下！

雨絲漸稀，秋風卻更烈，靜寂之中，急遽的馬蹄聲，順風而去傳得更遠，柳鶴亭振了振已被雨浸透的衣衫，縱目望去，只聽深沉的夜色中，無人的官道邊，黝黑的林木裡，突地傳出一聲輕呼：「換馬！」

接著，道邊便奔出一匹烏黑健馬，馬上人口中輕輕呼哨一聲，自柳鶴亭身側掠過，然後放緩韁繩，柳鶴亭側目望去，只見此人一身勁裝，青巾包頭，身形顯得十分瘦削，卻看不清面目，不禁沉聲喝問道：「朋友是誰？高姓大名，可否見告？」

哪知他喝聲未了，那匹馬上的騎士，已自翻身甩蹬，自飛奔的馬背上，唰地掠下，反手一拍馬股，口中再次低呼一聲：「換馬！」

柳鶴亭左掌輕輕一按鞍轡，身形平空拔起，凌空一個轉折，飄然落到另一匹馬上，只聽身後的人沉聲喝道：「時間無多，路途仍遠，望君速行，不可耽誤！」

新換的奔馬，霎眼之間，便將這語聲拋開很遠。雨勢已止，濃雲亦稀，漸漸露出星光，但柳鶴亭心中的疑雲卻更濃重。他再也想不出暗中傳聲給自己的人，究竟是誰，此人不但行跡詭異，行事更加神秘，而且顯得在江湖中頗有勢力，門人弟子定必極多，否則又怎能爲自己安排下如此精確而嚴密的換馬方法！他遍思故人，心中仍然一片茫然，不禁爲之暗嘆一聲，寬慰著自己：「管他是誰？反正看來此人對我並無惡意！」

他一路思潮反覆，只要到了他胯下的健馬腳力漸衰之際，便必定有著同樣裝束打扮的騎士，自林木陰暗處突地奔出，爲他換馬，而且一色俱是毛澤烏黑，極其神駿的長程快馬，而馬上的騎士，亦總是不等他看清面目，便隱身而去！

這樣一夜飛奔下來，他竟已換了四匹健馬，黑暗中不知掠過多少鄉村城鎮，也不知趕過了多少路途，只覺東方漸露魚青，身上晨寒漸重，又過了一會，萬道金光，破雲而出，田野間也開始有了高歌的牧子與荷鋤的農夫。

柳鶴亭轉目而望，四野秋色，一片黃金，他暗中忖道：「這匹馬又已漸露疲態，推算時間，換馬的人該來了，卻不知他在光天化日下，怎生隱飾自己的行藏？」

念頭方轉，忽聽後面蹄聲大起，他心中一動，緩緩一勒韁繩，方待轉首回望，卻見兩匹健馬，已直奔到他身畔。一匹馬上空鞍無人，另一匹馬上，坐著一個黑衣漢子，右手帶著韁繩，卻用左手的遮陽大笠，將面目一齊掩住。柳鶴亭冷笑一聲，不等他開口喝問，身形已自唰地掠到那一匹空鞍馬上，右掌疾伸，閃電般向那黑衣漢子手上的遮陽大笠抓去。

那黑衣漢子口中「換馬」兩字方才出口，只覺手腕一緊，遮陽大笠已到了柳鶴亭掌中。他一驚之下，輕呼一聲，急忙以手遮面，撥轉馬頭，向右邊的一條岔道奔去，但柳鶴亭卻已依稀望見了他的面容，竟似是個女子！

這景況不禁使得柳鶴亭一驚一愕，又自恍然忖道：「難怪這些人都不願讓我看到她們的面目，原來她們竟然都是女子，否則我根本與她們素不相識，她們根本沒有掩飾自己面目的必要！」

在那岔路口上，柳鶴亭微一遲疑，方才他騎來的那匹健馬，已虛乏地倒在道旁。田畔的牧子農夫不禁向他投以驚詫的目光，終於，他還是揚鞭縱騎筆直向南方奔去。遇到稍大的城鎮，他便越城而過，根本不敢有絲毫停留，下一次換馬時，他也不再去查看那人的形貌，只見這匹烏黑健馬的馬鞍上，已多了一皮袋肉脯，一葫蘆溫酒。

烈日之下奔行，加以還要顧慮著道上的行人，速度自不及夜行之快，但換馬的次數，卻絲毫不減，又換了三匹後，時已日暮，只聽前面水聲滾滾，七彩晚霞，將奔騰東來的大江，映得多彩而輝煌。柳鶴亭馬到江邊，方待尋船擺渡，忽聽身後一人朗聲笑道：「馬到長江，蘇州已經不遠，兄台一路上，必定辛苦了！」

柳鶴亭霍然轉身，只見一個面白無鬚，身軀略嫌肥胖，但神情卻仍十分瀟灑的中年錦衣文士，含笑立在自己身後，含笑說道：「江面遼闊，難以飛渡，兄台但請棄馬換船！」

柳鶴亭露齒一笑，霍然下馬，心中卻無半分笑意。這一路奔行下來，他雖然武功絕世，但身上雨水方乾的衣衫，卻不禁又為汗水浸透，此刻腳踏實地，雙腳竟覺得飄飄地有些發軟。

那錦衣中年文士一笑說道：「兄台真是超人，如果換了小弟，這一路奔行下來，只怕早已要倒在道畔了！」一面談笑之中，一面將柳鶴亭拱手讓上了一艘陳設甚是潔淨的江船。

柳鶴亭索性不聞不問，只是淡淡含笑謙謝，坐到靠窗的一張藤椅上，放鬆了四肢，讓自己緊張的肌肉，得以稍微鬆懈。他只當這錦衣中年文士立刻便要離船上岸。

哪知此人竟也在自己對面的一張藤椅上坐了下來，目光灼灼地望著自己，這兩道目光雖堅定，卻又有許多變化，雖冷削，卻又滿含笑意。

柳鶴亭端起剛剛送來的熱茶，淺淺啜了一口，轉首窗外，望著江心萬里金波，再也不願瞧他一眼。

片刻間江船便放棹而行，柳鶴亭霍然轉過身來，沉聲道：「閣下一路與我同船，又承閣下好意以柬示警，但在下直到此刻，卻連閣下的高姓大名都不知道，當真叫在下好生慚愧！」

錦衣中年文士微微一笑，道：「小弟賤名，何足掛齒。至於那示警之柬，更非小弟所發，小弟只不過聽人之命行事而已！」

柳鶴亭劍眉微軒，深深端詳了他幾眼，暗中忖道：「此人目光奸狡，言語圓滑，顯見心計甚多，而舉止卻又十分沉穩，神態亦復十分瀟灑，目光有神，膚如瑩玉，顯見內家功夫甚高，似這般人才，若亦是受命於人的下手，那主腦之人又會是誰？」

他想到這一路上的種種安排，以及那些掩飾行藏的黑衣女子，不禁對自己此次所遭遇的對手，生出警惕之心。

只聽那錦衣中年文士含笑又道：「閣下心裡此刻可是在暗中猜測，不知道誰是小弟所聽命的人？」

柳鶴亭目光不瞬，頷首說道：「正是。在下此刻正是暗中奇怪，似閣下這般人才，不知道誰能令閣下聽命於他！」

那錦衣中年文士面上笑容突斂，正色說道：「此人有泰山之高，似東海之博，如日月之明，小弟聽令於他，實是心悅誠服，五體投地，絲毫沒有奇怪之處。」

他面上的神色，突地變得十分莊穆，語聲亦是字字誠懇，顯見他這番言語，俱是出於至誠。

柳鶴亭心中一動，愣了半晌，長嘆道：「能令閣下如此欽服之人，必是武林中的絕世高手，不知在下日後能否有緣見他一面？」

錦衣中年文士面上又露出笑容，道：「兄台只要能及時趕到江蘇虎丘，不但定能見到此人之面，而且還可以發現一些兄台夢想不到的秘密……」

柳鶴亭劍眉微皺，望了望西方的天色，緩緩道：「在下若是萬一不能趕上，又將怎地？」

錦衣中年文士面容一整，良久良久，方自長嘆一聲，緩緩道：「兄台若是不能及時趕上麼……唉！」又自重重嘆息一聲，倏然住口不語。

這一聲沉重的嘆息中，所含蘊的惋惜與悲痛，使柳鶴亭不禁下意識地又望了望船窗外的天色，他生性奇特，絕不會浪費一絲一毫力氣在絕無可能做到，而又無必要去做的事上。他此刻已明知自己絕不可能從這錦衣中年文士的口中，套出半句話來，是以便絕口不提此事！

但是他心中的思緒，卻在圍繞著此事旋轉……

船過江心，漸漸將近至對岸，許久未曾言笑的錦衣中年文士，突地緩步走到俯首沉思的柳鶴亭身旁椅上坐下，長嘆著道：「爲了兄台，我已不知花卻了多少心血，不說別的，就指讓兄台能以世間最快速度趕到江蘇一事而言，已是難上加難，若是稍一疏忽，誤了時間，或是地點安排得不對，致有脫漏，那麼兄台又豈能在短短十個時辰之中，由魯直趕到長江？」

他語聲稍頓，微微一笑，又道：「小弟之所以要說這些話，絕非是故意誇功，更不是訴苦抱怨，只是希望兄台能排除萬難，及時趕到虎丘。那麼小弟們所有的苦心努力，便全都不會白費了。」

他此番語聲說得更是誠懇，柳鶴亭徐徐抬起頭來，口中雖不言，心中卻不禁暗地思忖：「聽他說來，似乎從此而往虎丘，路上還可能生出許多變故，還可能遇著一些危險！」

他只是淡淡一笑，望向窗外。夕陽將逝，水流如故，他不禁開始想到，世上有許多事，正都是人們無法避免的，一如夕陽雖好，卻已將逝，水流雖長，亙古不息，又有誰能留住將逝的夕陽和奔流的河水？一時之間，他心中不禁湧起一陣微帶苦澀的安慰，因爲他心中已十分平靜，有些悲哀與痛苦，既是無法避免之事，他便準備好去承受它。

船到彼岸，那錦衣中年文士慇懃相送，暮色蒼茫中，只見岸邊早已備好一匹毛色光澤的烏黑健馬。

秋風振衣，秋水嗚咽，使得這秀絕人間的江南風物，也爲之平添許多蒼涼之意。錦衣中年文士仔細地指點了路途，再三叮嚀。

「切莫因任何事而誤了時間，若是誤了時間，便是誤了兄台一生！」

柳鶴亭一面頷首，霍然上馬，馬行數步，他突地轉身說道：「今日一見，總算有緣，只可惜小弟至今還不知道兄台姓名，但望日後還有相見之期，亦望到了那時，兄台能將高姓大名告於在下！」他生具性情，言語俱是發自肺腑，絲毫沒有做作！

話聲未了，他已縱騎揚鞭而去，留下一陣嬝嬝的餘音和一片滾滾的煙塵。

那錦衣中年文士望著他的背影，突地長嘆一聲，喃喃自語著道：「造化弄人……造化弄人，如此英發的一個少年，卻想不到也會墜入脂粉陷阱中，看來那女魔頭的手段，當真是令人不可思議！」

他負手而立，喃喃自語，遠遠佇立在一丈開外，似乎是守望著船隻，又似乎是在守望著馬匹。一個低戴范陽大笠，身穿紫緞勁裝的彪形大漢，此刻突地大步走了過來，朗聲一笑，道：「金二爺，你看這小子此番前去，可能保得住性命麼？」他舉手一推，將頂上的范陽大笠，推到腦後，露出兩道濃眉，一雙環目，赫然竟是那別來已久的「神刀將軍」勝奎英。

被他稱為「金二爺」的錦衣中年文士微微一笑，沉吟著道：「他此番前去，雖然必有凶險，但諒可無礙，只是他若與那女子終日廝守的話——哼哼，那卻隨時會有性命之慮！」他冷哼兩聲之後，語氣已變得十分凝重——

「神刀將軍」勝奎英倒抽一口涼氣，道：「那女子我也見過，可是……可是我真看不出她會是個這樣的人物。金二爺，我雖然一直都參與此事，可是此事其中的究竟，我到現在還是不知道，譬如說……『西門世家』近年來人才雖不如往日之多，可是一直正正派派，也素來不與別人結怨，又怎會和此事有了關連？而那女子既是這麼樣一個人物，又為何要嫁給柳鶴亭？還有……這女子再強烈，也不過是個女子，卻又有什麼魔力，能控制住那麼多兇惡到了極處的『烏衣神魔』？這……真教人難以相信！」

他說說停停，說了許久，方自說完，顯見得心中思潮，頗為紊亂！

「金二爺」劍眉微皺，沉聲說道：「這件事的確是頭緒零落，紊亂已極。有許多事看來毫無關係，其實卻俱有著關連，你只要漏掉一事，就無法看破此中的真相！」他微微一笑，接口又道：「若非有老爺子那樣的智慧，若非有老爺子那樣的力量，出來管這件事，我就不信還有誰能窺破那女子的陰謀！」

勝奎英微一頷首，「金二爺」接口又道：「你可記得多年前盛傳於武林的一事，『西門世家』的長公子西門笑鷗，神秘地結了婚，又神秘地失了蹤……」

勝奎英忍不住接口道：「難道這也與此事有著關係麼？」

「金二爺」頷首道：「據我推測，那西門笑鷗結婚的對象，亦是這神秘的女子。他漸漸看出了她的一些真相後，是以便又被她害死，至於……這女子為何總要引誘一些出身武林世家，武功都不弱的少年豪傑與她成婚？我想來想去，似乎只有一點理由，那便是她想藉這些人的身分，來掩飾自己的行藏，可是這點理由卻又不甚充分！」他微喟一聲，頓住語聲。

勝奎英皺眉道：「難道此事其中的真相，金二爺你還不甚清楚麼？」

「金二爺」長嘆道：「莫說我不甚清楚，便是老爺子只怕也不盡瞭然，我到此刻對那女子的一切，大半還是出於猜測，而沒有什麼確切的證據！」他又自長嘆一聲：「說不定事實的真相，並非一如我們的猜測也說不定！」

「神刀將軍」勝奎英皺眉沉吟道：「若是猜錯了……唉！」

「金二爺」接口微笑道：「若是猜錯了，只怕此後世間便再無一人能知道那『濃林密屋』與『石觀音』石琪的真相了！」

他語聲微頓，面色一整，又自接道：「要知我等之行動，雖是大半出於猜測，但亦有許多事，我等已有八分把握，在那山城客棧中，突地發狂的『葉兒』與『楓兒』，便的的確確是被那女子暗中使下劇毒之藥所迷，此等藥力之強，不但能使人暫時迷失理智，若是藥力用的得當，還能使人永久迷失本性，而且至今天下無人能解。」

勝奎英心頭一凜，只聽他一笑又道：「此事其中最難解釋的便是那班『烏衣神魔』的來歷。這些人武功都不弱，行事卻有如瘋狂，幾乎一夜之間，便同時在江湖出現，他們絕不可能俱是新手，更不可能是自平地湧出，那麼他們是從哪裡來的呢？這件事本令我百思不得其解，但自從『葉兒』與『楓兒』被藥所迷後，我也猜出了些頭緒！」

勝奎英雙目一張，脫口說道：「什麼頭緒？」

「金二爺」微一拂袖，轉身走到江畔，微一駐足，道：「這些線索，我雖猜出一些頭緒，但還未十分明朗，此刻說來，還嫌太早。」他邊說邊又從容的走上江船。

「神刀將軍」勝奎英木立半晌，口中喃喃自語：「此刻說來，還嫌太早……唉！要到什麼時候才能說呢！」他與此事雖無甚大關連，但此刻滿心疑慮，滿腹好奇，卻恨不得此事早些水落石出，此時他竟似已有些等得不耐煩了。

江船又自放棹啓行，來時雖急，返時卻緩，船尾的艄公，燃起一袋板煙，讓江船任意而行，「金二爺」坐在艙中，沉思不已，並不焦急，因爲一些能夠安排的事他均已安排好了，一些無法安排的事，他焦急也沒有用！

船到江心，夜色已臨，萬里蒼空，秋星漸升，突地一艘快艇，自對岸如飛駛來，船舷兩側，水花高激，船艙內燈光昏黃，不見人影。「金二爺」目光動處，口中輕輕「咦」了一聲，回首問道：「你可知道這是哪裡的船隻？爲何這般匆忙？」

「神刀將軍」勝奎英探首望了一眼，微一沉吟，道：「這艘船銳首高桅，正是長江『鐵魚幫』的船隻，他們這些在水上討生活的人，生涯自是匆忙得很！」

「金二爺」口中不經意地「哦」了一聲，卻聽勝奎英長嘆一聲，又道：「長江『鐵魚幫』，自從幫主『鐵魚』俞勝魚前幾年突地無故失蹤後，盛況已大不如前，江湖風濤，波譎險惡，在江湖中討生活，當真是愈來愈不容易了！」

他語聲之中，甚多感慨，要知他本亦是武林中成名立萬的人物，近來命運潦倒，居於人下，心中自有甚多牢騷。

「金二爺」微微一笑，住口不答。兩船交錯，瞬息之間，便已離開甚遠，立在那艘快艇船首的兩個赤著上身的大漢，遙視著「金二爺」所坐的江船，一人手中捲著一團粗索，一人口中說道：「喂，你瞧立在那艘江船窗口的漢子，可是前些年和前幫主一起到舵裡去過一次的勝家門裡的勝奎英？」

另一個漢子頭也不抬，皺眉道：「管他是誰！反正現在我也瞧不見了！」

先前那漢子無可奈何地聳聳肩膀，無意望了門窗緊閉的船艙一眼，突又壓低了聲音，道：「你可瞧得出，船艙中的這個女子，是什麼來路？她臉色蠟黃，面容憔悴，像是病了許久的人，可是她來的時候……」他說至此處，頓了一頓，繼道：「騎著的一匹腳力十分夠勁的健馬，都已跑得吃不消了，一到江邊，就口吐白沫，倒在地上，她反而一點事都沒有，輕輕一掠，就下了馬！」

另一個漢子突地抬起頭來，面上已自微現驚容，口中道：「這事說來真有些奇怪，我在江湖中混了這麼久，誰也不能在我眼裡揉進半粒沙子，可是……可是我就是看不準這女子的來路。」他語聲微微一頓，回首望了艙門一眼，又道：「最怪的是，我們『鐵魚幫』的船，已有好多年沒有借給外人，可是她一上船，三言兩語，立刻就把我們那位『諸葛』先生說服了，我看……」

先前那漢子口中突地「噓」了一聲，低聲道：「捻短！」

只見船艙之門輕輕開了一線，閃出一條枯瘦的身影，黑暗中只見他目光一掃，瞪了這兩條漢子一眼，道：「快先和岸上連絡一下，讓第四卡上的兄弟準備馬匹！」

兩條大漢垂首稱是，那枯瘦人影便又閃入船艙，閉好艙門，只聽艙中輕輕一聲咳嗽，一個嬌柔清脆的語聲，微微說道：「人道『長江鐵魚』，船行如飛，今日看來，也不過如此！唉！武林中真能名實相符的人，畢竟是太少太少了！」

兩條大漢嘴角一撇，對望一眼，凝神去聽，只聽方才那枯瘦人影的語聲不住稱是，竟似對這女子十分恭敬。

燈光雖昏黃，但卻已足夠灑滿了這簡陋的船艙，照遍了這簡陋的設備。粗製的器皿，斜斜掛在簡陋的桌椅上，隨著江船的搖晃而搖晃。

昏燈下，木椅上，坐著的是一個雲鬢散亂、一襲輕紅羅衫、面上稍覺憔悴，但目光卻澄如秋水的絕色少女。她神情似乎有些焦急和不安，但偏偏卻又顯得那樣安詳和自然，她隨意坐在那張粗製的木椅上，但看來卻似個坐在深宮裡、珠簾下、錦榻上的絕代妃子。

坐在她對面的枯瘦漢子，雙手垂下，目光炯炯，卻在瞬也不瞬地凝注著那絕色少女掌中反覆撥弄著的一隻黑鐵所製的青魚！

他嘴唇不安地啓開了數次，似是想說些什麼，卻又不敢啓口。

那絕色少女微微一笑，輕抬手掌，將掌中的「鐵魚」一直送到那枯瘦漢子的面前，含笑道：「長江鐵魚，統率長江，誰要是得到這隻鐵魚，便可做長江水道的盟主，你知道麼？」

枯瘦漢子面色一變，目中光芒閃動，滿是艷羨之色，口中喃喃說道：「長江鐵魚，號令長江……」語聲一頓，突地大聲道：「陶姑娘，俞總舵主至今已失蹤將近三年，這三年來，他老人家的下落，江湖中從未有一人知道，是以小可想斗膽請問陶姑娘一句，這『鐵魚令』究竟是何處得來的？」

坐在他對面的絕色少女，不問可知，便是那突然暈過，突然清醒，又突然趕至此間的陶純純了。她秋波轉處，輕輕一笑，緩緩道：「愈總舵主不知下落，對你說來，不是更好麼？」

枯瘦漢子神色一愕，面容突變，卻聽陶純純含笑又道：「你大可放心，俞勝魚此後永遠也不會回到這裡來了，他臨死之前，我曾幫了他一個大忙，是以他才會將這『鐵魚令』交付給我，讓我來做長江上下游，五十二寨的總舵主。」

枯瘦漢子本已鐵青的面容，此刻又自一變，身下的木椅，吱吱作響，陶純純淡淡一笑，又道：「但我終究是個女子，怎敢有此野心？何況你『諸葛先生』近日將長江水幫，治理得如此有聲有色，更非我所能及，我又何忍讓長江水幫偌大的基業，毀在我的手上，你說是麼？」

枯瘦漢子「諸葛先生」展顏一笑，暗中鬆了口氣，道：「陶姑娘的誇獎，在下愧不敢當，想長江水幫的弟兄，大都是粗暴的莽漢，怎能委屈姑娘這般金枝玉葉，來……」

陶純純噗哧一笑，截口說道：「其實我最喜歡的便是粗魯的莽漢……」

「諸葛先生」方自鬆懈了的面色，立刻又爲之緊張起來。

陶純純秋波凝注，望著他面上這種患得患失的神色，面上的微笑更有如春水中的漣漪，深深在她嬌靨上盪漾開展。她一手緩緩整理著鬢邊紊亂的髮絲，一手把弄著那黝黑的「長江鐵魚」，緩緩說道：「我雖喜歡粗魯的莽漢，但有志氣、有心計、有膽略、有武功的漢子，我卻更加喜歡。」

「諸葛先生」倏地長身而起，又倏地坐了下去，口中期艾著道：「當今之世，有志氣、有心計、有膽略、有武功的漢子，的確難得找到，小可幾乎沒有見過一個。」

陶純純再次嫣然一笑，更有如春日百花齊放，這一笑不但笑去了她面上的憔悴，也笑去了她目中的焦急不安。

她目光溫柔地投向「諸葛先生」，然後含笑說道：「這種人雖然不多，但此刻在我面前就有一個……」

「諸葛先生」雙眉一揚，心中雖極力想掩飾面上的笑容，卻又偏偏掩飾不住，本自垂在椅背的雙手，此刻竟不知放在哪裡才好。

只聽陶純純微笑著接口道：「我本來還拿不定主意，不知將這『鐵魚令』如何處理，直至見到你後，才覺得長江五十二寨，由你來統率，正是駕輕就熟，再好也沒有了，希望你不要太過謙讓才好！」

「諸葛先生」精神一振，口中吶吶說道：「不……我絕不會虛僞謙謝的，姑娘放心好了。」

陶純純含笑說道：「那是最好……」她面上的笑容，突地一斂：「可是這『鐵魚令』我得來太不容易……」她語聲一頓，倏然住口。

「諸葛先生」微微一體會，便已體會出她言下之意，連忙接口說道：「姑娘有什麼吩咐，小可只要能力所及，願效犬馬之勞。」

陶純純滿意的點了點頭，她面上笑容一歛，便立刻變得令人想去親近，卻又不敢親近，不敢親近，卻又想去親近。

她目光凝注著面前的枯瘦漢子，就正如廟中女佛在俯視著面前上香敬火的虔誠弟子一般。

她輕輕伸出三隻春蔥般的玉指，緩緩道：「我此番要趕到江蘇虎丘去，辦一件極爲重要的事，希望你此刻以信號與岸上的弟兄連絡，叫他們替我準備好腳力最快的長程健馬，而且每隔百里，你還要替我準備好一個換馬的人，和一匹可換的馬！」

「諸葛先生」沉吟半晌，面上微微現出難色。

陶純純柳眉微顰，道：「這第一件事你就無法答應麼？」

「諸葛先生」連忙陪笑道：「在岸上準備真正容易，而且小可已經吩咐過了，每隔百里，便準備一個換馬的人……」

言猶未了，陶純純已自冷笑一聲，接口說道：「我憑著小小一枚『如意青錢』，便得到江北『驟馬幫』之助，由河南一直換馬奔來，難道你這號稱統轄長江沿岸數百里的『長江鐵魚幫』，還及不上那小小的江北『驟馬幫』麼？」

「諸葛先生」雙眉緊皺，長嘆一聲，垂首道：「非是能力不逮，只是時間來不及了！」

陶純純雙目一張，笑容盡歛，倏地長身而起，冷冷道：「你難道不想要這『鐵魚令』了麼？」

「諸葛先生」頭也不敢抬起，雙眉皺得更緊，抬起頭來緩緩道：「此事小可實在是無能爲力，因爲『鐵魚幫』的暗卡，只到江岸邊五十里外爲止，而時間如此匆迫，小可也無法先令人趕到百里之外去，如果姑娘能暫緩一日，小可便必定能辦好此事！」

陶純純目光一凜，面上盡失溫柔之色，大怒道：「暫緩一日？」

諸葛先生垂下頭去！

陶純純長嘆一聲：「你可知道，莫說再緩一日，便是再緩一個時辰，也來不及了！」

「諸葛先生」面色已變，視線似乎再也不敢觸及她那冷若冰霜般的面容，仍自垂著頭，期艾著道：「那麼小可只有抱歉得很了。」

陶純純面如青鐵，木立半晌，突又嬌笑一聲，嫣然笑道：「既然如此，你也不必抱歉了！」

嫣然的笑語聲中，她身形突地一動，緩緩舉起手掌，似乎又要去撫弄鬢邊的亂髮。「諸葛先生」見到她面上又已露出春花般的笑容，心中方自一寬，哪知她手掌方抬，掌勢突地一變，立掌橫切，閃電般切在那猶自茫然不知所措的「諸葛先生」的咽喉之上。

「諸葛先生」雙睛一突，直直地望了她一眼，身形搖了兩搖，連聲音都未及發出，便「噗」地一聲，倒在艙板上，氣絕而死。

他這最後一眼中，不知道含了多少驚詫、懷疑與怨毒之意，但陶純純卻連看也不再向他看上一眼，只是呆呆地望著自己掌中的「鐵魚令」，嘴角猶自殘留著一絲令人見了不禁銷魂的嬌笑。

她緩緩走到窗前，玉手輕抬，竟噗通一聲，將那「鐵魚令」投入江中，然後沉重地嘆息一聲，自語著道：「怎麼辦……怎麼辦呢……」輕抬蓮步，跨過「諸葛先生」屍身，走到艙門口。她腳步是那麼謹慎而小心，就像是慈愛的母親，唯恐自己的腳步會踩到伏在地上嬉戲的孩子似的。然後她打開艙門，面向門外已被驚得呆了的兩個彪形大漢，溫柔地笑道：「你們聽得夠了麼？看得夠了麼？」

兩條大漢的四道目光，一齊呆呆地望著她的一雙玉手，一雙曾經在嫣然的笑語中，便制人死命的玉手，他們的面色正有如晚霞落去後的穹蒼般灰黯，他們已在烈日狂風中磨練成鋼一般的強壯肌肉，也在她那溫柔的笑聲中，起了一陣陣慄悚的顫抖。

陶純純笑容未斂，緩緩向這兩個大漢走了過去。江船漸漸已離岸不遠，她身形也離這兩條大漢更近，岸邊煙水迷濛，夜色蒼茫，依稀可以看見一條黑衣大漢子，牽著一匹長程健馬，鵠立在江畔。

兩條大漢垂手木立，甚至連動彈也不敢動彈一下。

陶純純秋波轉處，輕輕一笑。

兩條大漢見到她的笑容，都不禁自心底泛起一陣寒意，齊地顫聲道：「姑娘……馬……已準備好了。」

陶純純笑道：「馬已準備好了麼？」她笑聲更溫柔。

那兩個大漢卻嚇得一齊跪了下去，顫聲道：「小的並沒有得罪姑娘，但望姑娘饒小的一命！」

陶純純噗哧一笑，緩緩道：「長江鐵魚幫，都是像你們這樣的蠢才，難怪會誤了我的大事……」語聲一頓，突又嫣然笑道：「你看你們嚇成這副樣子，死了不是更痛快麼？」

兩條大漢心頭一震，還未敢抬起頭來，陶純純窈窕的身軀，已輕盈地掠到他們身前，輕盈地伸出雙掌，向他們頭頂拍了過去。

她手勢是那麼溫柔，笑容亦是那麼溫柔，亦如慈愛的母親，要去撫摸她孩子們頭上被風吹亂了的頭髮。

左側的大漢口中驚呼半聲，只覺一隻纖柔的手掌，已撫到自己的頭頂，於是他連剩下的半聲驚呼都來不及發出，周身一震，百脈俱斷，直挺挺跪在地上的身軀，便又直挺挺向前倒去！

十 西門世家

那右側的大漢見到陶純純腳步一動，便已和身撲到艙板上，腰、腿、肘，一齊用力，連滾兩滾，滾開五尺，饒是這樣，他額角仍不免被那纖纖的指尖拂到，只覺一陣火辣辣的刺痛，宛如被一條燒得通紅的鐵鏈燙了一下，又像是被一條奇毒的蛇吻咬了一口。

陶純純嬌軀輕輕一扭，讓開了左側那大漢倒下去的屍身，口中「呀」地嬌笑一聲，輕輕道：「你倒躲得快得很！」

未死的大漢口顫舌冷，手足冰涼，方待躍入江中逃命！

他身軀已近船舷，只要滾一滾，便可躍入江中，哪知他身軀還未動彈，鼻端已嗅到一陣淡淡的幽香，眼前已瞥見一方輕紅的衣袂，耳畔已聽得陶純純溫柔的笑語，一字一字地說道：「你躲得雖快，可是究竟還是躲不開我的……」

這彪形大漢側身臥在艙板上，左肘壓在身下，右臂向左前伸，雙腿一曲一直，正是一副「動」的神態。但是他此刻四肢卻似已全部麻木，哪裡還敢動彈一下，這「動」的神態，竟變成了一副「死」的形象，他眼角偷偷瞟了她的蓮足一眼，口中顫聲道：「姑娘，小的但求姑娘饒我一命……」

陶純純接口道：「饒你一命——」她嘴角溫柔的笑容，突地變得殘酷而冰冷：「你們誤了我那等重要之事，我便是將你幫中之人，刀刀斬盡，個個誅絕，也不能洩盡我心頭之恨！」

伏在地上的大漢，身軀仍自不敢動彈，甚至連抬起的手臂，都不敢垂落，因爲他生怕自己稍一動彈，便會引起這貌美如花，卻是毒如蛇蠍般少女的殺機。他倒抽一口涼氣，顫聲說道：「長江『鐵魚幫』是在水道上討生活的，動用馬匹，自然比不上江北『騾馬幫』那麼方便……」

陶純純冷笑一聲，緩緩抬起手掌，道：「真的麼？」

她衣袂微微一動，這大漢便又不禁機伶伶打了個寒噤，連忙接口道：「但小人卻有一個方法，能夠幫助姑娘在一夜之間趕到蘇州！」

陶純純掌勢一頓，沉聲道：「快說出來……」

直到此刻，這大漢才敢從船板上翻身爬了起來，卻仍然是直挺挺地跪著，口中說道：「小人將這方法說出來後，但望能饒小人一命！」

陶純純秋波轉處，突又輕輕一笑，滿面春風地柔聲說道：「只要你的方法可用，我不但饒你一命，而且……」柔聲一笑，秋波凝睇，倏然住口。

彪形大漢精神一振，目光痴痴地望著陶純純，他此刻方離死亡，竟然便已立刻生出慾念。

陶純純目光一寒，面上仍滿帶笑容，柔聲道：「快說呀！」

彪形大漢胸膛一挺，朗聲道：「小人雖然愚魯，但少年時走南闖北，也到過不少地方，最南的去過苗山，最北的一直出了玉門關，到過蒙古大沙漠，那時小人年輕力壯，一路上也曾幹過不少轟轟烈烈的事……」在陶純純溫柔的目光下，他居然竟又自吹自擂起來。

陶純純柳眉微顰，已覺不耐，彪形大漢目光抬處，心頭一凜，趕緊改口道：「姑娘您想必也知道，普天之下，唯有蒙人最善馭馬……」

陶純純目光一亮，輕笑一聲，這一聲輕笑，當真是發自她的心底，若是有人能使她能在今夜趕到虎丘，她甚至不惜犧牲自己的一切。

那大漢目光動處，狡猾地捕捉住她這一絲真心的笑容，語聲一頓，故意沉吟半晌，突然改口道：「有許多在人們眼中幾乎無法做到的事，一經說出方法訣竅之後，做起來便容易得很，但如何去學到『做』的方法，卻是極爲困難，出賣勞力的人總比讀書人卑微得多，但在每種不同的生活環境裡，卻可以得到不同的體驗。」

他又自故意長嘆一聲，接口道：「譬如我在蒙古大沙漠中的那一段日子，當真是艱苦已極，可是在這一連串困苦的日子裡，我所學到的，不過僅僅是這一個巧妙的方法而已。」

陶純純秋波一轉，立刻收歛起她那一絲已將她真心洩漏的微笑，眼簾微垂，輕蔑地瞧了這仍跪在地上的大漢兩眼。她光亮的銀牙，咬了咬她妖美的櫻唇，然後如花的嬌靨上，便又恢復了她銷魂的美容，輕輕道：「你還跪在地上幹什麼？」玉手輕抬，將這大漢從艙板上扶了起來，又自輕笑道：「我也知道要學到一件許多人都不懂得的知識，該是件多麼困難的事，呀……我多麼羨慕你，你胸中能有這種學問，直比身懷絕頂武功，家有百萬珍寶的人還值得驕傲……」

輕輕嬌笑聲中，她緩緩揮動著羅袖，爲這雖然愚昧，但卻狡猾的大漢，拂拭著衣上的塵土。

於是這本自愚昧如豬，但卻又被多年來的辛苦歲月，磨練得狡猾如狐的大漢，粗糙而醜陋的面容上，便無法自禁地泛出一絲得意的笑容，口中卻連連道：「小人怎敢勞動姑娘玉手，罪過罪過……」

陶純純笑容更媚，纖細的指尖，輕輕滑過了他粗糙的面頰，溫柔地笑道：「快不要說這些話，我生平最……最喜歡的就是有知識的人。方才我若知道你是這樣的人，我……我就不會對你那樣了……」

她羞澀地微笑一下，全身都散發出一種不可抗拒的女性溫柔，而這分女性溫柔，便又很容易的使這大漢忘卻了她方才手段的毒辣。

他厚顏地乾笑了一聲，乘機捉住她的手掌，涎著臉笑道：「姑……姑娘……的手……好……好白。」他語聲又開始顫抖起來，卻已不再是爲了驚嚇與恐懼，而是爲了心中有如豬油般厚膩的慾望，已堵塞到他的咽喉。

而陶純純竟然是順從的……

半晌，陶純純突地驚「呀」了一聲，掙脫了他，低聲道：「你看，船已到岸了，岸上還有人……」

本自滿面陶醉的大漢，立刻神色一變，瞧了岸上牽馬而立的漢子一眼，變色惶聲說道：「他看到了麼？……不好，若是被他看到……此人絕不可留……」

原來在他的性格之中，除了豬的愚蠢與狐的狡猾之外，竟還有著豺狼的殘酷與鼠的膽小。

陶純純輕輕一皺她那新月的雙眉，沉聲道：「你要殺死他麼？」

這大漢不住頷首，連聲道：「非殺死不可，非殺死不可……他若看到了船上的屍首，又看到了你和我……那怎麼得了，那怎麼得了！」

陶純純幽幽一嘆，道：「好吧，既然你要殺他，我也只好讓你殺了！」

她似乎又變得十分仁慈，要殺人不過是他的意思而已，而這愚昧的大漢似乎也認為她方才所殺死的人都是自己的意思，又自不住說道：「是，聽我的話，快將他殺死……」

言猶未了，陶純純窈窕的身軀，有如飛燕般掠過一丈遠近的河面，掠到岸上。夜色之中，只見她玉手輕抬，只聽一聲低呼，她已將那牽馬的大漢，挾了回來，「砰」地一聲，擲到艙板上。

她神態仍是那麼從容，就像她方才制伏的，不過只是一隻溫柔的白兔而已。

大漢展顏一笑，陶純純道：「我已點了他的穴道，你要殺他，還是你自己動手好了。」

有著豺狼般性格的大漢，立刻顯露出他兇暴的一面，直眉瞠目，唰地自腰間拔出一柄解腕尖刀，指著地上動也無法動彈的漢子，厲聲道：「你看！你看！我叫你看！」唰地兩刀剮下！「你聽！你聽！我叫你聽！」唰地又是兩刀割下。

靜靜的江岸邊，立刻發出幾聲慘絕人寰的慘叫，躺在艙板上的那無辜的漢子，便已失去了他的一雙眼睛與一雙耳朵。

陶純純眼簾一合，似乎再也不願見到這種殘酷的景象，輕輕道：「算了吧，我……心裡難受得很！」

於是殘酷的豺狼，立刻又變成愚昧的豬，他揮舞著掌中血淋淋的尖刀，口中大聲喝道：「這種奴才，非要教訓教訓他們不可。」

他語聲高亢，胸膛大挺，神態之間，彷彿是自己做了一件十分值得誇耀的英雄事蹟，然後瞟了陶純純一眼，面上兇暴的獰笑，便又變成了貪婪的痴笑，垂下掌中尖刀，痴痴笑道：「但你既然說算了，自然就算了，我總是聽你的！」

忽地一步走到陶純純身側，附在她耳畔，低低地說了兩句話，陶純純紅生雙靨，垂首嬌笑一聲，輕輕搖了搖頭，那大漢又附在她耳畔說了兩句話。

陶純純一手輕撫雲鬢，吃吃嬌笑著道：「你壞死了……我問你，你對我究竟……究竟好不好？」

那大漢雙目一張，故意將身上的肌肉，誇張地展露了一下，表示他身材的彪壯，然後挺胸揚眉道：「我自然對你好，極好，好得說也說不出！」

陶純純瞟他一眼，笑道：「但我此刻卻不能陪你了。」

那大漢乾咳了兩聲，緩緩道：「你要到虎丘去，有什麼事這般嚴重？」

陶純純抬目望了望天色，面上又自忍不住露出焦急之色，口中卻依然笑道：「這事說來話長，以後我會詳詳細細告訴你的！」

那大漢濃眉一揚，脫口道：「以後……」

陶純純輕輕笑道：「以後……總有一天！」

大漢掙紅了脖子，目中盡是狂喜之色，吶吶道：「以後我們還能相見？」

陶純純巧笑倩然，道：「自然。」

那大漢歡呼一聲，幾乎從船艙上跳了起來。

陶純純突地笑容一斂，冷冷道：「你對我好，為什麼不早些告訴我，難道你想以此來要脅我嗎？」

那大漢呆了一呆，陶純純忽又輕輕笑道：「其實你根本不必要用任何事來要脅我，我……我……」輕咳一聲，垂首不語。

那大漢站在她身畔，似乎才被那一聲輕咳自夢中驚醒，口中不斷地說：「我告訴你……我告訴你！」語聲突地變得十分響亮：「除了沿途換馬之外，你要想在半日之間趕到虎丘，你只有用……用……」

陶純純柳眉一揚，脫口道：「用什麼方法？」

那大漢道：「放血！」

陶純純柳眉輕顰，詫聲道：「放血？……」

那大漢挺一挺胸膛，朗聲道：「不錯，放血！馬行百里之後，體力已漸不支，速度必然銳減，這時縱然是大羅神仙，也無法再教牠恢復體力，但……」

他得意地大笑數聲，一字一字地緩緩接口說道：「唯有放血，蒙人追逐獵物，或是追蹤敵人，遇著馬匹不夠時，便是靠著這『放血』之法，達到目的！」

陶純純又自忍不住接口道：「什麼叫『放血』？怎麼樣放血？」

那大漢嘿嘿大笑了數聲，走過去一把攬住陶純純的肩頭，大笑著道：「馬行過急過久，體內血液已熱，這時你若將牠後股刺破，使牠體內過熱的血液，流出一些，馬行便又可恢復到原來的速度，這方法聽來雖似神奇，其實卻最實用不過，只是——哈哈，對馬說來，未免太殘忍了一些！」

陶純純輕輕點了點頭，幽幽嘆道：「的確是太殘忍了一些，但也無可奈何了……」

長嘆聲中，她突地緩緩伸出手掌，在這大漢額上輕拭了一下。這大漢嘴角不禁又自綻開一絲溫馨與得意的微笑。

陶純純嬌笑道：「你高興麼？」手掌順勢輕輕拂下，五隻春蔥般的纖指，微微一曲。

這大漢痴笑著道：「有你在一起，」手掌圈過陶純純的香肩：「我自然是高——」語聲未了，陶純純的纖纖玉指，已在他鼻端「迎香」、嘴角「四白」、唇底「下倉」三處大穴上，各各點了一下。

這大漢雙目一張，目光中倏地現出恐怖之色。

陶純純笑容轉冷，冷冷笑道：「你現在還高興麼？」

這大漢身形一軟，撲倒地下，他那肌肉已全僵木的面容上，卻還殘留著一絲貪婪的痴笑！

陶純純並沒有殺他，只有將他放在那猶自不斷呻吟，雙耳雙目已失的漢子身側，口中輕輕道：「我已將你的仇人放到你身畔了，他方才怎樣對待你，你此刻不妨再加十倍還給他！」

滿面浴血，暈絕數次方自醒來的漢子，呻吟頓止，突地發出幾聲淒厲陰森的長笑！

笑聲劃破夜空的靜寂，陶純純嬌軀微展，已輕盈地掠到岸上，只留下那豬般愚昧、鼠般畏怯、狐般狡猾、豺狼般兇暴的大漢，恐怖而失望地在淒厲的笑聲中顫抖。

爲了他的愚昧、畏怯、狡猾和兇暴，他雖然比他的同伴死得晚些，甚至還享受過一段短暫的溫馨時光，但此刻卻毫無疑問的將要死得更慘，只聽一陣馬蹄聲，如飛奔去。

於是淒厲的笑聲，便漸被蹄聲所掩，而急遽的蹄聲，也漸漸消寂，無邊夜幕，垂得更深。

江岸樹林邊，突地走出一條頎長的白衣人影，緩緩踱到那已流滿了鮮血的江岸邊，看了兩眼，口中竟發出一聲森寒的冷笑。

江風，吹舞起他白衫的衣袂，也吹舞起岸邊的木葉。他瘦削頎長的身軀，卻絲毫未曾動彈一下，亦正如那株木葉如蓋的巨樹一樣，似乎多年前便已屹立在這裡。風聲之中，陰黯的林中似乎突地又發出一聲響動。

白衣人霍然轉過身來，星光映著他的面孔，閃爍出一片青碧色的光芒，他，竟是那武功離奇、來歷詭秘、行事亦叫人難測的雪衣人！他露在那猙獰的青銅面具外的一雙眼睛，有如兩道雪亮的劍光，筆直地望向那片陰黯的林木！

只聽木葉一陣響動，陰影中果然又自走出一個人來，青衫窄袖，雲鬢蓬鬆，神色間似乎十分憔悴，但行止間卻又似十分興奮，月光之下，她一雙眼波正如痴如醉地望向這神秘的雪衣人，對他那冰冷森寒的目光，竟似一無畏懼。

她痴痴地望著他，她痴痴地走向他，口中卻痴笑一聲，緩緩道：「我終於找到你了！」語意中充滿欣喜安慰之意，既像是慈母尋得敗子，又像是旅人拾回鉅金。

雪衣人亦不禁爲之愕了一愕，冷冷道：「你是誰？」

青衣少女腳步雖細碎，此刻亦已走到他面前，口中仍在喃喃說道：「我終於找到你了……」突地右掌前伸，並指如劍，閃電般向雪衣人前胸「乳泉」大穴點去。

雪衣人目光一轉，就在這剎那之間，他目光中已換了許多表情，直到這青衣少女的一雙玉指已堪堪觸著他的新衣衫。

他手腕方自一反，便已輕輕地將她那來勢急如閃電般的手掌，托在手裡，就像是她自己將自己的手掌送進去似的。

哪知這青衣少女面上既不驚懼，亦不畏怯，反而滿現欣喜之色，只聽雪衣人冷冷道：「你是誰？與我有何仇恨？」

青衣少女痴痴一笑，口中仍在如痴如醉地喃喃說道：「果然是你！你的武功真好，你竟能將那平平淡淡的一招『齊眉舉案』，用得這樣神妙，難怪他會那樣誇獎你！」

雪衣人不禁又為之愣了一愣，冷冷喝道：「誰？」

青衣少女秋波一轉，任憑自己的玉手，留在這雪衣人冰冷的掌上，竟似毫不在意似的，反而輕輕一笑，答非所問的說道：「你手指又細又長，但拇指和食指上，卻生滿了厚繭，想必你練劍時，也下過一番苦功，可是……你身上怎會沒有佩劍？」

那時男女之防，最是嚴重，青衣少女如此的神態，使得雪衣人一雙冰冷的目光，也不禁露出詫異之色，反而放下了她的玉手，卻聽這青衣少女微微一笑，回答了他方才的問話：「誇獎你的人你或許不認得，但他卻和你交過一次手……」

話猶未了，雪衣人已自詫聲說道：「柳鶴亭！……他真的會誇獎我……」

青衣少女輕輕笑道：「你真聰明，怎地一猜就猜中了……」

雪衣人目光一凜，一字一字地緩緩說道：「真正與我交過手的人，只怕也只有他一人還能留在世上誇我……」

這兩句話，語氣森嚴，自他口中說出，更顯得冰冰冷冷，靜夜秋風之中，無論是誰聽得如此冷酷的言語，也會不自覺地生出寒意。

但這青衣少女卻仍然面帶嬌笑，輕嘆一聲。這一聲輕嘆中，並無責怪惋惜之意，而充滿讚美、羨慕之情。

雪衣人呆呆地瞧了她半晌，突的沉聲說道：「你難道不認為我的手段太狠、太毒？」

青衣少女微微一笑道：「武功一道，強者生、弱者死，本是天經地義的事，那些武功遠不如你的人，偏偏要來與你動手，本就該死，你武功若是不如他們，不是也一樣早被他人殺死了麼？我認為兩人交手，只要比武時不用卑鄙的方法，打得公公平平，強者殺死弱者，便一點也不算狠毒，你說是麼？」

雪衣人雙目一陣閃動，突地發出一陣奇異的光彩。這種目光像是一個離鄉的遊子，在異地遇著親人，又像是一個孤高的隱士，在無意間遇著知音。

而雪衣人此時卻以這種目光，凝注在那青衣少女面上，口中沉聲道：「我打得是否公平，柳鶴亭想必會告訴你的！」

青衣少女含笑說道：「你若打得不公平，他又怎會誇獎你？」

兩人目光相對，竟彼此凝注了半晌，雪衣人冰冷的目光中，突又閃爍出一陣溫暖的笑意，要知他生性孤僻，一生之中，從未對人有過好感，而這青衣少女方才的一番說話，卻正說入了他的心裡。

江風南吹，青衣少女伸出手掌，輕輕理了理鬢邊雲霧般的亂髮。

雪衣人目光隨著她手掌移動，口中卻緩緩說道：「你平常甚是堅定，左掌時時刻刻都像是在揑著劍訣，看來你對劍法一道，也下過不少苦功，是麼？」他此刻言辭語意，已說得十分平和，與他平日說話時的冰冷森嚴，大不相同。

青衣少女愣了半晌，突地幽幽長嘆一聲，道：「下過不少苦功……唉！老實對你說，我一生之中，除了練劍之外，什麼事都沒有做過，什麼事都不去想它，可是我的劍法……」

雪衣人沉聲道：「你的武功，我一招便可勝你！」他語聲中既無示威之意，也沒有威脅或驕傲的意味，而說得誠誠懇懇，正如師長訓誨自己的子弟。

而這青衣少女也絲毫不覺得他這句話有什麼刺耳之處，只是輕輕嘆道：「我知道……方才我向你突然使出的一招，本留有三招極厲害的後著，可是你輕輕一抬手，便將它破去了。」

雪衣人緩緩點了點頭，道：「如此說來，你要找我，並非是要來尋我交手比武的了？」

青衣少女亦自緩緩點了點頭，道：「我來找你，第一是要試試你的武功，是否真的和別人口中所說的一樣，第二我……我……」垂下頭去，倏然住口不語。

雪衣人輕抬手掌，似乎也要爲她理一理鬢邊的亂髮，但掌到中途，口中緩緩道：「什麼事，你只管說出來便是！」

青衣少女目光一抬，筆直地望著他，緩緩地道：「我想要拜你爲師，不知你可願收我這個徒弟？」

雪衣人呆了一呆，顯見這句話是大出他意料之外，半晌，他方自詫聲沉吟著道：「拜我爲師？……」

青衣少女胸膛一挺，道：「不錯，拜你爲師。柳鶴亭對我說，你是他眼中的天下第一劍手，我一直學劍，但直到今日，劍法還是平庸得很，若不能拜你爲師，我只有去尋個幽僻的所在——一死了之……」這幾句話她說得截釘斷鐵，絲毫沒有猶疑之處，顯見她實已下了決心。

雪衣人雖是生性孤僻，縱然憤世疾俗，但卻也想不到世上竟會還有如此奇特的少女，一時之間，竟然說不出話來。

青衣少女秋波瞬也不瞬，凝注了他許久，方自幽幽嘆道：「你若是不願答應我……」再次長嘆一聲，霍然轉身過去，放足狂奔。雪衣人目光一閃，身形微展，口中叱道：「慢走……」

叱聲方落，他已擋在她身前，青衣少女展顏一笑，道：「你答應我了麼？」

雪衣人突地也苦嘆一聲，道：「你錯了，天下之大，世人之奇，劍法高過於我的人，不知凡幾，你若從我學劍，縱然能盡傳我之劍法，也不過如此，日後你終必會後悔的。何況我的劍法，雖狠辣而不堂正，雖快捷而不醇厚，我之所以能勝人，只不過是因爲我深得『等』字三昧，敵不動，我不動，敵不發，我不發而已。若單論劍法，我實在比不上柳鶴亭所習的正大，你也深知劍法，想必知道我沒有騙你。」

這冷酷而寡言的武林異客，此刻竟會發出一聲衷心的長嘆，竟會說出這一番肺腑之言，當真是令人驚詫之事。

青衣少女目中光彩流轉，滿面俱是欣喜之色，柔聲道：「只要你答應我，我以後絕對不會後悔的……」

雪衣人神情之間，似乎呆了一呆，徐徐接道：「我孤身一人，四海爲家，有時宿於荒村野店，有時甚至餐風露宿，你年紀輕輕，又是個女孩子，怎可……」

青衣少女柳眉微揚，截口說道：「一個人能得到你這樣的師父，吃些苦又有什麼關係？何況……」她眼簾微闔，接口又道：「我自從聽了柳鶴亭的話，偷偷離開爹爹出來尋找你以後，什麼苦沒有吃過？」她幽幽長嘆一聲，緩緩垂下頭去，星光灑滿她如雲的秀髮。

雪衣人忍不住輕伸手掌，在她秀髮上撫摸一下。

青衣少女倏然抬起頭來，目中似有淚珠晶瑩，但口中卻帶著無比的歡喜，大聲說道：「你答應了我！是不是？」

雪衣人目光一轉，凝注著自己纖長但卻穩定的手掌，手掌緩緩垂下，目光也緩緩垂下，沉聲道：「我可以將我會的武功，全部教給你。」這兩句話他說得沉重無比，生像是不知費了多大的力氣似的。

青衣少女目光一亮，幾乎自地躍起，歡呼著道：「真的？」

雪衣人默然半晌，青衣少女忍不住再問一聲：「真的？」

卻見雪衣人溫柔的目光中，突又露出一絲譏嘲的笑意，緩緩道：「你可知道，若是別人問我這句話，我絕不會容他再問第二句的。因爲，我絕不允許任何人懷疑我口中所說的話是否真實。」

青衣少女垂下頭去，面上卻又露出欽服之色，垂首輕輕說道：「我從來沒有懷疑過你，……師父。」她語聲微頓，卻又輕輕加了「師父」兩字。

雪衣人沉聲道：「我雖可教你武功，卻不可收你爲徒！」

青衣少女目光一抬，詫聲道：「爲什麼？」

雪衣人又自默然半晌，青衣少女櫻唇啓動，似乎忍不住要再問一句，卻終於忍住。雪衣人方自沉聲道：「有些事是沒有理由的，即使有理由，也不必解釋出來。你若願意從我練劍，我便教你練劍，那麼你我便是以朋友相稱，又有何妨？若有了師徒之名，束縛便多，你我均極不便，又是何苦！」

青衣少女愣了一愣，終於欣然拊掌道：「好，朋友，一言爲定……」她似乎突地想起了什麼，連忙又自接口道：「可是你我既然已是朋友，我卻連你的真實面目都不知道……」

雪衣人目光突地一寒，沉聲道：「你可是要看我的真實面目麼？」

青衣少女秋波轉了兩轉，輕聲說道：「你放心好了，即使你長得很老、很醜，甚至是缺嘴、麻臉，都沒有關係，你一樣是我最好的朋友，因爲，我喜歡的是你的人格和武功，別的事，我都不會放在心上。」只有她這樣坦白與率真的人，才會對一個初次謀面的男子說出如此坦白和率真的言語。

雪衣人冰冷的目光，又轉爲溫柔，無言地凝注著那青衣少女，良久良久……突地縱聲狂笑起來。

青衣少女心中一驚，倒退半步，她吃驚的倒不是他笑的清朗和高亢，而是她再也想不到生性如此孤僻，行事如此冷酷，甚至連話也不願多說一句的絕頂劍手，此刻竟會發出如此任性的狂笑。

狂笑聲中，他緩緩抬起手掌……

手掌與青銅面具之間的距離相隔愈近，他笑聲也就愈響。

青衣少女深深吸了口氣，走上一步，輕輕拉住他的手掌，柔聲道：「你若是不願讓我看到你的真面目，我不看也沒有關係，你又何必這樣的笑呢？」

雪衣人笑聲漸漸微弱，卻仍含笑說道：「你看到我笑，覺得很吃驚，也很害怕，是不是？」

青衣少女溫柔地點了點頭。

雪衣人含笑又道：「但你卻不知道，我的笑，是真正開心的笑，有什麼値得吃驚，値得害怕的？你要知道，我若不是真的高興，就絕對不會笑的。」

青衣少女動也不動地握著他的手掌，呆呆地愣了半晌，眼簾微合，突地落下兩滴晶瑩的淚珠。

雪衣人笑聲一頓，沉聲道：「你哭些什麼？」

青衣少女俯下頭，用衣袖擦了擦面上的淚珠，斷續的道：「我……我也太高興了，你知道麼？自我出生以來，從來沒有一個人對我這麼好過。」

雪衣人目光一陣黯然，良久方自長嘆一聲，於是兩人默默相對，俱都無語。

要知這兩人身世遭遇，俱都奇特已極，生性行事，更是偏激到了極點。他們反叛世上所有的人類，世人自也不會對他們有何好感，於是他們的性格與行事，自然就更偏激，這本是相互爲因，相互爲果的道理。世上生性相同的人雖多，以世界之大，卻很難遇到一起，但他們若是偶然的遇到一起，便必定會生出光亮的火花。因爲他們彼此都會感覺到彼此心靈的契合，與靈魂的接近，青衣少女與雪衣人也正是如此。

靜寂，長長的靜寂，然後，又是一聲沉重的嘆息。

雪衣人移動了一下他始終未曾移動的身軀，緩緩嘆息著道：「你可知道？我也和你一樣，有生以來，除了練劍，便幾乎沒有做過別的事，只不過我比你運氣好些，能夠有一個雖不愛我，但武功卻極高的師父……」

青衣少女仰望著他的臉色，幽幽嘆道：「難道你有生以來，也沒有一個人真正地對你好，真正地愛過你？」

雪衣人輕輕頷首，目光便恰巧投落在她面上，兩人目光相對。

青衣少女突地「哦」了一聲，道：「我知道了，你之所以不願將真實面目示人，就是因爲你覺得世人都對你不好，是不是？」

雪衣人動也不動地凝注著她……突地，手腕一揚，將面上的青銅面具霍然扯了下來……

青衣少女一聲驚呼，雪衣人緩緩道：「你可是想不到？」

青衣少女呆呆地瞧了他半晌，突又輕輕一笑道：「我真是想不到，想不到……太想不到了！」

朦朧的夜色、朦朧的星光，只見雪衣人的面容，竟是無比的俊秀，無比的蒼白，若不是他眉眼間的輪廓那麼分明，若不是他鼻樑有如玉石雕刻那般挺秀，那麼，這張面容便甚至有幾分娟好如女子。

又是一段沉默，青衣少女仍在凝注著他，雪衣人微微一笑，抬起手掌，戴回面具。青衣少女突地嬌喚一聲：「求求你，不要再戴它，好麼？」

雪衣人目光一垂，道：「爲什麼？」

青衣少女垂首輕笑道：「你若是醜陋而殘廢，那麼你戴上這種面具，我絕對不會怪你，也絕不會奇怪，可是你……」她含羞一笑，又道：「你現在爲什麼還要戴它？實在讓人猜測不透。」

雪衣人薄削而堅毅的嘴唇邊，輕蔑地泛起了一陣譏嘲的笑意，緩緩道：「你想不透麼？……我不妨告訴你，我不願以我的真實面目示人，便是因爲我希望人人都怕我，我戴上面具後，無論和誰動手，人家都要對我畏懼三分，否則以我這種生像，還有誰會對我生出畏懼之心！」

他哂然一笑，接口又道：「你可知道昔日大將軍狄青的故事？這便叫做與敵爭鋒，先寒敵膽，你懂了麼？」

青衣少女似悟非悟地點了點頭，口中低語：「與敵爭鋒，先寒敵膽……」霍然回過頭來，大聲說道：「這固然是很聰明的辦法，可是，你是不是覺得有些不公平呢？」

雪衣人微皺雙眉，沉吟著道：「不公平，有什麼不公平？」

青衣少女緩緩道：「武林人物交手過招，應該全憑武功的強弱來決定勝負，否則用別的方法取勝，就都可以說是不正當的手段，你說是麼？」

雪衣人目光一垂，愣了半晌，卻聽青衣少女接口又道：「我不知道你有沒有聽到過：『毋驕毋餒，莫欺莫詐，公平堂正，雖敗猶榮。』這四句話，但我從小到大，卻不知已聽了多少遍，爹爹常對我說，無論在任何情況下，也不要忘了這四句話，莫要墮了西門世家的家風！」

雪衣人面色突地一變，沉聲道：「江蘇虎丘，飛鶴山莊莊主西門鶴是你什麼人？」

青衣少女微微一笑，道：「無怪爹爹常說我大伯父的聲名，天下英雄皆聞，原來你也知道他老人家的名字……」

雪衣人挺秀的雙眉深皺，明銳的目光突黯，緩緩垂下頭去，喃喃道：「想不到，想不到，你竟然亦是西門世家中人……」語聲一變，凜然道：「你可知道？『飛鶴山莊』，此刻已遇到滔天大禍，說不定自今夜之後，『飛鶴山莊』四字，便要在武林中除名！」

青衣少女面色亦自大變，但瞬即展顏笑道：「西門世家近年來雖然人材衰微，但就憑我大伯父掌中的一柄長劍，以及他老人家親手訓練出的一班門人弟子，無論遇著什麼強仇大敵，也不會吃多大虧的，你說的也未免太嚴重了吧！」

雪衣人冷笑一聲，道：「太嚴重？……」語聲微頓，又自長嘆一聲，道：「你可知道？『飛鶴山莊』半月以前，便已在『烏衣神魔』嚴密的控制下，並且那班『烏衣神魔』亦已接到他們首領的密令，要在今夜將『飛鶴山莊』中的人殺得一個不留。這件事本來做得隱秘已極，但卻被另一個暗中窺伺著『烏衣神魔』的厲害人物發現了他們傳遞消息的方法，知道了他們的毒計，你或許出來得早，未被他們發現，否則西門世家中出來的人，無論是誰，只要一落了單，立刻便要遭到他們的毒手。」他自不知道「常敗高手」西門鷗父女，已有多年未返虎丘了！

青衣少女本已蒼白的嬌靨，此刻更變得鐵青可怖。她一把抓緊了雪衣人的手掌，惶聲道：「真的麼？那麼怎麼辦呢？」

雪衣人愣了半晌，緩緩嘆道：「怎麼辦？絲毫辦法都沒有。我們此刻縱然脅生雙翅，都不能及時趕到『飛鶴山莊』了！」

他雖然生性冷酷，但此刻卻已在不知不覺之中，對這痴心學劍的少女生出好感，是以他此刻亦不禁對她生出同情憐憫之心。

哪知青衣少女此刻激動的面容，反而逐漸平靜，垂首呆了半晌，突地抬起頭來，幽幽長嘆著道：「既然無法可想，只有我日後練好武功再爲他們復仇了。」

雪衣人不禁一愣，皺眉問道：「對於這件事，你只有這句話可說麼？」

青衣少女面上亦自露出驚訝之色道：「我還有什麼話可說？」

雪衣人奇怪地瞧了她幾眼，緩緩道：「你難道不想問問此事的前因後果？你難道不想知道『烏衣神魔』如此對西門世家中的人趕盡殺絕，爲的是什麼？你難道不想知道是誰在暗中偵破了『烏衣神魔』的詭計，此人又與『烏衣神魔』有何冤仇？」

青衣少女眨了眨眼睛，道：「這些事難道你都知道？」

雪衣人冷冷道：「不錯，這些事我都知道一些，既然你不問我，我也就不必告訴你了。」抬手又自戴上面具，轉身走了開去。

青衣少女動也不動，呆呆地望著他飄舞著的衣袂。他腳步走得極慢，似乎在等待著她的攔阻……

他腳步雖然走得極慢，但在同一刹那間，另一個地方，陶純純胯下的健馬，卻在有如臨空飛掠般地奔跑。馬股後一片鮮紅，血跡仍未全乾，顯然已經過了「放血」的手術，是以這匹本應已脫力的健馬，腳力仍未稍衰，而陶純純有如玉石雕成的前額，卻已有了花瓣上晨露般的汗珠。

但是，她的精神卻更振奮，目光也更銳利，這表情就正如那大漠上的鵰鷹，已將要攫住牠的目的之物。

道旁的林木並不甚高，雲破處，星月之光，灑滿了樹梢，於是樹影長長地映到地上，閃電般在陶純純眼前交替、飛掠！

林木叢中，突地露出一角廟宇飛簷，夜色之中似乎有一隻金黃色的銅鈴，在屋簷上閃爍著黃金色的光芒。

陶純純目光動處，眼波一亮，竟突地緩緩勒住韁繩，唰地飛身而下，隨手將馬牽在道旁，筆直地掠入這座荒涼的祠堂中。

一燈如豆，瑩瑩地發著微光，照得這荒祠冷殿，更顯得寂寞淒涼，神案沒有佛像，就正如十數日前，她在爲柳鶴亭默念祈禱，簷上滴血、邊傲天率眾圍兇、幔中傀儡……那座祠堂的格調一樣。

她輕盈而曼妙地掠了進去，目光一掃，證實了祠堂中的確一無人跡，於是她便筆直地撲到神案前破舊的蒲團上，纖美而細長的手指，在破舊的蒲團中微一摸索，便抽出一條黯灰色的柔絹來。

柔絹上看來似乎沒有字，但陶純純長身而起，在神案上，香爐裡的殘水中浸了一浸之後，柔絹上便立刻現出密密麻麻的字跡來。

就著那孤燈的微光，她將絹上的字跡，飛快地看了一遍，然後她焦急的面容上，便又泛起一陣真誠、愉快的笑容，口中喃喃說道：「想不到竟還是這『關外五龍』有些心機，如此一來，我縱然不能趕上，想必也沒有什麼關係了！」

於是她便從容地走出祠堂，這次沒有柳鶴亭在她身側，她也不必再偽作真情的祈禱，祠堂外的夜色仍然如故！

繁星滿天，夜寒如水。

這小小的祠堂距離江蘇虎丘雖已不甚遠，卻仍有一段距離。

也不過離此地三五里路，也就在此刻前三兩個時辰，柳鶴亭亦正在馳馬狂奔，他雖有絕頂深厚的內功，但婚前本已緊張，婚後又屢遭巨變，連日未得安息，一路奔波至此的柳鶴亭，體力亦已有些不支。

那時方過子正，月映清輝，星光亦明，他任憑胯下的健馬，放蹄在這筆直的官道上狂奔，自己卻端坐在馬背上，閉目暗暗運功調息，但一時之間，注意力卻又無法集中，時時刻刻地在暗問著自己：「虎丘還有多遠？只怕快到了吧？……」目光一抬，突地瞥見前面道旁林木之中，似有雪亮的刀光劍影閃動！

他定了定神，果然便聽得有兵刃相擊，詬罵怒叱之聲，隨風傳來，接著，又有一聲懾人心悸的慘呼！就在這剎那之間，他心中已閃電般轉過幾個念頭，首先忖道：「前面究竟是什麼事？是賊人夜半攔路劫財，抑或是江湖中人為尋私仇，在此惡鬥？」

心念一轉，又自忖道：「我此刻有急事在身，豈能在此擱誤？反正這些人與事俱與我無關，我自顧尙且不暇，哪有時間來管別人的閒事？」

他心中正在反來覆去，難以自決，但第三聲尖銳淒慘的呼聲傳來後，他劍眉微軒，立刻斷然忖道：「此等劫財傷人之事，顯然在我眼前發生，我若是袖手旁觀，置之不理，我還能算是人麼？路見不平不能拔刀相助，我遊俠天下，又算爲了什麼？我縱然要耽誤天大的事，此刻也要先將此事管上一管，反正這又費不了多少時候！」

這些念頭在他心中雖是電閃而過，但健馬狂奔，就在這霎時之間，便已將衝過那片刀劍爭殺的林中，只聽林中大喝一聲，厲聲道：「外面路過的朋友，『江南七惡鬼』在此，勸你少管閒事！」

柳鶴亭目光一凜，血氣上湧，他一聽，「江南七惡鬼」這名字，便知絕對不是好人，是以心中再無遲疑，當下冷哼一聲，左手倏然帶住韁繩，他左手雖無千鈞之力，但左手微帶處，狂奔的健馬，昂首一聲長嘶，便戛然停下腳步。林中人再次厲喝一聲道：「你若要多管閒事，我『江南七惡鬼』，立時便要你流血五步！」喝聲未了，柳鶴亭矯健的身軀，已有如一隻健羽灰鶴般，横空而起，凌空一個轉折，唰地投入林中！

滿林飛閃的刀光，突地一齊斂去，柳鶴亭身形才自入林，林中手持利刃的數條黑衣人影，突地吆喝一聲：「好輕功！風緊扯活！」

接著竟分向如飛逃去，有的往東，有的往西，有的往左，有的往右，瞬息之間，便俱都沒在黝黯的夜色中。

柳鶴亭身形一頓，目光四掃，口中不禁冷笑一聲，暗罵道：「想不到聽來名字甚是驚人的

『江南七惡鬼』，竟是如此的膿包！」

他雖可追趕，此刻卻已不願追趕，一來自是因爲自家身有要事，再者卻也是覺得這些人根本沒有追趕的必要，目光再次一掃，只見地上有殘斷的兵刃，與凌亂的暗器，可能還有一些血漬，只是在夜色中看不甚清。

「誰是被害人呢，難道也一齊逃了？」他心中方自疑問，突地一聲微弱痛苦的呻吟，發自林木間的草叢，他橫身一掠，撥開草叢。

星月光下，只見一個衣衫殘破，紫巾包頭，滿是刀傷，渾身浴血的漢子，雙手掩面蜷伏在草叢中，仍有鮮血汩汩自他十指的指縫中流出，顯見得此人除了身上的傷痕之外，面目也受了重傷。

鮮血，刀傷，與一陣陣痛苦的呻吟，使得柳鶴亭心中既是驚惶，又是憐憫，輕輕將之橫抱而起，定睛望去，只見此人雖是滿身鮮血，但身上的傷勢，卻並不嚴重，只不過是些皮肉之傷而已！

他心中不禁略爲放心，知道此人不致喪命，於是沉聲道：「朋友但請放心，你所受之傷，並無大礙……」

哪知他話猶未了，此人卻已哀聲痛哭起來。

柳鶴亭愣了一愣，微微一皺雙眉，卻仍悅聲道：「男子漢大丈夫，行走江湖，受些輕傷，算不了什麼！」

要知柳鶴亭正是寧折毋屈的剛強個性，是以見到此人如此怯懦，自然便有些不滿，只見那人雙手仍自掩住面目，便又接口道：「你且將雙手放下，讓我看看你面上的傷勢……」

一面說話，一面已自懷中取出江湖中人身邊常備的金創之藥，口中乾咳兩聲，又道：「你若再哭，便不是男子漢大丈夫……一些輕傷……」

哪知這滿身浴血，紫巾包頭的漢子哭聲戛然頓住，雙肩扭動了兩下，竟然突地放聲狂笑了起來！

柳鶴亭詫異之下，頓住話聲，只聽他狂笑著道：「一些輕傷……一些輕傷……」突地鬆開雙掌：「你看看這可是一些輕傷？」

柳鶴亭目光動處，突地再也不能轉動，一陣寒意，無比迅速地自他心底升起……黑暗之中，只見此人面目，竟是一團血肉模糊，除了依稀還可辨出兩個眼眶之外，五官竟已都分辨不清，鮮血猶自不住流落。

這一段多變的時日裡，他雖已經歷過許多人的生死，他眼中也曾見過許多淒慘的事，但卻無一事令他心頭如此激動。

因為這血肉模糊的人，此刻猶自活生生地活在他眼前。

一陣陣帶著痛苦的呻吟，與悲哀憤怒的狂笑，此刻也猶自留在他耳畔，他縱然強自抑止著心中的悸慄與激動，卻仍然良久都說不出一句話來！

只聽這遭遇悲慘的大漢，狂笑著道：「如今你可滿意了麼？」

柳鶴亭乾咳兩聲，吶吶道：「朋友……兄台……你……唉！」他長嘆一聲，勉強違背著自己的良心，接道：「不妨事的，不妨事的……」

他一面說話，一面緩緩打開掌中金創之藥，但手掌顫抖，金創藥粉竟簌簌地落滿一地。

這浴血大漢那一雙令人慄悚的眼眶中，似乎驀地閃過一陣異光，口中的狂笑，漸漸衰弱，突又慘嗥一聲，掙扎著道：「我……我不行……」雙目一翻，喉頭一哽，從此再無聲息！

柳鶴亭心頭一顫，道：「你……你怎地了？」掌中藥粉，全都落到地上，只見那人不言不動，甚至連胸膛都沒有起伏一下，柳鶴亭暗嘆一聲：「罷了！」

他心想此人既然已死，自己責任便已了，方待長身而起，直奔虎丘，但轉念一想，此人雖與自己素不相識，但他既然死在自己面前，自己好歹也得將他葬了。

於是他緩緩俯下身去……

「你不能及時趕到江蘇虎丘，不但永遠無法知道其中的秘密，還要將一生的幸福葬送……」

他俯下身，又站起來，因爲那張自洞房窗外飄入的紙箋上的字跡，又閃電般自他腦海升起！

「無論如何，我也得將這具屍身放在一個隱秘的所在，不能讓他露於風雨日光之中，讓他被鳥獸踐踏！」他毅然俯下身去，目光動處，突地瞥見此人的胸膛，似乎發生了些微動彈，他心中不禁爲之一動：「我真糊塗，怎不先探探他的脈息，也許他還沒有死呢？」

焦急、疲倦、內憂、外患，交相煎迫之下的柳鶴亭，思想及行事，都不禁有了些慌亂。

他伸出手掌，輕輕搭上這傷者的脈門，哪知——

這奄奄一息，看來彷彿已死的傷者，僵直的手突地像閃電般一反，扣住了柳鶴亭的脈門。

他縱是武林中的絕世頂尖高手，本也不能在一招之中，將柳鶴亭制住，只是他這一手實是大出柳鶴亭意料之外。

柳鶴亭做夢也不會想到，自己寧可作出犧牲來救助的重傷垂危之人，會突地反噬自己一口，心中驚怒之下，脈門一陣麻木，已被人家扣住。

他方待使出自己全身真力，拚命掙開，只見這卑鄙的傷者突地狂笑一聲，自地上站起，口中喝道：「併肩子，正點子已被制住，還不快上！」

喝聲之中，他右掌仍自緊扣柳鶴亭的脈門，左掌並指如戟，已閃電般點住了柳鶴亭前胸、脅下的「將台」、「藏血」、「乳泉」、「期門」，四處大穴！

夜濃如墨，夜風呼嘯，天候似變，四下更見陰黯！

黑沉沉的夜色中，只見那本已奄奄一息的傷者，一躍而起，望著已倒在地上的柳鶴亭，雙手一抹鮮血淋漓的面目，喋喋怪笑了起來！

他手臂動處，滿面的鮮血，又隨著他指縫流下，然而他已全無痛楚之色，只是怪笑著道：「姓柳的小子，這番你可著了大爺們的道兒了吧！」

他抹乾了面上的血跡，便赫然露出了他可怖的面容——他面上一層皮膚，竟早已被整個揭去，驟眼望來，只如一團粉血而醜惡的肉球，唯一稍具人形的，只是一雙閃閃發光的眼睛而已！

他喋喋的怪笑，伴著呼嘯的晚風，使這靜寂的黑夜，更加添了幾分陰森恐怖。柳鶴亭扭曲著躺在地上，沒有一絲動彈，醜惡的「傷者」俯下身去，扳正了柳鶴亭的頭顱，望著他的面目，怪笑著又道：「你又怎知道大爺的臉，原本就是這樣的，這點你可連做夢也不會想到吧……哈哈，直到此刻……武林中除了你之外，真還沒有人能看到大爺們的臉哩，只可惜你也活不長久了！……」

柳鶴亭目光直勾勾地望著這張醜惡而恐怖的面容，瞬也不瞬，因爲他此刻縱要轉動一下目光，也極爲困難！

他只能在心中暗暗忖道：「此人是誰？與我有何冤仇？爲何要這般暗算害我？……」

他心中突又一動，一陣悚慄，立刻泛起：「難道他便是『烏衣神魔』？」

夜風呼嘯之中，四下突地同時響起了一陣陣的怪笑聲，由遠而近，劃空而來。

接著，那些方才四下逃去的黑衣人影，便隨著這一陣陣怪笑，自四面陰黯的林木中，急掠而出！

那醜惡的傷者目光一轉，指著地上的柳鶴亭怪笑著道：「你幾次三番，破壞大爺們的好事，若不是看在頭兒的面子，那天在沂山邊，一木谷中，已讓你和那些『黃翎黑箭』手下的漢子同歸於盡了，嘿嘿！你能活到今日，可真是你的造化！」他一面說話，雙掌一放，將柳鶴亭的頭顱，砰地在地上一撞，四面的「烏衣神魔」，立刻又響起一陣哄笑，一齊圍了過來，十數道目光，閃閃地望著柳鶴亭。夜風呼嘯，林影飛舞，一身黑衣，笑聲醜惡的他們，看來直如一群食人的妖魔，隨著飛舞的林影亂舞！

柳鶴亭僵木地蜷曲在地上，他極力使自己的心緒和外貌一樣安定，因爲只有如此，他才能冷靜地分析許多問題！

四面群魔輕蔑的譏笑與詬罵，他俱都充耳不聞，最後，只聽一個嘶啞如破鑼的聲音大聲道：「這小子一身細皮白肉，看起來一定好吃得很……」

另一個聲音狂笑著道：「小子，你不要自以爲自己漂亮，大爺我沒有受『血洗禮』之前，可真比你還要漂亮幾分……」

於是又有人接著道：「我們究竟該將這小子如何處理？頭兒可曾吩咐下來？」有人接口應道：「這件事頭兒根本不知道，還是『三十七號』看見他孤身地狂奔，一路換馬，『頭兒』又不在，不禁覺得奇怪，是以才想出這個法子，將他攔下來，哈哈！這小子雖然聰明，可是也上了當了！」

「三十七號」，似乎就是方才那滿身浴血的醜惡漢子的名字，此刻他大笑三聲接道：「依我之見，不如將他一刀兩段，宰了算了。反正他背了頭兒來管西門一家的閒事，將他宰了，絕對沒有關係！」

只聽四周一陣哄然叫好聲，柳鶴亭不禁心頭一冷！

他雖然早已將生死置之度外，但此時此刻，在一切疑團俱未釋破之下，死在這班無名無姓，只以數字作爲名字的人的手裡，他卻實在心有不甘，但他此刻穴道被制，無法動彈，除了束手就死之外，又有什麼辦法呢？

四面喝采聲中，「三十七號」的笑聲更大，只聽他大笑著道：「七號，你怎地不開腔，難道不贊成我的意見嗎？」

柳鶴亭屏息靜氣，只聽「七號」一字一字地緩緩說道：「你們胡亂做事，若是頭兒怪罪下來，誰擔當得起？」

於是所有的哄笑嘈亂聲，便在刹那間一齊平息，柳鶴亭心頭一寒，暗道：「這些烏衣神魔的頭兒，究竟是誰？此刻竟有如此權威與力量，能將這些殺人不眨眼的『烏衣神魔』控制得如此服貼！」

靜寂中，只聽「七號」又自緩緩說道：「依我的意思，先將此人帶去一個靜僻的所在，然後再去通知頭兒……」

那嘶啞的口音立即截口說道：「但頭兒此刻只怕還在江北！」

「七號」冷哼一聲道：「此人既已來了，頭兒還會離得遠麼？前面不遠，就有一間『秘訊祠』，只要頭兒到了，立刻便可看到消息，反正此人已在我等掌握之中，插翅也趕不到『飛鶴山莊』去了，早些遲些處理他，還不都是一樣麼？」

「三十七號」嘻嘻一笑，嗄聲道：「不錯，早些、遲些，都是一樣，反正這廝已是籠中之鳥，網中之魚，遲早都是要與那西門笑鷗同一命運，只不過這廝還沒有享到幾天福，便要做花下鬼，實在……哼哼，嘻嘻，有些冤枉！」

「七號」沉聲接口道：「你這些日子怎地了，如再要如此胡言亂語，傳到頭兒耳中，哼哼！」他冷哼兩聲，住口不語。

那「三十七號」一雙冷削而奇異的目光中，果自泛出一片恐怖之色，緩緩垂下頭去，再也說不出一個字來。

他們這些言語，雖未傳入頭兒耳中，卻被柳鶴亭聽得清清楚楚，他心中既是驚詫又是悚慄，卻又有些難受：「難道他們的『頭兒』便是『純純』！」心念一轉：「……便要與西門笑鷗同一命運……西門笑鷗究竟與此事有何關係？與純純有何關係？」

這些疑團和思緒，都使得柳鶴亭極爲痛苦，因爲他從一些往事與這些「烏衣神魔」的對話中，隱隱猜到他們的頭兒便是自己的愛妻。但是，卻又有著更多的疑團使他無法明瞭！

陶純純與「石觀音」石琪有何關係？這兩個名字是否同是一人？

這看來如此溫柔的女子，究竟有何能力能控制這班「烏衣神魔」？

那「濃林密屋」中的秘密是否與「烏衣神魔」也有關係？

這些「烏衣神魔」武功俱都不弱，行事如此奇詭，心性如此毒辣，卻又無名無姓，他們究竟是些什麼人？他們與自己無冤無仇，卻為何要暗害自己？

那西門笑鷗一家，與此事又有何關係？

在暗中窺破他們秘密的那人，究竟是誰？

還有一個最令他痛苦的問題，甚至他不敢思索：「純純如此待我，為的是什麼？」

在他心底深處，還隱隱存有一分懷疑與希望，希望陶純純與此事無關，希望自己的猜測錯了。

但是，那聲音嘶啞的人已自大喝道：「看來只有我到『秘訊祠』去跑上一趟了！」說話聲中，他一掠而去。

柳鶴亭心頭卻又不禁為之一動！

「秘訊祠」……他突地想到那日冷月之夜，在那荒祠中所發生的一切：「難道那夜純純並非為我祈禱，只是藉此傳遞秘訊而已？」

這一切跡象，都在顯示這些事彼此之間，有著密切的關連。柳鶴亭動念之間，已決定要查出此中真相，縱然這真相要傷害到他的情感亦在所不惜。

於是他暗中調度體內未被封閉，尚可運行的一絲殘餘真氣，藉以自行衝開被點的穴，只聽那「七號」尖銳地呼嘯一聲，接著便有一陣奔騰的馬蹄之聲，自林外遠遠傳來。

「三十七號」一聲獰笑，俯首橫抄起柳鶴亭的身軀，獰笑著道：「小子你安分些，好讓大爺好生服侍服侍你！」縱身掠出林外，唰地掠上健馬，又道：「你不是趕著要到虎丘去麼？大爺們現在就送你到虎丘去……」他一口濃重的關東口音，再加聲聲獰笑，柳鶴亭若不留意，便難聽出他言語中的字句，又是一聲呼嘯，健馬一齊飛奔。

柳鶴亭俯臥在馬鞍前，頭顱與雙足俱都垂了下去，「三十七號」一手控馬，一手輕敲著他的背脊，不住仰天狂笑，一面說道：「小子，舒服麼？哈哈！舒服麼？」他騎術竟極其精妙，一手控著韁繩，故意將胯下健馬，帶得忽而昂首高嘶，忽而左右彎曲奔馳，他雖安坐馬鞍，穩如磐石，俯臥在馬鞍前的柳鶴亭，卻被顛簸得有如風中柳絮！

而安坐馬鞍上的他，卻以此爲樂，柳鶴亭顛簸愈苦，他笑聲也就愈顯得意，越發狂笑著道：「小子，舒服麼……」越發將坐下的馬，帶得有如瘋狂，於是柳鶴亭便也越發顛簸，幾乎要跌下馬去！

哪知柳鶴亭對他非但沒有絲毫怨恨和惱怒，反而在心中暗暗感激，暗暗得意，這健馬的顛簸，竟幫助了他真氣的運行。

一次又一次地震動，他真氣便也隨著一次又一次地撞著被封閉的穴道，一個穴道衝開，在體內的真力增強了一倍，於是他撞開下一個穴道時，便更輕易，直到他所有被封閉的穴道一齊撞開後，那「三十七號」還在得意地狂笑：「舒服麼？小子，舒服麼？……」

柳鶴亭暗中不禁好笑，幾乎忍不住要出口回答他——

「舒服，真舒服！」

但是他仍然動也不動，響也不響，他要暗中探出這班「烏衣神魔」的巢穴，探出他們的頭兒究竟是誰？

那「三十七號」若是知道他此刻的情況，只怕再也笑不出來了！

星沉月落，天色將近破曉，而破曉前的天色，定然是一日中最最黑暗的，黑暗得甚至連他們飛奔的馬蹄帶起的塵土都看不清楚。

道旁幾株枝葉頗為濃密的大樹後，此刻正停著兩匹毛澤烏黑的健馬。一匹馬上空鞍無人，一匹馬上的騎士，神態似乎十分焦急，不住向來路引頸企望。這一群「烏衣神魔」的馬蹄聲隨風而來，他驚覺地躍下馬背，唰地躍上樹梢。

霎眼間馬群奔至，他伏在黝黯的林梢，動也不動，響也不響，直到這一群健馬將近去遠，他口中才自忍不住驚「咦」一聲。

因為他發覺這一馬群中，竟有著他們幫中苦心搜羅的「黑神馬」，除了幫中的急事，這種「黑神馬」是很難出廄一次的。

而此次「黑神馬」卻已空廄而出，為的便是柳鶴亭——但此刻這匹「黑神馬」卻又怎會落入了這批黑衣騎士的手中？

他滿心驚詫，輕輕躍下樹梢，微微遲疑半晌，終於又自躍上馬背，跟在這批健馬之後飛奔而去！

柳鶴亭伏身馬上，雖然辨不出地形，但他暗中計算路途和方向，卻已知道這些「烏衣神魔」，已將他帶到蘇州城外。

他們毫不停留地穿入一片桑林，「三十七號」方自勒住馬韁，突地一把抓住柳鶴亭的頭髮，狂笑著道：「你看，這是什麼？」

他舉起本自掛在鞍畔的一條絲鞭，得意地指向南方，柳鶴亭暗提真氣，使得自己絲毫看不出穴道已然解開的樣子，也極力控制著自己心中的憤怒，隨著他的絲鞭望去，只見被夜色籠罩著的大地上，他絲鞭所指的地方，卻騰耀著一片紅光！

他一面搖撼著柳鶴亭的頭顱，一面狂笑著又道：「告訴你，那裡便是虎丘山，那裡便是名震武林的『飛鶴山莊』，可是此刻……哈哈，『飛鶴山莊』只怕已變成了一片瓦礫，那位鼎鼎大名的西門莊主，只怕也變成一段焦炭了！」

他笑聲是那麼狂妄而得意，就生像是他所有的快樂，都只有建築在別人的痛苦和死亡之上似的。

柳鶴亭心頭一凜，緊咬牙關，他不知費了多少力氣，才能勉強控制著心中的激動和憤怒，否則他早已便要將這冷血的兇手斃於自己的掌下！

狂笑中，「三十七號」一手將柳鶴亭拖下馬鞍，而柳鶴亭只得重重地跌到地上，桑林之中，一片人工闢成的空地上，簡陋地搭著三間茅屋。他一躍下馬，拖著柳鶴亭的頭髮大步向茅屋走去。

柳鶴亭就像是一具死屍似的被他在地上拖著，沒有絲毫反抗。冷而潮濕的泥土沾滿了他的衣裳，他只是在暗中一遍又一遍地告訴自己：「忍耐，忍耐……」他雖然年輕，卻學會了如何自忍耐中獲取勝利。

茅屋的外觀雖然簡陋，但入了簡陋的門，穿過簡陋的廳堂，移開一方簡陋的木桌，下面竟有一條黝黯的地道，然後，柳鶴亭便看到了一個截然不同的境界——在地道中的暗室，陳設竟是十分精緻而華美。

「三十七號」重重地將他推到牆角，柳鶴亭抬目望去，在牆上四盞精美銅燈的明亮照耀下，他面容當真比一切神話故事中的惡魔還要可怖，目光中更是充滿了仇恨與惡毒，他生像對世上所有的人與事都充滿仇恨，怨毒！

其餘的六個「烏衣神魔」，面上都被一方黑巾巧妙地掩住，是以看不到他們的面容，但他們的目光，卻也俱都和「三十七號」一樣。

柳鶴亭再也難以瞭解，這一群只有仇恨與怨毒，而沒有愛心與寬恕的人們，是如何生活的，因為他心知人們心中若是沒有愛和寬恕，他們的生活便將變得多麼空虛、灰黯、失望和痛苦。

只見這「三十七號」吁出一口長氣，鬆懈地坐到一張紫檀椅上，從另一個「烏衣神魔」的手中，接著一瓶烈酒，仰首痛飲了兩口，突地張口一噴，將口中的烈酒，全都噴到柳鶴亭臉上，狂笑著道：「小子，味道怎樣？告訴你，這就是窖藏百年的茅台酒，你若還能伸出舌頭，趕緊舐它兩下，保管過癮得很……」

話聲未了，已引起一陣邪惡的狂笑，他又自痛飲兩口，反手一抹嘴唇，突地將頭上的包巾拉了下來——

柳鶴亭目光動處，突然瞥見他滿頭頭髮，竟是赤紅如火，心中不禁又為之一動……

淒冷的晚風，淒冷的樹木……一聲聲驚駭而短促，微弱而淒慘的哀呼……林梢漏下一滴滴細碎的光影……樹上鮮血淋漓，四肢殘廢的「入雲龍」金四……斷續的語聲：「想不到……他們……我的……」……緊握成拳，至死不鬆的左掌，掌中的黑色碎布、赤色鬚髮……

「入雲龍金四，就是被赤髮大漢『三十七號』殘殺至死的！」

柳鶴亭目光一凜，心中怒火填膺，但這一次的激動與憤怒，卻都衝不破他理智與忍耐的防線。

突地，門外輕輕一聲咳嗽，滿屋的喧笑，一齊停頓。「三十七號」霍然長身而起，閃電般自懷中掏出一方黑絲面罩，飛快地套在頭上，「七號」一個箭步掠出門外。

柳鶴亭心頭一凜：「莫非是他們的頭兒已經來了？」

只覺自己心房怦怦跳動，胸口熱血上湧，這積鬱在他心中已久的疑團，在這刹那之間，就要揭開，而且他深知這謎底不但將震驚他自己，也將震驚天下武林。於是他縱然鎮靜，卻也不禁緊張得透不過氣來！

喧鬧的房屋，在這刹那之間，突地變得有如墳墓般靜寂。房中的「烏衣神魔」，也盡斂他們的飛揚跋扈之態，筆直地垂手而立，筆直地望著房門，甚至連呼吸都不敢盡情呼吸……

房門，僅只開了一線，房門外的動靜，房中人誰也看不見。燈火，微微搖動，柳鶴亭只覺自己滿身的肌肉，似乎也起了一陣輕微的顫抖。

呼吸，越發急促，心房的跳動，也越發劇烈……突地，房門大開……

一條人影，輕輕閃入。柳鶴亭雙拳一緊，指甲都已嵌入肉裡！

哪知這人影卻不過僅僅是方才自屋內掠出的「七號」而已。屋中的人，齊地鬆了口氣，柳鶴亭繃緊了的心弦，也霍然鬆弛。

他自己都不能瞭解自己此刻的心情，究竟是輕鬆還是失望。因爲當一件殘酷的事實將要來臨時，人們總會有不敢面對事實的意識，於是當那決定性的一刻延遲來臨時，當事人的心情，便會有著柳鶴亭此刻一樣的奇怪地矛盾。

燈火飄搖中，突聽「七號」雙掌一擊，緩緩的前伸，一步一步地走向柳鶴亭。

「三十七號」目光一閃，問道：「頭兒不來了麼？」

「七號」腳步不停，口中道：「頭兒生怕『飛鶴山莊』的事情有變，是以一直趕去了。」

「三十七號」突地怪笑一聲，道：「那麼姓柳的這廝，是否交給你處置了？」

「七號」冷冷道：「正是！」

「三十七號」喋喋怪笑著道：「好極，好極，我倒要看看他怎麼死法！」

只見這被稱「七號」的瘦長漢子，雙目瞳仁突地由黑轉紫，由紫轉紅，筆直前伸的一雙手掌，更是變得赤紅如火。他每跨一步，手指便似粗了一分，柳鶴亭目光動處，只見他赤紅的手掌，食、中、無名，以及小指四指，竟是一般粗短，此刻他五指併攏，他手掌四四方方，望之竟如一塊燒紅了的鐵塊！

這一瞥之下，柳鶴亭心頭一動，凜然忖道：「這豈非河北張家口『太陽莊』，一脈相傳，從來不傳外姓的武林絕技『太陽硃砂神掌』？」

心念方轉，突聽「七號」沉聲低叱一聲，雙臂骨節，格格一陣山響，一雙火紅般的鐵掌，便已當頭向柳鶴亭拍下！

掌勢未到，已有一陣熱意襲來！

「三十七號」得意地怪笑著道：「這張雪白粉嫩的臉孔，被老七的手掌烙上一烙，必定好看得很……」

語聲之中，「七號」的手掌已堪堪觸及柳鶴亭的面頰了。屋中的「烏衣神魔」，一個個目光閃動，怪聲狂笑，竟似比新年期中，將要看到迎神賽會的童子還要高興幾分。「七號」的手掌距離柳鶴亭的面頰愈近，他們的笑聲也就越發興奮，誰也無法明瞭，爲何流血的慘劇在這些人眼中竟是如此動人！

哪知就在這狂笑聲中，柳鶴亭突地清嘯一聲，貼壁掠起。「七號」身形一挫，雙掌上翻——

屋中「神魔」的狂笑，一齊變作驚呼，剎那之間，只見滿屋火光亂舞，人影閃動，一齊向柳鶴亭撲去！

十一 罌粟之秘

柳鶴亭見那些神魔向自己撲來，暗提一口真氣，身形突地凌空停留在屋頂之下。他居高臨下，目光一轉，「七號」卻已騰身撲上，獰笑著道：「姓柳的，你還想逃得掉麼！」雙掌微分，一掌平拍，一掌橫切，一取胸膛，一切下腹。

柳鶴亭雙肩一縮，本自平貼在牆壁上的身軀，突地游魚般滑上屋頂，「七號」一擊不中，突聽柳鶴亭大喝一聲，身軀平平跌了下來。

他原本有如壁虎一般地平貼在屋頂上，此刻落將下來，四肢分張，卻又有如一片落葉，全身上下，無一處不是空門，處處俱都犯了武家大忌。四下的「烏衣神魔」只當他真力不繼，是以落下，暴喝聲中，一擁而上。「七號」腳步微錯，反手一掌，劃向他胸腹之間的兩處大穴，「三十七號」一步掠至他身軀左側，「呼呼」兩拳，擊向他左背之下，左股之上！

剎那之間，只見滿屋掌影繽紛，只聽滿屋掌風虎虎，數十條繽紛的掌影，數十道強勁的掌風，一齊向柳鶴亭襲來。要知這些「烏衣神魔」此刻所擊出的每一掌，俱是生平功力所聚，每一招俱是自身武功精華，因爲他們深知，今日若是讓柳鶴亭生出此間，自己便是死路一條！

哪知柳鶴亭突地雙臂一掄，身軀藉勢凌空轉了兩個圈子，竟然愈轉愈急，愈轉愈高。四下的「烏衣神魔」，只覺一陣強風，迴旋而來，竟自站不穩腳步，齊地向後退了一步，怔怔地望

著有如風車般急轉而上的柳鶴亭，似乎都被他這種驚世駭俗的輕功，嚇得呆了！

就在這一轉之間，柳鶴亭目光掃動，已將這些「烏衣神魔」擊出的招式瞧得清清楚楚！

這其中除了「七號」使的乃是武林不傳秘技「太陽硃砂神掌」外，其餘眾人所使的武功，竟是五花八門，形形色色。

有的是少林拳法，有的是自武林中流傳已久的刀法「五虎斷門刀」中蛻變而成的拳式，有的卻是中原武林罕見的關東拳術，以及流行於白山黑水間的「劈掛鐵掌」！

這一瞥之下，柳鶴亭已將眾人所用的掌法招式瞭然於胸。

當下他悶哼一聲，雙掌立沉，閃電般向站得最近的兩個「烏衣神魔」的左肩切下，但等到他們身形閃避時，他雙掌已自變了方向，點中了他們右肩的「肩井」大穴，回肘一撞，撞中了身後攻來一人的「將台」大穴，雙腿連環踢出，以攻爲守，擋住了另兩人攻來的拳法！

只聽「砰砰」三聲大震，接連三聲驚呼，人影分花處，已有三人倒在地上！

他一招之間，竟分向攻出五式，在敵眾我寡的情況下，擊倒了三個武功不弱的敵手，分厘不差地點中了他們的穴道，武功之高，招式之奇，認穴之準，在在俱是駭人聽聞！

赤髮大漢「三十七號」大喝一聲，退後三步，伸手入懷。

「七號」雙臂飛舞，口中大喝道：「點點凝集，化雀爲雁。」

此時此刻，他忽然喝出這種字句奇特，含義不明的八個字來，柳鶴亭心中一動，暗暗忖道：「莫非這些『烏衣神魔』也練就什麼聯手攻敵的陣式？」

他此刻身形已落在地上，目光動處，只見本來散處四方的「烏衣神魔」，果然俱都隨著他這一聲大喝，往中間聚攏。

此刻，屋中除了那赤髮大漢「三十七號」，以及倒在地上的三人之外，「烏衣神魔」不過已只剩下四人而已，竟俱都不再向柳鶴亭出手，各各雙掌當胸，目光凝注，腳下踩著碎步，漸漸向「七號」身側移動，身形地位的變化之間，果然彷彿陣式中的變化。

柳鶴亭目光一轉，突地斜步一掠，搶先掠到「七號」身側，右掌一花，掌影繽紛，疾地攻出一招伴柳門下的絕招「百花伴柳」，左掌卻斜斜劃了個半圈，緩緩自斜角推出！

這一招兩式，右掌是變化奇奧，掌影繽紛，掌風虎虎，看來十分驚人，左掌卻是去勢緩慢，掌招平凡，看來毫不起眼。

其餘三個「烏衣神魔」的身形尚未趕到，柳鶴亭凌厲飛揚的左掌已向「七號」當頭罩下。

「七號」目光一凜，左掌一翻，劃出一道紅光，封住了柳鶴亭左掌一招「百花伴柳」，右手卻化掌為指，並指如劍，閃電般向柳鶴亭右眼點去！

高手過招，一招之較，便知深淺，這「七號」武功究竟不是俗手，居然看出了柳鶴亭右掌攻勢雖凌厲，但主力卻在緩緩攻來的左掌之中，是以他亦將全身功力凝聚在左手，先襲柳鶴亭緩緩攻來的左腕脈間，正是以攻為守，以快打慢，想藉此一招搶得先機，迫使柳鶴亭將那一招自行收回，無法發揮威勢！

他思路雖然正確，目光雖然犀利，出手武功，亦復不弱，卻不知柳鶴亭左手這一招，正是昔年震動江湖的武林絕學「盤古斧」。

這一招絕技，摒棄了天下武功的糟粕，凝聚了天下武功的精華，威力是何等驚人，變化是何等奇奧，又豈是「七號」能以化解！

只聽柳鶴亭驀地又自發出一聲清嘯，右掌掌影頓收，一縷銳風隨著左掌的去勢，筆直自

「七號」掌風中穿出，接著「噗」地一聲輕響，「七號」連驚呼之聲都不及發出，只覺胸膛一熱，全身經脈俱麻，雙臂一張，仰天倒在地上，赤紅如火的手掌，剎那間已變得沒有一絲血色！

要知柳鶴亭方才揣忖情勢，已知這「七號」是當前敵人中的最最高手，是以便以全力將之擊倒，正是擒賊先擒王之意。

這「七號」武功雖高，果然也擋不住他這驚天動地的一招絕學，甫經交手，便自跌倒。

這本是霎眼間事，柳鶴亭一招攻出，目光便再也不看「七號」一眼，霍然扭動身軀，另三個「烏衣神魔」，果然已有如瘋虎般撲來！

這三人武功雖不是特高，但三人情急之下，拚盡全力，聯手合擊，聲威卻也十分驚人！

柳鶴亭腳步微錯，退後三步，避開了這一招的鋭鋒。

哪知他身形才退，突地又有幾縷尖鋭的風聲，閃電般襲向他脅下，他雖前後受敵，心神仍自不亂，突地反手一抄，他已將赤髮大漢向他擊來的暗器抄在手中。

當下他劍眉微皺，掌勢突變，雙掌一穿，穿入這三個「烏衣神魔」的身形掌風之中，看來他彷彿是在自投羅網，其實卻是妙著，使得他們投鼠忌器，不敢再發射暗器！

此刻這三人都一齊出手，威力雖猛，卻無法互相配合，犯了這等聯手陣式的大忌，柳鶴亭暗笑一聲，知道自己勝算已然在握。

赤髮大漢雙掌之中，各各捏著數粒彈丸，目光灼灼地凝注著柳鶴亭的身形，他暗器雖然不能出手，但卻絕不放過可以發出暗器的機會。此刻見到自己同伴們向柳鶴亭一陣猛攻，精神不覺一振，口中大喝道：「先把這小子廢了，再讓他和那西門笑鷗嚐嚐一樣的滋味！」

話聲未了，柳鶴亭突地長笑一聲，身形一縮，雙掌斜出，托起左面那人的右腿，踢向迎面那人的小腹，抓起迎面那人的右拳，擊向右面那人的面門，身軀輕輕一轉，轉向那人身後，雙掌輕輕一推，便再也不看這三人一眼，「倒踩七星」，身形如電，一步掠到那赤髮大漢身前，「三十七號」虎吼一聲，雙掌中十數粒鋼丸，一齊迎面擊出。

哪知柳鶴亭身軀又自一轉，卻已到了他的身後。「三十七號」還未來得及轉過身形，只覺右脅下微微一麻，啪地一聲倒在柳鶴亭面前，竟被柳鶴亭在轉身之間，以袍袖拂中了他脅下的「血海」大穴。

同一刹那間，那邊三人，左面之人的一腿，踢中了迎面一人小腹下的「鼠蹊穴」，迎面一人的右拳，擊中了右面那人的鼻樑，左拳擊中了左面那人胸膛。

而迎面那人被柳鶴亭在身後一推，身形前撲，自脅下兜出的左拳，便恰巧擊中了左面那人的咽喉，右掌五指，捏碎了迎面那人擊碎了他鼻樑的右掌，胸膛上卻又著了人家一掌！

互毆之下，三人齊地大叫一聲，身形欲倒。

而那赤髮大漢劈面向柳鶴亭擊去的十數粒鋼珠，便又恰巧在此刻擊到了他們身上！

於是又是三聲慘呼，三個人一齊倒下，恰巧與發出鋼珠的赤髮大漢「三十七號」倒在一起！

柳鶴亭目光一轉，方才耀武揚威的「烏衣神魔」，此刻已一齊全都倒在地上，再也笑不出了！

他目中光芒一閃，微微遲疑半晌，然後一步邁到「七號」身前，俯下身去，左手一把抓起了他的衣衫，右手一把扯落了蒙住了他面目的黑巾，目光望處，柳鶴亭心中不禁爲之一凜，幾乎又忍不住驚呼出聲。

這「七號」的面目，竟然也和方才的赤髮大漢「三十七號」一模一樣，沒有眉毛，沒有鼻子，沒有嘴唇，什麼都沒有，只有一團粉紅色的肉團，以及肉團上的三個黑洞——這就算是眼睛，和略具規模的嘴了。

柳鶴亭反手一抹額上沁出的冷汗，放下「七號」的身軀，四下一轉，將屋中所有「烏衣神魔」的蒙面巾全部扯下。

屋中所有的「烏衣神魔」的面目，竟然全都只剩了一團醜陋可怕的肉團。一眼望去，滿地的「烏衣神魔」，竟然全部一模一樣，就像是一個人化出來的影子，又像是一群自地獄中逃出來的惡魔！

燈火飄搖，這陰森的地窟中，這嚇人的景象，使得倚牆而立的柳鶴亭，只覺自己似乎也已不復存在人間，而置身於地獄。若不是他方才也曾聽到他們的言語和狂笑，便再也不會相信這些倒在地上的「烏衣神魔」，真的是有血有肉，出自娘胎的人類！

寒風陣陣，自門外吹來，這等地底陰風，吹在人身上，比地面秋風尤覺寒冷。突地，隨風隱隱傳來一聲大喝：「柳鶴亭，柳老弟……柳鶴亭，柳老弟……」

第一聲呼喝聲音還很微弱，第二聲呼喊卻已極爲響亮，顯見這發出呼聲之人，是以極快的速度奔馳而來。

柳鶴亭心頭一震，暗暗奇怪！

「此人是誰，怎地如此大聲呼喊我？」

要知，此人無論是友是敵，此時此刻，都不該大聲呼喊於他，是以他心中奇怪，此人若是敵非友，自應偷偷掩來暗算。此人若是友非敵，在這敵人的巢穴中，如此大聲呼喚，豈非打草驚蛇？

他一步掠到門畔，門外是一條黝黑的地道，方才的門戶，此刻已然關閉，他微微遲疑半晌，不知該不該回應此人，突聽「喀得」一聲輕響，一道灰白的光線，自上而下，筆直地照射進來！

柳鶴亭暗提一口真氣，閃入門後，只留下半邊面龐向外觀望，只見地道上的入口門戶，此刻突地緩緩開了一線。

接著，一陣中氣極為充沛的喝聲，自上傳來：「下面的人無論是友是敵，都快些出來見我一面！」語氣威嚴，頤指氣使，彷佛是個君臨四方的帝王對臣子所發出的命令，哪裡像是個深入敵穴的武林人，在未明敵情之前所作的召喚！

此等語氣，一入柳鶴亭耳中，他心中一動，突地想起一個人來：「一定是他，除他之外，再也無人有此豪氣！」

只聽「蓬」的一聲，入口門戶被人一腳踢開，由下望去，只見一雙穿著錦緞紮腳長褲、粉底挖雲快靴的長腿，兩腿微分，站在地道入口邊緣，上面雖看不見，卻已可想此人的高大。

柳鶴亭目光動處，才待出口呼喚，哪知此人又已喝道：「我那柳鶴亭老弟若是被你等以奸計困於此間，你等快些將他放出，否則的話，哼哼——」

柳鶴亭此刻已聽出此人究竟是誰來，心中不禁又是好笑，又是感激。好笑的是，此間若有敵人，就憑此人的武功，有敗而無勝，但此人語氣之間，卻彷佛舉手之間便可將敵人全部制伏。

但他與此人不過僅是一面之交，此人卻肯冒著生命之險，前來相救於他，這分古道熱腸，尤足令人感動。

一念至此，柳鶴亭心頭一陣熱血上湧，口中大喝一聲：「西門老丈……西門前輩……」身形閃電般撲出門外，而地道入口上，亦同時掠下一個人來。

兩人目光相遇，各自歡呼一聲，各各搭在對方的肩頭，半晌說不出話來，其間激動之情，竟似比多年故交，異鄉相遇還勝三分！要知此人性情寡合，與柳鶴亭卻是傾談之下，便成知己，柳鶴亭亦是熱血男兒，又怎會不被這分熱情感動？

一別多日的「常敗高手」西門鷗，豪情雖仍如昔，但面容卻似憔悴了許多，柳鶴亭一瞥，脫口道：「西門前輩，你怎會知道我在這裡？」

西門鷗搭在柳鶴亭肩上的一雙巨掌，興奮地搖動了兩下，突地放聲大笑了起來，大笑著道：「這其間曲折甚多，待我……」笑聲突地一頓，悄悄道：「你不是被困在此間的麼？敵人呢？」

柳鶴亭心頭暗笑，此間如有敵蹤，被你如此喧笑，豈非早已驚動，此刻再悄聲說話，也沒有用，但愈是如此，才越發顯得這豪爽老人率真可愛，當下，微笑道：「解決了。」

西門鷗哈哈一笑，道：「好極好極，老夫想來，他們也困不住你！」

他說得輕描淡寫，彷彿理所當然，卻不知道柳鶴亭已不知經歷了多少危險與屈辱，方能脫出「烏衣神魔」的魔掌！

他大笑未了，突又長嘆一聲，道：「柳老弟，你我分別爲時雖不長，但我在此時日之中，經歷卻的確是不少，我那戀劍成痴的女兒，自從與你別後，便悄悄溜走了，留下一束，說是要去尋找武林中最高的劍手，一個白衣銅面的怪客……」

他黯然一笑，又道：「我老來無子，只此一女，她不告而別，我心裡自然難受得很，但卻也怪不得她，只怪我……唉，我武功不高，既不能傳授她劍術，卻又要妄想她成爲武林中的絕代劍手！」

柳鶴亭暗嘆一聲，道：「這也怪我，不該告訴她……」

西門鷗微微擺手，打斷了他的話，接著道：「她年紀雖已不輕，但處世接物，卻宛如幼童，如今孤身漂泊江湖，我自然放心不下，本想先去尋找，只是心裡卻又念著對你的應允，以及那兩個中藥昏迷的少女，我左右爲難，衡量之下，只有帶著那兩個少女，轉向江南一帶，一來去覓討這迷藥的來歷，再來也可尋找小女的下落。」

他侃侃而言，卻不知柳鶴亭此刻正是焦急萬分，屋中的「烏衣神魔」猶未打發，「飛鶴山莊」的事情更不知下落，忍不住乾咳兩聲，隨口道：「那迷藥的來歷，前輩可曾找著了麼？」

西門鷗仰天長笑道：「世上焉有我無法尋出答案之事？」突地雙掌一拍，大呼道：「西門葉，西門楓，你們也下來吧，柳公子果然在這裡！」

柳鶴亭雙眉微皺，暗中奇怪：「這西門葉與西門楓卻又是誰？難道也認得我麼？」心念方轉，只聽上面一個嬌嫩清脆的口音應道：「爹爹，我來了。」

柳鶴亭恍然忖道：「原來他已找到了他的愛女……」

突見人影一花，躍下兩個白衫長髮的少女來，一齊向柳鶴亭盈盈拜下去。

西門鷗哈哈大笑道：「我這兩個女兒，你還認得麼？」

柳鶴亭一面還禮，一面仔細端詳了兩眼，不覺失笑道：「原來是你們。」轉目望向西門鷗，讚嘆又道：「前輩果然將解藥尋得了，恭喜前輩又收了兩個女兒！」

原來這兩個白衫女子，便是被迷藥所亂的那兩個南荒公子的丫鬟。

西門鷗捋鬚笑道：「爲了尋這解藥，我一路上試了七百多種藥草，方知此藥乃是來自西土天竺的一種異果『罌粟』爲主，再加上金錢草、仙人鈴、無子花……等七種異草配和而成，少服有提神、興奮之功用，但卻易成癮。」

柳鶴亭已聽得極有興趣，不禁脫口問道：「成癮後又當怎地？」

西門鷗長嘆一聲，道：「服食此物成癮後，癮來時若無此物服用，其痛苦實是駭人聽聞，那時你便是要叫他割掉自己的鼻子，來換一粒『藥』吃，他也心甘情願。」

他語聲微微一頓，卻見柳鶴亭正在俯首沉思，雙眉深皺，目光凝注地面，似是在思索一個極爲重要的問題！

半晌之後，柳鶴亭突地抬起頭來，緩緩道：「若是有人先將這種迷藥供人服用，待人成癮之後，便以此藥來作要脅，被要脅的人，豈非根本沒有反抗的餘地？」

西門鷗頷首道：「正是如此。」

柳鶴亭長嘆一聲，道：「如此說來，有些事便已漸漸露出曙光，只要再稍加討究，便不難查出此中真相——」心念一動，突地又想起一件事來，改口向那西門葉、西門楓兩人問道：「那夜在你倆房間下毒之人，你們可曾看到了麼？」

西門葉搖搖頭，垂首道：「根本沒有看見！」

西門楓沉思了一下，說道：「當時迷迷糊糊的只見一個人影，疾竄出去，由於光線黯淡，看不真切，但身形可還依稀認得，是一個個子並不很大的人！」

柳鶴亭聽罷，頻頻頷首。

西門葉柳眉微揚，面上立刻浮起了一陣奇異的神色，似乎有語欲言，又似乎欲言又止。

柳鶴亭沉聲一嘆，道：「姑娘有什麼話都只管說出便是。」

西門葉秋波轉處，瞧了爹爹一眼，西門鷗亦自嘆道：「只管說出便是！」

西門葉垂下頭去，緩緩道：「那夜我們實在疲倦得很，一早就睡了，約莫三更的時候，跟隨公子在一齊的那位姑娘，突地從窗口掠了進來……」

她語聲微頓，補充著又道：「那時我剛剛朦矓醒來，只見她手裡端著兩隻蓋碗，從窗子裡掠進來，卻是一絲聲音也沒有發出，就連碗蓋都沒有響一響，那時書房裡雖沒有點燈，但我藉著窗外的夜色，仍可以看到她臉上溫柔的笑容，她喚起了我們，說怕我們餓了，所以她特地替我們送來一些點心。」

說到這裡，她不禁輕嘆一聲，道：「那時我們心裡，真是感激得不知說什麼才好，就立刻起來將那兩碗蓮子湯都喝下了。」

柳鶴亭劍眉深皺，面容青白，道：「喝下去後，是否就……」他心中既是驚怒，又覺痛苦，此刻說話的語聲，便不禁起了顫抖。

西門鷗長嘆一聲，道：「這種藥喝下去後，不一定立刻會發作……」

柳鶴亭面色越發難看，西門鷗又自嘆道：「事實雖然如此，但她兩人那夜還吃了別的東西……唉！和你在一起的那位姑娘似乎人甚溫柔，不知道她是什麼來歷。她若和你一樣，也是名門正派的弟子，那麼此事也許就另有蹊蹺。」

柳鶴亭垂首怔了半晌，徐徐道：「她此刻已是我的妻子……」

西門鷗一捋長鬚，面色突變，脫口道：「真的麼？」

柳鶴亭沉聲道：「但我們相逢甚是偶然，直到今日……唉！」頭也不抬，緩緩將這一段離奇的邂逅，痛苦地說了出來。

西門鷗面色也變得凝重異常，凝神傾聽，只聽柳鶴亭說到：「……有一天我們經過一間荒祠，我見到她突地跑了進去，跪在神幔前，爲我祈禱，我心裡實在感動得很……」

聽到這裡，西門鷗本已十分沉重的面色，突又一變，竟忍不住脫口驚呼了一聲，截口道：「荒祠……荒祠……」

柳鶴亭詫異地望著他，他卻沉重地望著柳鶴亭。

兩人目光相對，呆望了半晌，只見西門鷗的面容上既是驚怒，又是憐憫，緩緩道：「有一次你似乎向我問起過『西門笑鷗』，是否他和此事也有著關係，你能說出來麼？」

柳鶴亭點了點頭，伸手入懷，指尖方自觸著了那隻冰涼的黑色玉瓶……他突地又想起了將這玉瓶交給他的那翠衫少女——陶純純口中的「石觀音」，這其間他腦海中似乎有靈光一閃。

於是他便又呆呆地沉思起來，西門鷗焦急地等待他的答覆。西門葉、西門楓垂手侍立，不敢發出一絲聲音。

靜寂之中，只聽房門後竟似有一陣陣微弱而痛苦的呻吟，一聲連著一聲，聲音愈來愈響。

西門鷗濃眉一揚，道：「這房裡可是還有人在麼？」

柳鶴亭此刻也聽到了這陣呻吟聲，他深知自己的「點穴手法」絕對不會引起別人的痛苦，爲何這些人竟會發出如此痛苦的呻吟？

一念及此，他心中亦是大爲奇怪，轉身推開房門，快步走了進去……

燈光一陣飄搖，西門鷗隨之跨入，明銳的眼神四下一轉，脫口驚道：「果然是烏衣神魔！」

飄搖黯淡的燈火下，淒慘痛苦呻吟中，這陰森的地窟中的陰森之意，使得西門鷗不禁爲之機伶伶打了個寒噤。

柳鶴亭大步趕到那「七號」身畔，只見他身軀雖然不能動彈，但滿身的肌肉，卻在那層柔軟而華貴的黑綢下劇烈地顫動著，看來竟像是有著無數條毒蛇在他這層衣衫下蠕動。他粉紅而醜陋的面容，此刻更起了一層痛苦的痙攣，雙目半闔半張，目中舊有光彩，此刻俱已消失不見。

柳鶴亭目光凝注著，不禁呆了一呆，緩緩俯下身去，手掌疾伸，刹那間在這「七號」身上連拍三掌，解開了他的穴道，沉聲道：「你們所爲何——」他話猶未了，只見這「七號」穴道方開，立刻尖叫一聲，顫抖著的身軀，立刻像一隻落入油鍋的河蝦一般蜷曲了起來。

一陣劇烈而痛苦的痙攣之後，他掙扎著伸出顫抖的手掌，伸手入懷，取出一方小小的黑色玉盒，他黯淡的目光，便又立刻亮了起來，左掌托盒，右掌便顫抖著要將盒蓋揭開。

柳鶴亭目光四掃，望了四下俱在痛苦呻吟著的「烏衣神魔」一眼，心中實是驚疑交集。他再也猜不出，這黑色玉盒中貯放的究竟是什麼東西，爲何竟會像是神奇的符咒一樣，能令這「七號」的神情發出如此劇變。

只見「七號」盒蓋還未掀開，一直在門口凝目注視的西門鷗，突地一步掠來，劈手奪了這方玉盒。

「七號」又自慘吼一聲，陡地自地上跳起，和身向西門鷗撲去，目光中的焦急與憤怒，彷佛西門鷗奪去的是他的生命。

柳鶴亭手肘微屈，輕輕點中了他脅下的「血海」穴，「七號」又自「砰」地倒了下去。

柳鶴亭心中仍是一片茫然，目光垂處，只見這「七號」眼神中的焦急與憤怒，已突地變爲渴望與企求，乞憐地望向柳鶴亭。他身軀雖不能動，口中卻乞憐地說道：「求求……你……只要……一粒……一粒……」

竟彷彿是沙漠中焦渴的旅人，在企求生命中最可貴的食水。

柳鶴亭劍眉微皺，詫聲道：「這究竟是怎麼回事？」

話猶未了，西門鷗寬大的手掌，已托著這方黑色玉盒，自他肩後伸來，微帶興奮地截口說道：「你知道這是什麼？」

柳鶴亭凝目望去，只見這黑色玉盒的盒蓋已揭開，裡面貯放的是六、七粒光澤烏黑的藥丸，散發著一陣陣難以描摹的誘人香氣。

香氣隨風傳入那「七號」的鼻端，他目光又開始閃爍，面容又開始抽搐，他身軀若能動彈，他便定必會不顧生命地向這方玉盒撲去。但是，他此刻仍然只能乞憐地顫聲說道：「求……求……你，只要……一粒……一粒……」

柳鶴亭心中突然一動，回首道：「難道這些丸藥，便是前輩方才所說的『罌粟』麼？」

西門鷗頷首道：「正是——」他長長嘆息一聲，又道：「方才我一入此屋，見到這般情況，便猜到這些人都是嗜好『毒藥』成癮的人，此刻癮發之後，禁不住那種剮肉散骨般的痛苦，是以放聲呻吟起來。」

他語聲微頓，柳鶴亭心頭駭異，忍不住截口道：「這小小一粒藥丸，竟會有這麼大的魔力麼？」

西門鷗頷首嘆道：「藥丸雖小，但此刻這滿屋中的人，卻都不惜以他們的榮譽、聲名、地位、前途，甚至以他們的性命來換取——」

柳鶴亭呆呆地凝望著西門鷗掌中的黑色藥丸，心中不禁又是感慨，又是悲哀，心念數轉，突地一動，自西門鷗掌中接過玉盒，一直送到「七號」眼前，沉聲道：「你可是河北『太陽掌』的傳人麼？」

「七號」眼色中一陣驚慌與恐懼，像是毒蛇被人捏著七寸似的，神情突地萎縮了起來，但柳鶴亭的手掌一陣晃動，立刻便又引起了他眼神中的貪婪、焦急、渴求，與乞憐之色。他此刻什麼都似已忘了，甚至連驚慌與恐懼也包括在內。

他只是瞬也不瞬地望著柳鶴亭掌中的玉盒，顫聲道：「是的……小人……便是張七……」

西門鷗心頭一跳，脫口道：「——此人竟會是『震天鐵掌』張七！」

要知「震天鐵掌」張七，本來在江湖上名頭頗響，是以西門鷗再也想不到，他此刻會落到這般慘況。

柳鶴亭恍然回首道：「這『震天鐵掌』張七，可是也因往探『濃林密屋』而失蹤的麼？」

西門鷗點頭道：「正是！」

柳鶴亭俯首沉吟半晌，突地掠到那赤髮大漢「三十七號」身前，俯下腰去。「三十七號」眼簾張開一線——

他的目光，也是灰黯、企求、而焦渴的，他乞憐地望著柳鶴亭，乞憐地緩緩哀求著道：「求求你……只要一粒……」

柳鶴亭雖然暗嘆一聲，但面色卻仍泰然，沉聲道：「關外五龍中『入雲龍』金四，可是死在你的手下？」

赤髮大漢目光一凜，但終於亦自頷首嘆道：「不……錯……」

他語聲是顫抖著的，柳鶴亭突地大喝一聲：「你是誰？你究竟是誰？」

赤髮大漢「三十七號」的目光間，亦是一陣驚慌與恐懼，但霎眼之後，他便以顫抖而渴求的語聲，輕輕說道：「我……也是……『關外五龍』之一……『烈火龍』管二……便是小人。」

柳鶴亭心頭一跳，那「入雲龍」金四臨死前的言語，剎那間又在他耳畔響起：「想不到……他們竟是……我的……」原來這可憐的人臨死前想說的話，本是：「想不到殺我的人竟是我的兄弟！」只是他話未說完，便已死去。

柳鶴亭劍眉軒處，卻又不禁暗嘆一聲，此人爲了這小盒中的「毒藥」，竟不惜殺死自己的兄弟，他心裡不知是該憤慨，抑或是該悲哀，於是他再也不願見到這赤髮大漢可恥乞憐的目光。

轉過身，西門鷗見到他沮喪的眼神，蒼白的面容，想到僅在數十日前見到這少年時那種軒昂英挺的神態，心中不禁又是憐憫，又是嘆息。他實在不願見到如此英俊有爲的少年被此事毀去！

他輕輕一拍柳鶴亭肩頭，嘆道：「此事至今，似已將近水落石出，但我……唉！實在不願讓此事的真相傷害到你……」

柳鶴亭黯然一笑，輕輕道：「可是事情的真相卻是誰也無法掩藏的。」

西門鷗心頭一陣傷痛，沉聲道：「你可知道我是如何尋到你的麼？」柳鶴亭緩緩搖了搖頭。西門鷗道：「我尋出這種『毒藥』來歷後，便想找你與我那戀劍成痴的女兒，一路來到江南。就在那長江岸邊，看到一艘『長江鐵魚幫』夜泊在那裡的江船，船上似乎仍有燈火，我與『鐵魚幫』有舊，便想到船上打聽打聽你們的下落。」

他語聲微頓，眼神中突地閃過一絲淡淡的驚恐，接口又道：「哪知我到了船上一看，艙板上竟是滿地鮮血，還倒臥著一具屍身，夜風凜凜，這景象本已足以令人心悸，我方待轉身離去，卻突地有一陣尖銳而淒厲的笑聲，自微微閃著昏黃燈光的船艙中傳出，接著便有一個聽來幾乎不似自人類口中發出的聲音慘笑著道：『一雙眼睛……一雙耳朵……還給我……還有利息。』我那時雖然不願多惹閒事，但深夜之中，突地聽到這種聲音，卻又令我無法袖手不理！」

柳鶴亭抬起頭來，他此刻雖有滿懷心事，但也不禁爲西門鷗此番的言語吸引，只聽西門鷗長嘆又道：「我一步掠了過去，推開艙門一看，艙中的景象，的確令我永生難忘……」

西門鷗目光一闔，透了口長氣，方自接道：「在那燈光昏黯的船艙裡，竟有一個雙目已盲，雙耳被割，滿面浴血的漢子蹲在地上，手裡橫持著一柄雪亮的屠牛尖刀，在一刀一刀地割著面前一具屍身上的血肉。每割一刀，他便淒厲地慘笑一聲，到後來，他竟將割下來的肉血淋淋地放到口中大嚼起來……」

柳鶴亭心頭一震，只覺一陣寒意自腳底升起，忍不住噤聲道：「那死者生前不知與他有何血海深仇，竟使他……」

西門鷗長嘆一聲，截口說道：「此人若是死的，此事還未見得多麼殘忍……」

柳鶴亭心頭一震，道：「難道……難道……」他實在不相信世上竟有這般殘酷之人，這般殘酷之事，是以語聲顫抖，竟問不下去。

西門鷗一手捋鬚，又自嘆道：「我見那人，身受切膚剮肉之痛，非但毫不動彈，甚至連呻吟都未發出一聲，自然以為他已死了，但仔細一看，那盲漢子每割一刀下去，他身上肌肉便隨之顫抖一下……唉！不瞞你說，那時我才發現他是被人以極厲害的手法點了身上的穴道，僵化了他身上的經脈，是以他連呻吟都無法呻吟出來！」

柳鶴亭心頭一凜，詫聲脫口道：「當今武林之中，能以點穴手法僵化人之經脈的人已不甚多，有此武功的人，是誰會用如此毒辣的手段，更令我想像不出。」

西門鷗微微頷首道：「那時我心裡亦是這般想法，見了這般情況，心中又覺得十分不忍，只覺得這兩人不管誰是誰非，但無論是誰，以這種殘酷的手段來對付別人，都令我無法忍受，於是我一步掠上前去，劈手奪了那人掌中的尖刀，哪知那人大驚之下，竟尖叫一聲暈了過去！」

他微喟一聲，接著道：「我費了許多氣力，才使他甦醒過來，神志安定後，他方自將此事的始末說出。原來此事的起因，全是為了一個身穿輕紅羅衫的絕色女子，她要尋船渡江，又要在一夜之間趕到虎丘，『鐵魚幫』中的人稍拂其意，她便將船上的人全都殺死！」

他簡略地述出這件事實，卻已使得柳鶴亭心頭一震，變色道：「穿輕羅紅衫的絕色女子……純純難道真的趕到這裡來了麼？但是……她是暈迷著的呀！」

西門鷗暗嘆一聲，知道這少年直到此刻，心裡猶自存著一分僥倖，希望此事與他舊日的同伴、今日的愛侶無關，因為直到此刻，他猶未能忘情於她。人們以真摯的情感對人，換來的卻是虛僞的欺騙，這的確是件令人同情，令人悲哀的事。

西門鷗不禁長嘆一聲，接道：「哪知就在我盤問這兩人真相時，因爲不忍再見這種慘況而避到艙外的葉兒與楓兒，突地發出了一聲驚喚，我不知究竟發生了什麼事，大驚之下，立刻趕了過去，夜色之中，只見一個滿身白衣，神態瀟灑，但面上卻戴著一具被星月映得閃閃生光的青銅假面的頎長漢子，竟不知在何時掠上了這艘江船，此刻動也不動地立在舷上，瞬也不瞬地凝注著我……」

柳鶴亭驚喚一聲，脫口道：「雪衣人！他怎地也來到了江南？」

西門鷗頷首道：「我只見他兩道眼神中，像是藏著兩柄利劍，直似要看到別人的心裡，再見他這種裝束打扮，便已知道此人必定就是近日江湖盛傳劍術第一的神秘劍客『雪衣人』了，才待問他此來何爲，哪知他卻已冷冷地對我說道：『閣下就是江南虎丘『西門世家』中的西門前輩麼？』。」

柳鶴亭劍眉微皺，心中大奇，他深知「雪衣人」孤高偏傲的生性，此刻聽他竟然稱人爲「閣下」、「前輩」，這當真是前所未有的奇事，忍不住輕輕道：「這倒怪了！」

西門鷗接口道：「這真是一件奇怪的事，我心裡也是吃驚，不知道他怎會知道我的姓名來歷，哪知他根本不等我答覆便又接口道：『閣下但請放心，令嬡安然無恙！』他語氣冰冷，語句簡單，然而這簡短的言語，卻已足夠使我更是吃驚，連忙問他怎會知道小女的下落？」

柳鶴亭雙眉深皺，心中亦是大惑不解，只聽西門鷗接道：「他微微遲疑半晌，方自說道：『令嬡已從我學劍，唯恐練劍分心，是以不願來見閣下。』我一聽這孩子爲了練劍，竟連父親都不願再見，心裡實在氣得說不出話來，等到我心神平復，再想多問他兩句時，他卻已一拂袍袖，轉身走了！」

柳鶴亭暗嘆一聲，忖道：「此人行事，還是這般令人難測——」又忖道：「他之所以肯稱人爲『前輩』，想必是爲了那少女的緣故。」一念至此，他心裡不禁生出一絲微笑，但微笑過後，他又不禁感到一陣惆悵的悲哀，因爲他忍不住又想起陶純純了。

西門鷗歇了口氣，接口說道：「我一見他要走了，忍不住大喝一聲：『朋友留步！』便縱身追了過去，他頭也不回，突地反手擊出一物，夜色中只見一條白線，向我胸前『將台』大穴之處擊來，力道似乎十分強勁，我腳步只得微微一頓，伸手接過了它，哪知他卻已在我身形微微一頓之間，凌空掠過十數丈開外了……」

他微喟一聲，似乎在暗嘆這白衣人身法的高強，又似乎在埋怨自己輕功的低劣，方自接著道：「我眼看那白色人影投入遠處黝黯的林木中，知道追也追不上了，立在船舷，不覺甚是難受。無意間將掌中的暗器看了一眼，心頭不覺又是一驚，方才他在夜色中頭也不回，擊出暗器，認穴竟如此之準，我心裡已是十分驚佩，如今一看，這『暗器』竟是一張團在一起的白紙……」

柳鶴亭微微頷首，截口嘆道：「論起武功，這雪衣人的確稱得上是人中之龍，若論行事，此人亦有如天際神龍，見其首而不見其尾。」

惺惺相惜，自古皆然。

西門鷗頷首嘆道：「我自然立刻將這團白紙展開一看，上面竟赫然是小女的字跡，她這封信雖是寫給我的，信裡的內容卻大都與你有關，只是，你見了這封信後，心裡千萬不可太過難受！」

柳鶴亭心頭一跳，急急問道：「上面寫的是什麼？」

西門鷗微一沉吟，伸手入懷，取出一方摺得整整齊齊的白紙。他深深凝住了一眼，面上神色一陣黯然，長嘆道：「這孩子……這就是她留下來的唯一紀念了。」

柳鶴亭雙手接過，輕輕展開，只見這條白紙極長，上面的字跡卻寫得極密，寫的是：

爹爹，女兒走了，女兒不孝，若不能學得無敵的劍法，實在無顏再來見爹爹的面，但女兒自信一定會練成劍法，那時女兒就可以為爹爹出氣，也可以為西門世家及大伯父復仇……

柳鶴亭呆了一呆，暗暗忖道：「西門山莊的事，她怎會知道的？」接著往下看去：

大伯父一家，此刻只怕已都遭了「烏衣神魔」們的毒手，柳鶴亭已趕去了，還有他的新婚夫人也趕去了，但他們兩人卻不是為了一個目的，他那新婚夫人的來歷，似乎十分神秘，行事卻十分毒辣，不像是個正派的女子，但武功卻極高，而且還不知從哪裡學會了幾種武林中早已絕傳的功夫，這些功夫就連她師父「無恨大師」也是不會的，有人猜測，她武功竟像是從那本「天武神經」上學來的，但是練了「天武神經」的人，每隔一段時日，就會突然暈厥一陣，是以她便定要找個武功高強的人，隨時隨地保護著她……

柳鶴亭心頭一凜，合起眼睛，默然思忖了半晌，只覺心底泛起了一陣顫抖。

他想起在他的新婚次日，陶純純在花園中突然暈厥的情況，既沒有一個人看得出她的病因，也沒有一個人能治得好她的病，不禁更是心寒！

「難道她真的是因練過『天武神經』而會突發此病？……難道她竟是爲了這原因才嫁給我……」

他沉重地嘆息一聲，竭力使自己不要倒下去，接著看下去：

又因為她行為有些不正，所以她選擇那保護自己的人，必定還要是個出身名門，生性正直的少年，一來保護她，再來還可掩飾她的惡行，譬如說，武林中人，自然不會想到「伴柳先生」的媳婦，柳鶴亭的妻子會是個壞人，她即使做了壞事，別人也不會懷疑到她頭上……

這封信字跡寫得極小極密，然而這些字跡此刻在柳鶴亭眼裡，卻有泰山那麼沉重，一個接著一個，沉重地投落在他的心房上。

但下面的字跡卻更令他痛苦，傷心：

她自然不願意失去他，因為再找一個這樣的人十分困難，是以她閃電般和他結了婚，但是她心裡還有一塊心病，爹爹，你想不到的，她的心病就是我西門堂哥「西門笑鷗」……

柳鶴亭耳旁嗡然一響，身軀搖了兩搖，接著又看：

爹爹，你記得嗎？好幾年前，西門笑鷗突然失蹤了，又突然結了婚，他行事神秘得很，江湖中幾乎沒有人見過他新婚夫人的面貌，只聽說是位絕美的婦人，但西門笑鷗與她婚後不久，又失蹤了，從此便沒有人再見過他……

柳鶴亭心頭一顫，不自覺地探手一觸懷中的黑色玉瓶。目光卻仍未移開，接著往下又看：

這件事看來便是與柳鶴亭今日所遇同出一轍。因為我那大堂兄與她相處日久，終於發現了她的秘密，是以才會慘遭橫禍，而今日「烏衣神魔」圍剿「飛鶴山莊」，亦與此事大有關係，因為當今江湖中，只有大伯一人知道她與堂兄之間的事，只有大伯一人知道此刻柳鶴亭的新婦，便是昔日我堂兄的愛妻，想必她已知道柳鶴亭決心要到「飛鶴山莊」一行，是以心中起了殺機，便暗中佈署她的手下，要將在武林中已有百年基業的西門世家毀於一旦……

看到這裡，柳鶴亭只覺心頭一片冰涼，手掌也不禁顫抖起來，震得他掌中的紙片，不住簌簌發響。

他咬緊牙關，接著下看：

此中秘密，普天之下，並無一人知道，但天網恢恢，畢竟是疏而不漏，她雖然聰明絕頂，卻忘了當今之世，還有一個絕頂奇人，決心要探測她的秘密，公佈於世，因為這位奇人昔日曾與她師父「無恨大師」有著刻骨的深仇，這位奇人的名字，爹爹你想必也一定知道，他便是數十年來，始終稱霸南方的武林宗主「南荒大君」項天尊……

柳鶴亭悲哀地嘆息一聲。

心中疑團，大都恍然，暗暗忖道：「我怎會想不出來？當今世上，除了『南荒大君』項天尊之外，還有誰有那般驚人的武功，能夠在我不知不覺中擲入那張使我生命完全改觀的密柬？還有誰有那般神奇的力量，能探測這許多使我生命完全改觀的秘密？還有誰能設下那種巧妙的佈署，使我一日之間趕到這裡……」

一念至此，他心中突又一動：「純純之所以會趕到江南來，只怕亦是因為我大意之間，將那密柬留在房裡，她醒來後便看到了。」

西門鷗一直濃眉深皺，凝注著柳鶴亭。此刻，見他忽然俯首出起神來，便乾咳一聲，道：「柳老弟，你可看完了麼？」

柳鶴亭慘然一笑，接著看下去：

這些事都是此刻與我在一起的人告訴我的，他就是近日武林盛傳的大劍客「雪衣人」，當今世上，恐怕只有他一人會對此事知道得如此詳細，因為他便是那「南荒大君」與大君座下「神劍宰相」威五溪的武功傳人……

柳鶴亭心頭又自一動！

「戚五溪……難道此人便是那戚氏兄弟四人的五弟麼？……難怪他們彷彿曾經說過，『我們的五弟已經做了官了。』原來他做的卻是『南荒大君』殿前的『神劍宰相』！」

想到那戚氏兄弟四人的言行，他不禁有些好笑，但此時此刻，甚至連他心中的笑意都是蒼涼而悲哀的。紙箋已將盡，最後一段是——

爹爹，從今以後，我便要隨著「雪衣人」去探究天下武功的奧秘，因為他和我一樣是個戀劍成痴的人，但願我武功有成，那時我便可再見爹爹，為爹爹揚眉吐氣，鶯兒永遠會想著爹爹的。

柳鶴亭看完了，無言地將紙箋交還西門鷗，在這刹那之間，他心境彷彿蒼老了十年。抬目一望，只見西門鷗已是老淚盈眶，慘笑道：「柳老弟，不瞞你說，她若能武功大成，我心裡自然高興，但是——唉，此刻我寧願她永遠伴在我身邊，做一個平凡而幸福的女子。」兩人目光相對，心中俱是沉重不堪！

西門鷗接過紙箋，突又交回柳鶴亭手上，道：「後面還有一段，這一段是專門寫給你的。」

柳鶴亭接過一看，後面寫的竟是：

柳先生，沒有你，我再也不會找到他，你對我很好，所以我要告訴你一個秘密的消息，你心裡若是還有一些不能解釋的事，最好趕快到沂山中的『濃林密屋』中去，你就會知道所有的事，還會看到你願意見到的人，祝你好。

下面的具名，是簡簡單單的「西門鶯」三個字。

柳鶴亭呆呆地愣了半晌，抬頭仰視屋頂一片灰白，他不禁黯然地喃喃自語：「濃林密屋……濃林密屋……」

「飛鶴山莊」夜半遭人突襲的消息，已由長江以南，傳到大河西岸。西門世家與「烏衣神魔」力拚的結果，是「烏衣神魔」未敗，卻也未勝。因爲雖然西門世家疏於防範，人手又較寡，但在危急關頭中，卻有一群奇異的劍士突地出現，而也就在那同一刹那之間，「飛鶴山莊」外突地響起了一陣奇異而尖銳的呼哨聲，「烏衣神魔」聽到這陣呼哨，竟全都走得乾乾淨淨。

這消息竟與兼程趕來的柳鶴亭同時傳到魯東。

秋風肅殺，夜色已臨。

沂山山麓邊，一片濃密的叢林外，一匹健馬，絕塵而來，方自馳到林外，馬匹便已不支倒在地上！

但馬上的柳鶴亭，身形卻未有絲毫停頓，隻手一按馬鞍，身形筆直掠起，霎眼間便沒入林中。

黃昏前後，夕陽將殘，黝黯的濃林中，竟有一絲絲、一縷縷，若斷若續的簫聲，嫋娜地飄蕩在沙沙的葉落聲裡。

這簫聲在柳鶴亭聽來竟是那般熟悉，聽來就彷彿有一個美麗的少婦，寂寞地佇立在寂寞的秋窗下，望著滿園的殘花與落葉，思念著遠方的征人，所吹奏的淒惋而哀怨的曲子——這也正是柳鶴亭在心情落寞時所喜愛的曲調。

他身形微微一頓，便急急地向簫聲傳來的方向掠去。

黝黑的鐵牆，在這殘秋的殘陽裡，仍是那麼神秘，這簫聲竟是發自這鐵牆裡，柳鶴亭伸手一揮頭上汗珠，微微喘了口氣，只聽鐵牆內突地又響起了幾聲銅鼓。輕輕地、準確地，敲在簫聲的節奏上，使得本自淒惋的簫聲，更平添了幾分哀傷肅殺之意。

他心中一動，雙肩下垂，將自己體內的真氣，迅速地調息一次，突地微一頓足，瀟灑的身形，便有如一隻沖天而起的白鶴，直飛了上去。

上拔三丈，他手掌一按鐵牆，身形再次拔起，雙臂一張，巧妙地搭著鐵牆冰冷的牆頭——簫鼓之聲，突地一齊頓住，隨著一陣雜亂的叱吒聲：「是誰！」數條人影，閃電般自那神秘的屋宇中掠出。

柳鶴亭目光一掃，便已看清這幾人的身形，不禁長嘆一聲，道：「是我——」

他這一聲長嘆中既是悲哀又是興奮，卻又有些驚奇，等到他腳尖接觸到地面，自屋中掠出的人，亦自歡呼一聲：「原來是你！」

柳鶴亭驚奇的是，戚氏兄弟四人竟會一齊都在這裡。更令他驚奇的是，石階上竟俏生生地佇立著一個翠巾翠衫、嫣然含笑，手裡拿著一枝竹簫的絕色少女，也就是那「陶純純」口中的「石琪」。

兩人目光相對，各各愣了半晌，絕色少女突地輕輕一笑，道：「好久不見了，你好嗎？」

這一聲輕笑，使得柳鶴亭閃電的憶起他倆初見時的情況來，雖與此刻相隔未久，但彼此之間，心中的感覺卻有如隔世，若不是戚氏兄弟的大笑與催促，柳鶴亭真不知要等到何時才會走到屋裡。

屋裡的景象，也與柳鶴亭初來時大大地變了，這神秘的大廳中，此刻竟有了平凡的設置，臨窗一張貴妃榻上，端坐著一個軟巾素服，面色蒼白，彷彿生了一場大病似的少年。

他手裡拿著一根短棒，面前擺著三面皮鼓，柳鶴亭一見此人之面，便不禁脫口輕呼一聲：「是你！項太子。」

項煌一笑，面上似乎略有羞愧之色，口中卻道：「我早就知道你會來的。」回首一望，又道：「純純，我不是早就告訴過你了麼？」

柳鶴亭心頭一跳，驚呼出聲：「純純，在哪裡？」

這一聲驚呼，換來的卻是一陣大笑。

戚氏兄弟中的大器哈哈笑道：「你難道還不知道麼？石琪是陶純純，陶純純才是石琪。」

柳鶴亭雙眉深皺，又驚又奇，呆呆地愣了半晌，突地會過意來，目光一轉，望向那翠衫少女，輕輕道：「原來你才是真的陶純純……」

項煌「咚」地一擊皮鼓，道：「不錯，尊夫人只不過是冒——哈哈！不過只是這位陶純純的師妹，也就是那聲名赫赫的『石觀音』！」

柳鶴亭倒退幾步，撲地坐到一張紫檀木椅上，額上汗珠，涔涔而落，竟宛如置身洪爐之畔。

只見那翠衫女子——陶純純幽幽長嘆一聲，道：「我真想不到，師姐竟真的會做這種事，你記不記得我們初次見面的那一天——唉，就在那一天，我就被她幽禁了起來，因為那時她沒有時間殺我，只想將我活活地餓死——」

她又自輕嘆一聲，對她的師姐，非但毫無怨恨之意，反似有些惋惜。

柳鶴亭看在眼裡，不禁難受的一嘆。

只聽她又道：「我雖然很小便學的是正宗的內功，雖然她幽禁我的那地窖中，那冰涼的石壁早晚都有些露水，能解我之渴，但是我終於被餓得奄奄一息，等到我眼前開始生出各種幻象，自念已要死的時候，卻突然來了救星，原來這位項大哥的老太爺，不放心項大哥一人闖蕩，也隨後來到中原，尋到這裡，卻將我救了出來，又問了我一些關於我師姐的話，我人雖未死，但經過這一段時日，已瘦得不成人形，元氣自更大為損傷，他老人家就令我在這裡休養，又告訴我，勢必要將這一切事的真相揭開。」

柳鶴亭暗暗忖道：「他若沒有先尋到你，只怕他也不會這麼快便揭穿這件事了。」

一陣沉默，翠衫少女陶純純輕嘆道：「事到如今，我什麼事也不必再瞞你了。我師姐之有今日，其實也不能完全怪她，因為我師父——唉，她老人家雖然不是壞人，可是什麼事都太過做作了些，有時在明處放過了仇人，卻在暗中將他殺死——」

柳鶴亭心頭一凜：「原來慈悲的『無恨大師』，竟是這樣的心腸……」

戚氏兄弟此刻也再無一人發出笑聲，戚二氣接口道：「那石琪的確是位太聰明的女子，只可惜野心太大了些，竟想獨尊武林……」

他話聲微頓，柳鶴亭便不禁想起了那位多智的老人西門鷗，在毅然遠行前對他說的話：「這女孩子竟用『罌粟』麻醉了這些武林豪士，使得他們心甘情願地聽命於她，她還嫌不夠，竟敢練那武林中沒有一人敢練的『天武神經』，於是你便也不幸地牽涉到這曠古未有的武林奇案中來，我若不是親眼所見，不敢相信世上竟會有這般湊巧，這般離奇的事，一本在武林中誰

也不會重視，甚至人人都將它視爲廢紙的『天武神經』，竟會是造成這件離奇曲折之事的主要原因。」

「每一件事，乍看起來都像是獨立的，沒有任何關連的，每一件事的表面都帶有獨立的色彩，這一切事東一件、西一件，不到最後的時候，看起來的確既零落又紊亂。但等到後來卻只要一根線輕輕一穿，就將所有的事全都穿到了一起，湊成一隻多彩的環節。」

夜色漸臨，大廳中每一個參與此事的人，心中都有著一分難言的沉重意味，誰都不願說出話來。

突地，牆外一陣響動，「噹」地一聲，牆頭搭上一隻鐵鈎，眾人一亂，擠至院外，牆那邊卻已接連躍入兩個人來，齊地大嚷道：「柳老弟，你果然在這裡！」

他們竟是「萬勝神刀」邊傲天，與那虬髯大漢梅三思！

一陣寒暄，邊傲天嘆道：「我已經見著了那位久已聞名的武林奇人『南荒大君』，所以我們才會兼程趕到這裡。但是——唉！就連他也在稱讚那真是個聰明女子的石琪，她竟未在『飛鶴山莊』露面，想必是她去時情勢已不甚妙——除了『南荒大君』的門人外，武林中一些聞名幫會，例如『花溪四如』、『幽靈群魔』、以及『黃翎黑箭』的弟兄們也都趕去了，『烏衣神魔』怎麼抵敵得過這團結到一起的大力量？是以她眼見大勢不好，便將殘餘的『烏衣神魔』全都帶走了……唉！真是個聰明的女子。」

柳鶴亭只聽得心房怦怦跳動，因爲他對她終究有著一段深厚的情感，但是，他面上卻仍然是麻木的，因爲他已不願再讓這段情感存留在他心裡。

只聽邊傲天沉聲又自嘆道：「但願她此刻能洗心革面，否則——唉……」目光一轉，突地炯然望向翠衫女子陶純純，道：「這位姑娘，可就是真的陶純純麼？」

陶純純面頰一紅，輕輕點了點頭。

邊傲天面容一霽，哈哈笑道：「好，好……」

陶純純回轉身去，走到門畔，垂首玩弄著手中的竹簫，終於低聲吹奏了起來。

梅三思仰天大笑一陣，突又輕輕道：「好，好，江湖中人，誰不知道陶純純是柳鶴亭的妻子，好好，這位陶純純，總算沒有辱沒柳老弟。」

柳鶴亭面頰不由一紅，邊傲天、梅三思、戚氏兄弟，一齊大笑起來。

陶純純背著身子，仍在吹奏著她的竹簫，裝作根本沒有聽到這句話，但雙目中卻已不禁閃耀出快樂的光輝。

項煌愣了一愣，暗嘆道：「我終是比不過他……」俯首暗嘆一聲，突地舉起掌中短棒，應著簫聲，敲打起來，面上也漸漸露出釋然的笑容來。

這時鐵牆外的濃林裡，止有兩條人影，並肩走過。他們一個穿著雪白的長衫，一個穿著青色的衣衫，聽到這鐵牆內突地傳出一陣歡樂的樂聲，聽來只覺此刻已不是肅殺的殘秋，天空碧藍，綠草如茵，枯萎了的花木，也似有了生機……

他們靜靜地凝聽半晌，默默地對望一眼，然後並肩向東方第一顆昇起的明星走去。

《彩環曲》全書完

古龍精品集 58

彩環曲（全）

作者：古龍
發行人：陳曉林
出版所：風雲時代出版股份有限公司
地址：10576台北市民生東路五段178號7樓之3
電話：(02) 2756-0949　傳真：(02) 2765-3799
封面原圖：明人出警圖（原圖爲國立故宮博物館典藏）
封面影像處理：風雲編輯小組
執行主編：劉宇青
行銷企劃：林安莉
業務總監：張瑋鳳
出版日期：古龍80週年紀念版2019年1月
ISBN：978-986-146-734-4

風雲書網：http://www.eastbooks.com.tw
官方部落格：http://eastbooks.pixnet.net/blog
Facebook：http://www.facebook.com/h7560949
E-mail：h7560949@ms15.hinet.net
劃撥帳號：12043291
戶名：風雲時代出版股份有限公司

風雲發行所：33373桃園市龜山區公西村2鄰復興街304巷96號
電話：(03) 318-1378　傳真：(03) 318-1378
法律顧問：永然法律事務所 李永然律師
北辰著作權事務所 蕭雄淋律師

行政院新聞局局版台業字第3595號 營利事業統一編號22759935

定價：240元　

國家圖書館出版品預行編目資料

彩環曲／古龍作. -- 再版. --臺北市：
風雲時代, 2010.12
面； 公分
ISBN: 978-986-146-734-4（平裝）
857.9　99020189